邓云乡集

云乡漫录

邓云乡 著

中华书局

图书在版编目（CIP）数据

云乡漫录/邓云乡著. —北京:中华书局,2015.4
（邓云乡集）
ISBN 978-7-101-10474-5

Ⅰ.云…　Ⅱ.邓…　Ⅲ.随笔-作品集-中国-当代
Ⅳ.I267.1

中国版本图书馆 CIP 数据核字（2014）第 235371 号

书　　名	云乡漫录
著　　者	邓云乡
丛 书 名	邓云乡集
责任编辑	胡正娟
出版发行	中华书局
	（北京市丰台区太平桥西里 38 号　100073）
	http://www.zhbc.com.cn
	E-mail:zhbc@zhbc.com.cn
印　　刷	北京瑞古冠中印刷厂
版　　次	2015 年 4 月北京第 1 版
	2015 年 4 月北京第 1 次印刷
规　　格	开本/880×1230 毫米　1/32
	印张 13⅜　插页 4　字数 300 千字
印　　数	1—6000 册
国际书号	ISBN 978-7-101-10474-5
定　　价	40.00 元

小丁 绘

　　邓云乡，学名邓云骧，室名水流云在轩。一九二四年八月
二十八日出生于山西灵丘东河南镇邓氏祖宅。一九三六年初随
父母迁居北京。一九四七年毕业于北京大学中文系。做过中学
教员、译电员。一九四九年后在燃料工业部工作，一九五六年
调入上海动力学校（上海电力学院前身），直至一九九三年退
休。一九九九年二月九日因病逝世。一生著述颇丰，主要有《燕
京乡土记》、《红楼风俗谭》、《水流云在书话》等。

一九九五年邓云乡与唐德刚（左）、朱淡文（中）摄于沪上

一九九五年邓云乡与香港友人邓孔怀（左）摄于香港中文大学

云乡宗兄：你的来信都收到了，谢～前几天打电话给陈兆欢医生，谈及你的病和所服药片。他一听到美国新特效药马上就猜是名 Panzym？我答：正是。但你的恶梦得？他说这药目前最为流行，外边很多医生都采用，药应该是好药，但究竟能否治的病别些药外有同样功效，祇是 Panzym 新出，经过药厂大事宣传，大家对这药都相信它比别的药的好，如此而已。他又说凡所有治前列腺之药物暂时仍未有彻底治疗的，就有的话都是骗人的，所以病者都要一生服食。这也是药厂久久不推出「新」药以招揽客户的缘故。他说若对付前列腺最好的辨法还是做手术，不过手术一定要做得好，做得不好也会有很多的機會，做得好是能根治的。我希望那些药片能暂时控制着你前列腺的增大，减轻一些痛苦。要是来香港的话，可找陈医生替你做手术。药片食完了，我

你说得有一套石印圆明园四十景要赠我，谢～你的美意。你的一套你留着观赏吧，因为我已经有一套（也是石印）放在偷敦，遇至上海会面的时候吧！北京南长街之余院，自啟订银後，一直渺无音讯，事情恐怕有监不妙。到无他法，姑且等着。如事不成，又有拿回全复了。前天收到住南郷州事来寻根溯话一年。想是兄的寄他们辨的，你的「中国民居清话」细读过了，使我想起书中至偏致喔～问像一大堆问题，你的近日香港風颇作，雅你不正，但带来雨水驚人，山泥倾冯。大名不壁以至交通屡重瘫塞。幸我附近还算平静。以不厥真烦地续一回答。那时的欣悦，是每作表达的。

祝你两寿

祝身体健康！

弟孔怀致上一九五年九月六日

·164·

邓孔怀致邓云乡函

出版说明

邓云乡（一九二四——一九九九），学名邓云骧。山西灵丘人。教授。作家，民俗学家，红学家。出生于书香世家，祖父和父亲都曾在清朝为官。幼时生活在山西灵丘东河南镇，一九三六年初随父母迁居北京，一九四七年毕业于北京大学中文系。做过中学教员、译电员。一九四九年后在燃料工业部工作，一九五六年调入上海动力学校（上海电力学院前身），直至退休。

邓云乡学识渊博，文史功底深厚。为文看似朴实，实则蕴藏着无穷的艺术魅力。其旁征博引，信手拈来。不论叙述民风民俗，描摹旧时胜迹，抑或是钩沉文人旧事，探寻一段史实，均娓娓道来，语颇隽永，耐人寻味。

此次中华书局整理出版的邓云乡作品集，参考了二〇〇四年版《邓云乡集》，并参校既出的其他单行本。编辑整理的基本原则是慎改，改必有据。具体来说，就是：

一、凡工作底本与参校本文字有异者，辨证是非，校订讹误。

二、凡引文有疑问之处，若作者注明文献版本情况，则复核该版本；若作者未能注明的，或者版本不易得的，则复核通行本。

三、作者早年著述中个别用字与当代通行规范不合者，俱从今例。

四、作者著述中某些错讹之处，未径改者加注说明。

五、本次整理对某些书稿做了适当增补，尽量减少遗珠之恨；有的则重新编排，以更加方便阅读。

邓云乡与中华书局渊源颇深，生前即在中华书局出版《红楼风俗谭》、《文化古城旧事》、《增补燕京乡土记》、《水流云在丛稿》等多部著作。此次再续前缘，我们有幸得到其家属的大力支持，不仅提供了邓云乡既出的各种单行本作为编辑工作的参考，并以其私藏印章、照片、手稿见示，以成图文并茂之功，在此谨致谢忱。

中华书局编辑部

二〇一四年十二月

2

目 录

老北京的四合院

四合院之好,在于它有房子、有院子、有大门、有房门。关上大门,自成一统;走出房门,顶天立地;四顾环绕,中间舒展;廊栏曲折,有露有藏。如果条件好,几个四合院连在一起,那除去合之外,又多了一个深字。"庭院深深深几许"、"一场秋梦酒醒时,斜阳却照深深院"……这样纯中国式的诗境,其感人深处,是和古老的四合院建筑分不开的。

北京四合院好在其合,贵在其敞。合便于保存自我的天地;敞则更容易观赏广阔的空间,视野更大,无坐井观天之弊。这样的居住条件,似乎也影响到居住者的素养气质。一方面是不干扰别人,自然也不愿别人干扰。二方面很敞快、较达观、不拘谨、较坦然,但也缺少竞争性,自然也不斤斤计较。三方面对自然界很敏感,对春夏秋冬岁时变化有深厚情致。让我们先来看看四合院的春、夏、秋、冬。

冬至过了是腊八,四合院春的消息已经开始萌动了。过了二十三,离年剩七天……在腊尽春回之际,四合院中自然是别有一番风光了,最先是围绕着年的点缀。以半世纪前的具体时代来说吧。老式人家还要贴春联,而新式人家或客居的半新式人家,春联一般都免了。但都要打扫房子,重新糊窗户。打扫房屋如果说雅言叫掸尘,北京人说话讲究忌讳,大年下的,什么打呀,扫呀,说着不雅驯,因而也总叫掸尘了。四合院屋里屋外,打扫得干干净净,首先给人以万象一新之感。

可就在这样明媚的春光中,中午前后,忽听得院子里拍打一声,什么东西一响,啊——起风了,"不刮春风地不开,不刮秋风子不来"。北京的大风常常由正月里刮起,直刮到杨柳树发了芽,桃李树开了花。四合院中是不栽杨柳树的。但桃树、李树可能有。而最多的则是丁香树、海棠树,这是点缀四合院春光的使者。

春节也就是北京四合院中人们说的过年,由冬至算起的"九九"计之,一般常"六九"前后,已过"三九"严寒的高峰,天气渐渐回暖,四合院墙阴的积雪渐渐化了,檐前挂着晶莹的"檐溜",一滴一滴的水滴下来……虽然忙年的人们,无暇顾及四合院中气候的变化,但春的脚步一天天地更近了。

春节到了,拜年的人一进垂花门,北屋的大奶奶隔着窗户早已望见了。连忙一掀帘子出来迎接。簇新蓝布大褂,绣花缎子骆驼棉鞋,鬓上插一朵红绒喜字,那身影从帘子边上一闪,那光芒已照满整个四合院,融化在一片乐声笑语中了……

不必多写,只这样一个特写镜头,就可以概括四合院春之旎丽了。

北京春天多风,但上午天气总是好的。暖日暄晴,春云浮荡,站在小小的四合院中,背抄着手,仰头眺望鸽子起盘,飞到东,看到东,飞到南,看到南……鸽群绕着四合院上空飞,一派葫芦声在晴空中响着,主人悠闲地四面看着,这是四合院春风中的一首散文诗。

丽日当窗,你在室中正埋头做着你的工作,听得窗根下面"嗡嗡……"地响着,是什么呢? 谁家的孩子正在院子抖着从厂甸新买来的空竹。这又是四合院春风中的一首小诗。

北京的长夏，天气酷热。现在住在高楼里的人们，不能不借助现代的科学技术发明如电风扇、空调、电冰箱等等玩艺消暑降温，可当年老北京的四合院里这些玩艺全都没有，但在四合院里消暑度假，却比现代在用先进的技术制造的低温更适合人体的自然条件，更舒服也更充满凉意，令人神往不置。

四合院里的人们怎样消暑度夏呢？简言之就是冷布糊窗、竹帘映日、冰桶生凉、天棚荫屋，再加上冰盏声声，蝉鸣阵阵，午梦初回，闲情似水，这便是一首夏之歌了。

冷布糊窗，是不管大小四合院，不管贫家富户，最起码的消暑措施。冷布名布而非布，非纱而似纱。这是京南各县，用木机织的一种窗纱，单股细土纱，织成孔距约两三毫米大的纱布，再上绿色浆或本色浆。干后烫平，十分挺滑，用来当窗纱糊窗，比西式铁丝纱以及近年的塑料尼龙纱纱孔要大一倍多，因而极为透风爽朗。

老式四合院房屋窗户都是木制的，最考究的有三层。最外护窗，就是块木板，可以卸下装上，冬春之交可挡寒风灰沙，不过一般院子没有。二是竖长方格交错成纹的窗户，夏天可以支或吊起。三是大方格窗，是夏天糊冷布及卷窗的，俗曰"纱屉子"。入夏之后，把外面或里面窗吊起，把纱屉子的旧纸旧纱扯去，糊上碧绿的新冷布，雪白的东昌纸做的新卷窗，不但屋始洞然，而且空气畅通，清风徐来，爽朗宜人了。乾隆时前因居士《日下新讴》有风俗竹枝云："庭院曦阳架席遮，卷窗冷布亮于纱。曼声□（原缺）响珠堪听，向晚门前唤卖花。"这诗第一句说"天棚"，第二句便说冷布糊窗。诗后有小注云："纸窗中间，亦必开空数棂，以通风气。另糊冷布以隔飞蝇，冷布之外加幅纸，纸端横施一挺，昼则卷起，夜则放下，名为'卷窗'。"

糊冷布最便宜，因而一般贫寒家也有力于此。只是冷布不坚固，一夏过后，到豆叶黄、秋风凉的时候，日晒、风吹、雨打，差不多也破了。好在价钱便宜，明年再糊新的。在窗户上糊冷布、糊卷窗的同时，房门上都要挂竹帘子了。竹帘子考究起来是无穷无尽的，"珠帘暮卷西山雨"，穿珠为帘固然珍贵，但一般琉璃珠帘，也值不了多少钱。倒是好的竹帘，十分高贵，如《红楼梦》中说的虾米须帘、湘妃竹帘以及朱漆竹帘等等，都是贵戚之家的用品。一般人家，挂一副细竹皮篾片帘子就很不错了。隔着竹帘，闲望院中的日影，带露水的花木，雨中的撑伞人；晚间上灯之后，坐在黑黝黝的院中乘凉，望着室中灯下朦胧的人影，都是很有诗意的。北京人住惯四合院，喜爱竹帘子，去夏回京，见不少搬进高层楼宇中居住的人，也在房门口挂上竹帘子，只有这点传统的习惯，留下一点四合院的梦痕吧。

四合院消暑，搭个天棚是十分理想的。尤其是北京旧时天棚，工艺最巧妙。不过搭天棚比较费钱，要有一定的经济条件才能办到。旧时形容北京四合院夏日风光的顺口溜道："天棚鱼缸石榴树，老爷肥狗胖丫头。"这在清代，起码也得是个七品小京官，或者是一个粮店的大掌柜的才能办得到，一般人谈何容易呢？

搭天棚要用四种材料：好芦席、杉槁、小竹竿、粗细麻绳，这些东西不是搭天棚的人家买的，而是租赁的。北京过去有一种买卖，叫"棚铺"，东南西北城都有，是很大的生意。它们营业范围有两大项，一是包搭红白喜事棚，结婚、办寿、大出丧，都要搭棚招待宾客；二是搭天棚，年年夏天的固定生意，它们备有许多芦席等生财，替顾主包搭天棚，包搭包拆，秋后算账。年年有固定的主顾，到时来搭，到时来拆，绝不会有误，这是旧时北京生活中的朴实、诚恳、方便的一例。

北京搭天棚的工人叫棚匠,是专门的行业。心灵手巧,身体矫健,一手抱一根三丈长的杉槁,一手攀高,爬个十丈八丈不稀奇,个个都是身怀绝技的把式,因而北京搭天棚,可以说是天下绝技。北京旧时搭天棚,上至皇宫内院,下到寻常百姓人家(当然是有点财力的)。清末甲午海战后,李鸿章去日本订了屈辱的《马关条约》,换约正是农历四月末,已入夏季,那拉氏在颐和园传棚匠搭天棚,京中市间传一讽刺联云:"台湾省已归日本,乐寿堂传搭天棚。"这是一个有名的天棚掌故。故宫当年也搭天棚。道光《养正斋诗集》中就专有写宫中天棚的事。诗云:

> 消夏凉棚好,浑忘烈日烘。
> 名花罗砌下,斜荫幕堂东。
> 偶卷仍留露,凭高不碍风。
> 自无烦暑至,飒爽畅心中。
> 凌高神结构,平敞蔽清虚。
> 纳爽延高下,当炎任卷舒。
> 花香仍入户,日影勿侵除。
> 得阴宜趺坐,南风晚度徐。

诗并不好,但把天棚消暑的特征都说到了。不过这个人们还容易理解,因为是皇宫。而当年监狱中也要搭天棚,则是人们很难想到的。康熙、雍正时诗人查慎行因其弟文字狱案,投刑部狱,《敬业堂诗续集》中有《诣狱集》一卷,有首五古《凉棚吟》就是在刑部狱中感谢刑部主事为他系所搭天棚写的。有几句写搭天棚的话,不妨摘引,以见实况。

谓当设凉棚,雇值约五千。

展开积秽土,料节日用钱。

列木十数株,交加竹作椽。

芦帘分草檐,补缀绳寸联。

转盼结构成,轩豁开虫天。

  这几句文词古奥,但说的都是实情。四合院搭天棚,能障烈
日却又爽朗,一是高,一般院中天棚棚顶比北屋屋檐还要高出三
四尺,所以障烈日而不挡好风;而且顶上席子是活的,可从下面
用绳一抽卷起来,露出青天。在夏夜,坐在天棚下,把棚顶芦席
卷起,眺望一下星斗,分外有神秘飘渺之感。

  天棚不但四合院中可搭,高楼房同样可以搭。协和医院重
檐飞起,夏天照样搭四五层楼高的天棚,可张可阖,叹为观止,真
有公输般之巧。一九八二年夏天到协和医院看望谢国桢老师,
见西门也搭着天棚,又矮又笨,十分简陋,不禁哑然失笑。看来
北京搭天棚的技艺,今天的确已成为"广陵散"了。

  与天棚同样重要的消暑工具,是冰桶。大四合院的大北屋,
炎暑流金的盛夏,院里搭着大天棚,当地八仙桌前放着大冰桶。
明亮的红色广漆和黄铜箍的大冰桶闪光耀眼,内中放上一大块
冒着白气的亮晶晶的冰,便满室生凉,暑意全消矣。即光绪时词
人严缁生所谓"三钱买得水晶山"也。

  小户人家住在小四合院东西厢房中,搭不起天棚也没有广
漆大冰桶,怎么办呢?窗户糊上了新冷布,房门口挂上竹帘子,
铺板上铺上凉席,房檐上挂个大苇帘子,太阳过来放下来,也凉
阴阴的。桌上摆个大绿釉子瓦盆,买上一大块天然冰,冰上小半
盆绿豆汤,所费无几。休息的日子,下午一觉醒来,躺在铺上矇

眯睡眼,听知了声,听胡同口的冰盏声,听卖西瓜的歌声……这一部四合院消夏乐章也可以抵得上"香格里拉"了。

除此之外,还有余韵。北京伏天雨水多,而且多是雷阵雨,下午西北天边风雷起,霎时间乌云滚滚黑漫漫,瓢泼大雨来了,打的屋瓦乱响,院中水花四溅……但一会儿工夫,雨过天晴。院中积水很快从阴沟流走了,满院飞舞着轻盈的蜻蜓,檐头瓦垄中还滴着水点,而东屋房脊上已一片蓝天,挂着美丽的虹了。

搬个小板凳,到院中坐坐,芭蕉叶有意无意地扇着,这时还有什么暑意呢?

而仲夏刚过,一阵好雨,一阵凉风,那忽焉而至的已是四合院的秋了。

四合院中秋的感觉,十分敏锐。

到上海后,每爱七八月间回京,常常住到旧历七月下旬再回江南,几乎像辛勤的候鸟一样,年年可以迎接燕山的新秋。其时在宣南还有一间小房,可以容身。虽是宿舍房子,但是平房,又是按四合院的格局盖的。中间院子、四周房子,自然不是一家一院,而是十七八家的大杂院。不过因为有院子,人们可以搬个小板凳在院乘凉,也可在窗前听雨,或坐房中,隔着竹帘望院中雨景……这样还多少有一些古老的四合院的情调。

有一年近中元节时,好雨初晴,金风乍到,精神为之一爽,忽然诗兴大发,写下了下面这样一首诗:

炎暑几日蒸,一雨新凉乍。
劳人时梦达,听雨宣南夜。
朝来天似洗,清风盈庭厦。

7

隔帘两三花,牵牛娇如画。

散策陋巷行,墙枣已满挂。

居近南西门,胜地人曾写。

古寺龙爪槐,酒家余芳舍。

稍近枣花寺,千年过车马。

俯仰迹皆陈,于今知者寡。

东市起高楼,西巷余断瓦。

倚杖立苍茫,街景亦潇洒。

顾盼感流光,蝉鸣又一夏。

安得逢耦叟,相与说禾稼。

　　这就是在宣南四合院内外所感受的秋之诗情。这种境界,自己觉得很可爱,忍不住形诸咏唱,写了这首诗,寄给平伯师。他回信道:"奉手书并新著五言,得雨中幽趣,为欣。视我之闷居洋楼,不知风雨者,远胜矣。"

　　从平伯师的信中,可以看到,从四合院中感觉到的季节情趣、在洋楼中是感觉不到的。他现在虽然住在南沙沟高级洋房中,却也免不了怀念老君堂的古老四合院中的古槐书屋了。

　　秋之四合院,如从风俗故事上摄取美的镜头,那七月十五日似水的凉夜间,提着绰约的莲花灯的小姑娘,轻盈地在庭院中跳来跳去,唱着歌:"莲花灯,莲花灯,今天点了明天扔……"八月十五日夜间,月华高照,当院摆上"月宫码儿"、月饼、瓜果,红烛高烧,焚香拜月,那就又是一种风光了。

　　秋之四合院,除去上述者外,还有它绚烂的色彩,几年前写过一篇小文,现引用在后面作为资料,就不必再写了。文的题目是叫《小院》:

造化给人们以光泽和色彩，是公平的。宫阙红墙，秋风黄叶，宫廷有宫廷的绚烂秋色，百姓家也有百姓家的朴实、淡雅的秋色。在那靠城根一带，或南城南下洼子一带偏僻的小胡同中，多是低低的小三合院的房子。房子是简陋的、不是灰棚（圈板瓦、中间是青灰），便是棋盘心（四周平铺一圈板瓦，中间仍然是青灰），很少有大瓦房，开一个很小的街门。这种小院的风格，同京外各县农村中的农户差不多，正所谓"此地在城如在野"了。

　　小院主人如果是一位健壮的汉子，瓦匠、木匠、花把式、卖切糕的……省吃俭用，攒下几个钱，七拼八凑弄个小院，弄三间灰棚住，也很不错。一进院门，种棵歪脖子枣树；北房山墙上，种两棵老倭瓜；屋门前种点喇叭花、指甲草、野菊花、草茉莉……总之，秋风一起，那可就热闹了，会把小院点缀得五光十色，那真是秋色可观，虽在帝京，也饶有田家风味。至于那些盛开的花花草草，喇叭花的紫花白边，指甲草的娇红带粉，野菊花的黄如金盏，草茉莉的白花红点，俗名叫做抓破脸儿，还有那"一架秋风扁豆花"淡紫色的星星点点……这都是开在夏尾，盛在秋初，点缀得陋巷人家，秋色如画了。

　　当然，再有精致一点的小院，这种院子不是北城的深宅大院，而大多在东、西城及南城，"四破五"的南北屋，也就是四开间的宽度，盖成三正、两耳的小五间，东西屋非常人浅，但是整个小院格局完整，建筑精细，甚至都是磨砖对缝的呢……砖墁院子，很整洁，不能乱种花草，不能乱拉南瓜藤，青瓦屋顶，整整齐齐，这个小院的秋色何在呢？北屋阶下左右花池子中，种了两株铁梗海棠，满树嘉果，粒粒都是半绿半红，喜笑颜开。南屋屋檐下，几大盆玉簪，更显其亭亭出尘，边上可能还有一两盆秋葵，淡黄的蝉翼般的花瓣，像是起舞的秋蝶。

　　小院秋色也在迅速的变化着，待到那方格窗棂上的绿色冷布，换成雪白的东昌纸时，那已是秋尽冬初了。

　　四合院之冬，首先在于它充满了京华式的暖意，也许有人问，暖意还分式吗？的确如此，同样暖意。情调不同，生活趣味也不同。据说欧洲有不少人家，在有水汀、空调房间里，还照样保存壁炉，生起炉火，望着熊熊的火焰来思考人事、谈笑家常……更有超越于水汀、空调之外的特殊暖意。

　　古老的四合院，房后面老槐树的枝丫残叶狼藉之后，冬来临了。趁早把窗户重新糊严实，把炉子装起来，把棉门帘子挂上，准备过冬了……天再一冷，炉子生起来，大太阳照着窗户，坐在炉子上的水壶扑扑地冒着热气，望着玻璃窗舒敞的院子，那样明洁。檐前麻雀咋咋地叫着，听着胡同中远远传来的叫卖声……这一小幅北京四合院的冬景，它所给你的温馨，是没有任何东西可代替的。

　　四合院之冬围炉夜话，那情调足以使游子凝神，离人梦远，思妇唏嘘，白头坠泪。在狂风怒吼之夜，户外滴水成冰，四合院的小屋中，炉火正红，家人好友围炉而坐，这时最好关了灯，打开炉口，让炉口的红光照在顶棚上成一个晕。这时来二斤半空儿，边吃边谈，高谈阔论也好；不吃东西，伸开两手，静听窗外呼呼风声，坐上两三个钟头也好。四十多年前，我曾经留下过一个这样的梦：和一位异性好友，对着炉子默默地坐到十一二点钟，直到她突然说道："哎呀，该封火了！"这时我才如梦方醒，向她说声对不起,告辞出来……如今这位好友远在海峡那边,可能已有了白发了吧?

儿时趴在椅子上,一早看玻璃窗上的冰棱,是四合院之冬的另一种趣事。那一夜室中热气,凝聚在窗上的图画,每天一个样,是山,是树,是云,是人,是奔跑的马,是飞翔的鸽子……不知是什么,也不管它是什么,每天好奇地看着它,用手指画它,用舌头舔它,凉凉的,是那么好玩。现在还有谁留下这样的记忆呢……

早上爬起,撩起窗一看:啊,下雪了!对面房上的瓦垄上,突然一夜之间,一片晶莹的白色,厚厚的,似乎盖了几层最好的棉絮。满院也是厚墩墩的,白白的……在未踩第一个脚印之前,小小的院落浑然一体,等到大人们起来,自然要扫雪了,先扫开一条路,或是扫在一起堆起来。如果有几个孩子,自然也堆雪人了。

雪晨外眺,庭院银装,也许雪继续下着,也许雪霁天晴了。

鹅毛大雪,继续纷纷扬扬地下着。四合院的天空,一片铅灰色冻云压住四檐,闪耀着点点晶莹雪花。在暖暖和和的房中,听着雪花洒在纸窗上的声音,是特殊的乐章。如果晴了,红日照在窗上,照在雪上,闪得人睁不开眼,那四合院是另一风光——但不要以为晴天比雪天暖和,"风前暖,雪后寒",这是北京老年人的口头语。那冷可真够呛,干冷干冷的。

白雪妆点了北京四合院,那风光,那情趣,那梦境……年年元旦前,收到一些祝贺圣诞、祝贺新年的画片,常见到大雪覆盖的圣诞小木屋图景,却没有见过一幅雪中四合院的图画,常常为此而引起乡愁。

如果用极少的词语来概括四合院的四时,我苦心孤诣地想了这样四句:冬情素淡而和暖,春梦浑沌而明丽,夏景爽洁而幽远,秋心绚烂而雅韵。

北京俗曲与北京风俗

一

    本文主要内容是谈北京俗曲与北京风俗之关系，主要是介绍北京风俗在北京俗曲中的表现和北京俗曲所描述的某些北京风俗，这里所说的北京俗曲和风俗，都是历史上的，而非今天的。具体所反映的时间，是本世纪初和上世纪。去今虽然未远，但因为我们所处是一个剧烈变化的伟大时代，因而这些东西，在今天看来，已经大多是茫然的了，因而对于深刻具体地了解当时的社会，也就隔着一层，只能是抽象的、模糊的，而不能是形象的、具体的。而这个历史时期，离我们又最近，和我们今天的社会关系又极为重要，我们今日在不少方面，还要继承利用它、重现它、表演它。也许有人感到，这些陈旧的风俗等等，谈得到什么继承利用呢？其实广义地说来，继承利用的还很多呢！早上吃早点，买根油条，似乎还是继承了本世纪初、上世纪中的老样子。如不注意继承，那情况就完全两样，北京早上喝"豆腐粉"（实际是黄豆磨粉或杂豆磨粉）制的豆腐浆，就是不继承磨豆腐、过滤后熬豆腐浆的风俗，让人连豆腐渣一起喝下去。另外衣食住行、文化娱乐、岁时礼俗都包括在风俗中，油条、豆浆之微，也显示了一个民族、一个历史时期的社会风俗。移风易俗者，是循循然善诱人，引导其继承发扬好的，改变其劣者、乖陋者，这本是多方面的十分细致的工作。如果主观片面地去认识和处理,那常常是不能很好地解决问题。

至于谈到重现当时的生活场景,表演当时的社会故事,那就更需要比较细致、具体地了解当时的风俗情况,尤其是时代越近的,真实性的要求越高,不然就感到很滑稽,那就根本谈不到什么艺术创作等等,变成瞎胡闹了。秦始皇穿错一点古天子冠冕,问题还不大;而让蔡锷穿着四十年代中后期袍子吃酒谈笑,像一个银行主任的派头,或者像一个说书先生的姿态,如果不是开玩笑,就是无知识。因为见过蔡锷的人不少还健在。穿过四十年代式样袍子的人就更多了。稍错尚可忽略,大摇大摆便莫名其妙了。所以要研究、要有知识,无知是不行的,研究得不细也往往要出错。如电影《梨园传奇》中,那个演恶霸的演员的右手无名指上戴了一个"汉玉搬指",这就戴错了。因为"搬指"不是戒指,它是为了拉弓扣弦用的,不能戴在无名指上,应该戴到拇指上。北京拍的电视剧《画儿韩》,那个演冒充那家少爷的演员就戴对了,是戴在拇指上。这样一个小小的"搬指",既显示历史风俗,又显示了历史风俗知识的高低粗细,不能忽视。

前面这些引言,简单地说了一下介绍这些俗曲及其所反映风俗的意义,虽是历史的,也和我们今天有着密切的关系。还不只是谈往昔之风尚,供茶余之谈助。这原有其更严肃的现实意义在。

以下再介绍一下北京俗曲的范围。北京俗曲是广义的名称,它包括的范围较广,即除去昆、弋两腔、西皮二簧、梆子腔等大戏而外,其他演唱形式,如各种大鼓书、坠子、琴书、单弦牌子曲、小曲等等,这些民间曲艺,都可以叫做"俗曲"。北京旧时有句歇后语道:"骑驴看唱本——走着瞧。"所说"唱本",是一个特定名词，是一种只有一两页、顶多三五页的小册子，印的都是戏词和俗曲的歌词。最早木版刻印，后来改了石印、铅印，封面上还有图，最早是木刻图，后来照相术推广之后，印一个模糊的戏装照或人像，这就是"唱本"，由《平贵别窑》《洗浮山》等大戏到大鼓书《大西厢》《王二姐思夫》等样样都有，发行量极大。

这种唱本除去一部戏词外，大部分都是俗曲唱词，而大多数都是无名氏作品，即使当时知道是谁编的词，也不把作者姓名印在唱本上。这些俗曲，有的曲种是来自外地的，如河南坠子、乐亭大鼓、山东大鼓等；有的是就外地的曲种改造的，如京韵大鼓、梅花大鼓等；有的则是北京清代时旗人创造的，如弹弦牌子曲等。崇彝《道咸以来朝野杂记》记云：

> 文小槎者，外火器营人，曾从征西域及大、小两金川，奏凯归途，自制马上曲，即今八角鼓中所唱之单弦、杂排子及岔曲之祖也。其先本曰小槎曲，减称为槎曲，后讹为岔曲，又曰脆唱，皆相沿之讹也。

崇彝所记，一直是单弦老演唱者常说的，四十多年前，听荣剑尘、谢芮芝唱单弦，一上场总要交待几句，什么"鞭敲金镫响，人唱凯歌还"等等，原是乾隆时八旗绿营在镇压少数民族战争后的军中娱乐节目，后来就变作一种北京旗人的民间俗曲，而且开始都是以之消遣的娱乐活动，并非卖唱为生。其中演唱者，不少都是旗人中的王公贵族的浪荡子弟，不干好事，专门吃喝玩乐走坏道，如同治时的贝勒奕绮、老恭王奕䜣的儿子贝勒载澂等，都是有名的大流氓，在王府中成立"赏心悦目票房"，唱弹弦牌子曲等，义务到别的底邸中演唱，勾引妇女，仗势骗人等等，因而清代这一类俗曲又叫"子弟书"。而暗中营业卖唱，表面上说是"玩票"，以及公开靠卖唱为生的艺人，他们演唱时，也叫做"子弟书"了。由最早的军中娱乐节目"岔曲"逐步演变成民间俗曲"单弦排子曲"，其中还有滋生的各种俗曲，如西韵书、东韵书、西城调、南城调、马头调、靠山调、快书等等。

演唱的内容，有长篇的、有短篇的，有历史的、有时事的。唱长篇如著名的石玉崑。崇彝《道咸以来朝野杂记》记云：

> 道光朝有石玉崑者，说《三侠五义》最有名，此单弦之祖也。贵月山尚书庆尝以柳敬亭比之。后来之随缘乐，本名司瑞轩，非瞽者，名尤著，说唱诸书，借题讽世，笑话百出，每出演景泰、泰华诸园，能哄动九城。近年著名之德寿山，即其支流也。

另外夏枝巢《旧京琐记》也记云：

> 子弟班者，所唱为八角鼓、快书、岔曲、单弦之类。昔有抓髻赵，最有名，供奉宫中，以为教习。单弦有德寿山、荣剑尘，以八角鼓著名。快书之张某，大鼓刘宝泉则专门艺人。

在枝巢老人的记载中，说完"子弟班"之后，又说"专门艺人"，就是把当时旗人票友出身的和贫寒之家子弟专门学艺演唱的加以区别。德寿山、荣剑尘等人都是旗人票友下海卖艺唱单弦的。昔时旗人一般不称满洲姓，只称用汉字起的名字，如荣禄、端方等，又起一个字，连名中第一个字一起读，如荣禄字仲华，人称荣仲华；端方号午桥，人称端午桥。不了解当时这种旗人风俗的,还以为他们姓荣、姓端呢,其实完全不是,他们都另有满洲姓,德寿山、荣剑尘等单弦艺人也一样,德、荣都不是他们的姓,而是他们名字的第一个字。记得荣剑尘解放前夕还登台演出,当时大约六七十岁之间,在崇彝的记载中,说到"随缘乐",说是"说唱诸书,借题讽世,笑话百出"等等,这就联系到这些俗曲的演唱内容。随缘乐名司端轩(实际也非姓"司",其官名不知叫"司"什么),是同治、光绪初年的人,其"借题讽世,笑话百出",等等,就是编唱了当时的时事内容,而且通俗滑稽、讽刺生动,所以能在演出时轰动九城。随缘乐这种俗曲的影响很大,不少潦倒旗人也以此为乐,编了许多唱词。著名的有同、光时做过杭州将军的果勒敏,字杏岑,就编过不少排子曲、岔曲。崇彝记他"能以市井俚语加入,而有别趣"。这就是这些俗曲在语言上的特征;有些全部是用北京当时最土的方言写成的,这就更显示了它的历史的、地方的风土特征。在外地、在异代虽然不少都很难懂,而在本地、在当时却最有听众,最能反映其特殊的风俗面貌;再有这种俗曲反映社会新闻十分及时,当时不少社会新闻、流行风尚都有人编成俗曲,加以演唱。四十五六年前还听过一次唱"怯大鼓"的架东瓜(艺名)唱"穷大奶奶逛万寿寺",讽刺破落户旗人仍旧摆谱儿(即装阔气),什么"头上梳一个屎壳螂篆儿,篆上戴一朵狗尾巴花……"等等,绘声绘形,极尽讽刺之能事。单弦排子曲马头调中,有一个段子叫《灵官庙》,就是演东便门二闸尼姑广真交结官府,招伎设赌,又大办寿筵,请了不少旗人王公贝子,为御史所参,被步军统领捉拿处死,王公都被革爵。当时这一类内容的俗曲极多。这一类俗曲在内容表现上和当时流行的西韵书,如《黛玉悲秋》等之缠绵悱恻不同,和悲壮激昂的东韵书、鼓子词即后起的京韵大鼓,如《战长沙》、《游武庙》等也不同。它的特征：一是在内容上全演唱当时北京的时世故事、风俗、社会情况；二是全部用北京土话土音；三是描绘细致、内容风趣，一般多少都有讽刺性；四是篇幅长短不一，有的几十句，有的几百句，长篇大论，但不演唱故事，而只叙述介绍社会风俗情况，如子弟书《鸳鸯扣》记旗人婚礼全过程，把相亲、插戴、迎妆、迎亲、坐帐、开脸、拜堂、会亲、回门等都用演唱的形式作了极为细致的叙述和描绘。全本足有两万多字，而并无故事穿插其间，是纯客观的叙述，不惟内容极为丰富，其形式也是十分特殊的。

这种俗曲，自然有不少作者，但风格大都一样，词句都十分流畅，"十三辙"都运用得很熟练。编写者一般都具备三个条件：一、有较高的文字水平；二、极为熟悉北京的风俗人情；三、写词的人大都自己能演唱，或本身就是又演唱、又编词的。但是这些作者，在作品传抄或者刻印时，都没有写上自己的姓名，如当时著名的写西韵调唱词的韩小窗、写弹弦唱词的果勒敏等人，也只知道他们当年是编了大量的唱词，但是他们有哪些作品，也很难找到详细明确的记载了。

由光绪之前，直到宣统末、辛亥初，北京出现了一个专门编印俗曲唱本的字号，署名"百本张"，编印了大批的俗曲唱本，使俗曲唱词得到十分广泛的流传。它所反映的北京社会，中间经历了一次极大的变化，那就是庚子，由义和团进北京直到八国联军侵略北京、占领北京，和议达成撤离北京，那拉氏由西安回到北京，前后约有一年半的时间。这对当时北京古老的社会、古老的风俗，是一个极大的冲击。在此前后，北京社会市容风俗都发生了显著的变化。这些在"百本张"的俗曲唱词中，都有明显的反映。是研究这一时期北京社会风俗的最生动形象的资料。

"百本张"的俗曲唱本，在当时虽然发行量很大，但谁也不重视这些小唱本,有的只一两页,看完就随手丢了。因而在不断大量发行的同时,也在不断地大量散失消灭,因而在百年之后的今天,一般想看到一本"百本张"的唱本,那是很不容易的了。过去北京傅惜华老先生收藏的"百本张"的本子极多。另外听说马彦祥先生、吴晓铃先生收藏的也很多,这都是很可珍贵的。可惜我没有机会看到这些邺架珍秘,时有缘浅之慨。再有各位老先生们收藏这些俗曲珍籍,一般都是从戏曲史料研究方面着眼,而我稍有不同的是,更着眼于它的内容所表现的当时的社会风俗。这更有其史料价值,而且大多都是别的书中找不到,或即使找到,也没有这样生动具体。其值得重视处,也就在于此。

二

第一先举一个最普通的。曲名〔打糖锣〕,曲种是"赶板",内容是描绘过年的情景,利用打糖锣卖糖小贩的叙述,很有趣地介绍当时北京人过年的忙碌准备,其词云:

> 正月里的银子腊月里关,
> 二十一二咳放黄钱。(一)
> 卖香炉、蜡烛台儿的满街上叫唤。
> 画儿棚子搭满了街前,
> 神纸摊子摆着门神挂钱,
> 汤羊和那鹿肉、野鸡吆喝新鲜,
> 关东鱼、冻猪、野猫堆在街前。(二)
> 爆竹床子、佛龛和灶王龛,
> 佛花、供花儿、瓷器也出摊,

祭灶的关东糖,卖到二十二三,

元宝、阡张绕街上串串,

没折儿的先生写卖对联。(三)

家家户户都要过年:

请香请蜡,蜜供南鲜,黏糕馒首,蒸食俱全,

祭神的猪头羊头,包饽饽的白面,

猪、羊、牛肉,年例长钱。(四)

三十儿晚晌,煮饽饽捏完,

火锅子装上,等着姑爷拜年。

踩岁的芝麻秸儿,院子里撒严。

小幺儿们磕头,为的是弄钱,

压岁的老官板儿,小抽子儿装圆。(五)

喜欢的个个跳跳蹿蹿,

接神的鞭炮响声儿震天。

初一一早都出去拜年,

家家户户把门来关。

有来的要见节,就说出去拜年;

不到的又是挑礼,俗了个非凡。(六)

旗下爷们见面,有把满洲话翻,

无非说的是新喜,吉语吉言。

买卖爷们见了面也要拜年,

把磕膝盖一拱,乱打乡谈,

说的是新春大喜,大发财源。(七)

卖瓜子儿的小幺儿们,胡同儿串湾,

打糖锣儿的也开了市咧,也要弄钱,

打着一面糖锣儿,满街上叫唤。(八)

当时唱本,都是连下来的,我为了便于现在读者阅读,便于加注说明,所以引用时分行来写。这首演唱当年过年时风俗的俗曲,在当年北京人看来,是一看就懂,非常亲切的。而在今天不知当时北京风俗的读者看来,肯定有许多都不懂了。我在此按句下所标数字,依次作些简单说明:

(一)第一句尚易理解,即为了过年,提前发钱粮。当时北京除专职官吏有俸银、俸米,一般旗人没有职务的也都有钱粮可领。要过年了,应该正月里发的钱粮,腊月里就发,日期是腊月廿一二,即祭灶前夕。"黄钱"是铸钱机构宝源局、宝泉局新铸出来的黄铜钱,像现在人过春节时,换几张没有用过的新钞票一样。

(二)以上数句都说的是卖年货。香炉、蜡烛台、年画等都是过年时购买的东西,门神是"神荼"、"郁垒",贴在大门左右门扇上的纸印五彩神像。清代北京年货中不少食品,肉鱼野味等都是东北来的,统名之曰"关东货",由旧历十月地冻之后,陆续用大车运到北京,谓之"走大车"。鱼是冻鱼,都是松花江产的,所以叫"关东鱼"。汤羊是连皮的杀倒的冻羊,整腔地运来,野猫是野兔,又叫"山猫",这由清初就是如此,是山海关内外的大宗贸易。《京都竹枝词》所谓"关东货始到京城"。在著名的乾隆时汪启淑的《水曹清暇录》中有详细的记载,这里不多作介绍。《红楼梦》所写乌庄头账单,也是这种"关东货"的反映,不过是向贾府缴纳,而不是在市场上出卖。

(三)这几句写的也还是街头卖年货的情况。"爆竹床子"是北京土话,大面积的摊子像床一样,所以叫"床子",如"羊肉床子"、"菜床子"等。佛花、供花都是纸花,佛花是供佛的,供花是祭祖时供桌上插的花。元宝、阡张是纸糊迷信品,元宝是锡箔糊的，阡张是一尺见方的白纸、黄表(纸)用刻刀一扎扎地刻点花纹，上香时焚烧的。祭祖时烧白纸阡张，祭神时烧黄表。"没折儿"是土话，就是"没辙儿"，没有路，没有办法，所以年根儿日才在街头卖对联，即代写春联，俗名"书春"、"书红"。

(四)以上数句写家中过年的准备，香、蜡都是敬神祭祖用的，所以叫"请"，不能说卖。"蜜供"是当年北京特有的过年时祭神食品，用面粉做成长条，切成一段段的，香油炸过后，把这一段段的垒成一个四方宝塔形，大的可以二三尺高，小的五六寸高，叫做"蜜供"。当时家家户户都要买的。祭神要领牲(即古代的"牺牲"之意)，所以要猪头、羊头，代表整猪、整羊。"年例长钱"是每年按例的赏钱。

(五)"煮饽饽"是水饺，北京土语。芝麻秸扔在院子里，让人踩上去哔哔剥剥乱响，是节节高，越踩越响，取吉利。"老官板儿"是铜制钱中老年间的大钱，如顺治、康熙等朝铜钱，较道光以后所铸钱大三分之一以上，大人给小孩压岁钱都给大钱，"小抽子"即小口袋，装上钱一抽口，都装满了。

(六)清代北京人大年初一、二照例不开门接待拜年者，但照样要拜年，把贺年片从门缝塞进去。有的京官甚至本人不去，让一个小孩坐上他自己的车，捧着拜匣(装名片的匣子)，挨门送贺年片。这本是当时官场中极为腐朽虚伪的风俗，一般人认为是正常的，而在俗曲中却给予尖锐的揭露和讽刺，说有真要"见节"，即见面拜年的，反而推说不在家，出去拜年去了；而"不到"又要"挑礼"，令人十分可厌耳。

(七)"旗下爷们"即在旗(八旗)的男人，男人叫"爷儿们"、女人叫"娘(读作 niá)儿们"，北京土话。按"旗下爷们"并不都是满旗，主要是满族，即"满洲旗"，代代相传，说几句满洲话，但日常生活,都说京话,只偶然逢年过节,或某些称谓说满洲话。另外旗人中还有"蒙古旗",即八旗编制中的汉人,如《红楼梦》作者曹雪芹家,因为环境关系,偶然也会说几句满洲话。"买卖爷们"指北京做买卖的人,当时北京做买卖的基本上都是山西人和山东人,少数江南人,基本上没有本京人。"把磕膝盖一拱,乱打乡谈。"上句是请碰安,是北京的行礼方式,"打乡谈"是说自己乡间的土话,山西人说山西话,山东人说山东话。

(八)是说过年时卖瓜子、打糖锣的小贩趁机多做点生意赚点钱。

这样不长的一篇写过年风俗的俗曲,内容就这么丰富,描绘的当时的风俗,要做详细的解释,才能使今天的读者有所理解。而北京当时单是描写过年风俗的俗曲,却并不只这一篇,而是多种多样,另外还有不少从不同角度描绘过年风俗的俗曲,在内容上也给我们留下不少重要的风俗史料,如"百本张"牌子曲《十二景》、抄本大鼓书《门神灶王诉功》、《霓裳续谱》载"祭灶"小曲、"新年来到"小曲等。它们都生动地反映了北京当时过年期间的风俗情况,资料是大量的,内容极为丰富,这在正式历史书中是找不到的。即使在一些笔记野史、风土专著中,也是少有的,纵然有,也没有这样生动而有情趣。

旧时北京各大庙会,最能代表地方风俗容貌,所以拍电影《骆驼祥子》,要拍一段虎妞逛白塔寺的镜头,这就使电影更富于乡土色彩。但是半个多世纪以前,甚至一个多世纪以前的白塔寺庙会,究竟是个什么样子,它的具体的热闹气氛是什么样的呢?一般书中找不到,民间俗曲却给我们留下了极为详尽生动的材料。这种材料从社会史、经济史、民俗史、商业史、曲艺史、方志学的角度看,都是非常有价值的。如"百本张"子弟书《护国寺》:

忽想起今朝还是护国寺的庙,何不前去略散心?吩咐家人们套车备马,站起身将衣衫换换即刻出门。一路星驰电转如风快,霎时来到庙西门。下车来跟役后面拿着烟袋、荷包、马坐褥,至门前见一人当门而立面含春。原来是施舍那经验的偏方合劝人的经典,接一张看说:何苦来买纸费墨在这里冤人?来至永和斋先将梅汤喝一碗,顺甬道玉器摊上细留神。上了弥勒殿见翎子张他在庙内摆,只见那腰刀摊子也想去打落,见两旁俱是零星古董硬木器,至天王殿见辛家的玉摊在门内摆,下台阶朝东走见吉顺斋饽饽摊子面前摆,又见那云林斋、德丰斋、冰玉斋卖的是京装绢扇。这里有个首饰摊子,我歇歇再走,至东碑亭见百本张摆着书戏本。往前行见一个南纸摊儿面前摆,又见那西洋水法水车儿水轮儿做的十分巧,那卖旱三七的吗搭着眼皮儿麻里麻糖真有趣。卖苦果的撅着胡子眉来眼去把人云。卖龙爪姜的说这个小碟顷刻间能起三尺浪,那边是天元堂黑驴儿的眼药天下把名闻。前面有一档子莲花落,见座儿上许多擦胭脂、抹粉的人。来至了塔院寻一个静处解解手,见算命的相面的花言巧语尽蒙人,测字的照九州字意儿诙谐颇有趣,仁义堂药孟家的"百补增力"算专门,有许多卖熟食的油腻腥脏难寓目,看这档子倒新鲜却彩亮闭着眼睛把纸条儿抻。李九儿粘盘子粘碗工夫到,吃亏他装驴装狗爱撒村。仓儿的相声据我听来全无趣味,跑旱船锣鼓喧天振耳闻。王麻子的相声儿也无甚么意味,鸭蛋刘伸着脖子把剑吞。见一个耍白耗子的倒颇有趣,忽听大声喊"猪八戒转世投胎在这里存"。那边看海豹的人拥挤,又见弦子李光着脊梁把弦子乱抡,西湖景是瞧俗了的《活捉张格尔》,十八篇最得意的是

《小寡妇上坟》。可叹又董故后真讲工夫的江湖甚少，这些个玩艺儿呕得我恶心。还不如这台阶儿上清静坐，这树荫儿底下到可怡神。跟役将褥子铺下又装了烟一袋，又命人买了冰镇的甘蔗一块口内含。歇息多时站起来，出离塔院把头抬，见云林斋的小画墙上挂，尽都是花卉、人物、山水楼台。画儿虽好就是价儿大，言无二价——罢呀，我不那么呆。往前行顺西廊一溜儿瞧玉器，破书烂帖堆满阶除，大料着也卖不上来。本立号烟料将鸭子张也气跑，好钢口听听也快哉。又见摆着些烧料的烟壶儿硝子佩，原来是近日新出的假玉斋。卖耗子药的说："一包管保六个月。"卖首饰的说："买过的知道，戴过的认得，露出铜色与我拿回来。"治瘤子的满面乱点石灰面，买膏药的说："小弟随标从镇江来。"卖烟袋的双手拧成麻花样，治牙疼的拴上绳子愣往下摘。这边说："狮子、骆驼、猴，荷花、莲蓬、藕，每件清钱三十六。"那边说："要图结实买这个啊——"手举城砖打下来。这一边纯钢的剪刀儿能打火，那一边绣花针尖尖相对扯不开。金回回家膏药他驰名远，见同乐堂在西碑亭下摆着看书戏本，近日他新添小画想发财。他又见手艺堂蝈蝈葫芦厢（镶）嵌雕镂十分巧，他又见怯刘摆着个破书摊子。又走至绸缎棚子内去打落，德昌号连忙让坐笑盈腮。拾翻多回全没买，他又走至鱼盆上去卖呆。见估衣床子两旁列，因近日假票子使殉不敢把头抬。联盛号的门面是磁器刘新修理，尽都是粗使的客货言无二价有招牌。九庆堂他不敢进去，信步儿走进了永春花厂，出花厂见聚文书坊曾秋谷在柜上发呆。往前行出了胡同来到狗市，四牌楼吃饭，到家至早也有点灯一大后。

这篇比较长，摘引进护国寺、出护国寺一段，已有一百二十多句，内容不只极为丰富细致，而且描写极为传神，是风土趣味极浓的民间文学作品，其历史价值绝不比《清明上河图》和《东京梦华录》低，其表现手法很与日本的风俗作品、江户文学中的滑稽小说三马的《浮世风吕》等相近似。四十年前有位前辈写文章，说到《东海道中膝栗毛》和《浮世风吕》、《浮世床》等滑稽小说"为中国所未有"，如果指正规文学作品，那可能没有，而如果从北京俗曲中去找，那类似的表现手法，还是不少的。

从社会风俗历史的角度看，这篇作品给我们留下永和斋梅汤、翎子张花翎、辛家玉摊、吉顺斋饽饽、云林斋、德丰斋、冰玉斋绢扇、"百本张"戏本、天元堂黑驴儿眼药、仁义堂孟家百补增力膏药、立本号烟料壶、金回回膏药、同乐堂书画、手艺堂蝈蝈葫芦、怯刘书摊、德昌号绸缎、联盛号瓷器、九庆堂、永春花厂、聚文书坊等商号，留下了年儿把式、照九州测字、李九儿粘盘子、仓儿相声、王麻子相声、鸭蛋刘吞剑、弦子李弦子、叉董把式等江湖艺人的绰号、卖艺情况，还留下没有姓名字号的施舍偏方的、施舍劝人经典（如《太上感应篇》）的、玉器摊、腰刀摊、古董木器摊、首饰摊、南纸摊、西洋水法摊、三七旱烟摊、苦果摊、龙爪姜摊、唱莲花落的、耍杠子的、算命的、相面的、卖熟食的、抻纸条的、跑旱船的、耍耗子的、看海豹的、看西湖景（后称西洋景）的、卖冰镇甘蔗、卖鼻烟壶的、卖耗子药的、治瘤子的、卖膏药的、卖烟袋的、治牙痛拔牙的、卖糖狮子的、卖剪刀的、卖绣花针的、卖鱼盆金鱼的、卖估衣的、狗市卖狗的，真是五花八门，样样都有，更为难能可贵的是，他不是如《梦粱录》、《武林旧事》等写杭州瓦子，纯客观的描写，也不是写小说如《三言》、《二拍》中写社会场景是为了写故事人物，而俗曲则是用乡土气息极浓的文艺手法描写社会风俗,人物是真实的,风俗也是真实的、社会情景更是极为真实的。如他们用文学的手法写各种"江湖口",什么"买过的知道,戴过的认得……"什么"小弟随标从镇江来",写各种怪样子,什么治瘤子的"满面乱点石灰面",什么卖烟袋的"拧成麻花样",什么卖刀剪的用城砖(砌城墙的砖,比一般砖大两三倍),砸刀刃,表示纯钢锋利等等,过去逛过北京各个庙会的人看到,都感到写得十分传神。其功力常常在一句话中写出人物神态,看上去似乎很滑稽,实际却很凄凉,如"又见那弦子李光着脊梁把弦子乱抡",一句话就写出了这位三弦艺人为谋升斗之资,力竭声嘶拼命弹弦子的形象,显示了社会对这种江湖艺人的无形的沉重压力。同样"出花厂见聚文书坊曾秋谷在柜上发呆"一句,也写出了生意不好,曾秋谷毫无办法的冷落形象。曾秋谷自然是真人。这段唱词写了"东碑亭见百本张摆着书戏本",而这本子就是"百本张"刻印的,到处演唱,又等于替"百本张"做广告,因而其内容就更生动具体,可以说是一百多年前北京社会风俗的极为珍贵的真实历史资料了,不论从历史角度看,还是从文学角度看,都是极有研究价值的。晚明著名作家的作品,很注意风俗史料的记录和描绘,如刘侗《帝京景物略》的《春场》篇、张岱《陶庵梦忆》的《西湖香市》、《西湖梦寻》中的《昭庆寺》等,都是研究文学、研究风俗史时极为重要的名作,但比之这篇子弟书《护国寺》,那还是感到过于简略了。

"百本张"的俗曲中,类似这种反映庙会热闹情况的还是很多的。又如《逛城隍庙》,这一篇写庙会的俗曲,是真正的"单弦牌子曲",有不同的曲牌、调头、句式。其内容是从另一个角度,描绘演唱庙会风光,所演唱的城隍庙,在西城宣武门内沟沿西,其创作和演唱的年代,较之《护国寺》一篇应更早些。因"都城隍庙"从明代到清代同治时，都是北京著名的庙会，五月初一至初十，庙会极为热闹。据《日下旧闻考》所载，这里在明代，宫中的瓷器、宣德炉都流散出来，在这里的古玩摊上出售，开始还便宜，后来越来越涨，一个成化窑酒杯、一个宣德炉都卖到一百两银子。这个庙在光绪初年被火烧了，其后庙会即冷落下来。富察敦崇写《燕京岁时记》是光绪末年，记到"都城隍庙"时说："庙寺十日，市皆儿童玩好，无甚珍奇，游者鲜矣。""碑皆毁裂，所谓各直省城隍像者，零落殆尽。近惟将正殿修复，以便春秋祭享，余尚残破如故也。"

敦崇所记之都城隍庙与乾隆时潘荣陛《帝京岁时纪胜》中所记之"百货充集，拜香络绎"之热闹景况大不相同，而这篇"牌子曲"中所写之热闹情况，却正与潘记相同，因而可以肯定这篇是城隍庙被烧前的作品，也就是同治年间的作品。所反映的什么"冒充宗室"、"匪类毛包"、"系上金腰"（即"黄带子"，清代贵族宗室标志）等等，也正可以看出，即同治朝，西太后那拉氏的亲生儿子载淳做皇帝，不学好，微服出游，与咸丰弟弟恭王奕䜣的儿子结伙在一起，到处耍流氓土匪行径，北京百姓谁也不敢惹，其他流氓土匪也趁机冒充"黄带子"，在热闹场所到处耍流氓，这些正史中不大容易找到的社会情况的记载，在俗曲也作了生动的反映。

这种俗曲，既不同于正式书籍，更不同于通俗小说，虽在当时北京庙会上，到处都买得到，但往往印一批卖完了就算了，很少重印第二批，因此，时间一过，就很难再听到看到，时至今日，一般读者，更难看到这种生动反映一百多年前北京社会风俗的俗曲唱本了。

这两年，北京郊区农村，又有"走会"的活动了，这是北京过去劳动人民中一种业余娱乐活动,而且是一种有严格组织又自由结合的娱乐活动,形式极为多样,内容极为丰富。《燕京岁时记》记云:

> 过会者,乃京师游手,扮作开路、中幡、扛箱、官儿、五虎棍、跨鼓、花钹、高跷、秧歌、什不闲、耍坛子、耍狮子之类,如遇城隍出巡及各庙会等,随地演唱,观者如堵,最易生事。如遇金吾之贤者,则出示禁之。

这段记载,好的一方面是详细具体记载了当时走会的各种名称;缺点方面呢,是不加区分,一般称之为"游手",对走会的大部分劳动群众,有所侮辱,是很不对的。因为当时在走会时,随走随表演,观众拥挤,打架闹事,时或有之,但并非会会如此。再有参加走会的人,里面的确有不少地痞流氓,甚至大流氓。如同治时恭王之子载澄,在王府中成立"赏心悦目票房",八角鼓全堂,外出走会,并演堂会,茶水自备,不取车资。但是目的在于调戏妇女,当时没有人敢请他,更没有人敢惹他。这种流氓在当时是很多的,出来都带着打手,到处打群架,甚至抢人,打死人不偿命。但走会者,除此之外,大部分是劳动群众,最多的是各行各业的工匠。如所说"中幡",顶一根两丈多长,上有伞盖旌旄的毛竹幡干,要各种技艺,这中间不少人都是棚铺的工匠师傅,也就是今天建筑行业的架子工。

走会分文会、武会。文会招待茶水,演唱节目,什么什不闲、莲花落,以及变戏法等等;武会则练武艺、顶幡、五虎棍、耍狮子之类。总之,不管文会、武会,都要花工夫练会一些玩艺,不然,就没有资格走会。"百本张"琴腔(现一般叫"琴书")《大过会》

就是专门演唱走会的一篇俗曲,不但项目详尽,且有具体描绘:

开路叉,逞英豪,勾花脸,桐油照(应为罩)。发髻披散四下抛,青缎子靴,青缎子靠,虎皮战裙记钞包,旱地拔葱不好学,十字坡红,玉带横腰,这些故事全好学,惟有窜裆最难教,劲儿也不许大,劲儿也不许小,劲儿要是一大,拐不过弯来也怎么好?瞧热闹哥儿们打点褡套,躲闪不及一命消,教我练,我可不了,我不能五逢六月戴毡帽。

扛箱官儿会玩笑,倚仗着引伞儿把身躯照,撒了伞棍儿摔定了腰,抬杠箱的腿脚儿好,倚疯撒邪把黄瓜架儿跳,抓哏凑趣找怯勺,也怕知根的把状告,他也觉乎脸上消,二人无非一玩笑,教我练,我可不了,我是脸皮儿薄不爱玩笑,玩笑急了我楞动刀。

五虎棍,学金桥,二节棍、三节棍,枪对刀,打群棍,编就了的套要打风顶,预备拦腰,教我练,我可不了,平站着眼睛就把金花冒,藏躲不及脑袋上头凿一个窟窿血直冒,自找奇祸为那条。

耍狮子,会钻套,拿头的好还得往外瞧,拿尾的哥儿们猫着腰,遇见天棚爬杪高,窜房越脊一丈多高,逢桥时甩尾的忙,他单怕戏水那一招,拿头腰,甩尾的抱,任凭怎么没劲将牙咬,掉在河里谁把你们捞?教我练,我可不了,我不能五逢六月穿皮袄,渥的工夫大了准成汗包。

大秧歌,登高跷,秃头和尚窜奔跳,丑锣俊鼓把黄瓜架儿绕,樵夫俊,扁担挑,渔翁唱曲儿,倚老卖老,傻公子儿生来的彪,老婵也柑中俏,惟有小二哥最难学,遇见会口把门路跳,天一热,家伙一吵,叫错了把儿那可怎么好?本把儿的跟头糟定了糕,教我练,我可不了,我是罗圈腿儿踩不得跷,踩上跷,不让仙鹤,盘杠子身子股儿好,扎杀背膀马蜂腰,拿起顶来把噎脖子掉,拾三把揎风我扛条,教我练,我可不了,我是屎泡肚子、脑袋瓜子小,拿起顶来是两只红花子脚。

困咕噜子多扬暴,两个磨盘穿杠条,背花面花,耍了个到要,耍肘尖,猴儿啃桃,教我练,我可不了,呛呛咳嗽是个杂痨。

花砖儿,花坛儿不好学,扔起来往脚上掉,拿脚一兜一丈多高,教我练,我可不了,掉在地下两三吊。

跑旱船,一个人挑,下辈子托生准跑报。打十不闲儿脑样儿好,盘儿得尖,脚得小,不怕黑,教你白的了。子弟方法儿兴的更高。喝豆腐浆、吃豆腐脑、白汤洗脸是为退槽,鹅油胰子香肥皂,上沤子、搽粉硝,大被窝--渥,热坑一包,第二天瞧,吓!白的那么好。任凭怎么好,唱不过别古绝今的常弟老(人名),那个玩艺真难学,梳鬏头贴太阳膏,厚底儿鞋必得踹拉着,我拉着怕跑了,教我练,我可不了,我是活跨骨础儿一扭就掉,柳木脑袋,包什么包?

无奈何我学的是大鼓书词、琴腔、马头调。练弦子我起得早,三更天一弹弹到鸡叫,不嫌烦,咱们来回倒。练嗓子,吃过药,铁笛丸、柑橘汤,用过好几十遭。学了一个曲儿走晕票,肥的瘦的吃了个饱。到夏天,青草馆儿下帖将我邀,一进门儿我往四下里瞧,棚又矮,座满了,天一热,蝍蟟儿一叫,定高了弦儿怕够不着,定矮了怕够不上调,唱完了曲儿好似撩完了跤,来人作揖将乏道,这才算我心尽到。

这篇琴腔《大走会》,是专写走会的。无论从民间社会风俗史料看,还是从民间俗文学的创作看,都是十分有价值的,在艺术技巧上也是获得成功的作品。其值得注意之点,起码有三:一是丰富了风俗岁时之记载,《燕京岁时记》的简单记载,在这里成了洋洋大观的大作品,把每一种会的具体表演,都作了十分细致的描绘,如何表演,困难的地方在哪里,危险的地方何在,使人有闻声见形之感。这是极为形象的风俗史料,甚至有绘画所起不到的传神效果。再有这种走会是纯粹的集体娱乐性质,而且是自己花钱,所谓"耗财买脸",用现代话说,就是"出风头"。但这种风头出得并不坏:第一是健康的娱乐;第二有很好的功夫,演出时得到群众的赞赏;第三是义务表演,不但不要观众花钱看玩艺,而且茶水也不饶,不同于江湖卖艺,为的是赚钱谋生。所以走会叫"子弟玩艺",就不同于正式卖艺了。二是显示了民间文艺的特色,显示了俗曲的民间文学魅力,其语言的形象、活泼、生动,浓郁的乡土色彩,是在其他文学作品中找不到的,不要说文人学士的庙堂文学,即在一般的小说、诗歌中,亦很难找到这样别致而形象的描绘,如写"举幡",什么"举三举、落三落、托塔转云幡,愣往脑袋上掉……"如写"舞狮",什么"拿头腰、甩尾的抱,任凭怎么没劲将牙咬,掉在河里谁把你捞……"看过旧时走会的人,都感到他写得十分妙。有时似通非通,偕语音传神。因为它是说唱文学,要便于演唱表演,不能只看文字,看文字似通非通之间,而读音演唱却非常俏皮。它押的是十三道辙口的"遥条"辙,所有"学"字都读作"消"的阳平,这是不少燕冀齐鲁之间的读法。三是这种俗曲的风趣、滑稽的特点。它的内容并没有故事,只是逐样儿演唱走会的各种节目,平铺直叙,如何能引人入胜,因此它用滑稽说唱的方式来表演。不是讽刺,而是纯粹说笑话,这样演唱起来,就有声有色,把依次叙述的内容就唱活了。

不过这毕竟是上个世纪的作品，又是完全用北京旧时风俗的读音说来，不少地方就很难理解了。或有借字谐音的词句，就很难解释了。还有不少俗中见雅的词句，极能显示创作者运用语言文字的能力，如“丑锣俊鼓”一语，用得多么漂亮啊！

俗曲反映的一百多年前北京的风俗面貌，是极为全面的，各方面的风俗情况全有，有的写得极为细致，如文章开头时所说的长篇写婚礼的子弟书《鸳鸯扣》，长篇大套，由“相亲”一直写到“回门”，篇幅等于现在的一篇中篇小说，而且写的都是旗人，基本上是满洲旗的婚礼全过程，不唯可以据之研究清代北京的婚礼风俗，亦可据之研究满洲民族的婚礼习俗，是十分珍贵的风俗资料。因为原文过长，这里只引“迎亲”一段中轿子娶来新人、到了男家、新人进入新房、挑盖头、吃子孙饽饽数十句：

> 轿夫们抬起一霎便离了家门，自然是一路喧阗来回都抱包儿接，单是那女家清冷，虎不拉(突然意)就少了一人。到婆家娶亲的爷们也将门闭，本为是叫人吹打好热闹街邻。关了会说是磨性也就开放，把轿子抬起棚内回避了闲人。旗下礼不兴宝瓶，只把红毡来倒，娶送的两旁搀定慢移身，进洞房未曾归座大奶奶先说话：“请二爷挑盖头不要假斯文。”二阿哥手拿秤杆轻轻走到，把盖头款款挑去面生春，不好观瞧怕的是新亲笑话，出房去佳人才坐下面冲着喜神。仆妇沏茶款待那房中的堂客，男亲们并不归座就各转家门。丈人家包来的饽饽交与厨役，赏封儿一个知他是几分银。不多时下好端来把铜盆合放，请二爷双双享用就馋坏了亲人。侄儿说：“厄吃各少吃休忘了我。”兄弟说：“阿哥你留点我也尝新。”乱哄哄挤在窗前不肯散去，阿哥他进房坐下

就暗留神,灯儿下见那新人对面坐,虽然说前番见过到底不比这番真,四个瓣儿的盘头面上也无脂粉,只这种羞眉泪眼也就惯引人魂,身穿着大红衬衣儿取的是吉利,低头儿端然稳坐不敢瞧人。仆妇们端上饽饽送亲的就让,先说"姑爷请用",然后才让佳人:"你昨日水米不沾,用些儿才好。"怎当他十分害臊那肯沾唇?勉强的咬点边儿仍然吐掉,阿哥他嚷是"生面"就笑坏了旁人,大奶奶笑骂:"猴儿,你怎么好傻?快吃了不要胡说,那就是儿孙,多吃些五男二女累你这业障。"他果然吃了一碗才肯抬身。本来是借此为由观看玉貌,吃完了不好再坐只得出门。

这是迎娶的一段。旗人婚礼,娶亲之家一早花轿到女家,由男家嫂子(亲叔伯嫂子也行)同去迎娶,嫂子为新人遮好盖头,嫂子即先坐车回来等候。花轿由送亲妈妈陪同,一路吹吹打打来到男家,男家亲友故意先把大门关好,不放花轿进门,说是磨新人性子。花轿抬进大门喜棚内,同汉礼有所不同,不兴"宝瓶"(按,"宝瓶"不知何意,不知是否就是由姑娘舅父抱新人进洞房,北方乡下过去有此礼),而是铺"红毡",搀新人走进洞房,端坐在喜神前。新郎用秤杆轻轻挑起新人盖头。娘家把带来的包好的饺子,即"子孙饽饽",送到厨中去煮,不能煮熟,要生的,以借作生男育女之口彩。凡此等等风俗,都演唱得十分细腻。

在洞房中吃完了"子孙饽饽",接下来就是"坐帐",新人要初步改装,即绞三把脸、梳头等等。所以前面说"四个瓣儿的盘头面上也无脂粉"等等,表示还是姑娘的打扮,"坐帐"时,初步改装,即改妇人装。然后就是"合卺",新夫妇圆房。要在第二天一早,才由梳头太太来改装、"绞脸",用三股丝线像剪刀一样把汗毛绞去、梳头、擦粉、簪花、戴头面,作为新少妇装束,谓之"开脸"。开脸之后才"拜堂",然后"会亲",宴请女方父母。再过一天新人一对回娘家赴宴。谓之"回门",已经是第四天了。

当时编了这样长篇大套的专门讲旗人结婚礼仪的俗曲,作什么用呢?在今天看来是很有趣味的风俗资料,值得重视。但在当时,这些东西都是大家知道的,在台上经常演唱这个,有谁来听呢?实际这种俗曲,编了原不是为一般杂耍园子中演唱预备的。而是为了人家办喜事时,在喜棚中演唱。结婚喜事,宴席堂会上唱喜歌。过寿时,唱寿歌。如《红楼梦》中写"寿怡红群芳开夜宴",让芳官唱曲子,芳官一张嘴就唱"寿筵开处风光好……"别人不爱听这种俗套子,喊打回去,芳官才改唱别的。如果我们今天把"寿筵开处风光好……"的全词都拿来,可能也是很好的风俗资料。另外白事还有唱"挽歌",这也是历史上很早的风俗,从魏晋时期就有了,当时还有职业唱挽歌的"挽郎"。

长篇大论的《鸳鸯扣》子弟书,还详细描绘了男女服装打扮,也给我们今天留下了近代非常生动的服饰打扮资料。如写女人的打扮:

> 但见他(她)随身穿着羔儿皮袄,蓝绉绸吊面,银鼠的袖儿雪白另挽着,小袄袖儿是深红浅绿,开褉儿衬衣微露手帕在肋下拖罗。有大襟的坎肩儿红青库缎,鸭嘴的章绒领儿里边红领儿立着,排扣儿焦黄,胸前是珐琅银钮,大长的两条飘带,也就作了个得。梳的是如意盘头不多戴花朵,半翘蜂儿蝴蝶斜簪在鬓角,玉色的绫帕把乌云紧系,女儿顶犹如墨染,配着细细的双蛾,探春花儿朵长耳挖上穿定,凤头的钳子,珍珠坠都是金托,打扮的不淡不浓十分合式。

再看其所描绘的男人的装束：

> 见阿哥骨种羊的秋帽儿在头上戴，南红的杭披缨子不
> 少又不多，聚锦斋的起花金顶十分时样，越显他面皮儿粉嫩
> 雪白，两孤拐隐隐发红苹果颜色，争酒窝一边一个真正的长
> 了个使得。鼻洼儿一点微青小时节缝过，重眼皮不算还是
> 个圆下颏，左耳上小小的金钳一定也有个双顶，细腰儿不过
> 两拃高矮也匀和，果然是目秀眉清十分俊俏，小毛儿银鼠皮
> 褂身上穿着，玫瑰紫的灰鼠皮袄，领袖是银针水獭，配合他
> 身材灵便，会没有半点儿勒嘚。月白绫的夹袄开裰儿半露，
> 方头儿皂靴学的是他哥哥，"阿思哈发都"行时就飘动，荷包
> 是纳纱，手巾是月白，小刀子时样，小荷包一定圆满，洼杭儿
> 捧定，胸脯儿还是挺着。

所述男女装饰打扮，其特征之一，都是旗装打扮，与汉装有
相同处，又有不同处。清代入关之初，统治汉人，制定各种制度，
服装很注意，有所谓"男降女不降"的说法，即男人都改清代服
饰，女人则仍延续明代服饰。因而在清代，男人的服饰，一般不
分满、汉，基本上都一样，而女人的服饰，则满、汉分得十分清楚。
一直到清代末年仍然如此。宫中嫔妃，偶着汉装，是一种消闲、
行乐打扮，遇有典礼和外出，仍要着旗装。故宫博物馆所藏乾隆
妃子画像，有作汉装者，都是"行乐图"样子，正式影像则作旗装。
旗装妇女穿袍子，不穿裙子，因而叫"旗袍"，此名称直用到现在，
还是由旗装、汉装不同而形成的。旗装妇女在"庚子"、"辛亥"
之后开始发生变化，这在"百本张"大鼓书《劝妻》词中也有反
映，什么"旗装打扮穿裙子，实在不合样，汗巾搭拉有多长，散着

裤腿不把腿带儿绑"等等,都说明旗装初起变化时,社会上还看不惯。

特点之二这两段唱词,都是描绘冬季服装的。因为在清代北京官场中,特别讲究穿皮货,一般夏天的衣服,穿着再讲究,也不值多少钱,所以有"荷花大少"的说法,是讥笑人的话,就是夏天荷花开的时候,穿得飘飘然;到了冬天,就讲究不起了。所以《鸳鸯扣》的编者,细致地描绘了男女冬天的衣着。女的蓝绉绸面子的羔皮袄,但挽袖是银鼠皮的。旗装不管袖子肥瘦,必要挽起一段,俗名"挽袖",按旗礼见尊长必放"挽袖",如男人请安必先放马蹄袖。羔皮袄而挽袖用银鼠,因一贱一贵,以装样子,清时常常有这种别出心裁的"伪装"。如清末男人衣服最流行之两截长衫,两截皮袄。上一种是一件长衫,上半截是夏布或竹布的便宜衣料,下半截是官纱或熟罗等贵重衣料,后一种上半截是羔皮、猫皮等便宜皮货,而下半截是灰鼠、狐腿等珍贵皮货,就是既要装阔,又要省钱。两截长衫,上面黑纱外褂或马褂一罩,人家就看不出来了。原来只为省钱,后来却变成流行的服饰。女人皮袄,羔皮统子、银鼠挽袖也是由于省钱而形成一种流行式样。社会风尚的形成,常常是由于社会心理的趋向、各种应时俗习形成。古代、现代以及未来,常常是一样的。因而必须重视社会心理及风俗习尚的研究,才能及时引导好的,改变坏的。清代服装,极多的都铜扣子,衣上钉搭绊,扣环一套,一翻即挂牢。铜扣子都炸黄,像金的一样,所以叫"排扣儿焦黄"。"钳子"是耳环,在写男人打扮时,也说"左耳上小小的金钳一定也有个双顶",这是旧时陋俗,生下男小儿,怕难存,也刺个耳朵眼,以女贱男贵的心理,以为当作女孩子育养,就无灾无难了。又因习惯上说"男左女右",因此男小孩扎一个耳朵眼,必在左耳。凡此等等,描绘都十分细致。"勒嗻",北京土语,表示衣着不挺捶服贴。有"猪八戒挎腰刀,勒嗻兵一个"的歇后谚语。"阿思哈发"是满语,似是绑腿带。"荷包是纳纱","纳纱"是纱地用丝线像纳鞋底一样,纳出花纹,不同于绣。当时最讲究,最好者为朝鲜工,俗名"高丽纳"。

一时服饰风尚,在俗曲中俯仰可拾。另外写不同人物的穿着习惯,如"百本张"琴腔《训妻》中写旗人婆婆的规矩、马头调《阔大奶奶逛西顶》中描写阔大奶奶梳妆打扮,也变化多端,细致传神。

举后者为例:

> 晓起临妆佳人对镜,元宝头梳了个两蓬松,粉略拍拍那眉略画,胭脂少抹一星星,配玉钗淡儿(而)不艳的金珠翠,耳挖上穿一朵石榴血点儿红,换衣衫绵纱袄儿杨妃色,雨(羽)缎的一件厄林袋,薄绵儿燕尾青,没有那绣花边子栏干等等,滚縠儿韭菜圖儿厢沿那么窄窄儿的一层。月白缎子帮儿配的是瘦鞋底儿的蝴蝶梦,套裤带儿系的往鞋底儿一般儿平。

这段中提到"套裤",现代人这种玩艺看不到了。在一百年前是极普通的,像现代劳动时的套袖一样,两条腿上再套一条裤腿。上面用带子系在裤腰带上。不过作用不同,现代套袖是为了防脏,而旧时套裤则是为了保暖。服饰变化从古以来就是最多、最快的,新式样子和旧式样子一直至老年人和青年人不同的爱好中冲突着,而其变化又是那么奇怪,即以镶边来说:一会儿多,一会儿少,一会儿宽,一会儿窄,没有几年,就发生很大的变化。袖口镶边一时宽到肩上，谓之"大镶沿"；一时窄，谓之"韭菜叶"；一时又多，多到十三道，谓之"十三镶"，真可以说是花样百出了。

这类反映风俗的俗曲太多了，几乎当时北京社会上各种风俗习惯都有反映，不要说各种庙会、岁时节令、喜庆礼俗风尚、娱乐场所、饮食筵席、衣着打扮都有人编了俗曲来演唱，甚至连教书先生、票友登台、厨子包酒席等都编了俗曲来演唱，这是现在人很难想象的。如演唱教书先生的"百本张"子弟书《先生叹》：

> 只落得半途而废将京上，庙宇中设帐教书度晚年，连一个"经文书馆"都贴不起，也不过"童蒙任附"学报子高悬，就有那方近儿童将书念，束脩少每月无非四五百钱，念的是《二字经》儿《百家姓》，若要教到《论语》我就难。每到那朔风凛凛三冬景，吩咐那徒弟都攒煤炭钱。夏日炎炎当永日，搭天棚也是公中大众攒。更有那丁祭之期多快乐，除剩钱还带还吃肚内圆。终日教书写仿把儿童训，操心费力外带难缠。遥念中秋节又至，学生们家中都要送节钱，得些个新鲜果品烧黄酒，到了那十五良宵我吃个圆。沉醉书窗须尽兴，那管那日日教书那些急与难，这如今俗名叫取"教书匠"，反惹他人作笑谈。

又如写票友唱戏的子弟书《票把上台》云：

> 子弟消闲特好玩，出奇制胜效梨园，鼓镲铙钹多齐整，箱行彩切俱新鲜。虽分生旦净末丑，尽是兵民旗汉官，歌舞升平鸣盛世，万民同乐庆丰年。择日开排邀请票友，祭喜神

人人恭敬把驾参，早有走场铺毯调桌椅，挂下了台帐与台帘，木庙头后台忙把水牌写，派定了许多的戏目在上边。催着鼓师傅来将通儿打，一霎时游人如蚁拥挤台前，吹台已毕开了戏，敬神的三出吉庆热闹非凡，不过是封相、赐福、点魁、五代(指"五代同堂"，非唐五代)、遐龄、献岁、报喜、八仙，帽儿(指帽儿戏，即以上开台先演之吉祥戏)唱完开单戏，也无非花包头金王帽与青花衫，浪旦、丑旦多笑乐，正生黑净本庄严。更有那武行要唱把子戏，大轴子刀剪出彩件件齐全。

最后再引一段专门写厨子的，子弟书《厨子叹》云：

自古庖人赞易牙，到而今传留行次有厨茶，饭庄食店非他不可，吉日良辰不可少他。活计的忙闲在人自做，当行的伙伴仗艺抑压。铺面的劳金好些吊，日夜的工钱数百镪，五味调和酸甜苦辣，百人偏好凉香木麻，正用的东西猪羊菜蔬，配搭的样数鱼蟹鸡鸭，应时的美馔烧燎蒸者，对景的佳肴煎炒烹炸，手艺刀勺分南北，生涯昼夜任劳乏，开单子一两就够必开二两，约伙伴两人的活计偏要约萨(仨)。懂局儿的人家儿厨师傅替省，四桌可以把六桌拉，饱饱满满真装样，拣拣挑挑再打发，生气时不拘好歹都折杂烩，只因为东人待慢他混充达，槟榔烟酒本家儿的外敬，零星的肉块暗地里偷拿，大肠头掖在腰间送妻儿他就酒，小肚儿带回家去请孩子的妈妈，藏海味忙时候预备包席面，换燕窝碰巧儿货卖与东家，不少的吃喝要酒醉饭饱，大百的青钱往腰柜里砸。老年时米麦丰收歌大有，地皮儿松动世界繁华，整担的鸡鸭挨挨挤挤,满车的水菜压压叉叉,糙粮杂豆堆堆垛垛,南鲜北果绿绿花花,娶媳嫁妇会亲友,窝子儿行日夜奔忙不顾乏。先时羊肉准斤六十六个,肥猪一口二两七八,大碗冰盘干装高摆,肘子稀烂整鸡整鸭,罗碟五寸三层两落,活鱼肥厚鲜蟹鲜虾,买的也得买,做的也得做,亲朋也欢喜,脸面也光华。这如今年年旱潦飞蝗起,物价儿说来把人笑杀,斗粟千钱,斤面半百,羊长行市猪价扎啦,一个大钱买干葱一段青椒一个,八九十文买生姜一两、买韭菜一拤。办事的将将就就誊(腾)挪着办,事完慢慢的再嚼牙,嫁娶的筵席都是汤水菜,家家钱紧不敢多花,红汤儿的是东蘑,白汤儿的片笋,肉名儿的丸子,团粉末的疙瘩……

以上引了三段演唱三种不同职业的俗曲,可见这种通俗作品所反映的生活场景是多么广阔,凡是描绘生活场景的唱词,也必然显现了一个历史时期、一个特定地区的社会风俗面貌,另外这种俗曲中还有大量的反映了当时社会的腐朽面,虽然也不完全是黄色的诲淫诲盗的作品,偶然也有劝喻世人的词句,如写鸦片烟鬼、妓女苦处等等唱词,但终因是十分腐朽的东西,并不足以显示地方历史风俗的纯朴面貌,所以,诸如此类的唱词,一概不引用了。

三

在全文最后,我想说几句总结的话:

其一就是俗曲与风俗的关系。文章的题目叫《北京俗曲与北京风俗》,在我所举的虽然不够全面(事实上也不可能全面),

但也不算少的例子中,读者可以看到,这些俗曲的最大特征,就是不演唱任何故事,而近似乎纯客观地演唱一个时代的社会面貌、社会风俗,而又写得那样全面,描绘得那样细致。这在其他文学作品中是少见的。一般小说如《金瓶梅》、《红楼梦》、《聊斋志异》等,鼓子词、弹词如《天雨花》、《再生缘》等等,自然也写到风俗,但那都是为故事人物服务的,目的不是为介绍、描绘社会风俗本身,专门写北京风俗景物的书,由明末刘侗的《帝京景物略》到清末富察敦崇的《燕京岁时记》以及许许多多风土竹枝词,都记录了不少北京二三百年以来的风俗习尚,但这虽然写得也很具体,但其细致程度,比之俗曲中所写的,几乎不可同日而语了。如五六十年前北京人四月里还时兴逛妙峰山,妙峰山的庙会真可以说是热闹非凡,但如何个热闹,任何文学中作品都没有极具体的记载,如果从北京俗曲中去找,那是有的。"百本张"马头调《妙峰山》就写得极为生动,可惜前面举例已多,此段原文也很长,这里不便再多举了。

其二是语言表现手法上。因为它演唱的是社会风俗,而非各种故事,因而在其语言表现上,就无法以故事情节、人物感情的描绘等等来抓住读者。因而在其文字表现上,就必须找另外的足以引起读者兴趣的因素,一是其词句完全社会化、世俗化,赞听者同样的爱赞,发听者同样的感慨,以引起共鸣,抓住听众的感情。如写婚礼《坐帐》,写大奶奶(假设新郎是二兄弟,称二爷,新娘子进门之后即称二奶奶)打趣新人;写《大走会》各种玩艺的危险,道出了观众的心理;写《厨子叹》(子弟书),说物价飞涨,替观众唱出了心中的感慨,凡此等等,都是能在思想感情上抓住听众的地方。二是描绘细致,用工笔画般的笔触引人入胜。如写衣着打扮,由上衣、下衣、内外、色彩、料子、式样、镶边、钮扣、鞋袜、飘带等无一不写得极为细致具体,写人物相貌,由须发、发型、头面、眼睛、脸型、嘴唇等也都一一具体细致地加以描绘,这些都能引起一般市井听众的赞赏,演唱者指手划脚,绘声绘影,听唱者眉飞色舞,津津有味,因而虽然没有故事,也能使听众达到入神的境地。三是适当地运用滑稽、讽刺的手段,按照北京土话说法,贬义地可称之为"耍贫嘴",但如褒义方面来分析,那这个"耍贫嘴"就大有讲究了。元人睢景臣的著名散曲《高祖还乡》,写汉高祖的銮驾执事,把凤旗说成是"一面旗鸡学舞",把龙旗说成是"一面旗蛇绕葫芦",把金瓜钺斧说成是"红漆了叉、银铮了斧,甜瓜苦瓜黄金镀"等等,这不也是开玩笑,类似耍贫嘴吗?但这正是最辛辣的讽刺,最高级的插科打诨,说滑稽。这种地方,正从另一方面显示了民间俗文学的锋芒,不要说庙堂文学中没有,即正规的纯文学中,不管诗词也好,散文也好,婉约的也好,豪放的也好,浪漫的也好,而这种说滑稽、辛辣讽刺的表现方法是极少的。这到元人散曲、杂剧中才出现。而北京俗曲,则大量地继承了这种传统,并给予充分的表现,如前面所举的《护国寺》、《大出会》等,都充分表现了这种风格。也只有这样表现,才能把依次的叙述表现得生动活泼,风趣地吸引住听众,使人听来有声有色。这也可以说是民间通俗文学的一种特殊表现于法。自然,这中间也免不了有许多低级趣味的东西。但从前面所举的例子中也可以看出,朴素的、有浓厚乡土气息的滑稽风趣还是主要的。

其三谈一谈这些作者。"百本张"的俗曲唱本,前后不断发行大约最少有五十年之久,因为根据作品内容分析,《逛城隍庙》应是光绪初年之前,即同治年间的作品。而又据大鼓书《劝妻》唱词云:"拉翅头不爱梳,你说不时样,如今晚前清打拌(扮)不吃香,你爱梳美字头、蝴蝶头。你不是革命党……"这样就可看出,在辛亥革命之后,还有人替"百本张"写唱词,"百本张"还在发行。根据《禄寿堂》唱词"武备院内造尖靴靿帮软底",《相公服》唱词"第一挂戴春林的香串儿"等看,甚至有些唱词是咸丰以前编的,这样"百本张"俗曲唱本的时代,又可以上推二三十年了。

在这几十年的漫长岁月中,"百本张"唱本的发行量是相当大的。这些俗曲唱本的编写者也是非常之多的。但基本上都没有留下姓名,即使偶然留下姓名的,其身世也大多无从考证。因而可以说,这大量的俗曲,都是无名氏所作了。不过这些没有留下姓名的俗曲编写者,却有一些共同的特征:一、大部分都是旗人。二、都是生长在北京,极为熟悉北京风俗习惯,尤其是极为熟悉北京旗人、市井风俗习惯的人。北京俗曲八角鼓子弟书、单弦牌子曲、马头调、琴书等等,本来是八旗、绿营中创出来的东西,作者自多旗人,这在文章开头时已加以阐述,兹不再赘。这里只把他们熟悉北京市井风俗的情况和原因说一说。北京当时是清代的皇都,其居民组成,大约可以分三种:旗人、汉人官吏、汉人工商人等。汉人中,除籍贯大兴、宛平及京郊居民外,其他很少本京久住者。汉人官吏大都外省人,除去较大官员,一般都不带家属。几年在京,几年出京,流动性大。旗人不准经商务农,汉人商人、工匠,大多是山西、山东、江南、京南各县的人,也都只身在京谋生者多,带家眷的少。因而北京居民,祖祖辈辈住北京者,以旗人为最多,他们形成了具有特殊风格的生活风俗,他们这些人又极熟悉市井风俗。由最高级的王公大臣、黄带子的豪华摆谱生活,直到市井贫民、街头混混的生活习尚他们都熟悉。因为旗人中,虽然他们的贵族身份一样,一出生就有份口粮,但他们的权势、经济力量却大不一样。阔的做王爷、做大官,固然一呼百诺,穷的沦为赶车的把式,唱弹弦的艺人;坏的则变成横行于市井,包娼包赌的土混混。这就是这些俗曲编写者熟悉社会风俗的生活基础。由于这些作者在共同的生活基础上又有所不同,有的是做大官之后沦落了,如前面所引崇彝《道咸以来朝野杂记》提到过的果勒敏,是做过杭州将军的人,清代各地将军,是武职中最大的官,都是旗人担任,地位同总督、巡抚平行。东三省早期没有总督,将军是最高的。西北伊犁将军也是最高的。这种以做过将军的人,沦落为一个专编俗曲的艺人,和从小流落市井,成为俗曲演唱者和编者的人,在思想状态上,在文化程度、艺术水平上,其作品自然是各不相同的。如写票友上台演唱的子弟书《票把上台》中说,"歌舞升平鸣盛世,万民同乐庆丰年";而《厨子叹》中则说,"这如今年年旱潦飞蝗起,物价儿说来把人笑杀",显见《票把上台》的编者是盲目歌颂,是世俗的皇恩浩荡派;而《厨子叹》的编者则是真实地反映了当时的社会情况。对于这些生动地反映了当时社会风俗的俗曲唱本和这些唱本的编者,既要重视其所反映的风俗资料、作为民间文艺作品所取得的艺术成就,也必须加以分析、区别,这样才能比较客观地、正确地认识它、研究它、理解它、利用它。

综上所述,是我从社会风俗之关系、艺术表现之手法、编写者情况三方面,总结一下我在第二大段所介绍的俗曲及所作的解说。自然,这些介绍和解说,都还是十分粗略的,也只能说是对这些俗曲的初步探讨吧。

中国民居清话

　　"金窝银窝,不如自家的茅庵草窝。"这是江南常说的一句谚语。人人都想有两间舒适的房屋,有个安定的家。因而《我想有个家》这首流行歌曲,一出来就唱红,风靡海内外;因而当年郁达夫先生在西子湖畔筑起了风雨茅庐;家居无事,每每也想起田园诗人陶渊明的名句:"众鸟欣有托,吾亦爱吾庐。"古人、今人、名人、老百姓想法是一样的。

　　杜甫在成都住的是草房,秋风太大,把他房顶上的茅草都吹跑了,急得老诗人追也追不上,被一群孩子把草抱走了。老诗人无可奈何,气急败坏地写下了《茅屋为秋风所破歌》,一直传诵至今。其实老实说,好的茅草屋住着并不差,在江南及成都一带,冬暖夏凉,一般比瓦房还舒服。我在长江口外长兴岛,就住过当地的草房,毛竹做屋架,芦苇编墙壁,稻草当屋顶。毛竹中空,轻而耐用,如不被虫蛀,是很牢的自然轻型建筑材料,整根芦苇每五六根一排,编为棱形块作墙,编的要密要紧,除去怕火而外,十分坚固耐用,室内石灰抹平,可以涂墙粉,很光滑漂亮,室外露着,斜风雨也不怕,雨水自然滑落,只要下面排水沟开好就可以了。当然,如刷一层沥青更好。不用洋钉铅丝等物。立在屋基泥中,用竹篾或粗一些青麻绳穿孔扎紧在毛竹柱子上,不像铅丝等物很快长锈,起码三五年才会老化。用一小捆、一小捆的新稻草,铺在屋顶上,像鱼鳞一样,顺着一层一层,由房脊到屋檐,铺一尺来厚,冬天寒气进不来,雨天雨水顺稳草表皮滑下,不会聚水,易于泄水,自然不会漏,夏天,阳光晒不透,十分阴凉。这样的房子,即使在今天,如果风景幽美的乡间,有一所,前面有块草地,有棵老树,屋内铺上地板地毯,有电源、煤气,可装电灶、煤气炉、取暖、热水以及电话、电传等等现代设备,那便是十分理想的家,又何必广厦千万间呢?不过有一二点要注意:第一就是所有小捆稻草,一定要用麻绳扎紧牢,要把所有稻草捆按顺序和下面的毛竹梁紧扎在一起,即使较大的风也吹不动;第二就是年年深秋要换新稻草。我看过人家换新稻草屋顶的场景,秋阳明丽,金黄的新草闪闪发光,换草的师傅把屋檐一批草铺扎好,然后用剪刀把屋檐的草剪齐,看着真漂亮,只是现在这样好手艺的师傅不知还有没有了?

古老的盖住家房子,是就地取材。所以古书中说"穴居野处",大多是说不种稻子,没有竹子、芦苇等植物的黄土高寒地区。这就是窑洞,直到今天人们还常常提到,电视上也常常看到。抛开它的政治光环不谈,只说它作为居家的安乐窝,本身也还不坏,也是冬暖夏凉的,我小时候在北方也住过。窑洞区域的人们,缺少树木,缺少石头、砖瓦,多的只是黄土、黄土……一曲"我家住在黄土高坡……",也唱在玻璃屏幕、激光闪耀的 KTV中,但黄土窑还是黄土窑。黄土窑就靠那结实的略有黏性的黄土,一种是山坡切齐挖进去一两丈深,一种是平地挖下去,挖成一个坑,在朝南整齐的一面再挖进去,还有一种在平地用木架子起卷外加夹板,中填黄土夯成者,总之都离不开黄土。砂土挖或夯都成不了窑洞,江南的黑土胶泥水分太多,也无法夯成窑洞,只有那憨厚响亮的"黄土高坡……"有。窑洞都有热炕,一窗暖日,粉纸窗花,一条热炕,小媳妇、大姑娘盘腿坐着绣兜兜、做嫁妆,说说笑笑,也是一曲青春梦,未必需要那喊破喉咙的野气……

秦砖汉瓦，已显示了人类的高度文明了，那是两千多年前的，或是三四千年的发明，秦俑会告诉你一切。不过秦俑在坟墓里，那不是他的家，"可怜无定河边骨，犹是春闺梦里人"，那断臂膊、少腿的秦俑，不会家在未央宫中，而是在土窑内，茅檐下，瓮牖中，衡门边……小时候在北京，第一次逛故宫，走的是外东路，还没有到三大殿，而我对那高墙头、高门槛、高台阶的大房子毫无兴趣，我不想住在那里，只想回家。当年"老佛爷"不愿住宫里，只愿住颐和园乐寿堂，是有道理的，自然，乐寿堂给我住也愿意，因为那同城里大四合院的大北房差不多，而且还要款式……

十几年前，香港报纸要我写文介绍北京四合院，那是十分令人神思的住处，后来这些文章经过补充，出版了一本《北京四合院》。国内尚未见人提起，却引起了在伦敦挂牌作建筑师的邓孔怀兄的注意，远道辗转寄来长信：信中说他是一个"已从事多年现代建筑设计的人，原来在香港受过半中不西的教育，后来又到英国学建筑设计……"接着说，"虽然如此，我一直都醉心于我国的传统建筑，闲来无事常找这方面的书报来读……"随后说从读了《北京四合院》感到这两三年来，积极地找建筑师写的古建筑书籍，竟没有一本及得上先生的。先生非建筑师之身，而能写出建筑的真髓，真是难能可贵等等。这虽是对我的溢美之辞，但他却是十分认真的，因为在这封长信的后面，他足足写了九页，近百道有关"北京四合院"具体施工的问题，要我回答，包括垂花门两旁短墙如何封顶等。亏得我不单是摇笔杆的纸上谈兵的朋友，也有点真个儿的东西，解放前曾为人修建过两三处四合院，管过现场施工，解放后又为公家管过房子，拆修改建的大四合院也有十来所，有些实际施工知识。于是，便按他的问题一一回答，并附了简单草图，这样我们成了好朋友，去年去香港下榻他家,又面谈了许多,越谈越起劲,他夫人也是建筑师,直到今天还迷着北京四合院,想买一所小院,修理一下,自己住一住,领略一下古老小四合院的味道,只是遗憾的是,访求了快一年了,还没有成功……

其实海外的好古之士,羡慕北京四合院,只是想象羡慕那种古老承平时代的旧都风情,并不单纯是想住四合院。同北京住房类似的四合院,如果盖在其他地方,那味道就不一样。如北京附近各县直到天津、保定一带的四合院,格局也同北京城里的院子差不多,可是住着感觉就两样,原因是旧时北京城凝聚、弥漫着几千年全国的传统文化气氛。这在别的地方是找不到的。天、地、东、南、西、北谓之"六合",东南西北四至,谓之"四合"。西洋人盖住宅,是房子在中央,院子在四周。中国人盖住宅,是房子在四周,院子在中央。广义地说四合院,中国南北各省的民居院子,不管四进五进的深院,一个两个的独院,跨院,也都有南北东西四面围起来的房屋,但格局同北京四合院就不一样。如北京四合院北屋正房,都是有正房,有耳房,或三正两耳,或正耳房各两室四间,都是正房高大,耳房低小。东房西房又略高于耳房,略低于正房,跳在当院一看,就能看出各房高低错落有致的格局。往西走出几百里,翻过太行山,一到山西,也是有东西南北房的院子,格局就两样,正房五间一条脊,一样高,如著名的祁县乔家大院,拍电影《大红灯笼高高挂》以此作过场景,不少人在银屏上都看到过,我去参观过两次,进大门一条巷子,路北三个大门,路南三个大门,北面的门进去是两进院子,南面大门都一进院子,院子都是长条的,正房都是一条脊一样高,窗户很小,院子很狭窄,是无法和北京的爽朗大宅门相比的。山西北路的民宅就和乔家大院那种格局不同,小时候在家乡祖宅居住,自己家的房子,镇上其他人家大院子,有的三四进,但都很宽敞,虽然正房也都是一条脊,没有中间大两边小的那种正房耳房的格局,但院子都是方的多,窗户也都是全部木制,每间房窗台上两边竖开小格子小窗,中间上下大方格和合窗。格局更接近于京派。而乔家大院砖墙上开窗,更像窑洞。

南方民居,苏、沪一带我生活了数十年,是十分熟悉的。上海的石库门是开埠后适应人口增长,半中半西的产物,不是纯粹的中国式建筑。苏州同里、黎里、甪直等古镇,迄今还保存不少明代住宅建筑,大多是前门弄堂,后门临河。河身两边都是四五尺长,尺许高的大条石,由水下砌上来的。院子高大的后楼墙就建在这笔直的条石上,由水下到房顶一般都有二三丈高,虽石上青苔斑驳,而高墙仍挺立削直,显示了昔时东南旧家财力之雄厚,及高手匠人工艺之精巧。而房屋前面,楼下前檐往往伸出一大截,楼上大方格窗缩后一截,这是明代式样,临窗下视,可见楼下屋瓦;街头遥望,可见楼上美人,在明代绣像小说,如《三言》、《二拍》、《金瓶梅词话》的木刻插图中,有不少这样的楼窗,思古幽情,正如画上画的一样,使人也会忽然想起"倚马立斜桥,满楼红袖招"的旖旎诗句。有一次我在同里参观,在一面破旧的墙边,推开一扇油漆剥落的破旧的门,忽然眼前一亮,一片红光,大吃一惊,原来是一株一二百年的老山茶正开着灿烂的花……我恍似进入南明的旧家,怀疑花下会走出柳如是、顾横波式的人物。

成都在四川,福州在福建,东西数千里,可是两地老式四合院也都差不多。我在福州参观林则徐纪念馆,据说是林的老宅子,厅堂院落,小有差别,也同北方差不多,只是房子单薄些。在四川乐山石湾,参观郭沫若故居,也是当年老房子,三进院子,房间都很深，但是不高，四周连在一起，虽较阴凉，但不高爽。而苏、杭一带的老房子，有几进院子的大宅子，门厅、轿厅、前厅，以及更道、后楼、厢房等等，都十分高大，一般前厅后面板壁可以高到一丈五六尺，所以过去条案上面还可以挂八尺整宣的中堂。不过这种房子居住起来，并不舒服，冬天之冷，不要说了，而且南方多雨，冬天连阴雨，又潮又湿，十分难耐。而夏天窗户都敞着，蚊蚋成团，青虫乱飞，晚间根本不能点灯做事。从居住舒服来讲，那是根本无法和北京的四合院相比的。深宅大院只是门第气派，环境幽深，从居住舒服讲，远没有郊区新盖的朝南的大草房实惠。当然，这与气候条件也大有关系。不少江南人在北京呆长了，就不愿再回南方，知堂老人就是最典型的一个，不要说八道湾的宅子远远比绍兴东昌坊口新台门气派，就是晚年住到后院那三大间高台阶北屋也十分舒适，冬天炉子上开水噗噗地冒着热气，满屋大太阳；夏天纱布卷窗，竹帘子静悄悄，读书写文，如无人干扰，足可以闲适恬静，以终天年……老人不只一次说南中居住之苦：夏天蚊子，熏蚊子的烟使人睁不开眼；冬天年年手上要生冻疮，到了北京再也没有生过。

日本伊东忠太著的《中国建筑史》，有陈清泉译本，所述多在宫廷寺庙，对居民说的很少。但有一个共同特点，就是由宫殿、寺庙，到官衙、住家，包括陵墓，都有一个中轴线，左右基本对称，四周围看中央的空地院子，在平面布局上都是相仿的。故宫太和殿那么大，从空中看，也是个极大极大的四合院；住家户够上格局，三南三北，两东两西，也是个小四合院。只有园林建筑的房子，农村竹篱茅屋、山间山家小屋……以及少数民族的竹楼、毡帐等不同于这样的格局。再有中国盖住宅，先讲立房架子，即立柱、架檩、上梁、铺椽等，先木作，后砌墙等泥瓦作，屋顶的力全吃在柱子上，而且有一条檩，就有一对柱子撑着，纵然墙倒了，房架子还在，这是符合现代力学结构原理的。这种木结构的房架子，南北各省，纵然小异，但大结构都是一致的。这自然是很古老的劳动人民的智慧创造，只可惜二三千年来进展缓慢，民间一部"鲁班经"（即《鲁班营造正式》、《鲁班经匠家境》①）木作、瓦作，历代工匠，口传心授，历来创新的文献几乎没有。再有宋李诚《营造法式》，以及清代工部的《营造则例》，各种建筑，大体如现在的"标准图纸"一样，都规范化了。各地民居，所有同异，也都是代代相传，宋、元、明、清以来，匠人师徒沿习，大部件都是一致的尺寸，一致的做法，根据建房人要求，根据房屋基地，按惯例施工，所以过去皇家宫殿，先进烫样，即模型，至于盖民宅，是没有建筑图纸的，更没有模型。这一点，比之于现在高度发展的建筑学，那是差距甚大了。

---

① 《鲁班经匠家境》，原名《工师雕斫正式鲁班木经匠家境》，又名《鲁班经》，午荣编，成书于明代。——编者注

茶　梦

少年时一点点小事，也印象特别深刻。几十年后，当它从脑中浮现时，仍然好像是新发生的一样。

记得考进中学时，母亲给我买了一个铅笔盒，一般洋铁皮做的，上面印着一幅采茶图。画面上山峦重叠，一层层的翠绿的茶林，有穿着各种颜色衣服的采茶姑娘在采茶。右上方有两行题字："谝山翠色已新临，采茶供饮赋诗人。"字是工工整整的蝇头小楷。我很爱这个铅笔盒，上课就摆在课桌上。当我不高兴听那些枯燥的讲课时，就望着这个铅笔盒子，仔仔细细地欣赏：那茶树的深浅绿色，那采茶的小人儿每个人的衣服的颜色和样子，头上包的头巾，以及角上那两行小字。"当、当……"下课钟响了，突然把我从茶山上喊了回来，和同学们一齐呐喊着蜂拥地涌出教室。当然，也有看得正出神的时候，突然被教师叫起来提问，便瞠目不知所对，教师还感到很奇怪。他哪里知道我在那里"逛茶山"呢！

当时我还不懂什么叫"神游"、"卧游"等等，而实际却是真正的神游。我在若干年后，才真正看到了姑娘们的采茶。那时，我住在杭州羊坝头亲戚家中，没有事，就到郊原去闲游，不去游湖、游寺庙，却爱去看竹笋抽尖，看春山采茶。有时一口气跑到龙井梅家坞，二十多里路，年轻人也不在乎，一大早去，一个来回，还能赶回到湖滨吃中饭。当然路上的时候多，每一次去，真正在茶园中不过留连上个把钟头而已。不过我已经十分满足了,因为我醉翁之意不在酒,看了一会儿龙井山上的采茶,已经同我铅笔盒上的采茶图印证在一起,龙井绿油油、翠生生的嫩茶已经融化在我童年的记忆中了。

杭州采茶姑娘

姑娘们采茶,眼明手快,那双嫩手真像鸡吃米一样,对准叶尖,不停地啄着,又快又准。也许有人说,为什么不用弹钢琴来形容呢? 不是更艺术化吗? 实际不对,因为不但快慢节奏不同,而且手指的动作也不同。姑娘们采茶,只用三个指头,即拇指、食指、中指,三指并成一掐,食指隆起,很像鸡冠,采时茶树低,姑娘手向下采,速度之快,是很难想象的。因而用鸡吃米来形容,是再形象也没有了。正因要轻快灵巧,所以采茶的没有老人,连小伙子也难以看到。

采茶快,是练就的真本事,而且还要准,专采尖尖嫩叶,不采老叶子,如把叶子都捋光,那茶树就都死了。所以,快固然难,准就更不容易了。采茶第一要争取时间,当然最好的是"明前",即清明节前,但清明节以前,春意刚动,嫩叶萌发的还很少。比较多的还是"雨前",即谷雨前所采。茶叶的嫩梢枝头,中间心的叶子,还裹着,尚未舒展,而边上半片已初初展开。中间未展者像个矛头,边上已展者,像是一小面三角旗,这就叫"一旗一枪",就是常说的杭州绿茶"旗枪"。龙井是以地名来名茶,旗枪是以形状来名茶。《茶录》云:"茶牙如鹰爪、雀舌为上,一旗一枪次之。"大抵在清明的前后,采摘的全未舒展的嫩芽,即鹰爪、雀舌,是最为珍贵的。

一个姑娘,一天也采不了多少。采茶是按重量计酬的。而重量的酬价，又是随着时间变化的。开始茶嫩，茶小而轻，采茶酬价高；天气越暖，叶子大了、重了，很快就能采一篓，但是酬价又低了。这样相比之下，还是采嫩茶时合算。所以在清明前后，直到谷雨这段时间里，真是一寸光阴一寸金。寸寸光阴都在尖尖的手指中、尖尖的茶芽上消失了。春光转眼即逝，弹指间春深叶老，又哪里采得到鹰爪、雀舌、一旗一枪呢？

杭州姑娘说话，不同于吴侬软语，有宋代遗下的中原音韵。日常说话，"儿"化韵也特别多，如小丫儿、虾儿、黄瓜儿等等。采茶时，手尽管忙，嘴也不闲着，叽叽呱呱，不停地互相说笑。采茶歌也是天籁体的歌谣，其爽朗甜韵，都是与武林春色共同浮动的。古人名诗《陌上桑》，歌咏过采桑的罗敷女，也还有《采菱曲》、《采莲曲》，当然，还有《采茶歌》。湖山尤悉，似乎又听到采茶姑娘的笑声与歌声了。

外行谈制茶

采茶实际只是制茶的第一步，离开泡出一杯香喷喷的茶来，那还差得很远呐。当然，把采来的茶芽马上用锅炒干了，立刻就可以泡茶，所谓"采得新茶及时烹"，那是最好不过了。因为酒是越陈越美，茶却是越新越好。当初有皇帝的时候，杭州茶叶一开采，先要炒好若干斤，用竹筒封存，或用小锡瓶封存，用快马送到京师，向皇上进贡。清人杭世骏《颂茶诗》注云："杭人竞于谷雨前采撷，递送京师，名为'马上鲜'。"可见茶叶多么重视"新"。但是一般茶行的大批茶叶，却不能马上炒，还要经过许多工序的加工，才能上市。杭州的旗枪、龙井，安徽的炒青、烘青，都是十分整齐好看，这是什么原因呢？按照茶乡人的说法，这是"作过的"。意思就是加过工的,实际还是一样的茶叶。

采来的茶芽加工成茶叶,要经过以下这些工序,即粗筛、分筛、拣净、再筛、拣分、配色、拼堆、初焙、初扇、复焙、再扇、补火、上光、装箱等十四个步骤。简单的说,就是分、炒、拣、作四步。陆放翁诗云"晴窗嫩蕊细分茶",可见从宋朝就是这样的。

旧法制茶,全是手工。在杭州的时候,除爱看姑娘们采茶外,也很爱看村镇上的人们炒茶,我常去看的,是灵隐到三天竺之间,一两个小山村的炒茶作坊。从小街的石板路上走过去,两面有不少铺面房,过去这都是小茶行炒茶的人家。白天,门板都卸下来,游山路过的人,都可以看到里面一排排的灶头,炒茶师傅在炒茶。灶头是二尺高的平台,灶口很大,砌着一口口的二应(即锅口直径二尺)铁锅。添柴口向里,炒茶时,每个灶口两个人,一个用小矮凳坐里面,向灶中添柴,炒茶师傅则坐在外面,不停地用手翻弄锅中正在炒着的茶,随着翻弄,还不停地抓起一把,在锅边上,把炒热的茶叶趁热压扁,压成一片片的。炒茶最重火候,它用的是特殊的慢火。

在不少人家的门口,多半是在树荫下,放两三大圆桌面,中间堆着茶叶,年老妇女们围着桌子坐着拣茶,把茶梗子拣出,把大茶片、小茶片分档……过往游人,偶然看到的,是她们悠闲的样子,觉得很是宜人。其实当年茶农的日子,还是相当清苦的。

茶道的艺术

日本现在很讲究"茶道",这是纯东方式的一种生活艺术。其实中国式饮茶的艺术,其历史那更是远远超过世界上其他各国。不要引《诗经》中的"谁谓荼苦,其甘如荠"(按,《尔雅·草木》:"早采为茶,晚取为茗。"清代郝懿行《尔雅义疏》:"今茶字古作荼,至唐陆羽著《茶经》始减一画作茶,今则知茶不知荼矣。"),即以唐代陆羽的《茶经》、卢仝的《七碗》来说,也都是一千几百年前的老话了。喜欢看《红楼梦》的朋友,不会忘记了贾母品茗栊翠庵的故事,那位带发修行的妙玉姑娘,是精于茶道的。这一点,连大观园的一流人物黛玉、宝钗都要甘拜下风,更不要说其他人了。她当面讥笑黛玉道:"你这么个人,竟是大俗人,连水也尝不出来……"黛玉在大观园中,最为高傲,谁都碰不得,惟独在妙玉面前,当面听奚落,却毫不介意,岂不是怪事?这也说明,在茶道上,黛玉自认不及妙玉,所以不生妙玉的气。

水真能尝得出来吗?答案是肯定的,一点不错,水是能尝得出来的。茶乡人有话道:好茶不如好水。精于茶道的人,不但讲究茶,更要讲究水。晚明小品文名家张岱《陶庵梦忆》中有一则专讲茶道的故事,题目是《闵老子茶》,写得极为有趣:

他听说南京闵汶水茶道极精,便特地到南京桃叶渡去访问,到了闵家,一直等到太阳落山,闵汶水才回来,原来是个老头。主客寒暄了两句,闵忽然说,手杖忘在别处了,马上撇下客人又出去找手杖。他继续等着,直到定更时闵才回来。闵一进门,很惊讶地说:"客人还没走呀!等着做什么?"他说明仰慕闵老茶道的诚意。闵听了很喜欢,亲自当炉煮茶,茶煮好,引他到一间明窗净几的房中,茶倾入瓷杯中,其香无比。他问闵:"这是什么茶?"闵说:"是阆苑茶。"他又尝了尝,说道:"不要骗我,这是阆苑制法,但非阆苑茶。"闵笑问:"你说是那里的?"他又吃了一口,说是很像罗岕(宜兴)。闵老吐舌称赞道:"奇!奇!"他问什么水,闵老说是惠泉,他又说:"不要骗我,惠泉走千里,水经过运输震动,怎么不变味呢?"闵老说:"不敢再骗你,我取惠泉水,要半夜淘净,等新泉涌至再取水,水瓮下面垫山石,运水的船,一定要有风时才走,所以水不变质。你一上口就能尝出,真了不起!"一会儿,闵老又给他拿来一壶茶。他一吃就赞道:"香味更厚,这是春天采的,刚才吃的是秋天采的。"闵老大笑道:"我已经七十岁了,第一次遇到你这样专精的鉴赏家。"二人定交,成了最好的朋友。

这样的茶道专家,似乎比妙玉高明多了。

贮茶、泡茶种种

常言说:靠山吃山,靠水吃水。出茶叶的地方,爱吃茶是不算稀奇的。杭州人叫茶叶,但离开杭州几十里路的武康、德清一带,就不叫茶叶,而叫"茶酿"了。这个叫法,可能是古已有之,因而我想起宋代人吃茶的事了。如蔡襄蔡状元进贡的大龙团、小龙团等等,如王婆子卖茶七宝点茶等等,似乎都和明代以后的吃法不同,因而把茶叶叫成"茶酿",似乎还同古老的宋代人吃茶有些关系。究竟如何,这还有待于进一步专门考证,这里先撇开不谈,回过头还说茶乡人吃茶。在出茶叶的地方,人们很少到茶叶铺买茶叶,即使不是自己家炒的,在街上向乡下人买点本山茶叶,也比茶叶铺便宜得多。最好能买到野茶,那就更香了。野茶就是山坳间野生野长的。讲究喝茶的人,特地要买这种野生的。

新茶叶下来,人们要多买几斤,但一下子又吃不了,只能慢慢吃。因而收藏茶叶,就是很重要的事了。茶叶要干燥,最怕潮湿。所以贮存茶叶的容器中,必须放一包生石灰在上面,有潮气进来,便被石灰吸收了。茶叶又最怕串味,千万不能和有其他气味的东西放在一起。老年间家庭放茶叶的容器是茶叶罐,近一尺高的大肚小口瓷罐,上有小圆盖,长条案上左右要摆一对。考究的成化、万历窑的蓝花茶叶罐,在五十年前,一对就值五六百元现大洋。现在当然就无法论价了。还有一种锡做的茶叶罐,海棠形的,腰圆形的,上面有博古,汉瓦文"延年益寿"等花纹,口部两层盖子,很雅致,也很实用。至于马口铁压制、上面喷漆的花花绿绿的茶叶筒,那该是很粗陋的庸俗的东西了。

一般人家喝茶,杯中放一撮茶叶,开水一泡就完事。稍讲究些,便要用盖碗泡,敞口碗,上有盖,下面还有茶托。泡时开水先倒少许下去,谓之"点",然后再倒到碗边处,谓之"泡"。不能倒满,"酒七茶八",适可而止。再要讲究,那就近于"茶道"了,要有很多步骤和专门学问。据明人文震亨《长物志》记载,有"洗茶"、"候汤"、"涤器"、"择炭"等等步骤。一个"候汤",还要分"缓火炙、活火煎"一沸、二沸、三沸等差别。开水叫汤,还分"汤嫩"、"汤老"。这都是烹茶的高级学问。在现今生活中还有其痕迹,如上海老虎灶把烧开后不再翻滚的开水叫作"停汤",便是一例。

饮茶灵隐游仙梦

人们游杭州,总要吃一吃茶。不管你平日嗜茶与否。到了盛产名茶之地,又有名泉好水,如不吃一杯茶,就匆匆离开,日后思念起来,那岂非终身憾事?"龙井茶叶虎跑水",这都是康熙、乾隆等皇帝老倌赞美过的,你能不尝尝吗?由于这样的原因,所以杭州西湖风景区,到处都有卖茶的茶馆。如果要问:在这许多茶馆中,哪一家好呢?这我不敢答复,既犯不着替这家做义务广告,也不便得罪那家。况且多少年未至湖上,又那能乱谈如今湖山的茶座呢？我所能谈的，只是记忆中的一点陈言。

过去在杭州吃茶，各人有各人的去处，也可以说各家有各家的主顾。如城隍山的茶馆中，多是住在下城区的老茶客，而且大多是杭州本地人。湖滨六公园的茶室，则多是住在旗下一带的老茶客，但这里就不全是杭州人，外地的游客就多了。住在湖滨，旗下清泰旅馆等栈房的游客们，也常常到这里来吃杯茶，然后和"西子"挥手告别。第三是孤山四照阁茶室，这里是好地方，欢喜跑路的人，由湖滨步行到这里，实际也没有多少路。到这里来吃茶的，也还是本地杭州的人为多。第四是灵隐、虎跑、九溪、龙井等处的茶室，这些地方都是湖山胜处，游人游到此地，常坐下来休息，因此这些地方的茶客，大部分都是海内外的游客，杭州本地人反而少了。

最使我梦寐难忘的，要属当年灵隐外面的茶座。那时的灵隐，由一进山门直到冷泉亭庙门前，靠左手全是茶桌，在参天的老樟树浓荫覆盖下，足有几百副座位，而且全部是藤躺椅。游山的人，由北山路过来，经孤山、岳坟、玉泉，到了灵隐，游了寺庙或是爬过飞来峰之后，精力已用了不少，有些又累又渴，在这样神仙般的地方，吃杯茶，在藤躺椅上歇歇力，正是时候。如果你已在"楼外楼"或"天外天"吃过饭，那更好，可以在藤躺椅上睡个中觉，养足力气，再去爬三天竺，上韬光，爬北高峰。这里吃茶处所之幽邃，周围环境之宜人是少有的。右看灵隐寺一派古老黄墙，左看飞来峰苍然翠色，听着冷泉的泠泠水声和游山者的阵阵笑语，躺在藤椅上，闭目凝神，可以使你顿时忘却尘世上的烦劳。这是我记忆中最富有诗意，也最舒服的茶座。寄语灵隐，别来无恙乎？

香烟与香烟画片

香烟东来实录

说香烟画片先要说说香烟在中国的历史,而空口说白话,似乎如孔夫子说的"文献不足征也",总是不够好的,因而不如先做个文抄公,抄点文献资料,来证实一下香烟在中国的历史。

中国人吸烟的历史并不长,一般是明末清初才开始的。一九二三年胡祖德编的《沪谚外编》民国二十五年增补版收有一支禁烟歌,对吸烟历史有简明扼要的记录。歌云:"明朝时代没有烟,只有上等官僚吃潮烟,五更坐朝待漏院,吸一筒淡烟解解厌。清朝盛行黄广水八仙,长毛以后增水烟,道光季年又增鸦片烟,英国运来害尽中国美少年。广东抚台林则徐,一意严禁禁不绝。民国又增香烟雪茄烟,吸者众多几遍地,种种耗费难尽言。……"(按,林则徐先是钦差大臣后是总督,歌词误作抚台。)

至于香烟,歌中所记在民国,但实际上应该更早。据早期上海闻人李平书《且顽七十自叙》辛亥年十月记云:

十月,程雪楼都督委余为江苏民政司长……自前清甲午以后,中国始盛行纸卷香烟。日甚一日,风行甚速。皆为中国人日吸之纸烟,支支衔接,可环遍地球,洵不虚也。自辛亥年,沪上有志之士,见斯祸亟于鸦片,乃创设禁吸纸烟会。五月初七日，张氏味莼园开大会，先一日伍秩庸先生邀余演说，余思生平固未吸纸烟，然日必吸吕宋烟三四支。今劝人不吸纸烟，何异五十步笑一百步，莫可往？继念此举适合吾意，若托词不往，于良心上亦说不过去，乃决计牺牲此三四支吕宋烟，是日登台先陈明向日不吸纸烟，独吸吕宋烟，今为奉劝大众，从今日起立志不吸。乃痛言吸烟之害，闻者颇动容。于是各业开会，莫不邀余随伍先生后。至九月初，路上几不见口衔纸烟之人。……不料光复以后，各处伟人莫不吸惯纸烟，堂堂都督府客厅陈以款客，而纸烟之命运，垂绝复苏，以至于今，竟无大力者起而议禁，吾不知此害伊于何底也。

李平书（一八五四至一九二七），名安曾，祖籍苏州，世居上海西门内。少年时任职《字林西报》，后游历新加坡，数任广东陆丰、新宁等县知县，罢官后回上海办实业。《自叙》是一九二二年写的，记纸烟事颇详，自是可靠。不过单文孤证，还感不够，不妨再看杨荫深《事物掌故丛谈》所记，在"饮料食品"章"烟"中记云：

　　烟由烟草的叶所制成的，烟草原产于美洲，故今犹以美国弗吉尼亚（Virginia）所出的烟叶相号召，其传入我国，则自吕宋……至于用纸卷的烟，即俗称纸烟或卷烟，那还是近数十年来的事，先由外洋所输入，至光绪二十八年，上海始有英美烟公司，就地制造，以其携带便利，吸者遂众。于是原有的旱烟水烟，遂渐渐地被它所淘汰完了。

杨氏的书是一九四五年世界书局出版的,所说香烟历史与李平书《自叙》同。这样我说的香烟历史就比较确切了。不过这还是上海和江南一带的情况,传至北京及北方小城镇那还要晚些。宣统元年兰陵忧患生《京华百二竹枝词》中有一首道:"贫富人人抽纸烟,每天至少几铜元。兰陵潮味香无比,冷落当年万宝全。"诗后注云:"兰花潮烟,李铁拐斜街万宝全最为著名,自纸烟盛行,不论贫富争相购吸,以趋时尚,兰花潮烟,几无人过问矣。"

　　先父汉英公青年时,正是宣统末年、民国初年的时代。六十年代初,有一次在北京家中,一位比他小一两岁的长辈亲戚来家做客,老弟兄在饭桌前边吃边谈,当时自然灾害时期,香烟很难买,发票供应。因而说起宣统年间香烟公司,作广告推销香烟的情况。先是在北京各闹市街头,用洋车拉着整车香烟,抬着广告牌子,敲着洋鼓,吹着洋号,行人经过,拉着衣袖,往手里塞整盒香烟,有的人还不要,随手又扔在路边。在故乡山西县城里,镇上,则拉着整车香烟,吹吹打打,穿街而过,一边走,一边向两面柜台里扔整盒的香烟……两位老弟兄,边慨叹此时的一盒次烟,还要凭票供应,十分紧张;一边神采飞扬,挥手比势,形容当年香烟推销时的不值钱,没人要……说来真像梦一样。而我今日写此文时,两位老人兴高采烈、谈话时的神情亦历历如在目前,正如古人所说:后之视今,亦如今之视昔,真不胜时光如驰之感了。

　　悠悠百年,不知几度沧桑,说到香烟,也是一样。李平书所记的"禁吸纸烟会",父亲与他老表弟感慨话古所说的满街扔香烟、不要钱等等在我的记忆中是没有的了。我有记忆时,已是满街贴着"还是它好"的大号哈德门香烟广告、孩子们争着玩香烟画片的时代了。

香烟牌子

为了介绍清楚,先把当时,即由民国初年到"七七"事变以前一些香烟牌子作个介绍:

茄力克(Garrik),这是最高级的香烟,英国直接进口,上海天津等地都不生产,五十支听装,一块银元一听,是达官贵人、豪富吸食的。当时有民谣:"眼上戴着托立克,嘴里叼着茄力克,手里拿着司梯克。"王了一先生散文《手杖》中曾用过这首民谣,见《棕榈轩詹言》之十。

三九牌(999)烟支细长,只有富豪女太太们吸。五十支听装。

三五牌(555)听装,也是高贵烟,价格同以上两种,也是英国生产,上海不生产。

白锡包(Capstan),上海俗称绞盘牌,因烟盒上印有轮船的绞盘而得名。白锡包是指烟盒内有锡纸,外面白纸包装。又因白纸上印蓝色图案、英文商标,天津、北京又称之为蓝炮台。有听装,亦多廿支盒装者。

绿锡包(The Three Castles),因烟盒绿色,叫绿锡包。但南北更多俗称"三炮台",同白锡包一样,是当时十分流行的高级烟。五十支听装卖五角,二十支盒装卖二角。以上两种烟,开始进口,后来英美烟草公司、颐中烟草公司均在上海、天津取进口大桶烟丝,就地生产。还有一种黄色包装的,俗称"黄炮台",行销不广,售价与以上两种同,都是高级烟。

红锡包(Ruby Queen),上海俗称"大英牌",北京俗称"大粉包",粉红色听装或盒装,盒装十支,售价一角。听装每元三听。

行销最广。最受工薪阶层欢迎。另有细支者,北方称之为"小粉包",亦甚普遍。

强盗牌(The Pirate),俗称老刀牌,十支装,行销极广,深入内地。价与小粉包同。以上均英商英美烟公司生产销售。均用外文商标。此外该公司均在上海、天津等地用中国烟叶生产之香烟,用中文商标,以品质高下排列如下:

大前门	行销最广、最久,现在仍有此牌。
哈德门	行销亦广、亦久,但次于"前门"。
大婴孩	南方叫"小囡牌",多行销农村。
公鸡牌	多行销农村。

生产香烟,开始只有英商英美烟公司,后称颐中烟公司,不久即有南洋兄弟烟草公司由香港到上海开厂,据民国八年《北京旅行指南》该公司所登广告,有:

大喜牌十支盒装、五十支听装均有。长城牌包装亦同上。其广告词云:"南洋兄弟烟草公司,真正国货。民国八年,本公司创设已有十六年。所制各烟,纯用本国黄冈、南雄、均州等处所采烟叶,品质优良,气味香醇,如大喜、长城等烟,尤为价廉物美,远近驰名,爱国诸君,幸垂购焉。"

据此亦可证南洋兄弟烟草公司之历史。此外记忆中之香烟牌号,如:人顶球牌、白金龙、大联珠、翠鸟牌,在北方城乡间,亦十分普遍,均十支小盒,五十盒一大匣。价钱都不贵,然其出产公司,已记不清,一时无法查考了。在二十年代后期,亦有宁波人陈楚湘、戴耕莘在沪创办华成烟公司,出"金鼠牌"香烟,其商标非常像"茄力克"之狮身人面卧像。当时亦无人议论其商标。

此牌香烟,价格低廉,行销农村甚广。后又出著名之"美丽牌"高档香烟,烟盒中间印一椭圆形时妆女士像。"美丽牌"香烟质量又好,价格适中,在中高档烟中,吸者最多,一时超过大英牌和大前门。香烟广告亦在各大报章、杂志及各闹市大广告牌上刊载。

前文所述,只及英美烟公司、南洋兄弟烟公司、华成烟公司,这些都是最大的几家。但香烟生意,是一种税收最多、最赚钱的生意,不但竞争剧烈,而且前半世纪中,投资此项生意的小厂也多,手头资料,自清末民初,直到三四十年代,就有"上海瑞华"、"中国惠南"、"上海和兴"、"上海中兴"、"中华海员"、"上海福新"、"上海锦华"等烟草公司。这自是极少的一部分,其间开业、倒闭、再开业,又不知有多少,兴废之间,也是一部小小的沧桑史了。以上说的还主要是上海一市,其他天津、青岛当时也有一些香烟厂,地方如山西阎锡山西北实业公司,也办过香烟厂,生产过"雁门关"、"五台山"牌香烟,但时间不长,知者已很少了。

三四十年代,国人吸烟,都习惯吸英国式香烟,好的是弗吉尼亚烟叶制造,国产烟叶多用凤阳(安徽)、许昌(河南)、黄冈(湖北)、南雄(广东)、均州(湖北)等地所产。"七七事变"前,几乎极少人吸美国烟,如"骆驼"、"吉士"等牌子。美国烟的流行是抗战胜利后才开始的。这时早已没有香烟画片了。

香烟画片

诸多商标的香烟,除去开烟厂的老板而外,要许许多多从业人员。这中间管理人员、生产工人、运输、销售等不要说了,而且还要好的印刷厂、印刷工人,更重要的是美术设计人员。漂亮的烟盒要美术设计,广告要设计,要画师画时装仕女画。为"美丽牌"画广告的谢之光,就是一时著名的专画香烟广告的画家。还有不少专门给香烟画片作画稿的不知名画师,这些画片最为儿童、小学、初中的学生喜爱,因而这些不知名的画师也可以说是早期的"儿童读物画家"。因为香烟是大人吸的,而烟盒里的画片却是当年儿童最爱玩的玩具。烟盒里的画片是什么时候开始有的,这个问题恐怕很难确切回答,但可以肯定,在清代光绪末年、宣统年间就十分普遍了。手头的画片资料,里面画的三百六十行,就全是梳辫子的。有一张上海瑞华烟公司的画片,背面印着龙旗,这是清末大清国的国旗,现代人已很少见到了。

我开始懂得玩香烟画片,要推回到六十七八年前,即一九二八年左右,那时我虚龄五岁,刚刚有记忆,开始懂事。家住在太原,每天家中客人不少,常常在打开烟盒吸烟时,把烟盒中的画片顺手拿给我玩,花花绿绿,虽然好玩,但我年龄还太小,太幼稚,玩玩就扔了,也不知上面画的什么?第二年冬天由省会太原回到山乡老家,后来读书了,同学们也有攒香烟画片的,乡下叫"洋片",或叫"洋画",我虽然不是专一地玩这些画片,但总也不时收集一些,一扎一扎地用线绑起来,放在书箱中。但乡间吸香烟的少,牌子也不多。再过五六年,到了北京,当时父亲已经不吸香烟了,家中也不再像乡间一样,准备一些待客的香烟,因而在家中收集香烟画片,已十分困难了。但在我上学的路上,却发现了乡间没有的东西,一个花白头发摆小摊卖买旧画片、旧邮票的老头,每天放学时,总招引许多小学生、初中生围着摊子看,这使在乡间就爱好香烟画片的我,一下子大开眼界了,他摊上也买、也卖,小朋友三五张,十张八张他都要,两三个、十来个铜元的生意。买的价钱稍有高低,但卖的价钱相差就悬殊了。因为成套的香烟画片,如《水浒》、《三国》、《封神演义》等人物,烟厂装盒子时,并不平均,有的人物特别多,有的特别少,要配成一套,如"水浒"一百零八将,常常配到一百零几了,独缺三五张,十分难找,这样,这几张稀少的就特别值钱了。当年"大联珠"牌香烟中的画片攒成全套的,可以换一部自行车,但熟悉的小朋友中却没有一个人能攒成全套的,但这个诱惑和幻想也一直在吸引着每一个玩香烟画片的幼稚的心。我是乡下孩子初到北京,对于那一种独缺哪几张,另一种又独缺哪几张,听同学们和那小贩老人讲说起来,津津有味,如数家珍,但我常常是茫然的。在这小摊上,人少的时候,老人也给我看过黄边整套《水浒》、《红楼梦》人物。我对一个个彩色小人,各种古装,并不十分感兴趣。我在乡下家中,玩得最多的是哈德门香烟中的戏文画片,什么《三娘教子》、《南天门》、《武家坡》、《回荆州》等戏剧人物,乡下一年几次唱,因此很熟,也感兴趣。印象中有两张独特的印刷最精美,好像是薛仁贵、陆文龙,四周有金线花边,印刷的纸也好。家中每隔个把月就买一大盒香烟"五十小盒",如现在皮鞋盒大小,来人多时,一天就能得到两三张画片,但重复的多,而且始终不知这套戏剧画片一共有多少张。当时香烟一般都是十支装的,二十支大盒很少,大盒中放有大画片,十分难得。我记不清是哪里得到的,有十几张印刷精美的风景大画片,是近似照相的西洋画,水边桥的倒影、树的倒影都十分清楚,我十分喜爱这些画片,常常一个人拿出来玩,梦想着山乡外面的世界。

　　我为了写这篇文章,曾讨教于比我大十来岁的老友,请他们写信告诉我一些回忆,以补我记忆之不足。这几位朋友都是老上海:他们是外国语学院退休的周退密教授,出身上海名门,其尊人是旧上海"○○一"号汽车拥有者。他认识美丽牌香烟法律纠纷的当事人及其外子。第二位是曾在林语堂主办的《论语》时代就出名的作家周劭先生,他是华成烟公司老板戴耕莘先生公子戴龙翔在东吴大学的同窗好友。第三位是画家钱夷斋(名定一)老先生,是不少当年著名香烟广告画家的好友。几位老人都告诉我不少故事,现将夷斋先生信抄两段在下面:

> 烟草公司当时在听装或匣装香烟(当时只有十支装硬匣,尚未风行二十支软匣)内,都附入一张香烟牌子,上面都印有单色或彩色的图画或照片。如明星照和风景照片,但多数是画的《三国志》和《封神榜》人物,每张一人,也有戏出多人场面,还有花鸟及民间风俗等画面,内容极为广泛,数量也庞大,有的一整套要一百多张。以后不乏收集香烟牌子的收藏家。我曾在四十年代在孟德兰路(今江阴路)一姚姓家(忘却名字)看过他收藏的各种香烟牌子,有数万种之多,而且大多是整套的,大小各不相同,真是洋洋大观。所以在抗战前,像我在幼年时,都有收集香烟牌子的爱好,孩子们玩弄香烟牌子,风气很盛,直到抗战爆发前后,香烟匣内才取消了附赠香烟牌子,目前在过去年代盛行的香烟牌子,已难于看到了,已成历史陈迹。

几位老年好友都说香烟画片是在抗日战争后消失的,当时战火纷飞,已无暇及此了。一个小小的香烟画片也萦系着承平时代的童年欢乐梦,也均破灭于日寇的侵略炮火,几位老年好友,均感慨系之。

儿童玩的香烟小画片之外,还有为香烟作广告的月份牌,夷斋兄也在函中介绍说:

除香烟牌子外，香烟公司另外做广告的方法，就是每年印送月份牌，亦即现在的年历。当时的月份牌印得很大，有整张，也印得比较讲究，民间都把它悬挂室内。内容都是画的美人，画得很时髦，也有画儿童的形象。画法是用擦笔画加水彩，用喷笔画出来。这是专门在月份牌上流行的一种特殊画法。因此画面十分细腻准确，美丽悦目，容易吸引人。但这是商业性的，并非艺术性的。在当时流行全国，极为风行，这种类似月份牌的画，一九四九年以后还有生产，都改为新内容的月份牌年画了。在春节专销农村，近年已衰落。

关于香烟广告月份牌的作者，最早开始于民国初年，由郑曼陀最早使用这种画法，所以他是中国使用擦笔水彩喷画最早的一人。其后有杭穉英、谢之光、金梅生、张碧梧、金雪尘、李慕白，都是擅画月份牌香烟广告画的人，其中杭穉英名望最大，另外谢之光及华成烟公司的张秋寒等，均擅画报刊香烟广告（黑白的），名声很大，谢后改画国画，张则专画香烟包装。一度在五十年代和我共事过。

从老友钱夷斋先生函中，可为本世纪前半的香烟画片、广告等等美术从业人员留一历史资料纪录，也是十分有意义的。

香烟是高税率商品，利润从开始就是很高的，记得有一年年终时天津《大公报》刊载着颐中英美烟公司，一年纯利润四百万银元。先父汉英公看了非常吃惊，从那年春以后就不再吸纸烟，并且自嘲道："从今年开始，你再赚不到我的钱了。"这时还在乡下，后来不久，就到了北京（当时叫北平），直到一九六七年去世，就没有吸过香烟。可是社会上这样不吸烟的人还是太少了。许多著名学人都吸香烟,鲁迅先生不要说了,据知堂老人回忆,青年时,鲁迅先生每天早起一醒来先在枕上吸两支烟再起床,平时和人谈话,总是一支接一支的。胡适之先生酒量惊人,而且爱喝酒,后来有个时期却戒酒了,但仍未戒烟,留下了著名的"纵然从此不饮酒,未可全忘淡巴菇"的名句。只有知堂老人从来不吸香烟,说:"用看闲书代替吸香烟。"这在当年专讲"烟士披里纯"(inspiration,"灵感"的译音)——(恕我说笑话)——的时代,似乎也是绝无而仅有的了。上海在本世纪开始,就开过禁吸纸烟的大会,而一百年过去了,却到处烟雾腾腾,买纸烟比买什么东西都方便⋯⋯真是值得人们深思了。

字轴与苏裱

我有一个立轴,是世伯萧重梅老人写了寄给我的,现挂在我书桌旁墙上。上写道:"一纸书从南浦来,捧得瑶画手自开。闻说新莺出幽谷,天涯芳草望楼台。"后面题款道:"戊辰寒尽,春将至矣,得云乡老弟书,告乔迁,赋此以贺。萧劳九十有四。"引首盖朱文"天涯何处无芳草"闲章,名后盖朱文"九四叟萧劳"名章。这是我七年前由河间路旧居搬到延吉四村时,写信告诉老人,老人写了寄给我,祝贺我乔迁新居的。老人送我的字幅、诗稿很多,这幅以九十四高龄,贺我乔迁,自然更为珍贵了。于是就托人拿去裱褙,以便逢年过节拿出来悬挂,看看这幅字,就像朝夕对着老人闲谈一样。

裱好拿来了。裱的很不错,用米色、淡湖色绫双色裱,上面加两狭条,即昔时之飘带,裱画所谓"惊燕"也。字幅四围又加了一细条咖啡色锦边,使得字幅更突出高雅,承接裱件的师傅,都是熟人,所以裱件十分认真,而且价钱也不贵,自应十分感激。但是虽然裱的较考究,而挂起来并不显眼,未免遗憾。为什么呢?因为轴子中间一块,绫边是米色的,而我家房间墙纸也是米色的,这样字轴和墙几乎是一种颜色,就显不出来,加以此字轴两头也是淡色的,就字轴本身讲,颜色十分淡雅,如和墙壁颜色一配,就不是十分谐调了。俗话说:"三分画,七分裱。"中国书画,裱褙是极为重要的,这正像西洋油画的画框一样,再好的画,如没有好框架配,也黯然失色。中国书画,写得再好,画得再好,不加裱褙,墨色出不来,也不是完整的艺术品,而且还要看挂在什么地方,挂在什么样的墙壁上。

中国裱画,行话叫"裱褙",较远唐、宋时代,叫"装潢"。到了元、明之后,更接近现代这种裱法。元末陶宗仪写的《辍耕录》,记载了当时裱褙十三科的工艺,这就是明、清两代裱画师傅所遵循的。所谓"裱",就是裱画的边,有镜芯、册页、手卷、立轴、对联、屏条,四周天地用各色绫锦,裱上周边。所谓"褙",就是褙褙,把书画的薄薄的纸或绢,背面再托上一层或两层绵纸,这样使又薄又软又皱的画稿,一托之后,就变成十分平整挺括,而且不只此也,墨色也出来了。水墨层次,即所谓墨分五色,由最浓、最黑的焦墨到极淡的水痕,岂止是五色,十五层,二十五层也不止,未托前一张软纸,糊里糊涂,连画家本人也不知道,一托便看出立体层次,知道效果了。

裱绫也好,托褙也好,最重要的先是浆糊,精白面粉加明矾、樟脑调成冻子状,放在钵头中,还要让它发酵,表面生一层绿毛。去掉绿毛,把半透明体的浆糊糕再加冷开水调稀,成藕粉状,然后使用。把画幅、托褙纸、裱的绫边等等,在画案上,用棕刷一层层刷上浆糊裱在一起,趁湿轻轻提起,贴在墙上,让它自然风干,时间越长越好,日后挂起来,不会卷边,自然,其中手法工艺流程十分复杂,不同纸质、不同彩墨、不同季节、晴天雨天,各不相同,全凭经验掌握,手艺高下,相差甚远,文字上也无法说清了。

近现代裱画,分京派和苏派,自然还有其他各省的,但以这两派最出名。不过裱画这行手艺,有关艺术,就有无穷深度。像烧菜厨师一样,学会一般操作并不难,而进入高级成为名厨,名裱褙,那就无穷无尽了。而苏裱、京裱旧时各有名家,苏裱的手艺绝活是裱件漂亮考究,而京裱的绝活是揭裱旧画,这更是特技，在此短文中无法介绍，只好从略了。名画家是离不开好的裱褙师傅的。据说张大千出国时，就带走四位京裱师傅、四位苏裱师傅。京、苏裱褙师傅的故事说起来可以上溯到京剧《一捧雪》的汤裱褙，说来太多，也不多谈，这里我只想结合前述萧老字幅的立轴，说说京、苏裱工用绫子的色彩问题。

挂在我书桌边的字轴裱工虽然也很好，但是不醒目，是什么原因呢？就是习惯用浅色绫裱边，米色、湖色、银灰色、玉色等等，这是苏裱习惯用的。这是旧时苏沪一带老房子，都是板壁，板壁多是荸荠色深色油漆的，所以这些浅色绫子裱的字画，挂起来特别显眼、漂亮。而北京深宅大院，包括宫廷王府，大多是用大白纸糊的白墙，如挂深色绫裱的书画更漂亮。因而京裱师傅常用瓷青、藏蓝、深秋香、古铜等色绫边裱书画，挂在白色或其他浅色墙上，就显着更古雅。而上海的裱画师傅，不管老手艺或是新学，都是因袭着苏裱的路子来的。习惯用浅色绫而不懂用深色绫，真是遗憾。岂不知现在人家都是浅色墙，不管墙纸、墙粉涂料，十分之八九都是浅色，再挂一浅色绫边书画，又如何能好看呢？如果用藏蓝素绫或古铜色绫裱边，挂在淡米色墙纸的墙壁上，那看起来就完全不同，一定会感到格外高古和典雅。八年前在重梅伯家中看到他老人家自己写的五尺大屏条，字不大，笔直五行行草，写在洒金笺上，又用藏蓝素绫裱边，挂在白墙上，真是照眼生辉，无比古雅典丽。

萧重梅老伯，一九九四年就已一百足岁了。因摄影老人而想到他老人家。一九九三年秋在京还去看望，在家颐养，自然不能外出活动了……因之又望着他的字幅，想到苏裱、京裱的差别，想到字幅虽好，而裱的尚不够称心，想到世上的事，真是太难十全十美了。

"倒打抓髻"

　　"高髻云盘宫样妆"、"匆匆梳个抛家髻"……古诗中这样的句子不知有多少。我想大概古往今来，走遍全世界，变化最多的，莫过于妇女的梳妆打扮了。单是一头秀发，就不知变出多少花样，远古不说，就说本世纪吧，如有人注意研究，也够考证一番的。我晨间靠在枕上，读《俞平伯书信集》，读到老师写给润民学长的一封信，忽然想到这个问题，这又如何联系得起来呢？且听我慢慢道来。

　　这话还得远兜远转，从古老的五十三年前说起。那年暑假，我从北京回到一座小县城，到姐姐家去度假，小县城没有什么娱乐，在城外关厢有唱戏的，但要进出有日寇站岗的城门，所以不去，只在城里几条小街上找亲戚家少年朋友玩，一天出去和一两个朋友经过一个庙门口，一位卖唱的盲人正在拨弄弦子等生意，周围还有三五闲人，但他们一年到头在一起，无钱给盲人，盲人自然不会唱。我们走过，有认识我那朋友的，便为盲人兜生意，怂恿点盲人唱两支曲子，朋友面子好看，又闲逛无事，便欣然同意，点盲人唱曲，我们便坐在庙门口高台阶上听起来，十分悠闲潇洒，盲人便调理丝弦，很卖力地唱起来，一连唱了三支。盲人记忆力特好，每支都几十句，一口气唱下来，也真如珠走玉盘，节奏可听，唱到诙谐或情爱、性爱之处，绘声绘影，极为细致，不过正如放翁诗："斜阳古道赵家庄，负鼓盲翁正作场……"听者一时哈哈大笑，朋友付了钱，盲翁一谢再谢，便走散了。半个世纪弹

指过去,盲翁唱些什么,也早忘光了,却奇怪地留下几句描绘一位姑娘打扮的唱词在记忆中:

> 月白褂子蓝生生,倒打抓髻红头绳,两个眼睛水泠泠,走一步来爱死人……

什么叫"倒打抓髻红头绳"呢?"抓髻"我懂,把头发梳顺,把发根用头绳扎紧。然后把头发一折、两折、三折……折成三四寸长,中间用头绳扎起,头绳很长,中间要缠一寸多长一段,这是早年北方山乡未出嫁姑娘的打扮,同梳辫子一样。如果出嫁后,就改梳圆头,即所谓的"纂"了。抓髻紧贴脑后,中间扎头绳处细,两头或圆或方均较粗,如旧时银锭形。而怎么叫"倒打抓髻"呢?难道是扎成上头大、下头小的样子吧?多少年我一直不理解。

几十年过去了,八十年代初,我在北京去缸瓦市著名史学家邓文如教授家,老先生早去世了,只老夫人和哲嗣邓珂学兄在家,有幸观赏文如先生收藏的旧照片。忽然看到一张庚子时"红灯照"照片,啊,我眼睛忽然一亮,这不就是"倒打抓髻"吗?

这是一张四寸独立女子照片,十四五岁姑娘,两只很小的缠过的小足,一只直立着,另一条腿微翘着,一手扶着照相馆的假山石,另一手还扶着一把宝剑,这位义和拳的女战士,很有几分英姿飒爽的样子,最使我感兴趣的是她那个抓髻,端端正正地梳在前脑门上,真是特别俏皮。这大概是庚子年间,也就是本世纪开始时北京、天津一带小姑娘最摩登的发型。我看了这张照片,一下子明白了原来所谓"倒打抓髻"就是抓髻不梳在脑后,而是梳在脑门上,此之所谓"倒"也,真是绝了。

不过这又与俞老《书信集》有什么关系呢？在俞老写给润民师兄的第六封信中，有"辛亥"忆旧杂诗，第三首云：

姊妹朝前髻子梳，帽儿新式广詹舒。
同车过市人人笑，此事谁还记得无？

诗后有注道："姊妹即大姊、二姊。那时妇女梳'朝前头'，两姊又购得帽子，同乘黄包车过大马路，路人皆笑。其后那帽子迄无人戴，'朝前头'亦不梳了。"（见《俞平伯书集集》三百七十二页）注中所说"朝前头"，不就是"红灯照"姑娘梳在前脑门上的"倒打抓髻"吗？因想这种发型，在本世纪初，在南北各地，大概都时兴过把髻梳在前脑门上，由庚子到辛亥，十来年时间，民间风俗也趋向新潮，"身体发肤，受之父母，不敢毁伤"的古训尚未破除，剪头发尚未时兴，而习惯梳在后脑的髻，却把它梳在前面，这已经时兴了，这也可以说是当时人的逆反心理吧。从历史说，时代并不远，只不过百年以内事，而从个人的亲眼目睹说，似乎已很远了，半个多世纪前我亲耳听盲人歌词："倒打抓髻红头绳"，就不明白是怎么回事，留下疑问了。直到看了"红灯照"小姑娘照片，才明白。读了俞老的诗，才又得到证实。可是历史风俗上，越是芝麻绿豆般的小事，越难以明确知晓了，心想如果都能亲眼见到该多好呢？可惜办不到。写到此处，忽然想起邯郸卢生祠的门联：

睡到二三更时，一切皆成为梦幻；
待到一百年后，无少长俱是古人。

俞先生与世纪同龄,如果活到今天,也只九十五岁,但在一九九〇年已经作古人了。能活过九十已不易,况百年乎? 现在亲眼见到过"倒打抓髻"的人大概是没有了。

关于晋帮商人答客问

一、山西地域非常封闭,是什么样的历史条件和人文因素,使我国历史上兴起一大商帮?

山西山河纵列,地域封闭,自古以来,生产困难,生活艰苦,非十分节约,便无以为生。因此人们性格上,从古以来,就爱惜物力,生活极端节约,早自先民,就养成十分俭啬的性格。所谓"晋本唐国,故有唐之遗风,忧深思远,情发于声。"《诗经》中魏风、唐风,写的都是远古山西风俗。《诗小序》中说:

魏地狭隘,其民机巧趋利,其君俭啬偏急。

《诗传》中说:

唐风土瘠民贫,勤俭质朴,忧深思远,有尧之遗风焉。
魏地狭隘,民俗俭啬,盖有圣贤之遗风焉。

直至《北齐书》中,仍有"晋有唐虞之遗风,其俗节财而俭啬"的说法。直到六十年前在当时北平,社会上还有"山西老西,舍命不舍财"的说法。可见其民性,肇自远古,因物产贫瘠,生活困难,养成之节约、吝啬财物之性格、习惯,几千年从未改变。此旧时代积累财富之最根本的人的因素。

人文社会没有高度文化是不行的,《隋书·地理志》中说:

> 太原，自前代以来，皆多文雅之士，虽俱曰边郡，然风教不为比也。

其时王通即文中子在河、汾之间讲学，授徒千余人。唐代开国贤臣名相房玄龄、杜如晦、魏徵、李靖、薛牧等皆出其门下，以文中子"太平十二策"之精髓，施之唐代，开大唐盛世之先声，创造了中华历史上最辉煌之时代。到宋代时，虽然山西北面燕、云十六州，为石敬塘出卖给胡人，但民风、文化仍继承前代影响，未有改变。《朱子诗注》中说：

> 唐俗勤俭，故其民间，终岁劳苦，不放少休，及其岁晚务闲之时，乃敢相与燕饮为乐。

《诗说》中说：

> 唐俗勤俭，勤者生财之道，俭者用财之节，圣人教人，不越乎勤俭而已。

以上是唐、宋以来的人文、文化影响。

另外在地理环境上，虽然如《隋书·地理志》所说："土地沃少瘠多"，而旧时在煤炭矿产未盛之时，尚多盐、铁之利。《宋史·地理志》上也说：

> 其地东际常山，西控党项，南尽晋绛，北控云朔，当太行之险，地有盐铁之饶。其俗刚悍而朴直，勤农织之事业，寡桑柘而富麻苎，善活生，多藏蓄，其靳啬尤甚……

山西人在这样人文、文化、地理的大背景下，《世说新语》所谓："其人廉且贞……其人磊砢而英多"，到了元、明之际，离京师近，求名于朝，求利于肆，就大批外出谋生、经商，先京师而后四方，所谓"土狭人满，每挟赀走四方，所至多流寓其间，虽山陬海澨、皆有邑人"（见《中华全国风俗志》，引赵产复《沃史风俗序》）了。明万历沈思孝《晋录》中记云：

> 晋中俗俭朴，古称有唐虞夏之风，百金之家，夏无布帽；千金之家，冬无长衣；万金之家，食无兼味……

又记云：

> 平、阳、泽、潞，豪商大贾甲天下，非数十万不称富，其居室之法善也。其人以行止相高，其合伙而商者，名曰"伙计"，一人出本，众伙共而商之，虽不誓而无私藏。祖、父或以子母息匀贷于人而道亡，贷者业舍之数十年矣。子孙生而有知，更焦劳强作以还其贷。则他大有居积者，争欲得斯人以为伙计，谓其不忘死，肯背生耶？则斯人输少息于前，而获大利于后，故有本无本者，咸得以为生。且富者蓄藏不于家，而尽散之为伙计，估人产者，但数其大小伙计若干，则数十百万产可屈指矣。所以富者不能遽贫，贫者可以立富，其居室善而行止胜也。

据《晋录》记载，可知山西商帮，早自元、明以来，就已形成，影响全国，其组织形式，财富蓄存，也有其独特形式。其核心即"勤俭信义"四字。

二、十九世纪山西是否海内最富？为什么龚自珍称"山西号称海内最富"？

十九世纪是清代嘉庆五年（即一八〇〇年）至光绪廿五年（即一八九九年）。我十岁以前，在故乡灵丘东河南镇生活时，经常听姨祖母说民间谚语："乾隆让嘉庆，米面憋破瓮。"当时是山西民间经济最雄厚的时期。平时走亲戚家，在很偏僻的山谷中，都有几进，甚至十来进的高大青砖瓦房，其建筑年代，大多是乾隆末、嘉庆初年盖的。均可见当年民间财力。而灵丘还是山西东北隅穷县，如在中路、南路商业资本集中的地方，那财富自然就更多了。如太原、平阳、汾阳、潞安等府，大财主自然更多。过去缺乏详细的统计资料，徐珂《清稗类钞·农商类》引有"山西多富商"一条云："山西多富室，多以经商起家。亢氏号称数千万两，实为最钜。"今以光绪时资产之七八百万两至三十万两者，抄录如下：

姓	资产额	住　址
侯	七八百万两	介休县
曹	六七百万两	太谷县
乔	四五百万两	祁　县
渠	三四百万两	祁　县
常	百数十万两	榆次县
刘	百万两内外	太谷县
侯	八十万两	榆次县
武	五十万两	太谷县
王	五十万两	榆次县
孟	四十万两	太谷县
何	四十万两	榆次县

杨	三十万两	太谷县
冀	三十万两	介休县
郝	三十万两	榆次县

所列共十四家,包括亢姓数千万,如最少以二千五百万计,加其他十四家,约三千万两计,共合五六千万两,折合银元,将近亿元。这是光绪中前期,即十九世纪末非正式统计资料。估计这数字可能是缩小了的。原因如下:一、清代山西商人资产如前引明人《晋录》记载,多分散于伙计处,又分散于全国各地,在其原籍,只是部分。且此部分亦有动产、不动产之分。无法详细估算,得出较精切之数据。而有钱人总怕人知道其有许多钱,总是往少里说,不会往多里说。二、两年前在祁县参观"乔家大院",见其介绍文字说明,谓乔家在嘉庆、道光之际,鼎盛之时,资产近三千万两。不知有何根据。而此表中所记,只四五百万两,相差有六七倍之多。三、幼年听人传说,山西南路财主,白银过多,无法蓄藏,熔化浇铸为数百斤、上千斤之庞然大物,置之路边,名之曰"没奈何",有七十二枚之多。以千斤一枚计,七十二枚合计亦不过一千一百五十余万两。或出于乡人之想象,未足为据。又听人传说:庚子时,西太后、光绪皇帝逃到西安,途经山西;由大同直至太原再往南风陵渡过黄河。驻于南路一大财主家二日半,共进五餐,每餐均江西官窑定烧之"万寿无疆"餐具,每餐一种色彩,五餐不重样,如继续住下去,尚可支应数日,不会重样,据云是乾隆年准备乾隆去西安巡视,途经山西,准备接驾定烧的。乾隆未来,存在家中,一百多年后,西太后来用上了。后读吴渔川《庚子西狩丛谈》说西太后庚子年八月十七日逃难到太原,"凡需用帷幄茵褥,及一切陈设器件,均系嘉庆年间巡幸五台所制办,备行宫御用,后来御驾未至,遂存仁不用,向储太原藩

库……此次以仓猝驾到,无法预备,不得已始行发钥,乃皆灿烂如新制。且丝毫无所毁损,遂赖之以集事……"想来官方有此情况,民间二三百年雄于财者,自亦有此情况,其取精用宏之蓄备,亦能想见。如折算为银两,其数亦难估计。凡以上所引,均足以说明十九世纪山西人之财富,十分雄厚,如以全国其他各省较之,恐无出其右者。笼统地说:龚自珍《西域置行省议》中所说之"山西号称海内最富,土著者不愿徙,毋庸议。虽毋庸议,而愿往者不禁"等语是不错的。但这也只指商业资本,并不能包括所有地方财富。如以田赋漕粮国家收入来论各地贫富,则仍在江、浙八府,即江苏的苏、松、常、镇、太和浙江的杭、嘉、湖,据说明、清两朝全国田赋百分之七十来自江南,而江南的百分之七十又来自上列八府、一直隶州(即太仓州)。如以此论贫富,那山西就不是全国最富有的省份了。

三、山西商人的主要活动范围在哪里?为什么能成为全国的金融中心?

明、清两代,北京是京城,是政治中心,也是金融中心。如再说得准确一点,那就是自从明永乐十几年间,直到辛亥革命,即一四一五年前后至一九一一年这五百年间。山西人东出娘子关到了正定府,再北上三四日,就到了北京城。这首先是山西商人主要活动的地方。如北上则到旧日绥远归化城(今乌兰巴托)、西包头,这一带全是山西商人活动的地方。今日河北,即过去北直隶,石家庄是修了正太路后的新兴城市,历史很短、北上保定府,东面天津卫、清代北洋总督所在地,在外国势力进入之前,也主要是山西人的活动场所。东三省奉天(今辽宁)、吉林、黑龙江,也是山西商人主要的活动场所。清代长时期流传民谣:"山西人，骡驮轿；山东人，大褡套；河北人，瞎胡闹。"即在关外，山西多商人，回家时有钱，都坐骡驮轿，带回不少财物。山东人，多务农，或做小生意，回家财物少，钱少，只骑骡子或驴回来，一副装行李的褡套而已。至于河北人，则经商、务农均差，多流浪汉，步行回家，两手空空，白跑了一趟口外，瞎胡闹而已。西北路宁夏、兰州、新疆，西南面西安，远至成都，正南开封、郑州、洛阳，再远汉口。东南济南、徐州，远至江南苏、杭、上海。其中西北、西南、正南均多，东南次之。至于远渡重洋航海的，则除由东北至汉城、釜山等地而外，去南洋的则因地理关系，没有了。以上是明、清以来，山西商人主要活动的范围。

山西商人经营的行业范围极广，几乎样样都有。其主要范围大约是这些方面，即银钱业、典当业、颜料行、干果行、米粮业、百货业、药材行、皮毛业、杂货业、烧缸（即制酒业）等等，其经营方式又分坐商、行商、局子（批发）、铺面（零售）等形式。

为什么能成为全国的金融中心？这个提法，即金融中心的概念不确切。所谓金融中心，应是金融汇聚流通中心。其时山西虽富商多，财富聚集多，但其资金亦多在外经营，其调剂金融者，靠银钱业，其大宗交易、存放款、汇兑，大多仍以北京、天津为中心。山西票号之兴起早在明代，但其鼎盛，则在十九世纪，且由天津之日昇昌开始。

约在乾隆末、嘉庆初，山西平遥人雷履泰领本县达浦村李姓之资本，在天津开设日昇昌颜料铺。颜料中铜绿，出自四川，雷氏常去重庆贩运铜绿至天津，颇获厚利，重庆亦有日昇昌分号。天津、重庆均甚著名，雷氏为经理，两地物款用汇兑法，天津开票，重庆取钱，或重庆开票，天津取款。当时以十六两为一斤，白银分元宝、形似马蹄，又名马蹄银，重五十两；中锭，形状不一，以

85

两头大、中间小者为多，重十两上下；小银锞，形如小馒头，重五、三、一两不等。皆系各地炉房浇铸，成色不一，炉房专将碎银融化，浇铸成形，在北京者，归户部（相当今之财政部）管，共二十九家。外省各地归当地公估局管。因成色、形状不同，名称也不一样，各处天平衡具也不统一。以北京为例，有京公平、三六库平、二七京平、二六京平之分，如北京十足白银每千两较天津加三两火耗，较上海二七宝银每千两耗一两等等。名称江浙叫"元丝银"，湖广叫"盐撒银"，陕甘叫"元槽银"，四川有"土槽"、"柳槽"、"茴香银"，山西有"西槽银"、"水丝银"，云贵有"石槽"、"茶花银"，其他尚有"青丝"、"白丝"、"单倾"、"双倾"等名目。汇票必将收银、付银之成色、法码等项写清，按当时行情，收取汇水及成色差额。汇水高低还要看路途远近，银根松紧，数目大小上下浮动。当时白银各地解款，均用银鞘子长途输送。用杨柳木粗如大海碗口，截成长约二尺左右之短，纵向中间锯开、挖空，两半并排放入十枚二十余两之元宝（五十两宝藩库平每宝五十三两六钱），合之，用铁箍焊死，谓之一鞘。银鞘用骡马驮，每驮货架左右各三鞘，共六千两，或各二鞘，共四千两，视牲口健壮、路途远近不一，这样运送解款，麻烦而危险，一用汇票，便迎刃而解，方便极了，日昇昌利市百倍矣。其同县人毛凤翙，原为蔚泰厚布庄掌柜，亦以布庄兼营汇兑，获利甚丰。其后不数年间，南北各码头山西人所经营之典当、绸布、颜料、毛皮、杂货等商号，均在本庄附设票庄，为客户代理汇兑业务。至咸丰初年，江南因太平天国战争影响甚大，交通堵塞、公家军费开支庞大，银鞘运送困难，一般商家，款项流通，量更大，困难更多。祁县、太谷、平遥等县巨商，有鉴于此，就筹巨款，在通都大邑，专营票号，一时成为庞大之山西财团。最大者三帮，分别表列如下：

平遥帮：日昇昌、蔚泰厚、蔚盛长、天成亨、新泰厚、协同庆、协同信、百川通、蔚丰厚、蔚长厚、宝丰隆；

祁县帮：元丰久、巨兴隆、巨兴和、存义公、三晋源、大德通、大德恒、令盛元、大盛川；

太谷帮：世义信、志成信、协成乾、锦生润等。

各号均有总号、分号，分号多者三十余家，遍及南北各大商业集中之城市，有远及汉城、釜山者，虽总号在各帮所在之县，但其实力却在外地。如最老之日昇昌，分号三十余家，最大者却在汉口，专做南方生意；如大德通、大德恒，分号以北京、天津为大。其业务专做汇兑，存、贷款，出具银票等等。利率规则平遥帮最严，存款利率三厘，放款利率仅六厘，最高不过七厘。祁县、太谷帮存款可至四厘、四厘半。放款一般七八厘，甚至有多至一分者，集资以信用为主，出资为银股，出力为身股，择信用昭著之人为经理，少年知书算者为伙友，三年结账，按股分红。细述甚繁，仅略言之。

四、在中国商业史上，晋帮与徽帮、湖帮有什么不同之处？

这一问题，详细回答，十分复杂，只能约略言之。大抵在清代，晋帮商人活动范围，北方为主，长江以南次之。徽帮、湖帮以江南为主，北方次之。经营范围，晋帮以票号、典当、颜料、皮毛、杂粮、杂货为主，而徽帮则以茶、文具纸张、典当为主，湖帮则以丝、绸缎、米为主。此外尚有宁、绍帮之银钱业，势力在江南极大。山西票号即使鼎盛时期，势力亦未能发展到上海、苏、杭一带，主要因有绍兴银钱业控制上海市场，抵制晋帮。其他又有川帮、广帮。鸦片战争之后，五口通商，英、美、法、日等外国资本入侵中国，以上海为中心，形成经济势力，晋帮更无法与之抗争。

惟在一八五一年之后，江南因战争持续十三年之久，各主要城市均遭破坏，糜烂不堪，而徽帮、湖帮商人经营之商业实体，均在这一带，受害最重，而晋商远在北方，一点未受战争影响，反而大大发展，迅速占领了徽商在北方的市场，是晋商鼎盛时期。

五、晋帮的整体破败是否由于太平天国"激进主义的暴力冲撞"？

这个问题是十分错误的，因为事实正好相反，山西商业是在太平天国时期，得到大发展，十九世纪后期是山西商业，以票号为中心的山西各行各业大兴隆的鼎盛时期。理由很简单，因为太平天国十几年的战争，主要在长江下游，其中皖南浙北及苏南等鱼米之乡，黄金地带相持最久，蹂躏最甚。而且影响了南北交通，即最重要的运河漕运。江南物资、江南商人不能到京城做生意，而山西却丝毫未受战争影响，十分太平。京师近在咫尺，自明代就已在京师经营商业的山西商人，此时更是大展身手，几乎控制了所有的金融业、典当业、皮毛、杂货、干果……这里我引一段一九三六年出版的王孝通所著《中国商业史》中谈山西票号的文章，可资证明：

> 至咸丰初年，遂有筹巨资，专营其业者，如平遥有蔚盛长……设分号于各省，分号之多，以日昇昌、蔚泰厚、存义公、天成亨、大德恒、大德通、志成信、协成信等为最，专营票业，共有三十余家，其时黄河以南，直至闽广，皆为干戈扰攘之地，道途梗阻，转运为艰，各省巨商显宦，多将资财委托票号汇兑，而国家饷需、协款、丁银等，亦赖票号以资挹注，而营业遂蒸蒸日上。至光绪初年，即国家之丁赋，亦有归票

号代汇者,于是票号资财更足。然查各家除各省官绅私蓄之款存放于票庄或转汇外,资本之数甚微,如平帮之日昇昌、百川通营业甚广,甚资本不过十余万两,而存款多至数百万,其他各家,亦均如是。其时官款之存入者,有税项、运饷、协款、丁漕,均不计利,私人之款,则官吏宦囊,绅富私蓄,莫不捆载而来,寄存号内,每年取息仅二三厘,有不取利者。票号全以他人之款,存放其他商家,年取一分之利。而汇兑时则仅凭一纸之书付款,毫不稽迟,所取汇水,尤属不资……直至庚子而后,每家票号,无不年获利市数倍。

由以上记载,可以看出,正是因了南方太平天国战争的影响,使得票号存款大增,大发其财,怎么会因"太平天国'激进主义的暴力冲撞'"而使晋帮整体破坏呢?这真是"近代史盲"的信口奇谈了。

六、辛亥革命对山西商家的影响如何?如何正确看待晋帮的衰落?

晋帮商人的兴起,有其历史因素:一是晋人勤俭节约,善于筹算经营,积累财富。千里行商、吃苦耐劳,极重信义,所谓"季布无二语,侯嬴重一言"。经商全凭信用,代代相传,千年不变,这是人的因素,第一重要。二是离京师近,离内蒙边疆近,而且四周地理险要,难攻易守,京师经商、边疆贸易,都是极容易赚钱的。赚了钱就拿回家来,如在家门口,十分便利,钱攒多了,生意越做越大,贸易越来越远,这是地理因素。三是千百年来,用铜钱、白银作货币,无贬值之虑,银钱来往,纵使三五厘利率,也是真实增长,财富从数字和实质上都是越来越多,不会减少。如白银、银元防止盗窃、抢掠,便埋在地下,若干年之后,挖出来,仍旧是原来价值。个人和国家均不受损失,所以生意好做,社会安定,可延续很长历史时期。四是商业与土地连在一起,凡是大商人,商业赢利除再投资开商号之外,大部分都在其原籍或左近各县,买了土地。一般雄厚商人均有几百亩、上千亩良田,经营水利,栽种果园,收入亦丰,给其所经营之商业以有力的支持和保证。如商业失败,便以土地所入或变卖土地以偿还债务,保证其信誉。过去大商号东家除商号名称外,均有堂名。这样"某某堂"信用最好,载誉全省,乃至京师及其有关省份,此即今日所谓之商誉也。五是山西自明代至清末,除李自成军队进攻北京及失败后逃走经过外,没有受到过战争灾祸,约五百年太平岁月,使山西财富越积累越多,未受丝毫损失,且据传明末李自成败走山西,所部掳掠巨资失落在山西不少,换言之,山西不但未受战争灾害,而且发过战争财。以上五点,是山西商人在历史上得以长期兴隆、历久不衰的主要原因。

明确到兴的原因,也易于分析到衰的缘故。

山西商人的衰落,是历史的衰落。有历史的客观原因,也有主观上人的原因。山西帮商业的经营方式,是传统的、老式的,只能适应于内部的社会。自从鸦片战争之后,五口通商,西方资本侵入,全国金融中心很快上海形成,以长江为动脉,辐射全球,这样地处内陆省份的山西商人,与外商既无历史渊源,又限于交通阻塞,在历史因素及地理位置、经营管理上均无法与广东帮、宁绍帮争一日之长了。即在咸同、光宣票号鼎盛时,票号生意也未能进入上海,上海银庄几十年中一直为宁绍帮所把持。这时山西商业,虽在鼎盛之时,而衰落的危机已经潜伏着了。

庚子八国联军侵略,山西商人在京者也受到相当损失。主要是典当业。清代中期,北京有不少徽州人开当铺,但因路途遥远,后来越来越少。至明代末年,山西人在京从事典当业者越来越多。到清代,京师、直隶、奉天等地,所有当铺全部由山西人所经营了。纵使资本有亲贵大官的,但经营者也全是山西人。典当现在人不大了解,以为是做穷人生意,实际完全不是。因为穷人浅房窄屋,全部家当所值无几,当时物价又便宜,能当多少。而当铺是大生意,清代北京十九世纪中,约二百来家当铺,资本多的一二十万两白银,少的也要上万两。两年死号,月息三分,如以两箱皮货,当五百两银子。两年之内去赎,按月计息,如以二十三个月计,则要付赎全本息计八百四十五两了。利润是很大的。"死号"就是赎期已满,不能再赎,即可发往挂货行、估衣行变卖,当号者多为没落王公、旗民、外地官吏。谚语说:"贫不离挂摊,富不离药罐,不贫不富,不离当铺。"当铺有库房,当得最多的是贵重皮毛衣服,瓷器古玩,以及其他杂物。庚子时,八国联军侵略北京,贫民哄抢当铺,山西商人受到相当损失。民初壬子兵变,又遭抢掠,其后北京附近、永清、武清等本京开当铺,抵制山西商人,山西当铺就越来越少了。

山西票号过去存款生意是大宗,存款有时超过资本十倍、几十倍,然后转放出去,以存款即别人的钱赚利钱。公款也存在票号中,不计利钱,数目很大。庚子之后,光绪三十二年户部银行在北京成立,三十四年改为大清银行,又成立交通银行,所有国家公库款项,自此均存入银行,山西商人自此亦受到行业上的极大影响,只能靠私人存款维持,再无发展之力量矣。

辛亥革命,武昌起义,各省响应,清室解体,山西商人各地之票号,大多与地方官绅有来往,不少官吏在混乱中都逃走,放出之款,一时均无法收回,而存户纷纷来提款,一时周转不灵,掌柜亦多携款潜逃，或伪造账目，一家倒闭，牵及各家。一时山西票号倒闭者纷纷，其损失较庚子、壬子北京山西当铺被抢还严重。

北洋军阀混战时期，冀、鲁、豫各省连年兵祸，山西商人之损失自无法言状。及京、津等地，山西省内，亦受战争影响，纸币贬值影响，倒闭者不知多少。中原大战时期，山西省银行发行钞票，与银元比例，由四五角比一，随着晋军胜利，一路上涨，涨到九角多。北路银号浑源四合公及其联号，收购纸币，上百万元。周村一个败仗，山西军溃退，一路退入娘子关，电报打来，纸币狂跌，跌到一元纸币，只值五分银元。四合公及其联号，一夜之间，赔了四十几万银元，便倒闭了，得到的自然是山西省银行了。

"七七事变"，日本侵略、华北沦陷、八年抗战，山西商人早已力量十分微薄，经过抗战，损失更是奇重，京、津等地，所余已没有几家，三年内战，全国解放，农村土改，城市公私合营，晋帮商业资金已全部无有，店东逃亡各地，大多变为专政对象，从业人员或入公营商店，或改其他行业，已经全部结束，只剩历史名称了。

七、阎锡山对山西近半个世纪的统治，对山西的历史发展有何功过？

阎锡山统治山西，应分三个阶段：

一为"七七事变"之前，由民国元年至民国二十六年前半年。

二为"七七事变"后，他逃到陕西克难坡，山西大部分沦陷。

三为抗战胜利后，他回到太原，直到逃走。只是太原孤城一座，外围都是解放区，都在打仗，谈不到建设。

因而这三个时期，唯一可谈者，只是第一时期，先是北洋政府，后是国民政府，中间又有阎、冯联合倒蒋之中原大战。阎锡山前一时期想向外扩充,后一时期只能保守,主要精力,豢养军队,山西民间赋税,较之清代,不知增加多少倍,一同乡老先生曾任其民政厅长,北路视察曰"哀鸿遍野"、南路视察曰"民不聊生",虽略有夸大处,实际也是实情。但比后来战争中人民痛苦,就更不可同日而语了。唯一好处,就是由民元到民二十六年前半年,山西只有北路奉军侵入,打过半年多仗,其他全省各县在这二十多年中,没有发生过战争,虽然苛捐杂税重一些,但老百姓过的仍然是太平岁月,也没有什么大的天灾。在北方几省中,较之河北、河南、山东、陕西等省,你抢我夺,今天张三打过来,明天李四打过去。那山西老百姓的生活还是安定多了。这点还得要承认阎锡山的历史作用。

知堂座上说"风俗"

偶然到书店里去逛逛,看到重印的、新选的、注解的各种各样知堂老人的书真不少,都印着"周作人"三字。这自然说明那书带来的经济效益是十分好了。真是此一时焉彼一时焉,想想老人在三十年前凄凉地逝去,以及平生的各种各样遭遇、经历、学识、为人……也真是不胜感慨系之了。思旧先从远处说起吧。

解放第二年,即一九五〇年春,我和其他十几位年轻同事,都是大学刚毕业一二年的新干部,被派到革命大学学习。当时"革大"在万寿山下西苑,分三大部分:一是二部,普通干部,及招收少量失学失业青年;二是政治研究院,都是各大学教授等名人;三是外国语学院,是分派来或招来的学生专学外语的。二部一般学员和政治研究院学员学习内容、方式大体一样,听大课,艾思奇,后来换了李莘(或是"新"字,记不确切了)讲"社会发展史",然后回到寝室小组讨论,每组十八九个人,五六个女的,十三四名男的,各组分配大多如此。当时正是国民党中国、中央两个航空公司全体起义,自香港归来,都到"革大"学习,每组都有四五个两航起义人员,机务、票务及空中小姐都有,都是牛仔裤、夹克衫,同现在小青年的打扮基本一样。北大教授沈从文、楼邦彦等位先生都在政研院学习,周六坐公共汽车进城,常常遇到。平时他们则在东面大院中,当时我同组的有一熟悉朋友,就是前几年刚刚去世的古瓷专家冯先铭兄,他是地理学家冯承钧教授哲嗣,名作家冯牧先生弟弟。同时在另外班组学习的还有历史、鉴赏专家史树青先生,当时大家都只二十多岁。每个小组学员睡觉都打地铺,长方形大房间,两面靠墙各睡六七个人。中间两行带扶手板的课桌椅二十张,小组讨论,记笔记,写小结、总结均在此。排队听大课时,带一小板凳和一枕头,枕头垫在小板凳上当椅垫,坐两三个钟头屁股不疼……我们小组对门一间小组中,就有知堂老人哲嗣周丰一先生,正好门对门,每天起床洗脸、吃饭、排队听大课,上楼下楼,碰好几回面,但是我认识他,他不认识我。他是北京图书馆派来的,冯先铭是故宫博物院派来的,又因两个人的父亲都是北大教授,所以很熟悉。而冯先铭兄又知我是北大毕业,且是伪北大升上来的,所以常常和我谈起他。一是知堂老人由上海回到北京家中,是先铭兄从周丰一先生那里听到告诉我的。二是当年冬天学习结束,写总结时,冯告诉我说:周写了多少万字,如何批判他父亲……说这话时十分神秘,其紧张神情到现在还如在目前。可惜一恍四十多年过去,先铭兄前年春访问台湾故宫博物院归来不久便突然去世,人天永隔了,在此顺寄哀思。

这是解放后最早听到的知堂老人的消息,距在沙滩红楼一楼东头伪北大文学院中文系办公室与老人见面,也已相隔五年了。但当时毕竟年轻,又是一个普通学生,虽负担十分重,收入又很少,月月都闹穷,即过着所谓"富不过一星期,穷不过一个月"的苦日子,但思想上却从无忧虑,只忙眼前的事,抓空闲时间去寻各种乐子,所以听说知堂老人回到北京来了,听过也就算了,从来未想去看望看望老人。我们这期"革大"学习,时间特别长,前后十个月,后来和周丰一先生见面多了,也有点头之交了。可是十一月份结业后,各自分手回原单位,再也没有联系。只有同组冯先铭兄几位,联系一直不断,直到近年还互通音问。

一恍又是几年，我已在上海工作了。我虽然一九五四年春夏间，已在苏州看过上海出版公司直行排版的《鲁迅的故家》，署名"周遐寿"，知道是老人的新作。但是也未曾想起写封问候的信。一九五六年元月，调到上海工作，安家落户，已是"收拾铅华归少作，捭除弦管近中年"的时候了，能安下心来读读书，看看报，有一次在一张报上，看到老人在北京买不到毛笔稿纸的文章，自己花钱印也不行等等。忽然京华旧梦，浮现眼前，思旧之情，油然而生，自西四到西单，有多少大小南纸店呢？丹明庆、石竹阁、成文厚、永丰德、同懋增、同懋祥……各种各样红格纸、绿格纸，好的毛边纸印的，一般元书纸、竹纸印的，差的毛太纸印的，要多少有多少，自己印，各种规格，带斋名的、带姓名的、大格、小格、一两刀、两三刀，均可承印，三两天取货……怎么会一下没有了呢？北京人的和蔼、周到、服务纯朴、诚恳、实在等等，这些南纸铺伙友的亲切笑容都到哪里去了呢？远在上海的我真感到奇怪——忽然，想起前两天在河南路、福州路闲逛，看见九华堂窗橱里摆着不少处理的元书纸绿格稿纸，还有毛边红格寿文稿纸，价钱很便宜，何不买点给老人寄去呢？——说办就办，教书匠有一好处，时间较为自由，下午没课，就跑到河南路九华堂，花三元六角买了一大包回来，分两包牛皮纸包好，第二天上午就用印刷挂号寄走了。门牌号数我不知道，只写"北京新街口八道湾胡同探交周启明老先生收"。我相信邮务员同志是会送到的。不久就收到老人的回信，这样就和老人联络起来，函件不断了。

　　这年暑假，我回北京家中看望父亲，预先写信给老人，说是要去拜访老人家，等我一到北京家中，父亲说老先生已经来信了。约好时间，去八道湾先生家中看望，其后几年，每年回来，都要去拜访,随便聊聊,我在好多篇文章中都曾写过,现不多赘。只想说几点生活习俗的。

老人因"且到寒斋吃苦茶"诗句,及斋名"苦茶庵",以及许多篇谈茶的文章,因此"茶"就出了名,不少报刊上写老人的文章,总要提到苦茶如何如何,或者说老人吃龙井茶等等。这些实际我都没见过,不便乱说。关于茶,我只确切记得两点,一是有一年暑假,我把杭州亲戚替我买的新茶,带去送给老人一包。茶本不是什么好的龙井,只是一般新"旗枪"。而所谓新,也是杭州五月间买来的,七月末我才带到北京送给老人。虽然我是放在石灰缸内的,但也不是真正新茶了。二是每到老人家,家中已无佣人,老人总自己倒杯茶给我。茶杯总是用带碟子的细瓷咖啡杯子,茶则是瓷壶中倒点茶卤,热水瓶中兑些开水。不过茶碟、茶杯擦的是极为干净的。老人家中是从不用玻璃杯泡茶的,也不用盖碗。当时北京人家中、茶馆、茶座,以及澡堂子都不用盖碗,都用茶壶、茶盅。这样考究的茶碟、带把西式茶杯倒茶给客人,是沾点西式的文明讲究。我很欣赏老人这种待客的白彩、素花带碟子的茶杯,也在南京路国华瓷店买过六套,藕和色素花,很是雅致漂亮,可惜一直未认真使用过,现在还放在橱中。

老人是久住北京的绍兴人,生活习惯大多已京式化,所以过去常用一"京兆布衣"的别号,但是在口味上,思想感情上,还常常依恋于南方。老人写过不少谈吃食口味的文章,有不少我很欣赏其情趣,但其所述口味上,却完全不能同意,如对于鸡、鸭、鹅的态度,我就不能苟同,老人写过赞鸡和鹅的文章。如什么《吃烧鹅》、《花线鸡》等,在《鸡鸭与鹅》文中则说:

　　　　至于鸭,我确实不喜欢,虽然酱鸭与盐水鸭也有可取,但确不能说它比糟鸡或油鸡能好多少，到便宜坊去吃烤鸭子，假如有人请我自然不见得拒绝，不过并不怎么佩服，这脆索索的烤焦的皮，蘸上甜酱加大葱，有什么好吃的，我很怀疑有些人多不免是耳食。

这些我就大多相反，我不喜欢吃鸡，尤其上海人吃的白斩鸡，切成很大块蘸酱油吃，最没有吃头，宫保鸡丁同里脊丁还不是一样，鸡汤太清，没有浓的鸭汤加点好口蘑或野山香菇好喝，我虽是北方人，但从小不吃大葱，一入口就恶心，要呕。但我爱吃烤鸭，趁热蘸酱裹荷叶饼吃，又解馋又解饥。现在日常买的电烤鸡，就不好。因为鸡肉没有鸭肉嫩。知堂文中对鸭贬低过甚，这实际还是南北口味不同问题。老人是久在北京的绍兴人，而我是久在上海的北方人、北京人。其爱好口味有相同的地方，也多差异的地方。在上海四十年，妻子、内姐都是浙江上柏、莫干山、杭州长大的。知堂老人《鲁迅的故家》里说的"柳豆腐"，在我家也是常吃的菜。而客人来了，我家则是内家最拿手的菜："八宝鸭子"，这肯定比杭州知味观的好。而知堂老人文中常常提到的干菜烧肉，则又是我家三天两头的必备菜了。自然灾害及"文革"后期，没有肉卖的时候自然例外。绍兴的霉干菜是十分有名的，实际没有北京的京冬菜好吃。有一年杭州亲戚送我好几斤绍兴干菜，而且都是自己晒的，暑假回家，我也用牛皮纸口袋，给老人带了两大袋。当时猪肉还好买，老人后来烧肉吃，记得一次来信还提起过。

老人在居住上，完全日本化和北京化了。老人八道湾大宅子，是鲁迅先生买的。这社会上都知道。不必多说，后来大先生搬出，二先生一家住。"苦雨斋"、"苦茶庵"、"知堂"、"药堂"等斋名,在鼎盛时期,我没有见过,不便多说。我在老人斋中作座上客时,只是西北后院五间大北屋中的三间北屋了。进深很深,约有五公尺。中间开门,左手是日本式装修,顺山墙榻榻米,如北方农村顺山大炕。边上一溜日本式幛子,如北京房屋隔扇,与外间隔开。右手进门先是半段隔扇,约二公尺长,外放一老式写字台,贴隔扇,边有茶几,上置茶盘、茶杯、热水瓶等杂物。后墙全是高到屋顶的大书橱,东墙一溜四只玻璃门书橱,比人略高,上露半截白墙,挂两镜框,即"永和砖"拓片。这砖是从阿Q原型阿桂手中买的,砖三面有字,平列八鱼,六面都有文字图像,砖送交了俞阶青先生(俞平伯老师父亲)。俞以拓本题字回赠老人。《鲁迅小说里的人物》六十二则记"跋语"云:"永和砖见著录者二十有四,十年甲寅作者,有汝氏及泉文砖。而长一尺一寸,且遍刻鱼文者,惟此一砖,弥可珍矣。"

临窗放一小方桌,上铺漆布,极为清洁,什么也不放,只一方小砚。桌旁靠半截隔扇处,一付铺板,夏天席子竹枕。后墙大书架前放几张紫红灯芯绒靠背椅子,是客人多时的坐处。如何显示北京风韵呢?就是纸糊顶棚、纸窗、没有玻璃,上面卷窗、冷布,所谓"四白到底",人生活在里面,特别爽朗,北京人俗话习惯说:"雪洞似的!"窗户、隔扇,一般年年要糊新纸,所以老人房中老是那么白,那么洁无纤尘。

老人写信、写稿、写英文,都是用毛笔,三四十年代老先生,大体都是如此。用毛笔就得用中国纸,一般都很讲究。这是自明、清以来,几百年中养成的京朝风韵。知堂老人也十分讲究,大量的写稿用纸,写日记用纸、写信用纸,都是自己印的。五六十年代间,稿纸用完了,无处买,也不能自己花钱印,老实说:这都是当时除特殊阶层可用外,其他都是在扫除、打倒、批判之列的。老人还眷恋于这些,实际说来已很不应该。买不到、无处印,还写文章埋怨,那就更危险了。碰巧我又买到没人要的处理品,寄了去,使老人能继续用毛笔写这些纸,这就投缘了。老人当时来信很高兴,说够用一个时期。还说只是寿文大幅没有什么用处。最近北京老友马里千先生寄来知堂老人几封信的复印件,有一封正好是裁了三行寿文大幅的天头写的。看来这些"没有什么用处"的寿文大幅也都派上用处了。俗话说"饥不择食",看来什么都一样,到了没有的时候,什么都可对付了。老人信笺收藏的不少,自印地址的旧信封,也存了不少。在六十年代初给我写的信,还都用的是各式精致信笺,自印的信封。可惜抄家时都被"小老爷们"拿走了,后来一封也没有还给我。

老人说话声音不高,慢慢的,基本都是北京音的普通话,没有什么绍兴音,或者是我听不出。至于周丰一先生,则全是北京话了。一九八八年元月,我主持一个咨询会时,曾请他参加,会上与冯先铭谈得很热络,一恍又将八年了。大概也快八十了,祝他健康长寿吧!

梁实秋文注趣

读梁实秋氏《岂有文章惊海内——答丘彦明女士问》一文，有许多小地方十分有趣，可是一般年轻读者恐怕看不明白，不由地想为之作注。当然，自不敢比裴松之注陈寿《三国志》也。虽然比拟过高，有些吹牛，但我比一些年轻人稍许年长几岁，经历过当时的一些旧事，此亦是实实在在的事情，亦我道古之资本也。闲话少说，书归正传：

梁氏述其籍贯云：

> 我在直隶省京兆大兴县署（北京东城属大兴县）申请入籍……

明明是北京人，为什么要把籍贯算到大兴县呢？这就有点奇怪了。这就像明明是苏州人，旧时籍贯偏要写作元和、长洲、吴县；明明是杭州人，旧时籍贯偏要写作仁和、钱塘；这里也明明是北京人，却偏偏将籍贯写作大兴或宛平。因为当时百姓户籍是由县衙来管。每个人籍贯必须落实到县以及某县某村、某保某甲。所以北京、苏州、杭州这些户籍过多的大城市，在城内必须分成几个县治。北京西城归宛平，东城归大兴。宛平包括西郊，大兴包括东郊。大兴县衙门在交道口香饵胡同南大兴县胡同。宛平县衙在过去地安门西，面对皇城，即西官房口。卢沟桥的宛平县那是后盖的。小小一个大兴县，简简单单地说，也说了大半天,你说该多么有趣呢?

梁氏述其故居地址道:

> 那时不叫内务部街,叫勾栏胡同,不知为什么取这样一
> 个地名?(勾栏本是厅院意思,元以后妓院亦称勾栏。)

这段话也很有意思,梁公旧居在内务部街,那是东城著名大
胡同,在东四南东侧,东面通南小街,西面通米市大街。因民国
初年内务部衙门在此,改名内务部街。正像南面石大人胡同改
名外交部街一样,内务部街原名"勾栏胡同",梁公说"元以后妓
院亦称勾栏",正是如此。这里正是元代妓院集中地。这里往北
还有本司胡同、演乐胡同等地名,也都是因元代妓院而得名。在
《析津日记》、《燕京访古录》等书中均有记载。《析津日记》说:
"京师黄华坊,有东院,有本司胡同。本司者,教坊司也。又有勾
栏胡同、演乐胡同,相近复有马姑娘胡同、宋姑娘胡同、粉子胡
同,出城则有南院,皆旧日之北里也。"七八百年历史,相沿至今,
一个胡同名,也联系着悠久的历史,可见北京地名之理解不
易了。

梁氏述其女儿文蔷看望内务部街旧居情况道:

> 鱼缸仍在,石榴、海棠、丁香则俱已无存,惟后跨院屋中
> 一个"隔扇心"还有我题的几个字。

这段话又有几个关于四合院建筑的专名词十分有趣,住惯
洋房、宿舍楼的人是不易理解的。如什么叫"跨院"呢?简单说,
"跨院"就是偏院。一般大四合院、小四合院,一个院子的较多。

但是大宅子,那就不只一个院子,中路正院可有前院、后院。如左右再有空地,再盖几间正房,或其他方向的房,不成格局,但有个小院,有角门可通正院,一般都叫"跨院",跨院一般房屋简陋的,作厨房、车房、杂物房,如靠后面,房屋较好,院落幽静的,便可作书房、作客房,如有棵树,有点丁香、海棠之类的花木,或有两块山子石,那就更加理想,有园庭之意了。

如稍作遥想,只"后跨院"三字,就可展开无限春明尘梦,只是年代久远,不说也罢。只说另一名称"隔扇心"。住在楼房宿舍里的朋友,问一声什么是"隔扇",恐怕不少人都不知是什么东西了。而过去住惯四合院的人,则没有不懂得"隔扇"是什么的。简言之,即一扇扇的隔断。室内与院子的隔扇,有如落地窗;里屋与外屋的隔扇,有如木架子纸壁。堂屋中间临院子的隔扇,中间帘架、风门,左右两扇或四扇,都是下面板,上面糊纸或装玻璃。房中套间的隔扇,都是正面下板,上窗棂,中间裱成镜芯,一幅画、一幅字,如小屏条。而里间隔扇背面,全部裱成平的,如白墙,正面反面看不一样。所说"隔扇心还有我题的几个字",可以看出,梁氏的后跨院可能是幽雅的小书房之类的闲房,梁氏当年裱糊房屋,自己为隔扇写过字,而别后几十年,别人居住在这房中时,再没有装修过,烟熏火燎,纸糊隔扇一定十分残破了,因而还剩有一点残存墨迹,可供思旧。如住房人有钱,可能裱糊一新,那这点残余也就没有了。所以残破的有时比新修的好。

梁氏回忆小时梳小辫儿歌道:

小小子儿坐门墩儿,哭哭啼啼想媳妇儿,娶了媳妇干什么呀?点灯,说话儿;吹灯,作伴儿,早晨起来梳小辫儿。

这也十分有趣,先说"小辫儿",梁氏是民国元年才把留了一尺来长的小辫儿剪掉的。但是我十来岁时,即三十年代中期,小朋友中,仍有不少留歪毛,梳小辫的。这种小辫是在头顶留小碗口大一片头发,从小留起,十来岁时就可梳成八九寸长,小拇指粗的一根小辫,玩时在头上甩来甩去,十分有趣。同院住的一位木匠师傅的儿子,不上小学,只读私塾,就留着这样一条小辫,和我们在一起玩,穿一身黑布中式裤褂。如果他到小学读书,那小辫老师就让剃掉了。当时大人也不少留这种小辫的,就是在旗的老先生,大辫子不好意思留了,但又要显示其对主子的忠心,便留一小辫,平时戴缎子帽盔,江南叫"瓜皮帽",夏天戴纱的,小辫藏在帽盔中。有一次,一位医生来家给母亲看病,看完后坐在写字台前开药方,一手拿着笔,忽然头皮发痒,掀掉帽盔抓头皮,嘿,真好玩,那个花白头发的小辫被我看见了,我喜悦的童趣差一点叫起来——今天一回想,情景立刻出现在眼前。梳小辫的小朋友有时也受气,有两个调皮小姑娘故意欺负他。齐着声喊:"小辫刘,蒸窝头,半拉生,半拉熟,熬白菜,不搁油,气得小辫尿炕头……"

再说娶媳妇的儿歌,还有一个也极有趣。词云:

> 铁蚕豆,大把抓;娶了媳妇不要妈,要妈就分家,分家就打她,打她就耍又……

梁氏回忆童年读书情况道:

> 念字号儿,描红模子,读商务出版的"人手足刀尺,一人二手,开门见山,山高月小,水落石出"……

古人诗云"青灯有味是儿时",老年回忆小时背着书包上学时的情景,是最温馨的。这里所说"字号儿"、"红模子",都是北京土话,就是外地叫法一样,音调也不同,不必多解释,把字写在一寸见方的纸片上,让儿童认,即"字号儿",教师用红笔先按方格写好简单的大楷,让学生用墨笔去描,先扶着手,再放开手,让学生学习使用毛笔写字,叫"描红模子",大约一两个月或三四个月,每天一张。然后即可由教师用墨笔写仿影子,套上白纸写仿了。再写一年多或两年仿影子,独立能写大楷字形,就可以学着临帖写大、小楷了。

"商务出版的人手足刀尺……",这是说当时商务印书馆出版的教科书,书名似是《看图识字——共和国文课本》第一册,第一课"人"、第二课"手足"、第三课"刀尺"……每课一页,有图有字,连在一起熟读背诵,就是"人手足刀尺……"了。但是老先生文中记错了三句,一是"一身二手",记为"一人二手";二是"大山小石",记为"开门见山";三是"天高月小",记为"山高月小"。第一句记错重了"人"字,第三句记错重了"山"字。第二句则误记为一个普通常用语。实际这识字课本是按照普通文言句式,仿《千字文》之类启蒙读物编的,第一册没有重字,而且读起来易于上口,十分好记。我比梁老小二十岁左右,一九二九年读小学时,已读《国语课本》,第一课是"天亮了",第二课是"弟弟妹妹快起来",第三课是"起来看太阳……",第四课是什么,我就一点也记不起来了。我两个姐姐比我大十五和十三足岁,家中有她们读剩下来的书,这本《看图识字——共和国文》,是有光纸印的,在家我没有事就翻阅,读的比我自己的书还熟,迄今还对前面几课书的图和字的位置记忆十分清楚。

梁氏在《槐园梦忆》之十中叙述他家搬到内务部街的情况说:

要雇用大车、小车以及北京所特有的"窝脖儿的"……

这叙述也颇有趣,因为也有特殊的风俗画面,当年不少旧京风俗画都画过,早年的陈师曾先生,近年的王羽仪先生都画过,在此不赘。只说说车,梁文大车、小车是泛指,并未具体说,如具体一些,还有可说的,即专门搬运器物、搬家的车。现在大城市不少有专门搬场卡车,当时也有专门的车辆,俗名叫"排子车"。较骡拉大车窄而车身长,车轮较大车低而小,过去为铁钉轮,后均改为橡皮轮,车轮小、车身长,人扶把,装东西时,前把翘起,车尾便与地平了,搬家具上车,十分容易。装满拉走时,一人扶把,一或二人用长绳前曳,转弯较灵活,如遇路不平,扶把人可以躲着走,车不震动,车上东西也不大会碰撞损坏。所以"排子车"是专为搬家而兴起的行业。拉排子车的是身强力壮的汉子,而且东西南北城各有地界,有专门接活的,不乱接。上海过去搬场车叫"黄鱼车",过去也是人拉的,现在则都是三轮脚踏的了。

再说一下"窝脖儿的"。"窝脖儿的"又叫"扛肩的",是用项颈或肩部来扛分量重又很贵重怕撞碰的红木家具,大件瓷器,常为搬家时的贵重家具、婚嫁时的新娘子嫁妆作搬运工,负责安全。也是分区接活,如南小街的不能接待宣武门的雇主,珠市口的不能接鼓楼的雇主等。巨形重物二百来斤的东西,如一个红木长条案,一人能扛走。走时低头,项颈下部横放一长条小木板,再垫一块厚布,起肩时,别人把长条案翻转抬起,把中部压在他项颈板上,扛者两手扶着条案,试试前后平衡,放稳了,便可慢慢走了。扛肩顶着重物走在街上胡同中,一律贴边鱼贯而行,不快,但速度均匀,安全送到目的地。世界上不少地方劳动妇女,习惯用头顶重物,如非洲、印度、朝鲜等地;而中国则习惯用肩挑,所谓"看人挑担不吃力",南北都流行这句话。而用项颈低头扛的,是很少的。所以文中说"北京所特有的",不过好像天津也有这搬运工。

梁氏文中不少地方说到衣服问题,也十分有趣。如《槐园梦忆》之十六中写道:

> 我有凌晨外出散步的习惯,季淑怕我受寒,尤其隆冬的时候,她给我缝制一条丝棉裤,裤脚处钉一副飘带,绑扎起来密不透风,又轻又暖。像这样的裤子,我想在台湾恐怕只此一条……

梁氏早年是习惯穿中装的,不但年轻时在清华做学生时,穿中式衣服,布鞋布袜子;即后来留美归来,做了名教授,也还是一袭缊袍,其实二三十年代直到解放前,北京的教授一般都是长衫、袍子、蓝布大褂,我在北大做学生时,就从未见过胡适之先生穿西装。只是这中式丝棉裤较少见,一般裁缝师傅也做不来,要手艺好些的中式裁缝。其操作过程,梁氏在后面写道:"季淑做起来也很费事,买衣料和丝棉,一张一张的翻丝棉,做丝棉套,剪裁衣料,绷松,抹浆糊,撩边、钉钮扣,这一连串工作不用一个月也要用二十天才能竣事……"

这里面有好几处要解释,如"翻"、"丝棉套"、"绷松"、"抹浆糊"等。做棉衣,棉花叫"絮"或"续",就是把棉花一层层、平平整整铺在衣服面子上,铺好之后,再把里子铺在棉花上,把面子四周贴边翻上来撩好,连在一起再一行,或袄或裤,便成形了。而丝棉却叫"翻",这必须把"翻"、"绷松"和"丝棉套"连起来综合解释。一般说做丝棉衣服,不管棉袍子、棉袄、棉裤,在衣服面子里面,不只是里子就算了。而里子要有两层,用小绸子照尺寸先缝好。丝棉一片片,不能用,必须两只手将其绷松,薄薄的一片丝棉,绷松之后,雪白的丝棉有寸许厚,因而几两丝棉,绷松之后,便是一大堆,按照袄或裤的样子一层层铺上,铺在丝棉套的一面,丝棉套留有活口,把双手伸进活口,掐住两个角,一翻,把"套"的另一层小绸子翻在外面,这样就把铺好的松软丝棉翻在里面去了。然后四角拉拉直,压压平,略行几针便可以了。丝棉套、为其滑爽,都用绸料做,用布是不行。面子一般也用绸料,如春绸、大纬呢等。绸料很软,缝制困难,因而四周边要用铜制浆糊刀刮浆糊,贴边翻转时要用烙铁或熨斗烫平,再用丝线缝。文中所说"抹浆糊",就是指这道工序,因为四周都要把薄浆糊刮平,干后十分挺括,易于缝制,所以不是用手"抹"。

旧时有句俗话说:"妻贤看儿衣。"越是仕宦之家,女孩子幼年,越重视女红教育,裁剪刺绣,尤其在江浙蚕桑之乡,一般十七八岁姑娘,心灵手巧,这些缝纫技艺,从小学起,到这时基本上都掌握了。梁夫人祖籍绩溪,生长京华,祖父是知府,父亲经营笔墨店,既是仕宦之家,又有江南传统,所以家事女红,缝纫刺绣样样都精了。曾用乱针法绣《平湖秋月图》送梁氏作为定情之物,梁氏在文中常常提起。所说"乱针法"是刺绣中的一法,是把参差不齐的针脚刺在同一平面上,所引的丝线是把深浅不同的一色丝线,搓开剖成一股,交差刺在一起,显出一片叶、一片花瓣的深浅不同的颜色。是较一色叶、一色花更逼真的一种绣法。

最后说一说裤腿的飘带,这十分有趣,现在我不知道海内外各大学中是否还有穿中式绑腿棉裤的老先生,而我则是五六十年中,再未穿中式裤子了。中式裤子像一个"人"字,不过上面特别宽,是裤腰,下面两叉,是裤腿,裆是满的,前后一样,正反都可穿,腰身大,要打个折再系裤腰带。裤脚管处,不管冬夏天,按规矩都要绑腿带系起来。绑腿带或丝或棉,都是织好的,黑色,长二尺多,有宽有窄。如家中有丧事,穿孝,用白色。也有年轻爱漂亮的,用各色绸缎缝成不到一寸宽、两头尖的飘带,如西装领带狭头宽,两头一样,系在裤腿上,打一单花结,十分好看。梁氏丝棉裤,就是这种飘带,在旧时亦不普遍,何况六七十年代台北,自然是绝无仅有的稀罕物了。

附带说一句,在旧时中式衣服,男女四季都穿长裤,绑腿。女的在人前更不能散开裤脚管。只有在闺中卸去正装时,才能散开裤脚。《红楼梦》第六十三回《寿怡红群芳开夜宴》中写道:

> 于是先不上坐,且忙着卸妆宽衣……宝玉只穿着大红绵纱小裤儿,下面绿绫弹墨夹裤,散着裤脚,系着一条汗巾……当时芳官满口嚷热,只穿着一件玉色红青驼绒三色缎子拼的水田小夹裤,束着一条柳绿汗巾,底下是水红洒花夹裤,也散着裤腿……

这里"散着裤腿"都特别写明,可见未卸正妆之前,大观园的姑娘们,都是"绑腿"的了。女人穿旗袍、裙子,内着短裤,大约是自二十年代末期才开始的。我看过宣统年间天津名妓杨翠喜的照片,穿西装纱衣坐在中间,而下面两只小脚有绑腿带,还十字交叉绑着绣鞋后跟的"搂跟带",这种绑腿法,我小时在乡间,年纪大的老奶奶还这样绑,中青年妇女就不这样绑了。当时三十年代刚开始,距宣统末年,不过二十年,变化就很大。一九三四年到北平,女学生、年轻女太太再无穿长裤绑腿的,而女佣人、卖鸡蛋的女小贩,不管天足、小脚,仍多是绑腿的。近年大概北方乡下,为了防寒,仍有绑腿的吧,上海则绝对见不到了。

梁实秋氏在衣服上是典型的国粹派,他在《清华八年》一文第八节谈到出国时说:

> 出国就要治装,我不明白为什么外国人到中国来不需治中装,而中国人到外国去就要治西装。清华学生平素没有穿西装的,都是布衣布鞋,我有一阵还外加布鞋布袜。毕业期近,学校发一笔治装费……由上海恒康西服庄派人来承办,不匝月而新装成,大家纷纷试西装……真可以说得上是"沐猴而冠"。这时节我怀想红顶花翎、朝靴袍褂出使外国的李鸿章,他有那一份胆量不穿西装,虽然翎顶袍褂也并非是我们原来的上国衣冠。我有一点厌恶西装……

时代风俗的变化,表现最突出的是服饰的变化,所谓"时世装",有时是不可抗拒,自然接受了的,所以梁氏晚年也习惯于西装革履了。写到此间,忽然想起:七十年代初,大寨的陈永贵,以当时副总理的身份访问墨西哥,报上登出照片,就是一身中式布短衫裤,头上包一块北方乡间叫法的"羊肚子"毛巾;还有去年一百零五岁的郎静山先生,自台北飞到上海来为摄影展览剪彩,身穿宝蓝色绸棉袍,在电视屏幕上风采依稀如昔日,这二位身着的"唐装",大概是当代绝无仅有的了。

梁氏文中,有关旧时风俗的趣事太多,阅读时,对其语焉未详处,情不自禁就想解释两句,所说已太多,就此打住吧。

阴历年·中医·简体字

十几年前,我出版过一本书,书名《燕京乡土记》,前面有顾起潜(廷龙)丈写的一篇序,序中说:

> 又忆一九三四年,其时国民党政府废止阴历,阴历元旦凡学校机关均必须照常上班。然于腊鼓催年,农历除夕之际,家家户户无不置酒欢饮……不殊曩昔焉。由此可见,风俗之移易,似不宜强加变革……

顾老序中所说的一九三四年,我当时还只有十岁,还生活在北国山乡中,所以对学校、机关等等的事全不知道,这段文章只是一般看看,未引起深思。最近看《胡适的日记》手稿本第九册,又看到当时的南京政府教育部的另一命令,联系起来,不由地就有些想法了。什么事呢? 就是当时教育部曾下过取缔中医的命令,只承认西医,发给行医执照;不承认中医,不发执照。当时教育部长是蒋梦麟,命令是当时行政院议决的,由教育部颁布执行,但是后来让最高当局否定了,没有执行。胡先生日记中对此特别惋惜,认为应该执行,这是科学的,西医都有国外、国内毕业文凭的。而中医当时没有学校,或系祖传,或拜师傅,也无科学实验等等,因而应该不予承认。把这件事和顾老序中所说的废止阴历,阴历元旦不放假,照常上班等等联系起来,就引人深思,忽然感到,这是六十多年前的一种思潮,也就是一种极左思潮下简单化所制定的措施,所下的命令,这本来是行不通的。而这些思想、教育、文化界的领袖人物,学贯中西的学人,也被这种思潮思想所控制着,用现在的话说,这也是时代的历史烙印吧。

但在一个新旧冲击过渡时期中,一个人的思想也并不一致,互相矛盾的地方也不少。《胡适的日记》十九·一·三十(按,即一九三〇年·农历庚午)记云:

> 今天是旧历元旦(庚午),旧历是政府废止的了,但昨晚终夜爆竹声不绝,难道只是租界内的中国人庆祝旧历年吗?凡新政府的成立,第一要着是提倡民间正当的娱乐,使人民忘却过渡期中的苦痛,而觉着生活的快乐。待到令行禁止的时期,然后徐徐改革,则功效自大。今日的政府无恩惠到民间,而偏要用全力剥夺民间的新年娱乐,令不能行而禁不能止,则政府的法令更受人轻视了。

这段日记和开头所引顾老写的"序"对照看,可见当时废除旧历年之民间情况,及官方主观命令之形式主义。解放后春节放假三天,元旦放假一天,这是得民意、顺民心的办法,所以能受到百姓的拥护。不过中国古老的历史太长了,古老的玩艺又太多了。中医中药,又是一个很好的例子,自黄帝《素问》、神农《本草》,几乎中华民族一有了历史记载,就有了中医。几千年来,延续到二十世纪,比之西方现代医学,其科学程度,一时自无法比拟(现在中医学院,正在研究,以期进一步有科学的认识,窥见其种种奥秘,自是已很少有人全盘否定了)。但在当时,不但南京教育部要下令取消中医,而且一大批新潮人物也反对中医。《胡适的日记》中还记有丁在君(文江)写给高梦旦六十生日寿联:"吃肉、走路、骂中医,年老心不老",下联是"喝酒、写字、说官话,知难行亦难"。这就是突出"骂中医"来赞美高梦旦。高是商务印书馆董事之一,是郑振铎岳父。虽然当时年已六十,但思想却很新。不过也不知为什么"骂中医"。鲁迅、知堂老人这些位当年也是反对中医的,都写过文章,主要是因为其尊人年纪不大,就生了重病,医生没有看好,过早地去世了。说来也是没有办法的事。或者有好的医院,经过检查化验,找出病因,或手术,或药物,也许能治好了,但当时没有,只能凭"医者意也"的主观抽象理论,找中医诊脉治疗,结果越治越重,换了大夫,还是不行,最后死了。所以反对中医。

但在客观上,中医有好、有坏,有经验丰富、脉理好的高明医生,也有主观糊涂的庸医,还有走江湖的走方郎中,纵然不是安心骗人,也不大可靠。这三种中医,应该有个区别。再有病人情况也不同,有绝症,有传染病,有重病,有一般疾病,岂能一概而论,便反对中医、取消中医。况且还有他广泛的社会基础,据闻新加坡、香港等处,长期不正式承认中医,不发执照,而中医也照常开诊,给人看病。何况中国内地呢? 其实这倒不是一个单纯中医问题,而是一个较长历史时期的思想问题。在此思想指导之下,有许多类似的问题,大多也只是表面文章,或者是一种政治标志,并无补于客观实际。比如推行了多少年的简体字,迄今为止,仍然是比较混乱的。硬要把通行了二千年的许慎《说文解字》的六书形体的正体字说成不规范,而把用行政命令推行的简体字说成是规范的,又不考虑客观情况,这本身就注定要出现许多混乱情况。简体字问题可议者过多,说起来太复杂,在此不谈。但简体字已推行了三十多年,自不能轻易取消,而现在改革开放,为了同境外做生意,便于文化交流,又不能不认识繁体字。

因此想到目前必须做几件事:第一,就是高中生必须认识清楚二三百个繁体字,这实际上很容易做到,老师讲课时多提提就可以了。第二,各种字典应像五十年代中期一样,在简体字后面印上括号内的繁体字。第三,简体字应该尽快认真整理、修订一下,如"肖"、"萧"二字统一起来,取消姓氏"肖"字,统一用"萧"字。把"皇后"、"前后"、"里外"、"故里"、"师范"、"范仲淹"姓范的范等类似的假借字区别开来。国家大法《宪法》还修改了几次呢,何况简体字呢? 为什么不认真研究一下,作适当的修改,使之更便于使用,尽量减少一些混乱呢。第四,各出版社凡是能大量外销的书,多印一些繁体字本,避免用电脑简译繁带来的麻烦与错误。当前这种错误笑话是不胜枚举的。要知这是一个广阔的大市场呀! 有人说:新加坡也用简体字,岂不知新加坡是用英文的,三家华文报加起来还没有一家英文报发行量大,因此,其排版用简用繁影响是不大的。据此并不能说明简体字的尽善尽美。

新思想并不都等于符合实际、符合客观规律的科学思想,并不一定就是给老百姓带来幸福的好思想。实践是检验一切客观真理的唯一标准,大小事是一样的。

百年"商务"三题

夏瑞芳

商务印书馆成立一百年了。它是一八九七年二月间在上海成立的,地址在江西路德昌里,创办人是青浦夏瑞芳。

夏瑞芳字粹方,幼年家贫。他母亲在上海给一个外国牧师做家庭保姆,平时不常回家。一次他母亲回家,幼年的他十岁光景,还依恋母亲,要跟母亲到牧师家去住。母亲临走时给他几十个钱让他去买零食,趁他出去时,便走了。他回来见母亲走了,便随后赶去,到了江边,过不去,一人在哭。摆渡人见了问明情况,便不收钱,把他渡了过去。他终于找到了母亲佣工的牧师家。那个外国牧师见这个孩子聪明勇敢,十分欢喜他,便送他到当时教会办的清心学堂去读书。在清心学堂,他又与宁波同学鲍咸恩、鲍咸昌结为好友。几年后毕业,成绩都不错,又学会英文排字。他后来娶了鲍家女儿,和鲍氏兄弟成为郎舅近亲。他们都是教会学校出身,通英文,又会排字印刷,当时印英文课本生意很好,便合股开了一家小印刷所,在德昌里租了两间房子,取名商务印书馆,英文名字"Commercial Press"。后来商标就是英文字母"CP",中间一个"商"字。开业资本,包天笑《钏影楼回忆录》中说是三千元,章锡琛《漫谈商务印书馆》一文里说是四千元,都很少。可是十五六年之后,已增资为二百万元了。又过了几年,增资为五百万元,已在夏氏遇刺身亡之后了。

商务的成功,是因为夏氏早期请来了张元济先生主持编译所,请来了许多中英文专家。夏称这些有科举功名的人,翰林、进士、举人等为老先生,待遇优厚,供应伙食烟茶。这些人编了许多适应清末新学制的教科书,所以自庚子到辛亥革命这十几年间,商务发展极快。其间夏瑞芳因一次周转不灵,又吸收了日本资本,一度成为中日合办的企业。但辛亥后中华书局开办,以中国人用自己的教材登广告号召,对商务影响很大。商务便由夏氏与日人交涉,以重金五十余万元收回日人当初十万元之投资,并登报通知股东,增资为二百万元。这是一九一四年元月的事。可就在这天下午下班时,夏瑞芳就在河南路商务发行所门前上马车时,遇刺身亡了。凶手被年轻的马车夫追上捉住,经审讯,才知是陈英士使人干的,后来不了了之。

陈为何要刺夏呢?辛亥革命,湖州人陈英士在上海起义成功,被选为都督。当时上海南市一带及闸北一带归中国政府管辖,两边联络,都要经过租界。"二次革命"反袁世凯时,陈英士失败,想把残余部队由南面迁回撤回闸北,要向商务借一笔经费,把武器寄存在商务。当时商务印刷总厂和东方图书馆涵芬楼藏书楼都在闸北宝山路一带,如发生战事,十分危险。夏不但不答应陈借钱、存放武器,反而借来了租界内帝国主义的武装万国商团,在闸北和租界交界处盘查行人,使陈的残部不能进入闸北地界,以此结怨。郑孝胥当时是商务的董事长,查阅其《日记》,对夏之被刺记载颇详,早在遇刺之前,已接到警告书了。

胡适之

一九二一年七月，商务印书馆张元济、高梦旦几位先生，把胡适之先生请到上海来。当时《商报》登一题为"胡老板登台记"的花边新闻道：

> 北京大学赫赫有名的哲学教员，新文学的泰斗胡适之，应商务印书馆高所长的特聘来沪主撰，言明每月薪金五千元（比大总统舒服）。高所长亲自北京迎来，所有川资膳宿，悉由该馆担任。今日为到馆第一天，该馆扫径结彩，总理以次，均迎自门首……所长、部长及各科主任，趋待恐后，方之省长接任，有过之无不及……简直同剧界大王梅兰芳受天蟾舞台的聘第一日登台一样。将来商务印书馆一定大书特书本馆特由北京礼聘超等名角来沪，即日登台了。

这则新闻和胡先生大开玩笑，也可见当时商务请胡先生来沪是起了轰动效应的。当时商务请胡来做什么呢？胡曾问当时编译所所长高梦旦："究竟想要我来做什么？"当时商务本想请胡来主持编译所，但是胡表示北大开学就要回北京，不能离开北大。因而商务领导们只希望胡能看看编译所的情形，做一个改良计划书，胡也就同意了。这样胡就短期参加了商务编译所的工作，了解情况，先见了编译所的各位工作人员。胡《日记》中记到的名字很多，除张、高、李拔可等领导外，还有李石岑、郑振铎、沈雁冰、叶圣陶、潘介泉等位，又参加"编译会议"，有国文部庄俞、英文部邝富灼、词典部方毅、理化部杜亚泉、郑贞文，讨论编中学教科书。当时邝富灼只会说广东话、英语,不懂普通话,开会不发言,由周越然为代表。因为他不懂江浙官话,别人不懂英文。当时胡提出了《中学国文读本》的编辑计划:以时代为纲领,倒推上去;以学术文与艺术文(包括韵文)为内容大概。但后来实际上并没有编出过这样系统的教材。

胡适之先生在商务编译所考察了一个多月,除为编译所提了许多建议而外,更重要的就是为商务推荐了一位人才,这对二三十年代商务的发展起了十分重要的作用。这人就是鼎鼎大名的王云五。《胡适的日记》九月一日记道:

> 云五来谈,我荐他到商务以自代,商务昨日已由菊生与仙华去请他……此事使我甚满意。云五的学问道德都比我好,他的办事能力更是我全没有的。我举他代我,很可以对商务诸君的好意了。

王云五当时没有什么名气,也不是留学生,而是自学成才的,一进商务就做编译所副所长。胡在《日记》中还说:商务要他荐举人,他竟不能在留学生中找人,想来想去,推荐了王云五。商务人大感意外……胡还笑商务的人"自命为随时留意人才,竟不曾听见过这个名字!"当时谁能想到这个人后来做了商务的总经理呢?

胡临回北京之际,商务送他一千元酬劳,他不愿意要,只收了五百,还给高梦旦五百元。只是报纸花边新闻所登月薪的十分之一,但也相当于六七两黄金的代价,为数十分可观了。但是比起梅大王的包银,那恐怕只是几十分之一了。看来胡博士比之梅博士,经济价值是相差悬殊了!当然不能这样比,只是我忽然想到耳。

王云五

一九三三年张元济先生写给傅增湘的信道：

> 恢复东方图书馆已成立所谓委员会，公司推王君云五
> 与弟二人，外聘蔡鹤卿、陈光甫、胡适之三人……

这是"一·二八"战后，商务闸北总厂、东方图书馆涵芬楼被日寇炮火炸毁后恢复时期的事。十几年前被胡适介绍入商务任编译所副所长的王云五，用现在的话说，已是商务的第一把手——总经理了。

王云五，字之瑞，号岫庐，广东香山人。一八八八年生。当过中国公学的英文教员，教过胡适英文。自己没有读过大学，更没有留过学，是个自学成才的人。他在广东因禁烟赚过一笔巨款，据《胡适的日记》记载，虽只收了百分之五的酬奖，却也有好几万。他藏中西文书最多，每日要读一百页外国书。胡介绍他入商务时，只三十四岁。

王就任商务编译所长后，就着手改组国文、英文、史地、法制、数学、博物、理化等八个部。朱经农、邝富灼、杜亚泉等分任部长。英汉、国文、英汉实用三个字典委员会，分别由吴致觉、方毅、黄士复负责。另一"百科全书"委员会，下设六系，组织最庞大，主任由王云五自兼，各系另有负责人。另外还有庞大的事务部。出版部的负责人是高梦旦。再还有《东方杂志》等十七个期刊、函授社，中外闻名的东方图书馆、涵芬楼藏书处。其组织的

庞大、齐全，现在也很少有哪家出版社可与其比拟。不算兼职的，不算勤杂人员，正式编务人员有二百四五十人。工薪最高的三百五十银元一月，月薪三十元以下的有六十余人。

王云五进商务之前，就提出出国考察要求。他做了六七年编译所长，就辞去所长职务，拿到一笔退俸金，专门负责主编《万有文库》。后他被请回担任总经理，在就任之前出国考察，去美、法、德等九国兜了一转，并带回不少留学生，回来推行"科学管理计划"。当时王云五在商务有一个"四百万"的外号。"四"就是"四角号码"检字法，是按汉字的四个角，编为四个号码。使用熟练的人，按号码查字典一翻就是，比部首、拼音检字都方便，但一直没有推行开。现在商务《辞源》后面还附有四角号码检字表。"百"是《百科全书》。"万"是《万有文库》。《百科全书》原计划译英、美的，可是后来的译出部分错误多，未能出版。我国后来直到八十年代后期，才有《大百科全书》陆续出版。《万有文库》后来出了不少，直到今天各地旧书铺还常见到，灰色封面，统一开本，有不少古籍，也有不少翻译的东西洋名著，还有科普读物。

抗战军兴，上海商务大部分也向香港撤退，又到长沙，又到重庆，发行所还留在上海租界。撤退的人员都是王云五率领，但这只是花钱，不是赚钱了。我认识一位当时随商务撤退的老先生，常常说起，商务当时上千万的家当，都被王云五在撤退中花光了。后来王云五做了国民党行政院的副院长，比介绍他入商务的胡适官还大。平心而论，王云五大概确是一位管理人才，可惜是后来遇到战乱，也无能为力了。我过去买的零本《丛书集成》，后面发行人署的都是"王云五"，都被墨笔涂了。每一翻阅，就想起过去年代里大字报上被点名批斗者上面的红黑叉叉，不禁苦笑了。

合众图书馆

上图新馆开幕,顾(廷龙)老南来剪彩,匆匆一周,九三老人由哲嗣陪侍,又回北京。到车站送走老人,归来不禁想起合众图书馆,这是和顾老分不开的。

一九三九年,日寇全面侵华的第二年,全国抗战,上海还有租界,成为一时的孤岛。中兴煤矿公司总办事处在上海,董事长叶景葵先生是翰林出身,曾任内阁中书,又入张元济所办之通艺学堂,学英文算学,是维新派的先驱。他当时虽任煤矿董事长,却爱好读书、藏书,关心图书存亡,在全国抗日战火纷飞之际,联合张元济、陈陶遗等创设私人图书馆,设立基金会,并捐出所有藏书,作为第一批馆藏。有人说叶先生出藏书办馆,何妨叫叶氏图书馆。但叶氏不同意,主张图书应公诸社会,依赖大家的力量以垂久远,不该认为是一家之物。因而仍用原议馆名叫"合众图书馆"。负责筹备建馆的人,就是抗战后年余离开北平燕京大学图书馆南归的顾廷龙先生。

筹备建馆之初,先在复兴中路(旧名辣斐德路)借地开馆,房子是租的。后在长乐路(当时叫蒲石路)、富民路(当时叫古跋路)转角买地建新馆,由著名建筑家陈植设计。现在这处十分幽雅的红砖房子还在,大门开在长乐路,边门在富民路。边上还有一小块空地,叶氏又与合众图书馆立约租用,租期二十五年,盖了自己的住宅,边上开个小门,可以随时过来看书,指点图书馆的工作。叶在其札记《卷庵剩稿》中记云:

新居在蒲石路七百五十二号，余捐入合众图书馆十五万元，以其半为馆置地二亩，今年建新馆已告成。余租得馆地九分，营一新宅，订期二十五年，期满以屋送馆，余与馆为比邻，可以朝夕往来。为计良得。昔日我为主，而书为客，今书为馆所有，地亦馆所有，我租馆地，而阅馆书，书为主，而我为客。故以后别号"书寄生"。

当时合众图书馆成立有董事会，发起人叶景葵，捐资捐书最多，又约张元济、陈陶遗、陈叔通、李拔可为发起人，亦即当然董事，另外还有他人为董事。但具体筹划，负责管理，而且有办图书馆经验的是今天的顾老，其当时却是年轻的学人。其时叶、张、陈、李诸人，均已六七十岁，已被尊称为"老"了。顾老在一九四一年九月五日，合众图书馆迁移新屋时，却只有三十八岁，正是青年有为的时候。合众图书馆由一九三九年筹建开始，到全国解放，顾老已经营了十年，解放后又经营数年。直到上海图书馆成立，合众图书馆才完成了历史使命。

香港大学

　　香港回归祖国，是二十世纪末关系到全世界中国人的大事，是激动每个人心的喜事。这在本世纪前期是难以想象的。整整七十年前的早春二月，鲁迅先生从广州早上乘小汽船，由叶少泉、苏秋宝、申启、广平陪着，到达香港。在青年会住了两天，做过两次讲演，一次题为《无声的中国》，一次题为《老调子已经唱完》；又写了《略谈香港》、《再谈香港》两篇文章，收在《而已集》中。其中的一篇引了当时香港"金制军"（当时港督英人金文泰）的演说词，内中提到香港大学：

　　　　香港大学学生，华人子弟，亦系至多，如果在呢间大学，徒然侧重外国科学文学，对于中国历代相传嘅大道宏经，反转当作等闲，视为无足轻重嘅学业，岂唔系一件大憾事吗？所以为香港中国居民打算，为大学中国学生打算，呢一科实在不能不办……

　　清朝各地最大地方官名总督，尊称"制军"。香港英国殖民地最高地方官按清代官称译成华文"总督"，报上又尊称为"制军"。鲁迅在文中对之大加讽刺。不过这不是我文中所要说的。我所要说的是半个多世纪前，我因为读鲁迅先生这篇文章，知道了香港有个香港大学，而且办有华文学系，也就是现在薄扶林道香港大学中文系的前身。

第二有旧时北京两位名人，后来都到香港大学当了教授。一位是许地山，在文学研究会时代笔名"落花生"。小学六年级时，还读过他的文章。他原是北京燕京大学的，由学生到毕业教书。他上学时的燕大，还在城里的盔甲厂。他同现在寿近期颐的冰心老人大概是前后同学吧，知堂老人文中多次记到他。大约三十年代初，他由北京燕大南下到香港大学教书。有一位现在年近八旬的亲戚，抗战初期在燕大读书，未毕业跟随梅贻宝（梅贻琦弟弟）经香港去后方重庆，许地山正在香港大学任教，设宴招待他们，吃龙虾如何满嘴流油……"自然灾害"时在北京见面常常说起，印象十分深刻。第二位名人，就是宣统——即后来的溥仪的英国人师傅庄士敦。溥仪先到天津又做伪满皇帝后，这位英国师傅离开北京精美的四合院，南下香港，到香港大学做教授。教课之余，写下了有名的《紫禁城的黄昏》一书，使神武门的御香，也袅袅地飘散到遥隔万里的薄扶林道香港最高学府的红砖洋楼中……

　　去年在美国寂寞去世的一代才女张爱玲，抗战期间考上伦敦大学，因战争影响未能买轮西去三岛，改上在太平山腰的香港大学。但还未毕业，就赶上日本鬼子偷袭珍珠港，发动太平洋战争，大英帝国的绅士兵也不经打，没有几天，日寇登陆，香港沦陷，金制军讲演中提到的香港大学也停办了……一条船把不少上海名人，也包括在港大即将毕业的张爱玲载回上海。她在当时苏青办的杂志上发表小说，走上成名道路……直到一九五二年，她又去国重回香港，不久又离港赴大洋彼岸……

　　三年前我去香港，住在半山好友邓孔怀兄的家里，他夫妇都是六十年代初香港大学建筑系毕业的，后来是伦敦注册的名建筑师。他们夫妇二人不只是西洋美学、建筑工程等学科造诣高深,而且中文水平、书法也都十分高深、有修养,远出于我所来往的一些中文、历史等系友人水平之上。这说明香港大学的中文水平,真有些像七十年前那位"金制军"所说的,还是过得硬的。当时正遇澳洲柳存仁教授、北京吴小如教授在港大做讲座,他陪我一同两次去听讲。他是回母校,我是有幸访问、参观这所纯英式红砖建筑的名校,真感到庄严肃穆。听讲后还承赵令扬、单周尧两教授之情,去陪柳、吴二公吃了一顿港式午饭。在谈笑欢快之余,于归途中不免想起七十年间与港大有关系的一些位前辈及比我大不了几岁的才女张爱玲……

香港各大学常有友人来信,其他信封都印有中文和英文校名,只有港大中文系的信封,仅印着"DEPARTMENT OF CHI-NESE, THE UNIVERSITY OF HONG KONG",不知今年七月之后如何?

新亚书院与中文大学

今年一月间，应友人之约，本拟去香港，因春节期间，罗湖关过于拥挤，便改至三月前往。回忆三年前四五月间在沙田吐露港香港中文大学雅礼宾馆住了一个星期，那真是一个好地方。当时是应新亚书院梁秉中院长之邀去访问的，可惜正逢即将放假考试之际，只在系中参加了一个座谈会，未能和同学见面，真有无功受禄之感。但那里的风景是十分迷人的，小宾馆公用客厅整日无人，落地大面积玻璃窗，正对着吐露港的碧海蓝天、白云绿树，以及新社区的楼群，电气火车像玩具似地从视野下缓缓而过……我一个人看书、看报、看风景，留下了难忘的印象。我五月十一日进关回到深圳，而十一日那里举行钱宾四先生百龄纪念会。我想再来参加，虽罗湖出关，只二十分钟小火车就到沙田大学站，出站坐上大学巴士，又不要钱，便可上山去听各位专家的宏论……但咫尺天涯，就千难万难了。因我的通行证出关签证，虽有三个月之久，但出入境只一次，一进来，就再不能出去了，要想再出去，还得回上海重新办手续，真是无可奈何。不过不说这个，且说又是中文大学，又是新亚书院，又是钱宾四先生，这中间是什么关系呢？简单说：新亚书院是中文大学的一个组成部分，而钱宾四先生是新亚书院的创始人。整整四十七年前，即一九四九年秋天，钱穆先生在香港办起了一所较为特殊的学校，取名"新亚书院"。在一九五〇年的招生简章中，钱先生自己拟的前言中道：

本书院创立于一九四九年秋,旨在上溯宋明书院讲学精神,旁采西欧大学导师制度,以人文主义之教育宗旨,沟通世界中西文化,为人类和平,社会幸福谋前途……关于教学方式,将侧重训练学生以自学之精神与方法,于讲堂讲授基本共同课程外,采用导师制,使学者各自认定一位到两位导师,在生活上密切联系,在精神上互相契洽,即以导师之全人格及其生平学问之整个体系为学生作亲切之指导……

新亚书院当年在学生课程上是"先重通识,再求专长,首先注重文字工具之基本训练,再及一般的人生文化课目,为学者先立一通博之基础"。新亚书院想通过教育纠正为谋求个人职业而求学的风气,树为知识而求知识的博士式读书风气,纠正各大学严格分院、分系,分科过细、支离破碎的弊端,纠正一般大学的讲堂讲课,师生隔膜,学生专门追求学分、分数的流弊……总之,新亚是想将过去我国历史书院讲学及外国学院导师的风格,结合起来,形成一种新的大学教育方式,新的学风。新亚书院的名字,不叫学院而叫书院,在感觉上继承了我国古老的传统,而英文名称则译作"New Asia College",大概是取其博而杂不同于一般学校吧。

一九六四年,即新亚书院创办了十四年之后,新亚书院并入了中文大学。中文大学是并新亚书院、崇基书院、联合书院,几个书院合起来成立的。在中文大学成立时,钱先生发表讲演,回顾新亚创办伊始时,没有校舍,没有图书馆,只有文、商学院,而没有艺术系、工管系,没有理学院、实验室等等,后来都有了。特别强调"新亚"不仅是一块招牌、一所建筑、一群人,不能只见物质,不见精神,新亚应有自己的校风和学风,即好学应包括做人在内,先要是一个好人,又自知好学,这样才符合标准。到学校来要有超乎争分数、抢文凭之上的一种精神,不然"若其人本身不好,尽向学,也徒然"。这就是当年钱先生号召的新亚书院的校风和学风。

新亚书院初出时叫"亚洲文商学院",只是夜校,后迁九龙桂林街,才办日校,改名新亚书院。一九六四年和崇基书院、联合书院并在一起,组建了香港中文大学,校址在沙田山间。中文大学之名,是钱宾四先生定的(见先生《师友杂忆》之十九)。中文大学之内,各学院均保持自己之传统,直到现在,仍如旧时称呼。

吐露港的春秋

　　五月的吐露港碧海蓝天、白楼绿树,到处开放着南国不知名的娇红娇红的花朵,闪耀在茂密的绿树丛中,空气湿润清新……对从小生长在北国,多年困扰于上海烟尘的我来说,真是如登仙境,如饮醇醴。但这还是次要的,更重要的是我有幸认识了黄维梁先生,并承他送了我一本他编的《吐露港春秋》,这样便有了这篇短文的题目。一九九七年"七一"就要到了,香港回归祖国是大喜事,上海的报纸配合得很好。那天晚报《夜光杯》上,登了一篇黄维梁先生的文章,我看了忽然想起两年前在吐露港和他见面的情况。他高高的个子,青年风采,仪表可亲,而又待人热情,临走头一天晚上,亲自开车接我到山顶云起轩参加欢送李泽厚教授的宴会,宴毕又送我回到住处。当晚路上,餐桌边谈的很多,十分豪爽。他是中文大学中文系学士,美国俄亥俄州立大学文学博士,现在母校任教,是中文系高级讲师,兼新亚书院通识学部主任。他又是新亚书院辅导长,正是如日方中之年,精力旺盛。新亚书院院长出国访问讲学时,他还署理新亚书院院长。在学术上他是研究文学理论和现代文学的,在写作上则以写散文为主,著述颇多,如《中国诗学纵横论》、《香港文学初探》等。他原籍广东澄海,但从小在香港生长,在香港读书,又以中大校友身份在中大工作,所以对香港、对中大是最熟悉的。这本《吐露港春秋》,就是他编的中文大学学人的散文集子。书后介绍说:

香港中文大学的校园,在吐露港之滨,接近马鞍山和八仙岭,水秀山明,更可说人杰地灵,七十年代起,各地众多华人作家学者,云集于此……

　　思果、余光中、金耀基、陈之藩、刘绍铭、梁锡华、黄国彬、郑子瑜、刘述先、邝健行、逯耀东等位先生的文章都编在这本集子中,简单说,这些位作者都是在中文大学工作过的。在这些著名学人笔下,吐露港是如何美丽呢? 现在台湾中山大学任教的余光中教授在其十几年前《山缘》一文中写道:

　　　　文静如湖的吐露港,风软波柔,一片潋滟的蓝光,与其说是海的女儿,不如看作湖的表妹。港上的岛屿、半岛、长堤、渡轮,都像是她的佩饰,入夜后,更亮起渔火与曳长如链的橘色雾灯,这样明艳惹眼的水美人……

　　余光中教授是现在文艺界十分熟悉的港台作家,这段文章描绘的吐露港十分美。只是有一点我不明白,为什么说吐露港是"湖的表妹"呢? 按照《红楼梦》宝哥哥的说法,表姐妹又有姑表和姨表之分。这个"湖的表妹"是姑表呢? 还是姨表呢? ——自然,这也是我说说笑话了。另一位曾获伦敦大学博士,十几年前任教中大,现在岭南学院任文学院长的梁锡华教授描绘吐露港道:

　　　　偶尔,在清晨,或雨后,八仙近脚或山脚处,给造化拈起素笔长长地横拖一两痕乳白,轻盈地像腰带,像衬裙,那秀健的仙姑峰,就有抬岚起舞的姿态了。

这是《八仙之恋》中的句子,"八仙"指八仙岭,中文大学是建在山上的,这山是马鞍山、八仙岭;山下的海湾就是吐露港,有山有水,山上可以看港,港中也可以看山。我住在客舍小楼中,正在上山不远的半山凹,有如在杭州葛岭一带看西湖。下望是水面,仰望是丛树山林,一片绿色蜿蜒而上,从树缝中看到山顶的教授宿舍楼房,亦如在里西湖半山小楼中上窥初阳台保俶塔。这样八仙岭也如葛岭,那吐露港也如波平似镜的西子湖了。余光中教授说"不如看作湖的表妹",那么就作为西子湖的表妹吧。但是姑表呢? 姨表呢? 随它去吧,俗话说:一表三千里嘛!

清代中州文士

　　漫述清代中州文士,应先从侯朝宗说起。侯朝宗名方域,河南商丘人。祖父侯执蒲,字以康,明代万历二十六年(一五九八)进士,官至太常寺卿。父侯恂,字若谷,万历四十四年(一六一六)进士,官至户部尚书。叔父侯恪,字若木,后改若朴,与其父侯恂同年成进士,官至祭酒。侯朝宗生于明朝万历四十六年(一六一八)。崇祯六年(一六三三)侯恂任户部尚书时,他离开商丘,随父亲来到北京。后到南京应试。崇祯十三年(一六四〇)他回到家乡商丘,组织"雪苑社",是当时东林党著名政治团体"复社"的重要支社。后因战乱,全家南迁。甲申之后,阮大铖至南京迫害复社成员,侯方域逃至扬州,避在总兵高杰大营中。清兵渡江,他全家又回到商丘原籍。顺治八年(一六五一),又至河南应清朝乡试。其时明朝南逃永历皇帝尚在广西,直到顺治十八年(一六六一)吴三桂进入缅甸捉住永历原桂王朱由榔,明代才算结束。论史者对侯参加清朝河南乡试或有微词。但其考试策论《南省试策》和《豫省试策》,均载入《壮悔堂文集》中。总之,在其青壮年时期,正是晚明战乱、改朝换帝的时期,出处之际,是很不幸也是很难说的。

　　侯朝宗身前身后,都享有盛名。这主要是由于五个方面:

　　一是他的门第和老师。侯朝宗随他父亲在北京,是尚书公子,又是倪元璐的大弟子。倪天启二年(一六二二)进士,反对阉党,维护东林党人,后也官至户部尚书,是侯朝宗父亲的晚辈后任。倪为人正直有气节，李自成陷北京，崇祯自缢，他自杀身死。明、清两朝都谥以"文正"。侯朝宗作为他的弟子，又是尚书公子，家庭和老师对他都有很大影响。他天分过人，文有奇气，性格豪迈不羁，因而青年时就有文名。又因门第华赡，后来到了南京，与明桐城方孔炤（进士，官至巡抚）之子方密之、名以智，宜兴陈于廷（进士，官至左都御史）之子陈定生、名贞慧，如皋冒起宗（进士，官至湖南宝庆副使）之子冒辟疆、名襄，为"四公子"。朝野才名籍甚。

二是他的政治联络、政治活动。他是东林党人的后起之秀，重要成员。当时太仓张溥（崇祯四年进士）在倡办文社，兴复古学，取名"复社"，政治活动日多，影响日大，社员后来在两千多人。影响所及，各地著名文人也都组织文社，青浦陈子龙（崇祯十年进士，官至兵科给事中，明亡谋在太湖举兵抗清，事败被俘，押送途中投水殉国）组织"幾社"，侯朝宗组织"雪苑社"，互相都有联络，有共同的政治主张，对侯希望甚殷。陈子龙有《归德侯朝宗书来，盛称我土人士之美，兼慨世事，诗以酬之》：

> 春风宛转下平台，有客横江尺素来。
> 雪苑旧推司马赋，云间今愧士龙才。
> 东州评骘琅玕重，中土愁惊鼓角哀。
> 历难公卿年少事，汉家宣室为君开。

"宣室"见《汉书·贾谊传》："上方受厘，坐宣室。"据王先谦注，在未央殿北，大室。唐诗"可怜夜半虚前席，不问苍生问鬼神"，就是咏这事，这里陈子龙把侯朝宗比作贾谊，可见多么器重。

三是他的古文特别出名。明、清两代，从八股文出身的知识分子，能够写好古文的人并不多，后来有桐城派、阳湖派古文，清初则推三大家，即宁都魏禧、长洲汪琬与商丘侯朝宗。史称魏禧策士之文，汪琬儒者之文，而侯则是才人之文。清代著名藏书家毛晋，说他文章继承了韩愈；著名史学家邵晋涵，说他文章继承了欧阳修。他被推崇为"当时论古文，率推方域为第一，远近无异词"（《清史列传》）。不过也有相反的意见，就是大名鼎鼎的李越缦。《越缦堂日记》咸丰庚申（一八六〇）二月初一日记云：

> 阅侯朝宗《壮悔堂集》。朝宗文，气爽而笔灵，颇有飞动之观，惜根柢太浅，不学无术，多近小说家言耳。余自十八九岁时，见其文，甚喜之。嗣于壬子冬得其全集读之，大惊，以为隽爽劲利，几于无篇不佳。今日重阅，深叹其徒有机势之胜，全无酝酿之功，其佳处往往直到龙门，离合变化，俱有神会；而用事之陋，措词之浅，乃多近伧父面目。足见古人作文，须读书养气，行文不必征典，自有经籍之光。以朝宗之天分，而能加以学力，杜牧、皇甫湜不难到也……

二月初二日又记云：

> 昨夜阅朝宗文，论之如右。私念向与叔子兄弟俱极赏之，以为国朝一名家。今睹其若《吴伯裔伯胤传》、《徐作霖、张渭传》、《宁南侯传》、《与田仰书》，一二佳作外，殊觉底蕴尽露，大异昔日所见。

李越缦评价清人文集，是比较严的，但虽"读书进境"，大异往昔，也不得不承认其有"一二佳作"。李越缦对汪琬评价也不高，说"汪钝根自命正宗，文亦稍有风神，顾迂冗芜拙，不知剪裁"。可见越缦眼光之高了。但《壮悔堂文集》在，李评不能作为定论。

四是他的所谓经济之才，用世之抱负，以及有关各种重大事务的敏锐看法和主张。他虽然文章很好，文名很盛，但两次乡试都没有考中，不要说进士，连个举人也不是。因而他虽然贵为户部尚书的公子，虽然南北两京文名籍甚，又是东林后期极有影响的人物，连阮大铖这样的人都想拉拢他，求他向主使写揭发阮大铖丑史《留都防乱揭》的宜兴陈贞慧、贵池吴应箕二人说情。但是，还是不能被任命为朝廷命官。一般没有功名不能做官，这是明、清两代人事制度最硬气的地方。不过，他虽不是实任官吏，却在官场中周旋，遇有重要事件出主意、提建议，都有不寻常的看法。据记载，他料事多奇中，指评当时人物，均有自己看法。从他的《壮悔堂文集》中，也可以看出他的干才。如替他父亲写的奏议，论形势、论屯田，虽是他父亲署名，却都是他的主意。还有他的《南省试策》、《豫省试策》，也都代表他自己的主张。但他在南京乡试中，本以头场八股文得中第三名举人，但最后却落榜了，原因是他第一篇策中论内臣（太监）语，过分剧烈：

皇帝手除大憝之后，今曾几何时，而部堂之署有貂珰矣，边塞之庭有貂珰矣，财赋之地有貂珰矣……大臣以逢迎皇帝，而结纳乎内臣，内臣以尝试皇帝，而应援乎大臣，皇帝虽察察于远，而已遗之于近，又岂有济哉？本欲寄耳目而适得塞，本欲托心腹而适得蛊，恐其病积累，而深也……皇帝一旦知受病之处，则知起病之方，任天下之情伪日来，而吾惟以诚应之,坦然大度,固已收偏重之权,塞私昵之路,而群天下莫之我欺矣。所谓君德者,有大于此者也…

崇祯是个没有能力而又十分多疑的人,先杀了魏忠贤、客氏等阉党,但又不信任大臣,对外面情况不能了解、不能分析,又重用太监,即所谓内臣来监视各部、各军,当时太监势力,在崇祯身边,有东山再起之势。侯朝宗尖锐地指出这点,正、副主考看了,哪里还敢取他? 正主考说:"姑置此生,正所以保全之也。"因为他的政治锋芒太露了。

五是他娶了秦淮名妓李香君,为香君写了《李姬传》。而孔尚任又以他和李香君的故事写了著名的传奇《桃花扇》。这使得侯朝宗的大名家喻户晓。中国妓女,远古不说,自唐代《教坊记》之后,就代有名人,宋代李师师,直接与词人周邦彦、皇帝宋徽宗赵佶交朋友,可见其政治影响和社会地位。而到了明代晚期,南京秦淮河的妓女,包括所谓"秦淮八艳"等人在内,更出现了许多名妓,政治观点,文化才艺,都极为杰出,在历史上留下了绚丽的一页,几乎也是空前绝后的奇迹。美人必须有名士配,侯朝宗便是其中重要的一员。

其时南京的地位,是明代陪都,财赋集中,各种衙门亦如北京。大比之年,江南文士集中在南京应举子试,大都是青年人,不免征歌逐舞。这样,桃叶渡头、河房旧院就成了这些人活跃的地方。崇祯十二年(一六三九),侯朝宗来南京参加乡试,在旧院因张溥、夏允彝之介,认识李香君,歌诗定情。阮大铖想通过他缓解与东林党人陈贞慧、吴应箕等人的矛盾,都是李香君私下阻止他。侯为她写的《李姬传》中记载的十分清楚:

初,皖人阮大铖者,以阿附魏忠贤论……屏居金陵,为清议所斥,阳羡陈贞慧、贵池吴应箕实首其事,持之力。大铖不得已,欲侯生为解之,乃假所善王将军日载酒食与侯生游,姬曰:"王将军贫,非结客者,公子盍叩之。"侯生三问,将军乃屏人述大铖意。姬私语侯生曰:"妾少从假母,识阳羡君,其人有高义;闻吴君尤铮铮,今皆与公子善,奈何以阮公负至交乎?且以公子之世望,安事阮公?公子读万卷书,所见岂后于贱妾耶!"侯生大呼称善……未几侯生下第,姬置酒桃叶渡,歌琵琶词以送之,曰:"公子才名文藻,雅不减中郎。中郎学不补行,今《琵琶》所传词固妄,然尝昵董卓,不可掩也。公子豪迈不羁,又失意,此去相见未可期,愿终自爱,无忘妾所歌琵琶词也。妾亦不复歌矣……"

侯朝宗父亲三次入狱:一次是天启时受魏忠贤迫害,朝宗七岁至十岁;一次是崇祯时,朝宗十九岁至二十四岁;一次是崇祯末,他二十六岁。他父亲是因为受到崇祯东阁大学士温体仁嫉妒,温唆使人告他糜饷而系狱的。朝宗十五岁成秀才,十七岁代他父亲起草《屯田奏议》,对他父亲被系狱的内情,自然有所了解。史称温体仁"外曲谨而内猛鸷,机锋刺骨"等等,侯朝宗自然也了解其为人。他因父亲系狱,罪臣之子,不能参加北雍顺天府乡试。到南京来考,策中直指皇帝崇祯,针对性十分具体而尖锐,正、副主考又不敢取他。二十九岁时,奉其父回到商丘,顺治十一年(一六五四)十二月卒。只活了三十七岁。壬辰(一六五二),他三十五岁时,又到江南宜兴访问陈贞慧,祭吴应箕,作《哀辞》等等,虽只初入壮年,但似乎已经很老了。有《过江秋咏八首》,评者谓其"此与少陵《秋兴八首》果有分别否?读者须放开

眼孔,莫谓今人必不逮古也"。现抄其中过镇江一首,以见一斑:

> 北固涛声涌帝京,南徐秋色满江城。
> 潮连雨霁芙蓉湿,日落晴帆燕雀轻。
> 岂是新亭终有恨,从来故国总关情。
> 邻舟更奏清商曲,不管霜华旅鬓生。

江山异代,故旧凋零,早生华发,诗中完全可想见其心理及生理的老态了。

清代中州文士,侯朝宗外,尚有其同时代之周亮工在。周亮工,字元亮,号诚斋、栎园、栎下老人,明万历四十年(一六一二)生。周久住南京,原籍开封府祥符,均回河南开封应童子试、乡试。中举后于崇祯十三年(一六四〇)去北京考中进士。其时已二十八岁,只做了三年多明代的官。崇祯十七年(一六四四)三月李自成攻入北京,五月多尔衮入北京。清朝建立,周就降清做清朝的官了,先在苏北做两淮盐运使、扬州兵备道,后到福建做按察使、布政使等,后调北京任左副都御史,又升为户部右侍郎。但他前后两次因贪污罪名被判刑,第一次被判流戍。后康熙登基大赦,他也获释。又出任青州巡道、南京粮道,在南京粮道连任九年。又因被指控贪污,判处绞刑。又遇大赦获释。又两年,于康熙十一年(一六七二)去世。他两次入狱,两次判重刑,两次遇大赦,真可以说是九死一生。两次态度也不同,第一次极为镇静,同案犯有的死于非刑,他初判死刑,后改流戍。但仍处之泰然,在狱中辑自己的诗为《赖古堂诗》,并为狱中所住的牢房起名"因树屋",写下了著名的杂记《因树屋书影》十卷。而在第二次出狱之前,据记载却将他在南京做官时期刻印的书的原版全部焚烧了。原刻留传极少,他的不少著作传世本,大都是他去世后,由长子周在浚、三子周在延、五子周在都翻刻传世的。计有《赖古堂诗》《因树屋书影》《闽小记》《字触》《读画录》《印人传》《同书》《赖古堂文选》《赖古堂尺牍新钞》《赖古堂文集》(附《年谱》)等多种。

周亮工与侯朝宗是同时代人,论年龄比侯还大两三岁,但是他逝世时七十一岁,比侯多活了三十四年。他官做的不小,而且都是管钱粮的官,被告发贪污,可能也真是有些劣迹的。但他在福建、南京也为地方老百姓做了一些事,可能同时捞到一些好处。他也爱好文事,喜欢吟诗,居官之余,勤于著述。不过在他生前,他的文名似乎是无法与侯相比。侯朝宗二十岁左右就以文名誉满大江南北,去世时已名垂青史了。而当时周亮工只不过是个一般官吏,稍后当时士大夫间才知栎园先生其人。他的后人受他的文化影响,几次重刊他的遗著,才渐渐显示才名,为人所称道。乾隆时修《四库全书》,乾隆命令,所有明朝官吏投降清朝做官的,都列为"贰臣",而清初这些人太多了,有名的文人和著作,虽为"贰臣",也都入选。周亮工有四种书被选入,即《闽小记》《读画录》《因树屋书影》《印人传》。其后因《四库全书》所收兴化李清(字心水)《二十一史同异》,被乾隆查阅时,发现有诋毁清室祖先的文字,下令抽掉销毁,因而又查阅其他贰臣著述。见周亮工《读画录》中有句云:"人皆汉魏上,花亦义熙余。"诗中怀旧,意在影射讥讽清朝入侵。这样他的著作就被从《四库全书》中抽掉,纪昀《四库提要》中也把写到周亮工的文字都删除了,周亮工的书就被列为禁书。不过他的书都流传了下来。

周亮工论文,承晚明小品之余绪,在其康熙元年(一六六二)

六月望日写的《尺牍新钞选例》中说：

> 至于文人赠答之篇，一时挥洒之制，新致宜标，陈言务
> 去……是集不敢陈所已陈，期于见所未见，启朝霞之灿
> 烂，披晨蕊之芳鲜，凡经梨刺，一字不登，悬之国门，群惊
> 创见。

其主张，简而言之就是"陈言务去"。后又说：

> 文人制作，以诗古文为大业，尺牍家言，既非吟咏之音，
> 又异纵横之笔，然绸缪雁羽，多属风人，寄托瑶函，类称尔
> 雅……诚为风雅至论，不仅藻翰翩翩。

去陈言，播风雅，是明末清初不少文人的共同特征。所选仅
《尺牍新钞》就选了二百三十八家，共十二卷，自高攀龙始，至魏
大中止，洋洋大观。

周亮工在福建做了几年官，写了一本《闽小记》。关于福建
的地理杂记著述，早在明代就有嘉兴陈懋仁的《皇南杂志》、王世
懋的《闽部疏》，但都没有《闽小记》出名。《闽小记》的出名，最
主要的是有一则笔记详细地记载了明代万历年间，福建人由吕
宋岛把山芋秧带到福建，从此这一便于栽种、可以随地繁殖的山
芋，种遍了全国各地，连名称也南北异样，各有各的叫法，或叫山
芋，或叫番芋，或叫白薯，或叫红薯、地瓜等等，这记载是确实而
详尽的。周亮工的文字也很好，如《榕树》：

> 闽中多榕树，垂须入地，辄复生根，常有一树作十数干，

有即榕为门者。相传千年榕其上生奇南香。余每见老榕树,爱其婆娑,辄徘徊不能去。高云客时谑余曰:"公欲觅奇南香耶?"

又如《唱龙眼》:

龙眼枝甚柔脆,熟时赁惯手登采,恐其泆啖,与约曰:"歌勿辍,辍则弗给值。"树叶扶疏,人坐绿阴中,高低断续,喁喁弗已。远听之,颇足娱耳。土人谓之"唱龙眼"。

简洁清新,富有情趣,是很难得的风土小品。可见其文风功力。

清代河北学人

读钱宾四先生《中国近三百年学术史》,于第五章颜习斋后结束语道:

> 恕谷言:"思颜先生之强不可及。"（恕谷年谱）知师莫如弟子,恕谷可谓真知师者。习斋,北方之学者也,其强不可及者,亦不失为一种北方之强也。

中国圣经贤传,先秦文化,虽肇源于黄河流域的北方,但两晋之后,文风南移,迄于近古,则长江流域及闽粤诸省,人文荟萃,远胜北方。以清代《文苑》、《儒林》两传观之,江浙、安徽、福建、湖广等地,文人学士比比皆是,而北方籍贯的学人文士则较少,如有,便较为突出,正如宾四先生所说:"北方之强也。"因此我写"河北学人",首先想到宾四先生这段话。接着自然也就想到清代前期北方影响最大的颜李学派了。这就是河北博野县的颜习斋和蠡县的李恕谷。

北京在二十世纪二三十年代之间,在府右街中南海西墙外有一所著名的"四存中学",就是以颜李学派的"四存"学说来标榜的。这所学校比较老派,别的中学提倡白话,而这所中学自始至终坚持讲文言,写文言文,同当时上海著名的以唐文治老先生任校长的交通大学一样(其他如东南大学、上海圣约翰、杭州之江等教会大学也同样如此,都是考文言文的)。一九一九年当时曾任北洋政府总统的天津人徐世昌标榜颜、李，创办"四存学会"，也建立了这所中学。何谓"四存"呢？就是《存性》、《存人》、《存学》、《存治》。钱著《中国近三百年学术史》排列为《存学》、《存性》、《存治》、《存人》。这都是颜习斋四种著作的书名，排列并不是成书的次序。《存治篇》（原名《王道论》），一卷，成书于顺治十五年（一六五八），刊行于康熙四十四年（一七〇五）。《存性篇》二卷，成书于康熙八年（一六六九），也刊行于康熙四十四年（一七〇五）。《存学篇》四卷与前书同时写成，于康熙四十年（一七〇一）先刊行。《存人篇》是最后于康熙廿一年（一六八二）写成的，原来书名《唤迷途》，是直接驳斥佛教违反人道的书。颜习斋的四种书概括了他的全部学术思想，因每种书名第一个字都是"存"字，所以简称为"四存"了。但是颜虽然是这种学派的创始人，而发扬光大，造成很大的影响，这却要归功于他的学生李恕谷，这样师生二人的姓氏，成为学派的名称，号之为"颜李学派"，在清代三百年中，影响所及，由河北冀中大平原，享誉全国，也是很不容易的了。下面分别约略介绍之。

颜习斋，名元，字易直，又字浑然，号习斋。乳名叫园儿。生于明代崇祯八年（一六三五），卒于清代康熙四十三年（一七〇四），活了七十岁。河北博野县北杨村人（清代及北洋政府时期，属直隶省，因而严格说是直隶人）。父亲是蠡县朱姓义子，所以初名朱邦良，后来才认祖归宗。童年时经历闯王入京、崇祯殉国，清兵入京，顺治改元。过了十年，十九岁时，进学成了秀才。为学先好道术，娶妻不同房，后来领悟到道术是骗人的。改学程、朱理学，为学身体力行，十分认真。后因居丧守《朱子家礼》，感到这些礼仪，有时抑制情感，并不同于古礼。通过研读宋学《性礼大全》等书，并同邻近各县一些学人研讨，逐渐认识到程、朱宋学的无用，非周公、孔子的儒学正统，而周公的六德、六行、六艺，孔子的四教，乃是真正的学问，贵在实用力行。梁启超《中国近三百年学术史》称他是"注重实际的哲学流派的创始人"。所说"周公"，是指《周礼·地官·大司徒》中的话："教万民而宾兴之。一曰六德：知、仁、圣、义、忠、和，二曰六行：孝、友、睦、姻、任、恤。"六艺也是《周礼·地官·保氏》中的话："礼、乐、射、御、书、数。"孔子的四教，见《论语·述而》："文、行、忠、信。"这些内容，每一个字，都是非常概括，非常具体，有实际内容的。生长在冀中大平原的人性格比较质朴、踏实而坚决。钱著《中国近三百年学术史》称赞他的学术道：

> 习斋北方之学者也。早年为学，亦曾出入程、朱、陆、王，笃信力行者有年，一旦翻然悔悟，乃并宋、明相传六百年理学一壁推翻，其气魄之深沉，识解之毅决，盖有非南方学者如梨洲、船山、亭林诸人所及者。

称许他的为学态度，黄梨洲、王船山、顾亭林诸人都有比不上的地方，这评价是很高的。

颜习斋论学，把程、朱宋学和孔、孟截然分开，认为把训诂、清谈、禅宗、乡愿这些观点惑世诬民，宋学中都有，因而必须破除程、朱，才能学到孔、孟。据《年谱》记载，他有一个形象的比喻说法：

> 入其斋而干戚羽籥在侧，弓矢玦拾在悬，琴瑟笙磬在御，鼓考习肆，不问而知其孔孟之徒也。
>
> 入其斋而诗书盈几，著解讲读盈口，阖目静坐者盈座，

不问而知其汉、宋、佛、老交杂之学也。

这段好像八股文中一股的对比文字，形象十分鲜明。就是说真正的孔孟学说是重在实干，而不是空讲诗书。他认为汉学、宋学、佛经、老庄都是空谈。他感慨明朝亡时，兵荒马乱，而许多读书人一点办法也没有，所谓"愧无半策匡时艰，惟余一死报君恩"，讲了半天学问，到了要紧关头，一点用处也没有。他的思想走向一个读书无用、读书有害的魔圈。他说：

> 书之病天下久矣！使生民被读书者之祸，读书者自受其祸……
>
> 读书人便愚，多读更愚……

宋学程、朱中，朱熹是提倡读书的，因此最反对朱熹，《存学篇》中说："朱子论学，只是论读书。"在《朱子语类评》中说："千余年来，率天下入故纸中，耗尽身心气力，作弱人、病人、无用人者，皆晦庵为之也。"他还说："读书愈多，愈惑，审事愈无识，办经济愈无力。"这些论调，同近若干年的"读书无用论"、"越读书越蠢"的论调，如出一辙，这好像是中国传统的农民意识的某种必然反映。习斋积极方面讲求实学是兵、农、礼、乐，但既未带兵，也未修农田水利，因反对读书、著书，也没有实学的著述流传下来。"四存"之论，也只是一些议论，只是指出宋儒的欠缺上有其独到的见解，而本身的许多议论，并未得到实践的机会。而其学说也靠其弟子发扬光大。

李恕谷名塨，字刚主，别字恕谷，小名四友，保定府蠡县人。生于清顺治十六年（一六五九），卒于雍正十一年（一七三三），享年七十五岁。康熙二十九年举人，后会试未成进士。蠡县、博野是邻县，李父李明性，也是当时地方上有声望的学者，字洞初，号晦夫，人称李悫先生，颜习斋称赞他是当地最正直的人。李的妻兄王养粹也是学者，颜习斋至友，对颜评价他们三人说："吾近狷，兄近狷，李妹夫乃近中行。"意思就是颜习斋过于激进，他自己较保守，只有李恕谷恰到好处。李二十一岁时受教于颜习斋门下，三十一正师弟礼，成为颜的衣钵传人。他也重实学，除举业外还学习医药、礼仪、弹琴、射箭，并博览群书。因蠡县离开北京甚近，他一生出入都门近四十次，在北京许多官宦人家教家馆，不但写了不少著作，也结识了不少知名之士。他康熙二十九年（一六九〇）中顺天举人，康熙三十年会试落第，过了两年他应邀去浙江桐乡，南游扩大其眼界，也结识了毛奇龄、阎若璩、万斯同、方苞等大名家，自己讲学也获得很高声誉。他读史著作有《阅史郄视》四卷；讲《大学》，著《大学辨业》；讲《中庸》，集为《恕谷中庸讲话》；学音乐，著《李氏学乐录》（此书收入《四库全书》）。其老师颜习斋康熙四十三年（一七〇四）去世后，他回乡先为其在博野建专祠，名"习斋学舍"，又为其师编撰《颜习斋先生年谱》。因他南北讲学的盛名，使其恩师也更加声名远扬。钱著《中国近三百年学术史》中说："习斋穷壤一老儒，而恕谷汲汲于通声气、广交游，实为师弟子绝不同之点。"恕谷南游，颜告之勿沾名士气；恕谷入京，告之勿染名利，均可显现乡村老儒的耿直气。李恕谷于《诗经传注题辞》中说：

予自弱冠庭训外，从颜习斋先生游，为明德、亲民之学。……而无暇治经义，经义大率宋儒所注今世通行者……迨年几四十，始遇毛河右先生，以学乐余力，受其经学,后复益之王草堂、阎百诗、万季野,皆学穷二酉,助我不逮,然取其经义,犹以证吾道德经济,尚无遑为传注计,至于五十始衰,自知德之将耄,功之不建,于是始为传注。

这段话对其一生学术经历说得很清楚。他晚年有一系列经籍注释。"毛河右"即毛奇龄,号西河,因以北京为中心南视,西在右面,如山西称"山右"、山东称"山左",所以他称毛西河为"毛河右先生"。"王草堂"即王源,字昆绳。"阎百诗"即阎若璩。万季野即万斯同。这些人除王源是北京人而外,其他都是南方人。故他虽以北方实学自负,而通声气,扩大宣传,还得结交南方的学者。常自己感慨:"北人多忮,忮强象也,然散而不一。"又说:"汉、唐、北宋名臣,率在北方,及南宋而北人寥寥,南好浮华,北习固陋,毋怪史传之南多而北少也。"李恕谷著述甚多,并未遵守颜习斋不写书的教导。他一生只在陕西富平县令处,做过幕僚,施展一点政治才干,曾应直隶总督唐执玉之邀,参加《畿辅通志》编纂的工作。其他也未做官。颜李学派以颜开始,以李光大,虽然一再反对读书、著书,却还是以读书始,以著书终,这也是自然的规律,是无法否定的。颜习斋甚至把读书比作吃毒药砒霜,在《朱子语类评》中说,"仆亦吞砒人也……深受其害",也只是不得志、过激的牢骚耳。自然,这过激的话,如果他掌了权,那就要造成不堪设想的结果了。

河北学人,如颜李学派,那自然是极其古板的,但另有极其活泼的,那就是他的名字与《四库全书》连在一起的纪文达公。这是河北学人中,最有实际成就的一位,不可不说。这是较颜、李晚半个多世纪的学人。

纪文达公名昀,字晓岚,亦字春帆,号石云,生于雍正二年

147

（一七二四），逝于嘉庆十年（一八〇五），享寿八十二岁。直隶河间府献县人。在博野、蠡县的东面近卫河，也是河北省冀中大平原上成长起来的，但性格却迥不同于质朴、耿介、偏激的一种，却十分聪明、活泼、干练。他的滑稽故事，流传的是很多的。他乾隆十二年（一七四七）以第一名解元中顺天乡试，就引起许多学者注意。过了七年，于乾隆十九年（一七五四）会试得中成进士，选翰林院庶吉士。散馆授编修，数任乡试、会试考官。外放贵州都匀知府，乾隆认为纪昀学问优异，外官不能发挥作用。加四品衔留在北京，后提升到翰林院侍读学士，当时两淮盐运使卢见曾因罪将被抄家，纪与卢是儿女亲家，透露了消息，被查问革职，流放新疆乌鲁木齐，两年后释放回到北京，在热河迎接乾隆巡幸御前赋诗，得旨授奖，又任编修。乾隆三十八年（一七七三）开始修《四库全书》，大学士刘统勋推荐以纪昀为总纂修官，副的是陆锡熊，第三是孙士毅。历十余年才完成。纪其后即任兵部、礼部侍郎、尚书，都御史，协办大学士，加太子太保，管国子监事。八十二岁去世后，皇帝十分重视，生前各种处分，一律开复，谥号"文达"，所以一般称为纪文达公，其一生是十分顺利显赫的，从仕途上讲，比之颜习斋、李恕谷是不可同日而语了。

纪昀一生最大的历史贡献，就是将《四库全书》总纂其成。这部大书在修纂开始，就是先将各处的秘籍珍本，汇集在一起，主要是四个方面的书，一是宫中历代收藏的书，二是明代编写的一部《永乐大典》，三是各省官吏号召藏书家奉献的书，四是皇帝指定编纂的史书、文献书，如"廿四史"、《钦定八股文》之类。分经、史、子、集四部，先由各部具体负责专家校阅、写出评价，然后抄写校对、装订。具体负责专家都是当时最有声望的学者，如经部戴震、史部邵晋涵、金石翁方纲，及专门翻阅《永乐大典》九千册的周永年等，这些人审阅每种书的评价，再逐层送到纪昀处审阅，修改、汇总遴选，从一万零二百多种中，共选三千四百多种，七万九千三百多卷。一部二百卷的《四库全书总目提要》，不但收入《四库全书》的书在其书名目录下有一段简明扼要且十分中肯的介绍、评价文字，连未收书，只存书名目录的存目，在每种下也有介绍文字。这些最初虽不完全是出自纪的手笔，但都是经他审阅编纂成功的。所以他如不是总揽全局的学问大家，自然无法完成这一巨大工程。尽管《四库全书》各种问题很多，但其辉煌的历史成就，迄今仍无出其右者。而这部书的主要负责人就是纪昀，直到死后，《上谕》还赞许他说："纪昀学问淹通，办理《四库全书》始终其事，十有余年，甚为出力。"

据传纪昀诗才十分敏捷，热河巡幸、圆明园应制，都和过乾隆的诗，乾隆十分赏识。当时自乾隆二十二年（一七六七）卅始规定科举考试都要考试帖诗（五言八韵），如两首五律联在一起。纪专讲其做法，著有《唐人试律说》，并选当时试帖诗为《庚辰集》、自己作品为《我法集》，影响科举考试甚大，人称之为"纪家诗"。他在古北口旅店中，看到一首残缺的题壁诗，只剩下"一水涨喧人语外，万山青到马蹄前"，极为赏识。后他取中的学生朱子颖来见他，呈诗作给他看，这两句正在，他感到是有因缘的。后来他去福建视学，船过严子陵钓台，他在舟中赋诗道：

> 山色空濛淡似烟，参差绿到大江边。
> 斜阳流水推篷望，处处随人欲上船。

他后来告诉门生朱子颖，说是从他"万山"句变化出来的。他流放乌鲁木齐归来时，写有《乌鲁木齐杂诗》一百六十首，前有

《自序》云：

> 余谪乌鲁木齐凡二载，鞅掌簿书，未遑吟咏。庚寅十二月恩命赐还，辛卯二月，治装东归，时雪消泥泞，必夜深地冻而后行，旅馆孤居，昼长多暇，乃追述风土，兼叙旧游，自巴里坤至哈密，得诗一百六十首……

每诗皆有诗有注，有如二百多年前一幅幅新疆风俗画。不妨引一首以见一斑。如：

> 山田龙口引泉浇，泉水惟凭积雪消。
> 头白农夫年八十，不知春雨长禾苗。
>
> 注：岁或不雨，雨亦仅一二次。惟资灌田，故不患无田。而患无水，水所不至，皆弃地也。其引水出山之处，俗谓之龙口。

现在读之，仍觉新鲜。

纪还著有笔记小说《阅微草堂笔记》，多类似《聊斋》般的鬼狐故事，而风格两样，多为寓言。纪是汉学家，解经赞许戴震观点，性又滑稽，嘲笑程、朱理学，常常表在鬼狐故事中。

纪官大，久在北京，其故乡河间府离开北京甚近，劳动者多去京谋生，剃头、浴室、摇煤球等服务性行业，多是河间人，做佣人的也不少，一遇荒年，饥民来京更多，乾隆末，他给皇帝上奏折，请在五城，各立粥厂，赈济灾民，从每年自旧历十月初一至次年三月二十日开赈，原每天一石米，共十家粥厂，他奏请每天煮三石米的粥，赈济灾民。说明他十分关心民间疾苦。总之，纪昀作为河北学人，虽未创立什么学派，其成就是十分大的，官也做得很大,给后人留下了巨大的历史文化贡献。

比纪昀晚不到二十年,在直隶南端大名府魏县,又降生了一位著名史学家崔东壁。

崔述,字承武,号东壁。生于乾隆五年(一七四〇),卒于嘉庆二十一年(一八一六),比纪昀晚出生十六年,晚去世十一年,基本上是同时代人,都是生活在清代学术昌盛的乾嘉盛世。但一生际遇大不相同。崔述出生在大名一个并不显赫的读书人家中,其先祖有任过教谕的,以书法著名,其父五次乡试不第,在乡间教书,但学术上有见地,推崇朱熹格物观点,佩服陆陇其的实践主张,反对王阳明良知说。严课其子读经,首重原文,然后看注解。崔述及弟崔迈受父亲影响甚大。十五岁与其弟到大名府应童子试,知府朱瑛(云南人,进士出身)看他们兄弟二人十分聪明,才学出众,便留他们二人在知府衙门,陪伴其子一同读书,书房名"晚香堂"。朱家待他们很好。他们一直在这座书斋努力攻读八年。乾隆二十七年(一七六二)秋天,去北京参加顺天府乡试,兄弟双双中了举人。第二年春天,又去北京参加会试,但都没有中进士。

这其间,他家乡因水灾,几度迁徙,十分贫困,兄弟二人在乡间教私塾,维持生活。其弟中年早逝,遗有三子;夫人成静兰是位才女,独子四岁夭折,夫妻相守五十年,早于其夫二年逝世。崔述于嘉庆元年以举人大挑分发福建省罗源县任知县,后又调往上杭。罗源在福建东北海边,上杭在西南山区,民性慓悍,十分难治,但崔述政绩很好,深得巡抚汪志伊赏识,但他不想多干,于嘉庆五六年间辞去知县,结束六年游宦生涯,夫妻回到故乡,潜心著述,但是适逢荒年,生活仍很贫困。

崔氏治学首先对古籍采取较科学的怀疑分析态度,认为秦汉以来，经书典籍、历史文献，互相之间，多有差异。早期不见经传的人与事，如尧、舜不见于最早的经书《诗经》，神农氏在《孟子》中才见著录，黄帝传说到了秦代才广为人知等等。这些都是战国之后经书传注中出现复杂起来的。因此他本着这一原则：

> 传注之与经合者则著之，不合者则辨之，而异端小说不经之言，咸辟其谬而删之。

前后用了二十多年的时间，完成了他的历史巨著《考信录》。为什么叫《考信录》呢？因为司马迁《史记》中说过"夫学者载籍极博，犹考信于六艺"。就是说在实际中加以考验、考证之后才能相信。因此他以"考信"作为书名。他在北京认识了一位云南学生陈履和，拜他为师，只相处了两个月便分手，但远隔万里，音信不断，一生为他的著述出版而努力。他在嘉庆二十年冬天临终前半年，整理好手稿为九束，留下遗言："吾生平著书三十四种，八十八卷，俟滇南陈履和来亲授之。"可是第二年秋天他学生到来时，他已去世半年多了。陈履和先任山西省太谷知县，后又任浙江东阳知县，道光三年，刻成崔氏全部著作，包括陈履和写有详细传记的《崔东壁遗书》。但崔氏之学，被冷落了一百来年，直到本世纪初，崔氏遗书才在日本重印，二三十年代间，才为胡适、顾颉刚、洪煨莲等专家所重视，誉之为"批判历史学派"，重印《崔东壁遗书》，引起世界学术界的注意。顾、洪等位并于三十年代前期，到大名、魏县实地调查崔氏遗迹，其时崔氏兄弟少年时读书的"晚香堂"建筑还在。见顾氏《辛未访古日记》。

河北清代叫直隶，意思是直接隶属于首都北京的省份，离京最近，应该文化最发达，过去叫文风最盛才对，但是远不如江、浙、徽、闽各省,但是毕竟比太行山右面的山西、漳河、卫河以南的河南文人学士出的多一些,对中国历史文化的贡献也比较大。除前面介绍的几位极其著名的而外,其他也还不少,直到清代后期,还有著名的高阳李鸿藻、南皮张之洞,在中国近现代文化历史的进程中也起到重要作用。官也大,影响也大。还出过两名状元:道光二十七年(一八四七),南皮县张之万,字子青;光绪三十年(一九〇四)最后一科会试状元,肃宁刘春霖,字润琴。如把光绪九年(一八八三)状元顺天府宛平县陈冕也算上,那就三个了。要知清代入关统治的近三百年中,山西一个状元也没有出过呀。自然也有十分倒霉的。鲁迅写过一篇《买〈小学大全〉记》,说的那位尹嘉铨,也是冀中博野人,与颜、李是近同乡,生于康熙五十年(一七一一),举人出身,官至大理寺卿,致仕后为其父请谥,被斥为谬狂殊甚,下令抄家,抄出著述多狂悖不法语,便判"绞立决",著作全部销毁。鲁迅文章中叙述颇详。美国 A.W. 恒慕义主编的《清代名人传略》也为之立传,只是感慨直隶省最大一家书香门第的学人著述都消失了。但还剩下一部《小学大全》,所以十分可贵了。

南书房行走

　　一位在部队服役的未见面的青年朋友,辗转寄来一封信,说在大同街头摊上,花了六元、即五折的代价买到我的《水流云在杂稿》,十分高兴。信中云:"既喜我的好运,又叹书之凄凉。"意思是惋惜我的书落到地摊上。其实落到地摊上,还有人买了去读,正是我的幸运处,比整捆地压在仓库中,或整捆送到造纸厂做纸浆要好多了。信很长,写了十二页,给我校正了不少错误。我给他回了信,却较短,未回答一些问题。他近又来信,特别提出王静安先生"南书房行走"的事。南书房行走是什么意思,信中三言两语说不清楚,因此想写篇小文略作介绍,使对此感兴趣、想知道一些故事的朋友也能一同看看。

　　这个名称,还要分成两部分说,即先说"行走",再说"南书房"。在清代,"行走"一词,似官名而非官名,非官名而确是官名。它的意思是不设专官的机构的值班人和非专任的官职办事人。如南书房,并非机关衙门,但皇上指定人来当差值日,因而叫南书房行走。军机处是清代最高权力机构,每日见皇上决策处理国家大事,正式任命的军机大臣,不少有自己的实官,如各部尚书等,或不任命为军机大臣,也派到军机处当差,叫军机处行走或军机处学习行走。"军机处行走"权很大。南书房行走没有权,但很清高,而且经常和皇上在一起,自然也很重要,是所谓"文学侍从之臣"。据嘉庆时吴振棫《养吉斋丛录》记载,南书房在乾清宫南隅,是康熙旧时读书的书房。康熙三十三年,康熙让

154

翰林院学士以下，编修、检讨以上，詹事府詹事以下，中、赞以上，每日轮流派四人到南书房值日当差，以备皇上咨询，这样南书房行走这一差事就开始了。由康熙中叶直到清朝亡后，溥仪在故宫做小朝廷、小皇上为止，都有南书房行走这一差事。在康、雍、乾、嘉等朝一百多年中，这一差事是最高的荣誉。按规矩，入值南书房，都是翰林以上的资格。但康熙时，却有几位著名学者诗人，以举人入值南书房，如钱名世、查慎行、何焯、方苞等人。查慎行陪康熙在中南海瀛台钓鱼、咏诗，有"臣本烟波一钓徒"之句，宫中呼之为"烟波钓徒学士"，是十分著名的。

南书房又称"南斋"。查慎行写有《南斋日记》稿本，现藏上图善本部，题作《查他山南斋日记》，记康熙四十六年南书房行走事甚详，我十几年前借阅时摘抄了不少。日记除记每天入值，康熙经常赏赐宴席、食品外，还常让他鉴定米芾、蔡襄、赵孟頫等名家书件，而大多是赝品，都明确记着，可见当时宫中假古董就不少。三月初五记收俸银二十二两五钱。七月初五记付轿夫七月工食纹银四两。比较一下，俸钱很少。可见大知识分子自古就是穷的。

清代皇帝，常驻城外。康熙时驻畅春园，乾隆以后驻圆明园，园中也有南书房直庐。《养吉斋丛录》记："圆明园之南书房，旧在东如意门外。嘉庆辛酉，于奏事门内赐屋四楹为入直地，与军机直房相邻，而旧直庐亦不废，以内监守之，每奉敕校勘书籍于此。"可见清代历来重视文化生活，军机处是机要中枢，而南书房是清要秘府，一样很重要。南书房之外，还有"上书房"，是皇子、皇孙读书的地方。清代家法，皇子皇孙六岁即到书房读书。上书房师傅由掌院学士拣选，会同内阁带领引见皇上，或由皇上特简。

在清代前期、中期，南书房行走的人选大多是著名翰苑高材、诗人学者，历史上都是有名望的。咸丰之后，同治、光绪两朝，都是小孩子做皇上，上书房的师傅十分重要，著名的李鸿藻，是同治的师傅；翁同龢是光绪的师傅。那拉氏死后，到了宣统，陈宝琛等人是溥仪的师傅，"南书房行走"这一文学侍从之臣，就似乎是形式，没有什么出名人物了。看近人湖南李肖聃著《星庐笔记》云："长沙郑沅叔进，甲午科第三人及第，即探花，以翰林侍讲入值南斋，外简四川学政……"可见清末翰林入值南斋——就是南书房行走，也还是有的，而且仍很以为荣耀。曾赋游三贝子园诗云："曾侍东风玉辂尘，畅观楼外草如茵。玉床象笏无人识，输与游人作禊辰。"

因当年他随西太后游过这园子，诗中又夸耀，又感慨。辛亥后，郑沅没有做民国的官，以老病之躯却在上海成为犹太人哈同所供养的闲人。溥仪在袁世凯去世后、黎元洪做总统时，积极搞复辟活动，其内务府授这个人、那个人"南书房行走"的衔头，如罗振玉、柯劭忞等。王静安先生也是在这时候后不久得到这一封号的。他自投昆明湖后，溥仪尚在天津，为其谥号王忠悫公。这事大家一般都知道，不必多说了。

我在文中所用的"官"这一概念，是广义的。严格地说，明、清两代官制沿袭在清代又分旗、汉。其间命官和差事，是两个概念，一般分的很清楚。最高的是军机大臣、军机大臣上行走、军机大臣上学习行走。这都是差事，而非正印官。军机处大臣都由大学士、尚书、侍郎中特旨召人。其原衔大学士、尚书、侍郎才是"官"。"南书房行走"也是差事，不是官。外放钦差大臣，也是差事，而非"官"。总督、巡抚等封疆大吏虽有很大的实权，严格说，也是差事，而非官；名义上均有大学士、右都御史、兵部尚书等衔，各个时期及各人并不相同，但均是官衔，谈清代官制应分清。

苏州状元谱

　　清代人们说笑话:"说苏州出产什么?"回答说:"状元、戏子、小夫人。"古板一些的老先生,听了可能不高兴;但通达一些的朋友听了,也许会莞尔而笑,可不是吗? 这不正说明了苏州是出人才的地方吗? 我忽然想起一个好题目,就是《苏州状元谱》,这是大可一说的。再有我写文章说的我与苏州的缘分,苏州状元虽多,但都是历史上的古人,我一个后生小子,与这些玉堂金马的翰苑龙头,又如何拉得上缘分呢? 如果没有,那只是一篇普通的谈史文字,谈不上个人因缘,也就没有那点"缘"的情趣了。不过多少有一点,值得先作介绍。第一是一九四九年冬天,我和另一位处长代表一个部买下了北京东单二条翁同龢状元的房子,后来又在那个院子的一间北房、两间东房中住了三四年,最早未改建前,临街假山、亭子都还在,真正是翁尚书当年退朝之后宴乐吟啸的地方……南来之后,又认识翁氏的后人,去常熟几次参观翁氏故居。这不能不说是缘吧! 第二是八十年代中,又有幸认识了潘景郑老先生,就是苏州"贵潘"的后人,基于以上两点尘缘,我写一篇《苏州状元谱》,想来也不能说无因吧!

　　"缘"字说清,便入正文。

　　清代自顺治二年(一六四五)丙戌开科会试,直到光绪三十年(一九〇四)甲辰恩科会试为止,前后一共举行了一百一十三次会试、殿试,一共有一百一十三名状元。苏州如按过去苏州府的管辖范围,便已二十四名,如按现在范围,把太仓州、镇洋也算在内，那就二十六名，快要占四分之一了。（太仓旧制为直隶州，辖镇洋、嘉定、宝山、崇明四县。现嘉、宝、崇均划归上海市。镇洋县制已取消。）这个谱就按时间顺序排下来。

《清史稿·选举志三》写道：

> 有清科目取士，承明制用八股文。取《四子书》及《易》、《书》、《诗》、《春秋》、《礼记》五经命题，谓之制义。三年大比，试诸生于直省，曰乡试，中试者为举人。次年试举人于京师，曰会试，中试者为贡士。天子亲策于廷，曰殿试。名第分一、二、三甲，一甲三人，曰状元、榜眼、探花，赐进士及第……顺治元年，定以子、午、卯、酉年乡试，辰、戌、丑、未年会试。

按地支十二年排列，即每十二年中会试四次。清朝入关共统治二百六十七年，每三年一次会试，实足只八十九次，怎么会是一百一十三次呢？就是每代遇皇帝大寿、新帝登基开国等大典，要加恩科，多考一次乡、会试，前后共二十四次，加起来就是一百一十三次了。

清初顺治由一六四四至一六六一，在位十七年，共会试八次。八名状元中，江南籍五人，苏州籍二人。顺治十五年戊戌科状元孙承恩，字扶桑，常熟人；十六年己亥科状元徐元文，字公肃，昆山人。这科探花叶方霭，字子青，也是昆山人。按顺治十五年是正科，十六年是恩科。《清史稿·世祖本纪》十六年九月记云：

> 乙亥，赐陆元文等进士及第出身有差……

《清史稿》在这里将徐元文误作陆元文是事出有因的。法式善《清秘述闻》卷一记云:"顺治十六年己亥科会试……状元徐元文,字公肃,江南昆山人……""康熙八年己酉乡试……陕西考官:修撰徐元文字公肃,江南昆山人,己亥进士……"

《清史列传》卷九"徐元文"云:"徐元文,江南昆山人,初冒姓陆,后复本姓,顺治十六年一甲一名进士,授修撰。"

三种书一对,就明白。徐元文官做的不小,由修撰、陕西乡试正考官、国子监祭酒、经筵讲官扶摇直上,十几年间,就官至内阁学士,左都御史,修皇帝实录,修《明史》,直至大学士,成为康熙前期的著名大臣。但这著名并不是由于清正廉明等美誉,而是由于"不遵法度、彼此施威、朋比背恩,以官职为生理,公然受贿,扰害地方"(两江总督傅拉塔疏劾文中语)。原来他是徐乾学的弟弟,徐乾学得功名比他晚,康熙九年庚戌探花,另一弟弟徐秉义康熙十二年癸丑探花,一家三兄弟,前后十五年间,一个第一状元,两个第三探花,用现在的话说,这样的荣誉,真是不简单。而三人中,后以徐乾学名声最大。元文子树声、乾学子树屏以及其子侄树本、树敏等在苏州均招权纳贿,徐元文与徐乾学在北京又因官职过大,十分招摇。徐乾学又与其亲家高士奇相勾结。北京流传"去了余秦桧,来了徐严嵩","五方宝物归东海,万国金珠贡澹人"民谣。"余秦桧"是余国柱,刚被罢大学士官职,徐元文正是接他的任为文华殿大学士的。"东海"是徐乾学的号,"澹人"是高士奇的号。总之,顺治时苏州昆山状元徐元文家是极有名的,其家史是历史小说的好材料,康熙对他们三兄弟都很好,虽一再被劾,却始终没有受大处分,一时降官,过两年又起用了。徐元文活了五十八年,徐乾学则活了六十四岁,徐秉义终老时七十九岁。康熙四十四年南巡,还赐徐秉义御书"恭谨老成"的匾额。再有一点:徐氏兄弟是顾炎武的外甥。

康熙自一六六二至一七二二年在位,共六十一年。本科、恩科共举行了二十一次会试,状元二十一名,苏州籍贯者九名,依次排列如下:

康熙六年丁未,状元缪彤(字歌起),长洲(辖今苏州市、吴县市部分地区)人;

康熙十二年癸丑,状元韩菼(字元少),长洲人;

康熙十五年丙辰,状元彭定求(字勤止),长洲人;

康熙十八年己未,状元归允肃(字孝仪),常熟人;

康熙廿四年乙丑,状元陆肯堂(字邃升),长洲人;

康熙卅九年庚辰,状元汪绎(字玉轮),常熟人;

康熙五十一年壬辰,状元王世琛(字宝传),长洲人;

康熙五十四年乙未,状元徐陶璋(字端揆),昆山人;

康熙五十七年戊戌,状元汪应铨(字杜林),常熟人;

如果再加上探花昆山徐乾学、徐秉义,常熟翁叔元(丙辰科),长洲彭宁求(壬戌科),吴江徐葆光(壬辰科),吴县缪日藻(乙未科),连三鼎甲算上,那就更多了。

这许多状元中,历史上最著名的首先是韩菼。他是八股文名家,梁章钜《制义丛话》说:"国朝制艺自以韩慕庐宗伯为第一。"他出名在去世后,雍正、乾隆时,乾隆十七年明下谕旨,追谥他为"文懿",成为韩文懿公。韩菼少时很穷苦,能用功苦学,又能饮酒,有李太白风。作童生时,因欠粮三升,为奏销案革去童生,不能在苏州参加考秀才,冒籍嘉定入学。又因说话攻击地方官被除名。后应吴县童生试,县官认为他文章不通,贴在影壁上,不录取。别人看了发笑。这时郑成功、张煌言兵进入长江,受战争影响,他原住苏州娄门的家,为驻屯兵占据,他更为落魄。

其时徐乾学正经过苏州,听人读他文章说不通,徐看后说:此文开风气之先,盛世元音也。第二天便接见了韩,带他到北京,顺天乡试中举。接着于癸丑会试,得中会元,殿试一甲第一名,得中状元,同科三元,榜眼王鸿绪,字季友,娄县人(现在松江),探花徐秉义,都是邻近各县的人。

韩菼,号慕庐,曾任翰林院掌院,后官至礼部尚书,以病乞致仕。康熙谕旨说他:"前掌翰林院时,于庶吉士并不勤加教习,每日率众饮酒……至九卿会议处,不为国事直言,惟事瞻徇,所行殊不逮其所学"等等,因而不准他求罢。乾隆四十三年(一七七八)六十八岁去世时,仍在职。韩菼最初很得康熙欢心,被奖许为"天才好,风度好,奏对亦诚实"。又说"能道朕意中事"。但后来因喜直言,渐失皇帝欢心,又苦于政敌弹劾,求去不能,郁郁而终了。其子均有文名,其女韩蕴玉,是女诗人。

丙辰科状元彭定求,字勤止、访濂,号止庵、南畇,也是十分有名的。不过他的有名,不是因为他官大,而是因为他家科甲鼎盛,他孙子彭启丰又是状元,再有他是著名理学家。他三十一岁中状元,授翰林院修撰,又任国子监司业,注重对满族子弟进行道德教育,命人将《孝经》译为满文。后任翰林院侍讲,于五十岁时辞官回乡,在家乡提倡素食,组织素食会,为农家子弟讲学。康熙第五次南巡,曾命他帮助曹寅编纂《全唐诗》。为学宗王阳明,反对空谈教义,提倡身体力行。著有《南畇文稿》、《诗稿》等数十卷。附有《南畇老人自订年谱》。

康熙苏州状元的遗迹旧有韩菼手植藤。俞平伯《赴浙苏日记》一九五六年六月五日记云:"……王星伯偕至南显子巷惠荫花园,今为学校,游水假山,甚小,较汪义庄之假山尤小,而极见匠心,又观清韩慕庐手植朱藤,盘在老树上,与拙政园文衡山枯藤相伯仲。"

现在这株藤树就不知有没有了。

雍正在位由一七二三年到一七三五年,共会试五科。出了五个状元。苏州一名,就是彭定求的孙子彭启丰,字翰文,号芝庭、香山。而且发达很早,二十六岁就得中。而且是会试第一名会元,殿试又第一。据说阅卷大臣进呈鼎甲卷宗时,彭启丰本在第三名,雍正亲自把他提到第一名。乾隆时,彭官至左都御史、兵部尚书。但乾隆认为他才学尚优,但不善政事,就是办事能力较差。又说他"人不如其学,学不如其文,亦从无一言建白,一事指陈"。不过后来曾孙彭蕴章,官做到大学士。再有,彭启丰和其子彭绍升又都是著名的山水画家。

乾隆在位由一七三六到一七九五年,而且乾隆恩科最多,六十年中,共开了二十七科,就是说出了二十七名状元。江苏籍状元十二名,加上榜眼八名,探花十三名,三鼎甲共三十三名,成为黄金时代,其中苏州籍状元列表如下:

二十五年庚辰,状元毕沅,字纕蘅,镇洋人;

三十一年丙戌,状元张书勋,字在常,吴县人;

三十四年己丑,状元陈初哲,字在初,元和人;

四十六年辛丑,状元钱棨,字湘舲,长洲人;

五十五年己酉,状元石韫玉,字执如,吴县人;

五十八年癸丑,状元潘世恩,字槐堂,吴县人;

潘世恩还有弟弟潘世璜,是乾隆六十年乙卯科探花。

这些位状元中,名气最大、官最大的是毕秋帆。按过去说:镇洋属太仓,太仓是独立州,管镇洋、嘉定、宝山、崇明四县,不归苏州府管。但现在太仓归苏州市管,而且毕秋帆在苏州的古迹不少,所以把他归入苏州。他名沅,字纕蘅,号秋帆,又号灵岳山

162

人。母亲姓张,名藻,字于湘,著有《培远堂诗集》四卷。毕幼承母教,长大又受教于著名学者红豆山庄惠栋及诗人沈德潜。三十岁时殿试,先是第三,但乾隆非常赞赏他那篇论证取得南部新疆的策,擢为状元。毕秋帆在翰林院不久,即外放甘肃巩秦阶道。办事能干,仕途顺利,后累升,两任湖广总督,在乾隆时政绩很多,但正与权臣和珅同时,前后二十年,嘉庆时清算和珅,同时在毕沅去世两年后,也以其耗费军款,贿赂显宦,籍没了他苏州的家产。但是毕秋帆的名望,并未因此而受损,主要是他关心文化,奖掖年轻学者,从事编纂著述,成为乾隆后期的文坛领袖人物。如著名学者孙星衍、洪亮吉、章学诚、史善良、邵晋涵、钱大昕、卢文弨等人都入过他幕府,著名诗人黄仲则也是由北京到长安去投奔他半路死在运城客馆,洪亮吉去接他灵柩,写下了动人的千古名文《与毕侍郎笺》。毕沅编纂著述校勘的书很多,大部的《续资治通鉴》、《经训堂丛书》、《关中金石记》、《中州金石记》、《吴会英才集》、《灵岩山人诗集》等多种。其女儿毕慧,其胞姐汾、湄,均女诗人。

四十六年辛丑状元钱棨,也是十分有名的。因为他从考秀才时,就是第一名,考举人又是第一名解元,会试第一名会元,直到殿试考中第一名状元。这种连中三元是当时极高荣誉,中国历史上极少,清代一百多状元中,只有二人,他是第一个,放榜时,正逢乾隆七十万寿,乾隆帝极为高兴,曾赋诗记事。苏州到现在还有"三元坊"的地名。不过钱棨官做的不大,只做到云南学政,也没有什么著述留下来。

乾隆五十五年庚戌状元石韫玉,虽然官也做的不大,但名气较大,学术贡献较大。尚多趣事,值得一说:

石名韫玉,字执如,号琢堂,又号独学老人、归真子。二十三

163

岁中举之后，过了十一年，三十四岁中状元，授修撰、福建主考。后外官累迁至山东按察使，因失误革职回京加恩授编修。不久乞归，只五十二岁。在乡三十年，讲学南京尊经书院，又主持苏州紫阳书院长达二十年。参与校勘《全唐文》，主持编纂《苏州府志》一百六十卷，道光四年刊行。《昆新合志》四十二卷，道光六年刊行。他自己的诗文集《独学庐诗文稿》五十二卷。状元本来字就写得好，但不是人人成家，而他却是著名书法家、古琴演奏家。想来是个多才多艺的学人。他有三件韵事：一是他是藏书家黄丕烈的表兄，因而也好藏书，其藏书多达四万余卷。二是他是《浮生六记》作者沈三白的好朋友，沈曾在他官府中做过幕友。三是他道光二年在家请三位苏州状元在家作客，即潘世恩、吴廷琛、吴信中，连他四人，席间各有诗作，后黄丕烈辑为《状元会唱和诗》刊行，这是极为难得的。

乾隆五十八年癸丑状元潘世恩和他弟弟六十年乙卯科探花潘世璜，这就都是贵潘家的先辈了。

潘世恩，字槐堂，号芝轩，二十三岁就考中状元。数年之后，就外放提督云南学政，且升内阁学士，兼礼部侍郎衔，仍留学政任。谢恩折嘉庆朱批："少年得进崇阶，又系鼎甲，宜爱惜声名，切勿恣志，前程远大，莫贪小利。秉此寸忱，以匡朝政，勉之慎之。"

他的确未负嘉庆期望，前后服官五十年。历任礼、兵、户、吏、工五部侍郎、尚书，云南、浙江、江西三省学政，两任顺天主考，四任会试总裁，都御史、大学士、军机大臣、太保、太傅，圆明园赐第，紫禁城骑马，坐椅子轿，赏穿黄马褂，车马用紫缰。道光三十年，恩准致仕，年已八十二岁。咸丰三年癸丑，重宴琼林。《清代科举考试述录》说他："科名官阶之崇，年龄之寿，实清代一人而已。"因为这实在不容易，既是状元，又是大学士、军机大臣，又要长寿八十几岁以上。三者要都占有，才有可能。因为举人重赴鹿鸣宴，进士重赴琼林宴，都要六十年，一甲子之后才可能。潘氏著述有《思补堂集》及《自订年谱》等多种。他在朝为大官时，正值林则徐禁烟及鸦片战争时期，林在外的多数建议，都得到他的赞同支持。

他家是书香、艺术世家，他叔父潘奕隽，乾隆三十四年己丑进士，能文善画，号三松老人，著有《三松堂诗人集》三十卷。其堂弟、奕隽子世璜，即乙卯探花。潘奕隽且长寿，活了九十一岁。另一叔父潘奕藻，乾隆甲辰进士。潘世恩四子：曾沂，举人；曾莹，进士，官至侍郎，著名画家，有绘画及论画杂记多种传世；三子曾绶，即后来出大名的潘祖荫之父；四子曾玮，有文集《自镜斋集》。现在上海近九十高龄的版本目录专家潘景郑老先生，就是潘曾莹氏曾孙，其先曾祖所著《小鸥波馆画著五种》，一九八六年还有上海书店影印本，书前印有景郑先生手书跋。

苏州状元，至乾隆终了，已有十八名。嘉庆以后，没有前期多了。

嘉庆在位自一七九六至一八二○年，共十二科。三恩科、一正科兼恩科，八正科。十二名状元中苏州二名。

七年壬戌，会元兼状元吴廷琛，字震南，元和人；

十三年戊辰，状元吴信中，字霭人，吴县人；

另，十年乙丑科榜眼徐颋，字直卿，长洲人，十六年辛未科榜眼吴毓英，字鞠人，探花吴庭珍，字叔琪，均吴县人。

嘉庆时的这两位苏州状元，官都没有做大，学术贡献也不大。吴廷琛，字震南，号棣华，道光时官至云南按察使，掌藩台印，云南产铜，在他任上铜政大兴，著有《归田集》。吴信中，又字霭人,官至侍读学士,著有《玉树楼稿》。其父名吴云,字润之,号玉松,乾隆进士,任御史,有直声,外放彰德知府,著有《醉石山房诗文钞》。

道光在位年代是一八二一至一八五〇年,是发生鸦片战争的年代。道光共十五科,十五名状元中,江苏籍只三名,苏州(包括太仓)二名:

道光十二年壬辰,恩科状元吴钟骏,字崧甫,吴县人;

道光三十年庚戌,状元陆增祥,字星农,太仓州人。

吴钟骏留下的文献资料很少。陆增祥较多,字魁仲,号莘农。王家相撰《清秘述闻续》中所记字星农,是把号记成字了。而"莘农"、"星农"则都是同音字,署号时可以随意变换。陆增祥除在翰林院任修撰外,没有做过什么大官,不过他是一位十分著名的金石学家,著有《八琼斋金石补正》、《楚辞疑异释证》、《红鳞鱼室诗存》等书。

道光之后是咸丰,咸丰在位从一八五一到一八六一年,仅十一年,只开了五科,还包括恩科,五名状元中苏州一名,就是咸丰六年丙辰科状元翁同龢,却是近代史中大大有名的人物。除此之外,再有就是咸丰二年壬子恩科,榜眼杨泗孙,字滨石,常熟人。探花潘祖荫,字伯寅,吴县人。而潘祖荫又是大名鼎鼎的乾隆癸丑科状元潘世恩的孙子,而且也两任尚书,入值军机,且讲求金石,领袖学术,成就在某些方面似乎超过他祖父,可惜只活了六十岁,没有像他祖父那样长寿(八十六岁)。不过本文专讲状元,潘祖荫这个探花,就不多作介绍了。

这里只介绍一个翁同龢。未介绍他之前,先介绍一下他的父亲翁心存,字二铭,号邃庵。翁心存的父亲是翁咸封,字子晋,号潜虚,举人出身。长期在苏北海州做学正,翁心存随父在海州读书。三十一岁中进士,进翰林院,做数省学政,入值上书房教皇子读书。官至工部尚书,吏部、户部尚书,晋大学士,因反对肃顺被解职。同治时,肃顺被杀,翁心存又做同治师傅,死谥"文端"。他三个儿子,长子翁同书,也是翰林,正太平天国战争时期,在军中任职,死谥"文勤"。翁同书儿子翁曾源后来也考中状元。翁同书孙翁斌孙也考中进士,入翰林院,从翁心存到翁斌孙,翁家四代人均入翰林院,而且出了两个状元。再有翁心存的次子翁同爵,字玉甫,由诸生官至湖北巡抚,是《皇朝兵制考略》一书的作者,是太平天国战争时期,因军功而累升的。

翁同龢是翁心存幼子,字笙阶,号叔平、松禅、瓶斋庐。二十六岁中状元,翰林院修撰、弘德殿行走,光绪时任光绪师傅长达二十余年,其间任户部尚书、军机大臣、总理衙门大臣、协办大学士等要职,形成帝党,领袖清流,但在戊戌维新变法失败之后,翁同龢被免去一切官衔,回籍交地方看管,一九〇四年以七十四岁老人去世。西太后死后第二年,恢复翁生前一切官衔并谥号"文恭"。翁同龢留下的著述有《瓶庐诗稿》、《瓶庐诗补》、《翁文恭公日记》等书。《日记》四十卷,从咸丰三年(一八五三)直至光绪三十年(一九〇四)逝世前数日才辍笔,是极为重要的近代史史料,过去已影印出版,近年又有中华书局排印本出版。翁又是著名书法家、画家、书画鉴赏家,影印出版的有《翁松禅相国真迹》、《翁松禅手札》等书。

咸丰之后是同治,从一八六二年到一八七四年,开六科、六名状元中,江苏四名,苏州占了三名,是比较突出的。这三名状元按顺序排列如下:

同治二年癸亥,翁曾源,字仲渊,常熟人;

同治七年戊辰,洪钧,字文卿,吴县人;

同治十三年甲戌,陆润庠,字凤石,元和人。

这三位玉堂金马的状元郎,翁曾源是翁同书儿子,翁同龢侄子,既没有他父亲那样的戎马战功,也没有他叔父那样好官运,他只是个翰林院修撰而已。第二位状元洪钧,那可是个大名人了。其中最为人艳称的是状元夫人,即后来的赛金花氏,但这个我不想多说,因为有樊山老人的《彩云曲》和曾朴的《孽海花》在,在此我则只介绍一点洪状元的学术成就。

状元荣誉最高,但其一生成就,并不一样。有的人官大、影响大;有的人官虽不是顶大,但其学术成就大;有的人则既未做大官,也无学术成就,状元嘛——只是个状元而已。洪氏近似第二种状元。洪氏二十八岁中状元,曾任湖北、江西学政,陕西、山东主考,内阁学士,丁母忧,回乡守制,起复,奉命出使俄、德、奥、荷四国钦差大臣。留欧数年间,他做了两件对研究元代历史和确定中俄边境极有学术价值的事。一是出版了《中俄交界图》,他在出使大臣任上,收集了几十种俄文及其他国文字的中俄边界各个历史时期的图册,把其中主要的都译成中文,加以排比,汇编成收有三十五份地图的《中俄交界图》,这是当时外交上最重要的图册。另外洪钧在使臣任上,利用欧洲各国图书馆的材料,研究元代历史,引用欧州学者拉施德、志费尼、瓦萨甫、萨维……等多人著述资料,而且十分慎重,尽量请各国外交官帮助,查询人名、地名正确译音,写出一部重要史书著作《元史译文证补》,极有学术价值,补充了钱大昕《元朝秘史》之不足。洪钧是第一位引用西方学人研究资料研究元史的人。且在柯劭忞编纂《新元史》之前,更值得注意。

另一位状元陆润庠,字凤石,号云洒。三十一岁中状元,他是苏州最后一名状元。宣统时,也曾官至大学士、弼德院院长,不过已到了清代朝政油干灯尽的时候,状元也起不了什么作用了。死于辛亥革命之后。溥仪在故宫关住门当皇上,还给了他个谥号"文端",办丧事出殡,可以在牌位上写"陆文端公"了。他是洪钧的好朋友,值得一提的是,洪著《元史译文证补》三十卷,生前并未出版,是他和沈曾植二人为之刊行的。

同治之后是光绪,光绪由一八七五年到一九〇八年。在废科举之前,共开十三科,江苏两名状元,一是光绪六年庚辰科黄思永,字慎之,江宁人。一是光绪二十年甲午科大名鼎鼎的张謇,字季直,南通人。近三十年中,苏州一名状元也没有出,自陆凤石之后,苏州状元,"广陵散",绝响矣!

忽然心血来潮,写了九千字的长文,介绍清代苏州状元,虽然有点历史趣味,又有什么意义呢?细想想,起码有三点值得思考:一是苏州状元占江苏省二分之一,江苏又占全国二分之一,不少省份一个也没有,这一不平衡现象是否值得注意?二是一家几代人中,接连得中,如清初昆山徐家,中期吴县潘家,晚近常熟翁家,如用现代科学观点,如何看待这些历史现象呢?三是每隔三年,近四万万人中才有一人得此荣誉,而苏州人一再得到,是否也值得思考?鉴往事而思来者,历史的作用在于此,历史的趣味或者也在于此吧?

"末代状元"补充

　　《文汇读书周报》"书刊博览"版曾摘刊了一小篇《中国最后一名状元》的短文,不知是谁写的? 不但把所有刘春霖的名字,都印成"刘青霖",而且一上来就有两句有语病的话,如一开始"我国科举考试制度,自隋唐至今有一千多年历史"一句,这"至今"两字就不对,"科举考试"废除了近一个世纪,怎能说"至今"呢? 又如"清代的殿试,是由皇帝在殿廷上对会试合格的贡生进行考试"一句。参加会试,是全国举人;会试合格,都是进士,怎么是"贡生"呢? 贡生简单说,只是秀才而已,能否殿试? 还差得远呢。其实这些不能怪写文章的朋友,一怪中国历史长而复杂,二怪教育制度,不重视文史教育,所以世纪末说世纪初的事,一般也是一笔糊涂账了。其实稍微认真些,也还容易解决,比如查查《辞海》之类的书,这种小问题,原是随手可解决的。但说也奇怪,虽懒于随手翻辞典,却很能编故事。把西太后点状元,为什么点"刘青霖"(原文照用),说的活龙活现,好像亲眼所见,说据历史文献,不知抄自何书。好在现在能人太多,给老子写"传",几十万言,比说相声的知道张飞姥姥家姓什么学问还大,这就不使人不感到无比佩服了。历史原是一笔糊涂账,活人都习惯于举手赞成指鹿为马,何况死无对证?

　　末代状元刘春霖氏是我中学老同学刘大中兄的祖父,因此我也想说两句,以作补充。科举考试制度到本世纪初结束,最后两科会试,一是光绪二十九年一九〇三癸卯补行辛丑、壬寅恩正并科,状元山东潍县人王寿彭。榜眼广东驻防汉军旗左霈,探花贵州遵义杨兆麟。二是光绪三十年(一九〇四)甲辰那拉氏七十岁万寿恩科:状元直隶肃宁刘春霖,榜眼广东清远朱汝珍,探花广东汉军正白旗商衍鎏。据说西太后因清代状元多是江南人,最后两科特地点了两名北方人作状元。是有政治目的的。

庚子八国联军侵略第二年,即一九〇一年,光绪、那拉氏由西安回到北京,宣布废除八股文。因而最后两次会试,改试"策论"。刘春霖这科首场五道题目是:

《周唐外重内轻秦魏外轻内重各有得论》

《贾谊五饵三表之说班固讥其疏然秦穆尝用之以霸西戎中行说亦以戒单于其说未尝不效论》

《诸葛亮无申商之心而用其术王安石用申商之实讳其名论》

《裴度奏宰相宜招延四方贤才与参谋议请于私第见客论》

《北宋结金以图燕南宋助元以攻蔡论》

试看这五道题内容多复杂,比以"四书"词句命题的八股文难作多了。清代人重视科名,《清秘述闻》及其"续集"、"再续集"三种书,详细记载了顺治二年到光绪三十年清代全部科举乡会试考官、三元姓名、籍贯及试题。我是从这书中抄的。千古文章一大抄嘛,何况这不是写宏文,而只是爬格子骗稿费,虽然现在稿费价码最低,形同贱物,还常被骗。但没出息的人,只好干这个。旧时叫"文丐",即以文"讨饭"也。但俗语说:"要饭三年,给个县长都不换。"因而也有点小乐趣。

闲话少说,书归正传。刘春霖考状元,要经会试、殿试两步。会试在旧历三月,殿试在旧历四月,正是春花烂漫之时,因而叫"上苑探花"。会试重文章,先贴一榜。第一名叫会元,这次会元是三十年代初作南京行政院长的谭延闿。会试榜上有名的全体参加殿试，殿试只一天，阅卷大臣选十本最好的送给皇上，定前三名，及其他七人名次，这次更注意书法。一甲三名赐进士及第，二甲若干名，赐进士出身。其他均在三甲，正名"赐同进士出身"。各届所取名额不一律，这届共录取二百七十三人。一甲二甲的书法都很好，谓之"馆阁体"，俗称"欧底赵面"，即先写欧阳率更，练骨架，再写赵孟頫，练圆润妩媚。试卷是宣纸裱的白折子，俗名"大卷"、"白折"，不但字要好，而且墨色好。因而旧时翰林人人都有调墨盒的绝技。

　　三十年代中叶，刘在北平做寓公，在老家和北平都有房地产，还有股票，经济很宽裕。琉璃厂大南纸店有笔单，卖字收入也不错。一个扇面八元。某南纸店伙友学他字很像，有一次我父亲订了一个扇面，拿来后让我拿到学校给刘大中兄，托他拿回去问问，是否真的。第二天见面还给我，说是假的。为此又到南纸店交涉，店中老实承认，退了钱道了歉。末代三元中状元没有什么著述。而探花商衍鎏老先生，却给我们留下一本《清代科举考试述录》，是一部很重要详实的史料书。

八股文之谜

历史之谜很多，"八股文"想来也是其中的一个。

"八股文"，因为《反对党八股》一文的影响，直到今天，人们还很熟悉它的大名。但是对它的理解——即"历史的理解"或"历史的认识"，仍然是一个"谜"。为什么这样说呢？因为无法解释一个矛盾现象。即大家都知道：说起八股文，等于是空洞无物、陈词滥调的代名词。而明、清两代，五百来年中，就以这样空洞无物、陈词滥调的八股文教育儿童写作文，国家以此举行科举考试，遴选人才，所有科举时代的读书人，现在叫知识分子，不论能否考中科名，能否做官，都是从小学作八股文训练出来的。所谓"开笔作文"，便是作八股文，很少例外。而翻阅明、清史乘，评价这百来年人物，如不是全盘否定历史，那谁也不能不承认，这五百多年中，的确在各方面都涌现过不少杰出的人才。这就产生了一个疑问，以八股文这样的空洞无物、陈词滥调的文章教育、训练儿童，又以它来进行全国各级考试，居然能教育出不少读书人，遴选出不少人才。这不是一个很大的矛盾吗？腐朽的八股文教育和科举考试制度，一下子延续了五百来年，一代一代地涌现了那么多人才，这中间有什么关系，如不能予以清楚地回答，不能解开这个谜，又何能理解这一历史时期的教育和人才成长。

妙在历史上明、清两代人们对这样以读"四书"、"五经"，作八股文为主的教育和科举考试制度，只笼统地说是"代圣贤立言"，却也很少有专书对它详细解释，指出其具体作用，相反却只是作为猎取功名的"敲门砖"，只要一步步敲开各级科举考试的大门，考秀才、举人、进士，等到会试、殿试，榜上有名，便可高官得坐，再不必读文章、写文章，把"八股"完全可以抛开了，正如拾块砖头敲门，门敲开之后，便把砖头扔掉。但未考中之秀才等人，仍必须反复温习"四五"、"五经"。背诵得滚瓜烂熟，不断读各科取中的人的闱墨，即八股文选。不断地揣摩，不断地找人出题目作，找名师批改，总之要花大量时间精力在八股文的练习上。一般从儿童识字读到开笔作文，到完篇学会作八股文，中上资质的人，大约用十到十五年时间。秀才考举人、举人考进士，时间不限，特别聪明的也许不到二十岁就考中进士，如乾嘉时大学士朱珪，十八岁就中了进士，就能丢掉敲门砖；而不少人五十多岁才考中进士。除去年龄极小的和年龄过大的，大体清代两榜出身的官吏，以三十五岁左右中进士的最多。这样他们一般都要用二十多年的时间钻研和练习八股义，这样的功夫用下去，除去为了科举考试，对这些人本身起到些什么作用呢？值得研究研究。

清代乾隆初，兵部侍郎舒赫德曾奏请取消八股文，说是"时文徒为空言，不适于用"等等，大学士鄂尔泰当国，反对此议，未能取消。但也未否认"空言"，只说历来人才由此而出。但当时也有人说，"学会八股，聪明人会变的更聪明，而笨人会变的更笨"，议论也很奇怪。《儒林外史》鲁编修道："八股文章若做的好，随你做什么东西，要诗就诗，要赋就赋，都是一鞭一条痕，一掴一掌血；若是八股文章欠讲究，任你做出甚么来，都是野狐禅，邪魔外道！"又把八股说的这么神。所谓"一鞭一条痕，一掴一掌血"，是朱熹语录中的话，意思是极为准确有力，入木三分。"八股"有此神么？有趣！

　　历史之谜要解开，不应只是重复前人的陈言，而应根据我们今天的科学观点来认识它。用现代生理、心理、教育的观点分析，一切教育和训练的手段，对其对象的智能和体能，都将起到作用。一个人从小到大，花二十多年的时间和精力钻研八股文，会起到什么作用呢？难道只是学会说空话吗？显然不是这么简单。如用概括的语言说明它，那是进行一种长期限制思维能力的强化训练，用十分严格的题目、形式、内容等等条件，限制其思维范围、方法、轨迹……受过这种长期训练、掌握了这种思维方法，那就遇到问题，便能敏锐而准确地想到问题的中心、焦点。很快能剖析开问题的对立面，展开对照的、全面的思维。掌握了这种思维方法，就能克服遇事不知所措、茫无边际、主观、片面的种种思维缺点。八股文讲究"破题"，所谓"破"，就是常说的一分为二的思维方法，其后"承题"、"起讲"、"提比"、"中比"等，都是循着延展、演绎、对照等一个问题的两个方面的思维轨迹发展，今古虽然名词不同，学习内容不同，而大脑活动的思维方式应该说是一致的。总之，八股文在训练思想能力方面，起到了奇妙的作用。

　　八股文于本世纪初被废除，现在回头看看，深感这是一个很重要而有趣的历史之谜。应以现代科学观点正视它，分析它，解释它。不然，又如何能透彻地理解明、清历史呢？

"破题"和"画〇"

这是一个有趣的话题，也是一个值得思考的严肃话题。

我在《八股文之谜》一文中，曾经说到过"破题"，用现在常说的话比较，如"破题"，"所谓'破'，就是常说的一分为二的思维方法"。不过这说说似乎很容易，作作却不那么简单。而且掌握得好，不管什么样的题目，都能"破"，都能迎刃而解，像《庄子·庖丁解牛》说的，"以无厚入有间"，那就更不容易了。

八股文出题范围，限制在一部"四书"内，乡、会试首场制艺，均三题，《论语》一定要出，或首题，或次题，其他题出于《大学》、《中庸》、《孟子》三种书。由顺治二年直到清末光绪三十年废科举乡、会试共一一三科的八股文题目都记载在法式善《清秘述闻》、王家相《清秘述闻续》、徐沅《清秘述闻再续》三书中。题目有一句题、数句题、一节书题、全章书题、两章书连在一起的连章题、只出一句话中一两个字的截句题。如《孟子》中"顾鸿雁麋鹿而乐之"一句，只出"顾鸿"二字，或者上句下面数字、下句前面数字的截搭题，或者不相连贯的截搭题。如《论语》"质胜文则野"、"文质彬彬"二句，题目出《质胜文则彬彬》；又"子在齐闻韶"、"三月不知肉味"二句，题目出《子在齐闻肉味》。所举这样奇怪和不可理喻的题目，都是正式考试的乡试题目。所以"破题"说来简单，而每一种题目，不管是一句的小题，多句的、全章的大题，以及千奇百怪不可理喻的截句题、截搭题，全要写出破题，这就要看思维能力锻炼功夫、对书的熟悉程度和组织文字的敏锐能力了。所谓"破题"是个小全篇,不管多么困难的题目,或长或短、或大或小、或有理或无理,都要用两句话先概括剖析出题目中心论点的对立面。现在看来,似乎十分困难,几乎是不可思议的,但在当时受过八股文教育、受过八股文严格训练的人说来,并不是什么难事,有时会想出极为神妙的解释方法,纵使一点内容意义也没有的题目,也可作出有意义的破题。下面不妨举一个例子。近人徐珂所编《清稗类钞》中《考试类》有一则记云:

> 国初时,嘉兴县县试全案已定,惟甲乙二人文笔并佳,不能定案首。屡试之,皆然,以致全案难出。最后乃以四书之"〇",命各作一破题。甲所作破题曰:"圣贤立言之先,得天象也。"乙曰:"圣贤立言之先,无方体也。"乃定甲为案首,后二人咸贵,甲官至大学士,以功名终。乙官至巡抚,缘事伐诛。

过去"四书",不管木版或石印,其版式,大字是本文,本文每两三句下有双行小字注释。这样一行行地大小字都连着。为分清各节书,在每节上面印个圆圈。如《论语》一开始:"子曰:学而时习之"到"不亦君子乎?"这章完了。下接"有子曰:其为人也"到"其为仁之本欤?"又完了。下章又接"子曰:巧言令色,鲜矣仁"。这都大、小字连在一起,为了区分各章书,在"有子曰"前面、后一个"子曰"前面,各印一个"〇"。这只是章与章之间的间隔符号,没有意义,如也出作题目,也有人照样可写出破题。而且这样记载不只此一处。在李伯元《南亭四话》的《庄谐丛话》也有记载,一则曰:

> 圣人未言之先,浑然一太极也。

又一则云:

> 先行有言,仲尼日月也。

在记忆中还不止此,记得另一忘去书名的书中也记有一则道:

> 夫子未言之先,空空如也。

同样一个"〇",却能想出五个不同的破题,即论证中心,如据之写文,则各有不同的内容。第一个论"立言之先"与"天象",立言有先有后,天象有得有不得,"天象"是本乎、顺乎自然等等,不可违背天象,就大可发挥了。第二立论以"圣贤立言之先,无方体也"。"无方"就是"有圆",古人以方喻原则,以圆喻灵活,而又说"天圆地方",因此"有圆"实际也是"天象"。但二人,一个思维抓住"天象",认为圣贤之言自然符合天象;一个却从另一角度抓住"无方体"立论,即圣贤以自身为天象,就是意识中认为一切都可以圆,而放弃了"方",也即放弃了原则。古人认为做人要"外圆内方",如外圆内也圆,那就危险了。徐珂编《清稗类钞》,最大的缺点就是未注明引自何书,或引自当时何种报刊。这个故事未说姓名,可能是真的,那正应了一句老话,"三岁看大,七岁看老",善于观人者,是能从幼时就看出其未来的。在此第一、第二,显然就可区分了。第三《南亭四话》所载,从"未言之先,浑然一太极"立论,也同"天象"一样,但角度又不同,"太极"、"两仪",用《易·系辞》的论点来发挥。《南亭四语》另

178

一则"先行有言,仲尼日月也",则其思维轨迹,又有不同,另辟蹊径,用《论语·子张》"仲尼日月也,无得而逾焉"句意,朱注:"喻其至高。"这样发挥开来,也可以写出赞颂孔子的文章。最后一则忘记出处的"夫子未言之先,空空如也",这从另一角度立论,用《论语·子罕》篇中章句:"子曰:吾有知乎哉? 无知也,有鄙夫问于我,空空如也,我叩其两端而竭也。"就是以这段话立论,"未言之先,空空如也",那么"既言之后"又如何呢? 便该是实实在在了。

刘熙载《艺概·经义概》中说:"昔人论文,谓未作破题,文章由我;既作破题,我由文章。余谓题出于书者,可以斡旋;题出于我者,惟抱定而已。破题者,我所出之题也。"一个"○"能写出这样多的不同论点的破题,而且每个破题,都能命中题旨,十分准确。而每个破题,又剖开论证的对立面,进一步发挥。而且通篇议论范围,在"破题"中已经确定了。刘熙载在同书中又曾说:"破题是个小全篇。"所以一篇八股文的好坏,首先看两句破题。思维能力的敏锐与否,烂熟胸中的"四书"、"五经"能否活学活用,首先表现在破题上。一个"○",五个破题,看来是笑话,却表现出了旧时八股科举考试训练学子的功力和思维敏锐程度的情况,所以值得我们思考如何科学地认识历史。当时考试的最终目的,是遴选有敏锐思维、判断能力、能掌握儒家道德准则、处理民事的工作人员,并不单是文人学士。这样的训练手段、这样的考试方法,在漫长的历史年代里,其目的基本上都达到了。这是客观的历史事实。关于"○"的几个笑话,能提高我们对历史的较科学的正确认识,岂不是既有趣又很严肃的话题吗?

吾乡先贤

我是山西人，很小到了北京，靠三十岁到了江南、苏州、南京一转之后，到了上海。一住就是四十来年，真应了温飞卿词所说的"游人只合江南老"了。两晋永嘉之后，过江诸子，把中原、西北文化带到山阴道上。唐代鼎盛，中条山一带，又出现辉煌。而五代之后，宋、元、明、清，南宋半壁河山，考亭讲学东南海隅，读书种子，又大量南移，物阜民丰，人文荟萃，明、清两代，政治中心虽在北京，而文化几乎均在东南矣。清代二百六七十年，开科取士，一百十几名状元，苏州一府，就占了二十四五名，而山西所谓九府、八州、一百单八县，这样大的地方，这么长的时间，却一名状元也没有出，只出了几名探花郎，"小三子"，多么寒伧呢？但是没有办法，读书人少嘛，自然不易涌现出玉堂金马之士了。近代阳曲县有一经历光绪、宣统、民国、抗战日伪四个时期，写了一辈子日记的老先生刘大鹏。其《退想斋日记》光绪十九年（一八九三）十二月十六日记云：

> 呜呼，世风之凌夷，不可言矣。邑人之视读书甚轻，视为商甚重。当此之时，凡为商而少积资财，遂至骄奢淫佚。不顾一点礼仪，事亲不孝，放纵子弟，不数年间，遂至败亡。

不过山西中路人确实有钱，《日记》光绪二十四年七月二十九日又记云：

今日是太谷秋标期，凡生意家来往银两必于今日凌晓归给，一不交还谓之顶标，即不能周行矣……太谷生易每标过数：一家数十万、数万金不等，极少者亦数千金。其数百金者则不论也。

有钱未必肯读书，自古皆然，不必多说。但是三晋大地，毕竟是华夏古文明的发源地，清代虽未出状元，但也还出了不少朴学之士，迄今为止，晋人乐于称道的，首先还是傅山先生。

全祖望《鲒埼亭集》卷二六《傅青主事略》云：

天下大定，自是始以黄冠自放，稍出土穴，与客接，然间有问学者，则告之曰：老夫学庄、列者也，于此间诸仁义事，实羞道之，即强言之，亦不工。又雅不喜欧公以后之文，曰：是所谓江南之文也。

傅山，字青主，号啬庐。原名鼎臣，字竹山。生于明万历三十五年(一六〇七)，逝于清康熙二十三年(一六八四)，学者、书家、画家、医生、诗人，太原府阳曲县人。生当明、清交替之际，又经历李自成战乱。感明代腐败，无可救药，因之讲求实学，重人品气节。明末李自成兵攻陷太原，他偕全家入山避难，身穿道服，头戴黄冠。清初入狱，门人营救得脱，南游金陵，登临北岳恒山、东岳泰山、西岳华山，与顾炎武、阎若璩、阎古古等大学者交往，博学多识，名满天下。傅山民族气节最为人艳称的是：康熙十七年(一六七八)他七十二岁时，拒绝参加"博学鸿词"科，虽被迫远行，但到北京时，誓不入城，及后授内阁中书名义时，拒绝谢恩，被迫下跪时，扑倒在地等等。关于傅山的传说极多，而皆莫得其详。三四十年代著名史学家邓之诚先生《骨董琐记》三记《朱衣道人案》，据当时"三法司提本"考证甚详。清末丁宝铨抚晋，重刻《霜红龛集》，近年山西又出排印本。傅氏医学最好，传世著述有《傅氏女科》、《男科》各二卷。书画真迹传世亦多，手头有常赞春影印《小楷玄帝文真迹》、《霜红龛三世墨迹合册》二种。在上海博物馆曾见其大幅墨梅，惊为神品。

和傅山同时代的山西学人，有蔚州(今属河北)魏象枢、太原阎若璩。

魏字环极，庸斋，号寒松老人。生于明万历四十五年(一六一七)，逝于清康熙二十六年(一六八七)。出身寒苦，在亲戚帮助下读书，顺治三年进士。为官清正耿直，果敢坦率，清初建树甚多，累官至左都御史、刑部尚书。讲理学，推重陆陇其。著述有《寒松堂全集》、《儒宗录》、《知言录》。康熙初年名臣，死谥"敏果"。六十九岁因病乞休，康熙御书"寒松堂"赐之。十月十二日回到蔚州有诗，题下注云："是日微雪忽晴。"诗云：

> 此是吾家矣，儿孙报我回。
> 堂边红日照，谷口白云开。
> 老辈亲朋少，余生药石培。
> 漫言身勇退，原自愧驽骀。

蔚县与我老家灵丘东北接壤，是苦寒之区，而告老还乡之情态诗中可以想见。

阎若璩是当时大学者，学术成就繁巨，经学、地理、历史详细考证，著述十余种，其重要著作《尚书古文疏证》，用功三十年，证实古文《尚书》之伪，使他成为清初历史考据学大家。顾炎武都曾向他征询《日知录》的疑点，阎为之校订数处，是前期经学大师。阎生于明崇祯九年（一六三六），逝于清康熙四十三年（一七〇四）。不过他虽然祖籍山西太原，康熙二年，阎二十八岁时回太原考秀才进学，但他却是几代前就因盐商，在江苏淮安落户，雄于资，且又是淮安书香门第，祖父阎世科，明万历进士，父阎修龄，世称"牛叟先生"，以文名一时。母亲丁仙窈，明嘉靖状元丁士美孙女，也有才学。他严格说，是江苏淮安长大的山西客籍人。

同时与他相反，也有山西长大的外乡诗人吴雯，祖籍是奉天辽阳人，因他父亲吴允升顺治四年以后，一直在山西蒲州做学正，死后，家境寒，便在蒲州落户，吴雯就在蒲州长大，成为蒲州人了。而他真正是一位大诗人。清代山西后来二百多年中，就诗讲，还没有超过他的。

吴雯，字天章，号莲洋，又号玉涧子。生于顺治元年（一六四四），逝于康熙四十三年（一七〇四）。其父吴允升，字于公、康侯，顺治十二年进士，但中进士第二年即逝去。他是清初大诗人王渔洋最赏识的人，是王最有诗才的弟子，他去世后，诗集是王渔洋编的，墓志铭也是王渔洋写的，一开始就说：

> 汉魏以来，二千余年间，以诗名其家者众矣。顾所号为仙才者，惟曹子建、李太白、苏子瞻三人而已。本朝大一统，阅六十载，作者亦多矣，余独以仙才许蒲坂吴君，此余之私言也，亦天下之公言也。

王渔洋对吴天章的评价这样高，这不是偶然的。王渔洋最早怎么知道他的呢？原来吴天章父亲中进士后不久即死去，吴天章年轻时，家中贫苦，不得不几次到北京找他父亲的老朋友借贷帮助，拜见这些人时，便抄写些自己的诗作，以为拜见的因由。但这些人大多不懂诗，并未引起注意。王渔洋有一次到一位同年家中去，见他抄的一些诗，有些好句子道："泉绕汉祠外，雪明秦树根。""浓云湿西岭，春泥霭条桑。至今尧峰上，犹见尧时日。""门前九曲昆仑水，千点桃花尺半鱼。"

王渔洋读到这些句子大惊，反复吟诵，说道："此非今人之诗也。"当时还没有和吴天章见面。顺治七年，吴天章二十五岁，王渔洋三十五岁，三月吴再到京师，专拜见王渔洋，从此订交，诗酒唱和自这一年开始。十月吴天章回蒲州。第二年王渔洋官清江浦，吴又去他官衙中看望。吴经王一赏识赞许，其他当时大诗人也注意到他。如朱彝尊、赵执信、陈其年、陈廷敬等大家都有诗赠吴天章。吴天章故里在蒲州中条山中，即唐代李商隐玉溪旧址。王渔洋《送吴天章归中条》云：

中条最深处，风物四时幽。
水鹤穿云下，林枫夹岸稠。
人烟盘豆驿，村路玉溪流。
卧起清晖里，萧然何所求。

可以想见诗人故乡风物之优美。

当时一般读书人，因为熟读韵书，几乎人人都能写几首律诗、绝句，可是真正够上诗人的诗就不多了，能够得到社会公认是好诗的，就更少了。吴天章被王渔洋称为"仙才"，与曹子建、李太白、苏子瞻比，从传世的《莲洋集》二十卷来看，大多为神韵飘逸，极显示其无比天才之作，奖许是不过分的。这同现在胡乱

吹捧,像肥皂泡一样,一吹就幻灭,是完全不同的。其诗集传世已近三百年,随便一首小诗,今天读来,仍立即使人进入诗境。如:

白云满前山,山门乱溪水。
幽人何处寻,立久闻松子。

《访隐者不遇》

风沙苦终日,河水碧鳞鳞。
杨柳伤心树,斜吹晓渡人。

《风中发三首》之一

又醉新丰酒,东来意若何。
终南秋更好,红叶满岩阿。

《再过新丰》

限于篇幅,不便引他的长诗,只选他最短的,每首只有二十字的五绝小诗。不过这种小诗如何欣赏,怎么才能知道它好,好在哪里呢? 这种感觉三言二语难以说清。还是引两则王渔洋的诗话吧:

吴天章,雯,天才超轶,人不易及,尝为余题倪云林画云:"岂但秾华谢桃李,空林黄叶亦无多。"寻常眼前语,正自百思不到。

吴天章雯过真州赋诗云:"必定荷花一万柄,正对城门是酒家。下马当炉更斟酌,醉临明镜看吴娃。"风格殆不减杨廉夫,余与海内论诗五十年,高才固不乏,然得髓者终属天章也。

王渔洋认识吴天章时，是礼部仪制司员外郎，诗名已动京师。吴去世时，渔洋是刑部尚书，七十一岁，为吴编诗集。吴乡试未中举。三十六岁时荐"博学鸿词"科，亦未考取。

送吴天章诗的，除渔洋最多外，陈廷敬也不少，这也是同时代的山西的名人，有诗名，官也大。顺治十五年进士，字说岩，山西泽州人。与徐乾学、张玉书、李光地等人同时，颇得康熙信任，前后服官五十余年，累官至文渊阁大学士，兼吏部尚书。去世后御制挽诗，谥"文贞"。

廷敬为官清正，且以诗赋出名。王渔洋也是他推荐给康熙，以诗著名的。他因《赐石榴子》被康熙赏识，称他"各体诗清雅醇厚，非积字累句之初学所能窥也"。他在《论晋中诗人怀天章》五古中说："摩诘季千叶，柳州俨天人。义山最崛起，流别自有真。上下五百载，遗山接清尘。……"说吴天章诗是承这些诗人的。其《送吴天章自天津归蒲东二首》中第二首极佳，引在后面，以见其风标：

> 归到中条隐，高居长薜萝。
> 清秋明华岳，落照见黄河。
> 人物雄才老，云山间气多。
> 玉溪今古在，相并得金鹅。

注：金鹅，天章斋名。

清代山右学人，讲求宋明理学的不太多，有一位孙嘉淦应作介绍。

孙名嘉淦，字锡公，号懿斋、静轩。生于康熙二十二年（一六八三），逝于乾隆十八年（一七五三）。晋西北兴县人。康熙五十二年进士。庶吉士,散馆授检讨,江西副考官,顺天府学政,顺天府尹。雍正八年会试副考官,十年调刑部侍郎,奏对失实,雍正上谕说他"偏执自用……声名大损",革职。后又起用,署河东盐政。乾隆时,又调京以侍郎升至吏部、刑部尚书,有伪造孙奏稿的,说他参鄂尔泰、张廷玉等。被乾隆识破是有人忌嫉、排挤他。后来外放为直隶总督,修河渠五百余条,颇多建树,得乾隆赏识,又调湖广总督,后又经诸多浮沉,晚年又晋吏部尚书、协办大学士,乾隆十八年末去世。乾隆上谕说他"老成端谨,学问渊醇……",赐谥"文定"。

山西兴县,直到现在,仍是极贫苦的地方。孙嘉淦幼年,家庭十分贫寒,是在母亲教育下,艰苦奋斗才中的进士。他终身服膺宋代理学。节编朱熹《近思录》为《近思录辑要》。著有《春秋义》十五卷、《南华通》七卷,都是研究《春秋》《庄子》的重要著作。又编有《兴县志》。另有《孙文定公文集》十三卷传世。另有弟弟二人,也都是进士。子孙也不少,七世孙孙福昌还编有《兴县志续编》。

乾隆中叶之后,山西出了几名地理学家、史学家,首先值得一提的是寿阳祁家。寿阳在晋中,是十分肥沃的平原地区。出了一位历史地理学家祁韵士。

祁韵士生于乾隆十六年(一七五一),逝于嘉庆二十年(一八一五)。字谐庭、鹤皋,号访山、筠渌。乾隆四十三年进士,翰林院编修,国史馆纂修。受皇帝委派,编纂《外藩蒙古回部王公表传》,前后历时八年编成,后又多次增补。祁氏在编辑前书之后,又据拥有之大量资料,编成一部《皇朝藩部要略》,全书十八卷,附表四卷,是一部新疆地区、西藏地区重要的编年史。即使在今天,仍然是一部重要的关系边疆少数民族关系的史志。

祁氏后来服官户部最久,曾管理漕运,将漕运奏折、呈文辑为《己庚集》二卷传世。后调充宝泉局监督,按清代北京有两个铸钱局,一名宝源局,归工部管;一名宝泉局,归户部管。由于祁氏在宝泉局监督任上账目亏空,被罢职流放新疆伊犁,时在嘉庆十年。嘉庆十四年遇赦回到北京。在新疆三四年间,伊犁将军松筠派他编辑新疆地方志。松筠字湘浦,蒙古正蓝旗科尔沁部人,姓玛拉特氏,理藩院翻译出身,官很大,外官至总督、将军,内官至军机大臣。祁韵士编的书,最后由徐松继续编成,共十二卷,题名《新疆识略》,武英殿修书处刊行。祁韵士所编新疆志初稿本,书名《西陲总统事略》,亦有流传抄本。另外还著有《西陲要略》四卷、《西域释地》一卷、《西陲竹枝词》百首。祁韵士六个儿子,五子祁宿藻,字幼章,道光十八年进士,后死于太平军攻陷南京之役,时任江宁布政使。幼子祁寯藻官最大,在后面再介绍。

在这期间,山西北路五台还出现了一名地理学家徐继畬。祖父是举人,在直隶江西做过小官。父亲徐润第,字德夫,乾隆六十年进士,在湖北施南府做过两任同知,俗称"二府",就是知府的副职。后来就告老回乡,在晋中、晋南一带教学,人称"广轩先生",去世后有《敦艮斋遗书》十七卷传世。徐继畬就是在这样的家庭中出身成长。

徐继畬,字健男,号松龛。出生于乾隆六十年,逝世于同治十三年。道光六年进士,翰林院庶吉士,十年后外放广西浔州知府,官升得很快,几年后就福建布政使、广西巡抚,未到任即调福建巡抚。这已是鸦片战争之后,福建和外国商业贸易增加,他监督对外商务,给外国人不少方便,与西人往来较多。当时鸦片战争后,士大夫普遍仇视外人,对他这样对待外人的态度,自然是既不能理解也不能容纳，御史自然要予以参劾，巡抚被免职。回京任太仆寺少卿，充四川主考官，又遭弹劾，被革职还乡。同治初，又奉诏进京，供职总理各国事务衙门。数年后年迈乞退。

道光二十三年(一八四二)，他在福建布政司任上，因公事去厦门，认识了美国传教士雅裨理(David Abeel)，借到一本世界地图册，十分感兴趣，便照样绘制了许多张，注上各国国名，其后又得到多国地图，和不少西方人写的地理著作，由其属吏译为中文，详细参考，经过五年时间，完成一部世界地理著作，书名《瀛寰志略》，十卷。与魏源的《海国图志》同样成我国早期研究外国地理的重要著作。清朝总理各国事务衙门以及东邻日本均多次重印他这部书。他还为其家乡编有《五台新志》。去世后有《退密斋遗集》传世。

数年前去世的徐向前元帅，是山西五台县人。不知是否是他家的后人。

祁韵士儿子祁寯藻与徐继畬是同时代人。生于乾隆五十八年(一七九三)，自幼生长在北京，祁韵士流放伊犁数年间回到原籍寿阳，嘉庆十九年中进士，丁忧回籍。道光元年入值南书房，会试同考官，广东乡试主考，湖南学政。鸦片战争前，继林则徐曾受命往福建视察海防及禁烟事宜，适值战争爆发，英军袭击福建，英军后北上浙江、渤海湾等处。祁寯藻返京改授户部尚书，后升协办大学士，仍管户部。道光死后，咸丰即位，升为大学士。但与肃顺不和，时常发生争执，咸丰五年，请求致仕，但未回乡，仍留北京。不久英、法联军打到北京，咸丰逃热河。他仍在北京。其后和议成，咸丰死，同治立，东、西太后同道堂垂帘听政。肃顺等人被杀，祁寯藻奉孝钦之命复出，仍领大学士衔，又为同治幼年四位师傅之一。祁寯藻逝于同治五年(一八六六)，享年七十四岁，谥号"文端"，入祀贤良祠。

在学术文才上，祁寯藻博学多才，与何子贞、俞正燮、何秋涛等著名学者友谊甚笃，过从极密，他是诗人、书法家，是当时诗坛领袖人物，书法与何子贞南北辉映，是傅山之后山西最有影响的书法家。其诗推崇宋诗，开同光体先声，诗集名《馞䜱亭集》，四十四卷，可惜我手头没有。在吴庆坻《蕉廊脞录》中，引有不少首，现引用二首，以见一般。祁寯藻哥哥祁宿藻是死在太平天国战役南京任上的。杭州戴醇士，名熙，是死在杭州任上的。戴做过广东学政、兵部侍郎，与祁家是通家之好，友谊甚深。戴又是当年极有名望的画家。祁寯藻因其故乡馞䜱多山，松树满山，久住北京，回忆故乡，就想起满山松树。就请戴醇士给他画了一幅《忆松图》，戴以王麓台笔法，用心为其画了这幅画，并加跋云：

> 春浦祁大前辈籍隶寿阳，自号馞䜱亭长，地近方山，山有龙池、云洞诸胜，多松。漫溪弥谷，旷望无际，尝月夜行万松中，欲要氏兄弟，结茆读书其下，赋诗赠答，慨然有卜邻之志。后来京师，每值风和月霁，辄追忆之，属写《忆松图》。落落五稔，未有以极。丁未早春，侨寓都下，颇忆故山松径、遂假酒杯一浇垒块云。

杭州南山也有著名的万松岭，所以结句是"自忆"，为祁画松是借他人杯酒，浇自己块垒也。祁自题绝句两首：

> 五十年来影答形，眼中山色梦中青。
> 万松围住三间屋，可是馞䜱第二亭。
> 鹿床居士谪仙才，借我离愁付酒杯。

十载孤山鹤飞去,孔宾何事不归来。

诗后并有跋云:"此钱塘戴侍郎道光二十七年为余作《忆松图》也。侍郎高隐已及十年,而余仍以老病留滞都门,展卷慨然,题二绝句记之。时咸丰七年岁在丁巳正月廿又八日。"祁氏的诗和跋与前面戴的跋,前后互相呼应,十分紧凑。其时江南太平军战火正炽,英法外国侵略者在广东凶焰日甚,祁与肃顺不合,辞官留京观望,满肚皮牢骚借题发挥,跃然纸上。三年后杭州城破,戴就死了。

祁寯藻儿子祁世长,咸丰十年进士,官至工部尚书,死谥"文恪"。李越缦有诗悼念他:"文恪席货贵,黄羊承远裔。儒学守素风,三晋守门第。相国佐宣宗,益以大其世。公幼禀庭诰,淡泊自约制。……"把其家世和祁寯藻都写进去了。

祁氏对青年学人热心扶植,著名历史学家张穆就是在他的关心下,成为朴学之士的。

张穆,字诵风,号硕州,晋中平定人。生于嘉庆十年(一八〇五),逝于道光二十九年(一八四九),寿不永,只活了四十五岁。祖父张佩芳,乾隆进士,父亲张敦颐,嘉庆进士。张穆幼年丧父,随母亲在舅父、表兄家长大的。道光十九年己亥(一八三九)以优贡生应顺天府乡试,因一时冲动与考场监督口角,被逐出场外,从此再未参加科举考试。便入了江苏学政祁寯藻幕府,做文案师爷,受命编辑祁韵士遗著《皇朝藩都要略》,在编校中他受到启发,便撰写《蒙古游牧记》,直到他去世,尚未完成,由他朋友何秋涛补充完成,共十六卷。祁寯藻为之刊行。张氏编了两部十分著名的年谱:《顾亭林年谱》、《阎若璩年谱》各四卷,是清代学术史的重要著作。在《阎谱》前自序云:

191

癸卯夏,穆改订《亭林年谱》既卒业,念国朝儒学,亭林之大,潜丘之精,皆无伦比,而潜丘尤北方学者之大师,因取杭大宗、钱晓徵所为传,及《礼记》、《疏证》诸书,排次岁月,为《潜丘年谱》,将以诒吾乡后进,兴起其响学之心……盖自创始以讫今日,凡五易稿而后写定。此本虽罣漏仍不免,然于潜丘束身力学之大纲,约略具矣。学者倘能循潜丘读书之法,研证经史,勉成实学,而不蹈标榜声誉苟简自封之习,是则区区举似前贤之微意也。

从其"序"中,可以看出张穆作为道光年间一代学人的为学旨趣。张穆书法亦为世人所重。据吴庆坻《蕉廊脞录》所记,戴醇士亦曾为张穆画《小栖云亭图》,为偷儿窃去。穆又以诗向戴索画,戴又为画第二图,何绍基为其题端,张自写《小栖云亭记》及《索图诗》,一时题诗者甚多。咸丰十一年辛酉,祁寯藻重见此图,时张穆已死,戴醇士亦死,祁养病山居,不胜感慨,重为之跋。惜吴书诗、跋均未记入笔记中,不能择录,前辈学人风流往事,空令人想象耳。北京下斜街慈仁寺有顾亭林祠,三十年代还在,是何绍基和张穆合建的。张穆逝后,也供在祠中。可惜现在也早已没有了。三十年代中期出版的《旧都文物略》中有照片。

寿阳祁氏、平定张氏之后,晋中学人,值得称道者不多了。只有"戊戌政变","六君子"之一的杨深秀氏,值得纪念。

杨原名毓秀,后改深秀,字漪村、仪村。晋南闻喜人,生于道光廿九年(一八四九),逝于光绪二十四年(一八九八)。光绪十五年进士。为举人时,正值张之洞抚晋,聘其为"令德堂"讲学院长。成进士后,刑部主事,迁郎中。改授监察御史,上疏言俄人胁割旅顺、大连,为时所重。和康有为弟弟康广仁交情甚厚。康主持废八股，杨以御史身份先上疏光绪，请废八股。主张科举考试仍以"四书"、"五经"命题，但当联系议论时事，不得仍承八股格式。交礼部议，尚书许应骙亦为所劾。旗人御史文悌，反对西太后，访康有为，奏章均杨代为起草，后又连上主持新政疏，戊戌变起，康、梁逃脱，谭嗣同、康广仁、杨深秀等六人均蒙难，史称"戊戌六君子"，新会梁启超写有《杨深秀传》。

我祖父邓邦彦，字选青，光绪初举人，会试报罢，朝考为内阁中书，戊戌前至庚子时，均在北京供职，因同乡关系，与杨深秀氏很熟，常常见面。对杨氏就义事知之甚详。后来常和我父亲汉英公说起。可惜选青公于光绪廿九年（一九〇三）即去世，只活了四十五六岁。"七七事变"前故乡灵丘东河南镇祖宅中有其生前几十本日记，对戊戌前北京朝野事记载甚多，有不少杨深秀氏资料，先父曾看见过。可惜一切都已消失在历史战火的硝烟灰尘中了。夫复何言呢？

曹雪芹与惠红豆

　　曹雪芹所处康、雍、乾之际,也是清代学术最发达的时代,他受到同时代人那些影响,我总觉得是应该注意的事,小说《红楼梦》中提到了贾敬注释《阴骘文》的事。

　　《阴骘文》有没有注释本,我不知道,纵然有,我想也不可能真是贾敬注的。而曹雪芹为什么让贾敬注《阴骘文》呢?是不是受到什么影响?我在《红楼风俗谭》的《太上感应篇》一文中,曾提到惠栋注的《太上感应篇》,曹雪芹会不会想到此书,联想类似的善书《阴骘文》,写故事时便涉笔成趣,让贾敬去注呢?这是一个很有趣的联系推想。

　　惠栋是曹雪芹同时代人,家世声望十分有名,苏州人,世居红豆山庄,父亲惠士奇,号红豆主人,祖父惠周惕,号红豆老人,两代进士。惠栋字定宇,号松崖,书斋名"红豆斋",人亦称惠红豆。生于康熙三十六年丁丑(一六九七),卒于乾隆二十三年戊寅(一七五八),享年六十二岁,按曹雪芹"四十年华"卒于壬午说如正好四十,惠比曹大二十五岁,早死四年,如曹去世时四十五岁以上,那惠比曹大不到二十岁。惠家三世传经,其祖,其父,到惠栋,都是著名经学家,被认为是汉学开创者。钱大昕对其评价极高,曾说"宋、元以来说经之书,盈屋充栋,高者蔑古训以夸心得,下者袭人言以为己有,独惠氏世守古学,而栋所得尤精"。可见其学术地位。而其时正是曹寅在苏州、江宁、扬州任织造,兼盐署,修《全唐诗》、《佩文韵府》,领袖东南文苑之际,对苏州

194

红豆山庄惠氏祖、父、孙三代，自然不会没有联络，没有影响。不但曹寅时代，即曹寅去世后，曹頫、曹颁继任江宁织造时，也是近在咫尺，甚至可说是同病相怜，同在雍正时获罪。

惠栋父亲惠士奇是康熙四十八年进士，由庶吉士累官提督广东学政，对边远文教影响甚大。但到雍正四年，回京廷对不称旨，即在皇帝面前说错了话，因此获罪，处罚也很特殊，被发遣回江南自费修镇江城赎罪，虽耗尽全部家产，仍不能完成此役。其时也正是曹家得罪雍正的时候，镇江、江宁近在咫尺，惠家的事，曹雪芹能够不知道，不受影响吗？而雍正六年，比惠家获罪被罚修镇江城晚两年，曹家也被抄家。曹雪芹跟随全家回到北京去了。如果此时曹雪芹十来岁，那惠栋已三十余岁。惠栋十九岁进学作秀才，乡试犯规落榜，以诸生讲学著书到老。惠栋注释《太上感应篇》正是他父亲获罪被罚修镇江城的时候。他在序中说：

> 汉术士魏伯阳著，参同契荀爽、虞翻、干宝诸儒采以注《易》，后之言《易》者，未能或之先也。盖魏晋以前，道家之学，未尝不愿本圣人，惟是圣人赞化育，以天地万物为坎离。术士炼精魄，以一身为坎离为较异耳。然《玉钤经》言：求仙者必以忠孝友悌仁信为本，故《宋·艺文志》及《道藏》皆有《太上感应篇》一卷。即《抱朴子》所述：汉世道戒，皆君子持己立身之学，其中如三台、北斗、司命灶神之属。正诸经传，无不契合。劝善之书，称为最古，自此以下，无讥焉。雍正之初，先慈抱病，不肖栋日夜尝药，又祷于神，发愿注《感应篇》以祈母病，天诱其衷，母疾有间，因念此书感应之速，欲公诸同好而未果，余友杨君石渔见之叹曰：此书得此注，

195

不惟可以劝善,且使道家知魏晋以前,求仙之本,初未尝有悖于圣人,反而求之,忠孝友悌仁信之间而致力焉。是亦圣人之徒也。其诸君子亦有乐于是欤? 既锓诸版,而仍问序于余。余嘉杨君子好善,因述注书之由,趣而为之序,乾隆十四年冬日惠栋序。

《清史稿》、《清史列传》中惠栋传记所举著述,均未将此书举入。四十年代美国国会图书馆 A.W.恒慕义博士所编《清代名人传略》书中,把《太上感应篇注》列为惠栋注释古籍代表作的第三种,并说明惠栋断定此书成书于公元三世纪到五世纪之间,可见其重要性。

《太上感应篇》和《阴骘文》同样是流传极广的理学、道家的善书,前者更早些,格调也更高些。惠注刊于乾隆十四年,传世《红楼梦》甲戌本是乾隆十九年。惠注《太上感应篇》刊行问世时,正是曹雪芹写《红楼梦》时期,曹雪芹是否看到过这本书呢?

抄家情节

《红楼梦》后四十回中,写到了"查抄",这虽是高鹗的续写,但从《红楼梦》的故事发展看,也自是必然的趋势。曹雪芹早在第七十四回"抄捡大观园"时,就作了极明显的暗示,此时大观园已全是凋零衰败气氛,抄家的暗示,不只是"伏线千里",而是近在咫尺了。曹雪芹借探春的口先明说了荣国府:

> 你们别忙,自然你们抄的日子有呢! 你们今日早起不是议论甄家,自己盼着好好的抄家,果然今日真抄了! 咱们也渐渐的来了! 可知这样大族人家,若从外头杀来,一时是杀不死的,这可是古人说的,"百足之虫,死而不僵",必须先从家里自杀自灭起来,才能一败涂地呢!

又用尤氏过来欲到王夫人处,被跟从的老嬷嬷拦住,说是甄家来了人,"慌慌张张的,想必有什么瞒人的事"等等来暗示了与甄家的勾搭,也暗示宁国府的被抄。"甄士隐"、"贾雨村",所谓"假作真时真亦假,无为有处有还无",甄家就是贾家,贾家又是甄家,甄家既然被抄,贾家必然也被抄,而且很快要被抄。在《续阅微草堂笔记》《臞猿笔记》中所说的"旧时真本《红楼梦》",以及传说的端方秘本《红楼梦》、三六桥所藏、后来流传到日本的"旧本《红楼梦》"等等,据云都写到"荣、宁籍没"的事,而现在的人,又都得之传闻,并不知哪个本子中写"荣、宁籍没"的详情,现在所知,就只有这高鹗所写的情况了。至于曹雪芹如何写呢?俞平伯老师在《八十回后的红楼梦》一文中(见《红楼梦研究》一书)曾作过详细的分析,根据探春的话推论道:

> 她上面说"抄家"下面接着说"自杀自灭",上面说"先从",下面说"才能";可见贾氏底衰败,原因系复合的。不是单纯的。我以为应如下列这表,方才妥善符合原意。

$$
\text{贾氏衰败}\begin{cases}\text{A}\quad\text{急剧的}\begin{cases}\text{甲}\quad\text{抄家……(外祸)}\\\text{乙}\quad\text{自残……(内乱)}\end{cases}……\\[2em]\text{B}\quad\text{渐近的——丙}\quad\text{枯干}\begin{cases}\text{a 排场过大}\\\text{b 子弟浪费}\\\text{c 为皇室耗费}\end{cases}……\end{cases}
$$

从上表看,像高氏所补的四十回,实在太简单了。

平伯老师在文中分析得是很细致的,既有外因,也有内因;既有急剧的,也有渐近的。尤其对于高氏所补,认为"太简单",这点我是非常有同感的。我感到后四十回如让曹雪芹自己写,根据七十四回的伏线暗示,抄家的急剧变化,在后面回目中会很快出现,不会像高鹗那样,一直拖至一百五回,由八十回算起,拖后二十五六回之多。为什么这样说呢?因为第一"抄家"是突然而来的,一般事先不会有消息,因而这种突然的急剧变化,可以随时安排在情节中,不一定要等其他故事的如何演变;第二要留出充分的篇幅来,以写贾家"衰"后的情况,可以有充裕的文字细细描写大观园人物的种种潦倒结局、悲惨遭遇。再有外因与内因的关系,该如何处理。平伯老师在"急剧的"下面,列了两点,一是"外祸抄家",二是"内乱自残",照探春的那段话来分析,的确是这样的。但这二者的关系如何呢？是"抄家"归抄家,"内乱"归内乱,二者各不相关呢？还是二者有密切的关系,或因自残而导致抄家,或因抄家而导致自残？我们仍根据探春的话分析,这二者是有密切关系的;而且是因自残而导致抄家的。这从探春所说,"自己盼着好好的抄家"、"咱们也渐渐的来了"、"先从自家里自杀自灭起来"等句,可以清楚地看出,贾府不久将因自残而导致抄家,这样的趋势,作者几乎是明确地告诉读者了。

不过下面又有问题产生了:因内残而导致抄家,即使肯定,那又如何"内残"呢？"内残"如何去导致抄家呢？内残导致抄家,说句文话,就是"祸起萧墙"。平伯老师分析是,"贾环母子时时想去计算宝玉",这是很清楚的。但"计算"应不一定是去招来"抄家"。"内残"可以背后使坏,用魔法使宝玉生病,推倒灯盏烫坏他,在贾政面前说宝玉的坏话,使之挨打等等;说得再严重些,还可以用各种阴谋,如下毒、刺杀等来害死宝玉,但不能包括"抄家",因为他们还没有分家,如果一抄,那宝玉固然穷了或犯了罪,而贾环也就得不到家产了,所以笼统地说"内残",贾环害得贾家抄家,是讲不通的。况且"抄家"一事,是要犯了很重的罪,即使是实质上未犯罪,但却冤枉地担了很重的罪名,这样才会突然被"抄家"。而且查抄的同时,往往要把被查抄的本人和家属统统先捉到衙门中去,同时这查抄和全家锒铛入狱,虽然来得极为突然,但其原因却是实在的、复杂的、而且是有具体的严重罪名的。在清代造成这样严重后果的,一般都是所谓"叛逆案"。普通民间的、即使很严重的人命案,大体也都造不成这样"查抄"的后果,清代抄家的大约有以下几种类型:

一是真正造反叛逆,以及与之有牵连的人家,如吴三桂及其牵连者。

二是严重贪赃枉法的大官,事迹败露者,或是谈不到什么败露不败露,而是皇上有意要收拾他的,如年羹尧、和珅等,以及他们的亲属和受牵连者。

三是政治变动,消灭异己,雍正做皇上后,疯狂杀害那些帮过他弟兄们的大臣,西太后那拉氏杀肃顺等人。

四科场案,主考舞弊,引起风波,兴起大狱,这在清代是非常多的。

五是各种文字狱,如著名的庄廷鑨史稿之狱、戴名世《南山集》之狱、胡中藻诗钞之狱、尹嘉铨狱、沈归愚诗狱、徐述夔诗狱、韦玉振文字之狱、方国泰藏匿五世祖诗集狱等等,这些大狱,有的最初是一个坏人拿着把柄几次告发,如庄廷鑨史稿狱,就是罢官归安知县吴云荣告发的;如徐述夔诗狱,就是被东台县令上报的;韦玉振文字之狱,是被他叔叔韦昭告发的。

六是窝藏江洋大盗、隐匿叛逆物品或隐藏前朝的后人、使用僭越服饰用品等等罪名,被突然查抄获罪。

大体上是这六种类型。而更重要的一个问题,是许多大案子,都要有一根导火线,小小的一根导火线能使原来没有什么的安静状态,突然掀起轩然大波,弄得多少人家破人亡。这小小的导火线是什么呢? 这是一两个极为阴险毒辣的坏人,抓住一点"把柄",捏造大逆重罪,或敲诈钱财,或图报旧仇,或狂泄私怨,置其所陷害者全家于死地,甚至引起广泛的牵连。如庄廷鑨狱,一案就死了七十多人,而且这些人的家属妇女都被发往边疆为奴。这些案子,正是《红楼梦》时代的前后,作者虽然十分谨慎,"甄士隐"去,尽力避免,但在写作时,决不能不想到这些,而正是时刻地记着这些,只是考虑如何去写。我想曹雪芹如果接着写下去,关于贾家之被抄,有三点必然可以估计到:

一、曹雪芹会很快地写到这个突变。

二、会明显地写出一两个极阴险的告发的家伙,这个人是贾家的亲族,也可能是旁姓,但必然是知道底细的,拿到什么可以构成严重罪行的把柄,可以置贾家全家于死地,但自己又可脱身得赏的。

三、钦命查抄,是有明显的、虽不一定真实的严重罪名,可以一边查抄,一边交刑部严加议处的。

根据这三点假设,根据前八十回的艺术技巧,可以想象曹雪芹如果继续写下去,会把这一转变写得极为细致、真实,有条不紊,事情虽然突然,但情节不会模糊,具体罪名会交代得更清楚。根据前面所说的六条,贾家有可能被告发哪些条呢?似乎前四条都难扯得上。根据《红楼梦》前八十回的故事,贾家当时虽是豪门贵戚,却不是什么当时炙手可热的权臣,只不过是靠祖荫、靠皇亲、靠产业、靠当权的亲戚等来撑虚架子的一群纨绔子弟而已。以贾政来说,论官职只是个员外郎,不过是从五品,所以是没有办法同清初那些被置于重典的大臣,如鳌拜、噶礼、年羹尧等人比的。贾家被人告发,获罪的最大可能是第五条,或者有什么僭越的服饰用品,够上大逆罪的;或者家中的某人是什么重要钦犯的后人,够上藏匿叛逆罪的;或者藏有什么禁书,藏有什么已判处的重大犯人的遗物,可以拉得上同谋的……如果以上这些情况,平时不大注意,而被知情的阴险之徒拿着把柄一告,便立刻招来抄家入狱,甚至多少人被杀头,多少人被充军的横祸。这样贾府便一下子会像冰山一样倒下来,贾宝玉纵然不入狱,也会一下子变成赤贫,由怡红公子一夜之间变成流落街头的乞丐,在当时并不是不可能。根据探春的话,如果照着那些话的暗示,让曹雪芹自己写下去,是完全可以写成前面假设的那种结果的。

但是在高鹗的笔下,正如平伯先生所说,"实在太简单了",而且不但简单,在"抄家"情节上,交代的罪名也十分含糊,查抄贾赦家产的旨意只是:

> 贾赦交通外官,依势凌弱,辜负朕恩,有忝祖德,着革去世职。钦此。

"上谕"最后只是"着革去世职",连一个"交部严加议处"也没有。最后"交通外官"一条,还因参奏御史不能指实,无法成立。罪名不但轻,而且都是似是而非的。因为像当时这样的豪门,单纯像因买扇子逼死一个石呆子这样的人命案情,如果不是皇上有意找他麻烦的话,那是毫无问题的,只有碰到皇权本身的什么叛逆、僭越、大不敬、大逆知情隐讳、悖逆诋讪怨望等罪名,才是最严重的,要抄家,要入狱,要杀头,家人甚至亲戚朋友都要受到审理。而高鹗写的抄家,却与贾赦的罪名似乎套不上。使人感到高鹗所写,似乎是为写抄家而写抄家了。高鹗为什么会这样呢?他有两点致命伤:

第一太照顾前文,而不能发展情节,他写贾珍、贾赦的罪,只是前八十回有的,他没有给他们添新罪,或揭出人家不知道的罪。是他想不下去呢?还是他不愿意呢?我想是他不愿意,所以才"泥腿"呀、"御史参奏"呀,写得十分虚。

第二是他有意保护贾政、宝玉这些人。既不能写他们犯罪,又不能让贾珍、贾赦的罪再大。如果贾珍、贾赦的罪再大,那贾政、宝玉便也要跟着入狱的。当时这是没有什么客气的。这里不妨举一个例子:如雍正初"查嗣庭试题案"。

查嗣庭,字横浦,官至内阁学士兼礼部侍郎。到江西做主考时,试题以"君子不以言举人"二句"山径云蹊间"一节命题,其时方行保举,谓其讽刺时事,因而被告发获罪,又查他笔记诗抄,认为语多悖逆,罗织成为重罪,下狱病死。他是著名诗人查慎行的弟弟,他一犯罪,全家都入狱。查慎行在《诣狱集》诗注中说:

> 率子侄辈少长九人同赴诏狱。
>
> 槛车上施栏槛,囚禁罪人。
>
> 念儿岁前到京,首先报狱,故名十雏。

这就是弟弟犯了重罪,哥哥、子侄等都要入狱的实例,如果高鹗把贾珍、贾赦等人的罪名写重,势必也要使贾政、宝玉等人入狱,这就达不到他保护的目的了。所以他写了这么一场似是而非的抄家,使人们感到,像贾珍、贾赦这些家伙,一旦获罪,恶行暴露,难道只能这样一点点罪行吗? 不过高鹗在写抄家时,还有他成功的地方,那就是抄家时突然而又紧张的气氛,和那时来查抄的衙役们的兴高采烈的神情。正好同被抄者六神无主、惊慌失措的恐惧神态成一个鲜明的对照,如高鹗在第一百五回写到:

> 赵堂官即叫他的家人传齐司员,带同番役,分头按房,查抄登账。这一言不打紧,唬得贾政上下人等面面相看;喜得番役家人摩拳擦掌,就要往各处动手。……
>
> ……其余虽未尽入官的,早被查抄的人尽行抢去,所存者只有家伙物件。
>
> 正说到高兴,只听见邢夫人那边的人一直声的嚷进来说"老太太、太太! 不……不好了! 多多少少的穿靴戴帽的强……强盗来了! 翻箱倒笼的来拿东西!"贾母等听着发

呆。又见平儿披头散发，拉着巧姐哭哭啼啼的来说："不好了！我正和姐儿吃饭，只见来旺被人拴着进来说：'姑娘快快传进去请太太们回避，外头王爷就进来抄家了！'我听了几乎唬死！正要进房拿要紧东西，被一伙人浑推浑赶出来了。……"邢、王二夫人听得，俱魂飞天外，不知怎么才好；独见凤姐先前圆睁两眼听着，后来一仰身便栽倒地下；贾母没有听完，便吓得涕泪交流，连话也说不出来。……

　　谁说高兰墅的文采比不上曹雪芹，像上面这些文字，其传神处，二人不是在伯仲之间吗？难得的是，在当时文字狱余焰犹炽之际，高兰墅敢于这样淋漓尽致地描写抄家时的场景，写赵堂官及番役等兴灾乐祸，"撩衣奋臂"，急于动手，好捞外快，发横财的神态，真是历历如绘，十分不容易。当然，他毕竟是有顾忌的，先用"好了！幸亏五爷救了我们了"，一句话打个圆场，接着又写"复世职政老沐天恩"，用写皇上恩典，来抵消前面所写的抄家文字的忌讳，这样既不会惹出乱子，也达到了他内心中有意保护贾政、宝玉这些人的想法。因之他理解曹雪芹的原意，必须要写"抄家"一回；他也有这样的生活，有这样的才华，能够把"抄家"这回书写好，但是他又有顾忌：一是怕文字干触时忌；二是不忍心让贾政、宝玉这些人入狱沉沦。因而他在这种矛盾中，写成了这个样子。下面引用一段真实的"抄家"记事，用来和高鹗的描绘作个对照，以见历史的真实背景。

　　在康熙初，清代最大的文字狱之一，南浔"庄廷钺史稿案"中，有一个受牵连的仁和（杭州）陆圻，字丽京。据全祖望《鲒埼亭外集》所收《江浙两大狱记》云："惟海宁查从仁、仁和陆圻，当狱初起，先首告。谓廷钺慕其名，列之参校中，得脱罪。"这一案，共死了七十多人，妇女并给边，而陆则因先"首告"，虽然打了一场出生入死的官司，最后居然未死，出狱后出家做和尚了。《清朝野史大观·清朝史料》收有其女儿陆莘行《老父云游始末》一文，所述甚详。在记叙其父被逮解京后，衙门中人又来他家抄家捉女眷，文云：

癸卯（康熙二年，即一六六三年）正月十六日，得父初六至维扬信；十八日，母梦曾祖妣沈太孺人举箸呜咽；十九日，系沈忌辰，年例祀后方始收新年所悬神像……忽一吏持柬云："纪爷至矣。"母思吾夫之出，纪所知也，至何为者？少顷，见百余人随一官到，伯兄出见，母于屏中窥之，非纪也。正疑虑间，二婶母急告母曰："京中事发，官来籍没矣。"语未竟，数十人排闼而进曰："女眷请出来，听总捕毛爷一点，无大害也。"母将余托于二婶，冒称拒兄之女，名文姑，杂于诸侄女中。文者，拒兄小字也。仓猝中即以此名应之。故册上有"侄孙女文姑，年方七岁"之语。近邻许周父，平日待之甚厚，此际手持糒一盂，于门上遍贴封条，且曰："某某，系某人子，不可疏放；某某，系某人仆，急宜追絷。"官喜其勤，即取吾家米三石、布二匹与之。令为向导，同捕役进京，逮三叔父。与叔遇于纱帽胡同，为褚礼所见，叔避之，不获。许竟无功，后事解，此奴惶愧欲死……是晚，五房（陆圻弟兄五人）上下计三十口（封建时，衙门计人数，男人叫若干"名"，女人叫若干"口"），俱押至总捕班房……二十一日，男子发按察司监……女子发羁候所……查（查从佐）、陆、范（范文白）三姓，共计一百七十六人。二十五日，俱至贡院点名。是日人犯不齐，仍令归所。二十六日，清晨始点。

此案距高鹗给《红楼梦》续后四十回时,要早一百二十来年,把陆莘行的文字和高鹗的文字对照看,不是十分相像吗? 一个是真事的记录,一个是小说的艺术描绘,二者之间,都留下了历史的影子,对照来看,不难得到更深刻的理解吧。

抄家清单

　　高鹗续《红楼梦》，在第一百五回中，写到抄家，是一大关目。对查抄时的场景、气氛，描绘得十分真实。写到"登记物件"，也写查抄物品的清单。按"抄家"是俗称，史称"籍没"，所谓"籍"，就是记录的意思；所谓"没"，就是没收入官的意思。因而正式抄家，一定要按照账簿登记，不然不就是一笔糊涂账吗？当然，在查抄混乱之际，执行者是大可以浑水摸鱼、大捞外快、大发横财的。小也者，随手把贵重之物往自己口袋里塞；大也者，威胁争主，用珠宝细软，贵重之物捞饱，然后再登记账册。捞到手的东西，带领抄家的官员、书办，以及动手抄搜的皂吏衙役等，都要按大小股来分，真像强盗分赃一样。所以高鹗写的查抄场景中，赵堂官和番役、家人等最起劲，都急于想动手，甚至不管西平王的吩咐，"老赵家奴番役，已经拉着本宅家人领路，分头查抄去了"。从高鹗的描绘中，可以看出老赵这些人，好像鹰犬已经嗅到、见到带血腥的肉，急于要脱开羁系，猛扑过去恣意吞噬一样。

　　第二回中，曹雪芹写林如海"今已升至兰台寺大夫"，"甲戌本"有"脂批"云："官制半遵古名亦好。余最喜此等半有半无，半古半今，事之所无，理之必有，极玄极幻，荒唐不经之处。"这一点窍门，高兰墅倒也学会了。"锦衣军查抄宁国府"，"有锦衣府堂官赵老爷"等等，这很明显地是用明代"锦衣卫"的名称，而又把"锦衣卫"改为"锦衣府"，这就更符合"半有半无，半古半今"的原则了。清代没有锦衣卫或锦衣府的机构。处理这样案件，一般是都察院、刑部、步军统领衙门、顺天府等等机构,高鹗在这点上,很巧妙地用了类明代的官衙名称,除继承了曹雪芹的手法而外,自然更重要的也是怕招时忌。

另外在封建时代,不管明代也好,清代也好,政法衙门的堂官役吏,最喜欢遇到这种打官司的事,因为这正是他们发财的好机会。那些小的番役,听到抄家,抓赌等等,那都是在现场抓钱的最好机会,即使主管不肯,他们也要一再怂恿,要说得主管心动,他们好得逞其私欲;说不动,自然要埋怨了。所以高鹗写赵堂官说不动西平王,心里不禁要骂,"我好晦气,碰着这样的酸王"了。

记载抄家清单的书,最有名的要数记录抄严嵩父子家的《天水冰山录》了。这本是江西南昌府查抄严嵩原籍南昌府、袁州府(包括宜春、分宜二县)家中动产及不动产的清单,原是官府的档案,大概在明代就刊印过,但是没有书名。到清代雍正六年(一七二八年)周石林从残本重抄,用昔人吊严嵩诗"太阳一出冰山颓"句意,题为《天水冰山录》。后来收到歙县鲍氏(廷博)《知不足斋丛书》中。"天水"者,郡望也。初抄本有严言序,其后又有赵怀玉序、汪辉祖跋。这份抄家清单可以说是现在为世人所知最详细的一份,共四千八百余款。包括金银、田产、房屋、书画、珍宝、古董、衣着、家具、杂物等共计二百三十五万九千多两。但是这只是严嵩实际财产的几分之几,第一,直隶巡按御史孙丕扬所抄严嵩京中家产,数目亦极庞大,但不包括在《天水冰山录》中。另据赵翼《廿二史札记》分析,各种物品估价太低,不过是所值的十分之一,如裘毛皮货,共一万七千四百十一件,仅估银六千二百多两;帐幔被褥,二万二千四百二十七件,仅估银二千二百四十多两。再有被查抄之前,寄存在亲友家的有十分之三四,贿赂查抄官吏的有十分之二三,因而赵翼认为,严嵩全部财产,应较《天水冰山录》一书所记,多出几十倍。但是对一般人说来,就只这几十分之一,已使人不胜惊叹而发指,感到这种人对老百姓的层层搜刮与贪婪,已到了不可思议的地步。这是一部有细目的大书,无法多引,只引一两个片段以见其罪行。如"金"一大纲下,就有三千九百余件,首先纯金,计有:

锭金四百五十四锭,重四千三百三十六两七钱;

条金四百六十一条,重六千一百九十七两九钱;

饼金一百零九饼,重四百五十七两六钱;

叶金一十四包,重九百九十两;

沙金一十一包,重六百一十三两六钱;

碎金一十七包,重五百六十六两八钱五分。

碎金就是像《红楼梦》中宁国府过年时用以倾锞子一样的破碎金子。严嵩被抄的这一笔,从历史背景上更可证明《红楼梦》的真实性。再看看除本身价值外,带有工艺价值的东西,随便举一项,明代大官袍外要有"玉带",像现在唱旧戏的一样,不过唱戏是假玉带,当时大官都是真玉带。严嵩家被查抄共各项玉带三百多条,都是极精美的工艺品,不妨抄些名称在下面:

八仙庆寿阔玉带	松鹿灵芝阔白玉带
五仙骑鹿阔玉带	彩云仙鹤白玉带
牡丹麒麟阔玉带	苍松斗牛阔玉带
海水蟒阔菜玉带	回回狮子阔玉带
孔雀牡丹菜玉带	攀枝孩儿菜玉带
闹妆阔菜玉女带	穿花凤阔玉女带
碧梧金鹊中阔白玉带	海青天鹅中阔菜玉闹妆带
白玉金厢五云捧日中阔带	玉金厢松竹梅带

……

从这些光怪陆离的名称中,可以想见几点:其一是封建时豪门显宦之穷奢极欲,有时是非常人所能想象的。其二是"取之尽锱铢,弃之如泥沙",豪门显宦把最珍贵、最精美的东西搜刮在他们家中,作践物力,有些不等人查抄,也早毁弃不问了。试想严嵩单只江西原籍就放着三百多条玉带,而他住在北京菜市口绳匠胡同,每天上朝,这几千里外的几百条玉带如何带呢?《红楼梦》第十六回赵嬷嬷说道:"别讲银子成了粪土,凭是世上有的,没有不是堆山积海的。'罪过可惜'四个字竟顾不得了!"严嵩被查抄的玉带也正可以给这话作个小注。虽然一是"圣主南巡",是喜事,一是"奸相查抄",是凶事,但其本质是一样的。其三是与此相反的一面,即百姓之被压榨、掠夺是多么深重;而明代的民间工艺又是多么精美,所以只此一点,从历史的角度看,可以联想到的问题太多了。

　　在高鹗写《红楼梦》的后四十回时,《天水冰山录》一书,他是完全有可能看到的。再有明代后期,大的查抄案,除严嵩父子而外,还有查抄张居正、刘瑾、钱宁(赐姓朱)等人,记载见王鏊《震泽长语》、田艺蘅《留青日札》等书。张居正是万历时太师,被抄时有:

　　　金二千四百二十六两,银十万七千七百九十两,金器三千七百一十两,金饰九百九十九两,银器五千二百四十两……各色蟒衣缂丝纱罗绫布三千五百余匹,男女衣服五百余件……

刘瑾是太监,正德时被查抄,计有:

　　　金二十四万锭,又五万七千八百两,元宝五百万锭,银八百万,又一百五十八万三千六百两,宝石二斗……玉带四千六百一十二束……蟒衣四百七十袭……八爪金龙盔甲三千……以上共金一千二百零五万七千八百两,银共二亿五千六百五十八万三千六百两。

钱宁也是太监,嘉靖时被查抄,计有:

金十七扛,共十万五千两,银二千四百九十扛,共四百九十八万两……金首饰五百十一箱……胡椒三千五十石,香椒三十扛,缎匹三千五百八十扛,绫绢布三百二十扛……

王鏊本人也是明代的宰相,洞庭山人,苏州环秀山庄过去就是他的祠堂,不但还在,而且现已重修。连他也都感慨地说:

呜乎,胡椒八百斛,世以为侈也,而盛传之。今观二逆贼所籍,视元载(唐人,官平章事,贪婪,被查抄时家有胡椒八百斛)何如也!闻昔王振、曹吉祥之籍尤多,官家府库,安得不空,百姓脂膏,安得不竭。

高鹗给《红楼梦》续后四十回时,对于这些记载明代抄家清单的书,虽不能说他都看过,但按照他在小说中所拟的抄家清单看,很大可能是受到这些资料的影响的。因而我先摘引一些明代的抄家清单的片段,和高鹗所写查抄清单对照来看,就可以更深刻地看到它的普遍意义。高鹗续书在暴露封建豪门的罪恶本质方面,还是有积极意义的。

清代各种查抄

在清代，《红楼梦》成书前后百数年中，清朝以满洲皇族为核心，统治汉、满等各族人民。为了加强和巩固其统治，不但从军事、政治、经济上下手，而且从文学上下手，大兴文字狱，这样抄家之风，就更为猖狂。因之被查抄的对象，就不只是江洋大盗、犯罪的达官显宦等人，查抄的目的也不只是抄造反的武器、贪赃的金银财宝，而是注意各种知识分子，各种名士或迂儒的破书、诗文、信件、笔记等等，从这里面抄材料，罗织罪行了。这比起明代的抄家，抄什么严嵩、钱宁等人，似乎又多了一大招。正像北京土话所说，"鸟枪换炮，越来越壮（读上声）"了。

下面举几个清代不同的例子，作个对照：

一是江西人"王锡侯《字贯》案"。王是一个迂儒，因缩编《康熙字典》成《字贯》一书，被一个同乡阴险者告发。查出不但擅改御编《康熙字典》，而且书中将皇帝庙讳直行排下，犯了叛逆罪，被抄家、杀头，全家大小二十一口均连坐，或处死，或充军。前故宫博物院所编印之《掌故丛编》第二辑中有全案记载，除了记载其被告发及审问、判处等情况外，还记录了他家被查抄的清单，那个清单是十分可怜的。现抄录于后：

> 住房十间半，连砖瓦基地等项，共估值银三十六两六钱。门首空地一段，估值银三两六钱。鱼塘一口，估值银一两二钱。屋后菜地一块，估值银十二两五钱。竹木床、凳、

盘、桶、箱、柜、锡铁瓷瓦、零星物件等项，共估值银六两九钱
六分一厘。谷一石五斗，估值银七钱。小猪一口，估值银三
钱二分。鸡五只，估值银一钱五分。

全家二十一口人，所有家当不过六十两银子，还没有《红楼梦》第
四十三回所写凑份子给凤姐过生日时酒戏钱的一半多，而就这
样一个穷念书人，为了把《康熙字典》改编为《字贯》，充其量不
过"骗"点小名小利，却落了这样一个下场。这恐怕在千载下，也
会有一些人为之一掬同情之泪吧。这是小举人的抄家情况，再
看一个大学者的抄家情况。邓之诚先生《骨董琐记》卷四记有查
嗣庭查抄书籍诗文清单。查嗣庭字横浦，查慎行之弟，康熙进
士，官至内阁学士兼礼部侍郎，典试江西，以所出题目获罪。雍
正说他有意讥刺，居心不良。查抄其笔札诗抄，认为语多悖逆，
系刑部狱，病死狱中，还戮其尸体。其子查沄斩监候。其兄查慎
行从宽免死，释放回籍。这完全是因文字得罪，因而查抄其家产
注意的也是书籍文字，之诚先生记云：

> 查抄查嗣庭清册，之诚从珏生侍讲借抄一过云：查家藏
> 往来字札并手录书籍编后。计开：
> 《二十一史》抄本十九套，又七本，共一百四十本。抄白
> 《明史》二本、稿本《酌中集》一套八本、又《酌中集》八本、宋
> 《翰林燕石集》四本、《罗亨信集》一本、《唐珣集》一本、《唐
> 文粹》二本、《十七帖》述一本……（中略三十三种，六十八
> 本）查前案学考试册二十四本，查氏自作诗文并帐目杂记十
> 本，二帙作一包。《万寿颂奏疏》一本、《秋锦诗抄》一本、尺
> 牍一本、拟《四书题》一本、书夹板号目一本、《丙申诗抄》一

本、《秋兴集》一本、《戊戌诗抄》一本、瘦竹斋《公车新艺》一本、海汾日用帐目一本]、杂录诗文二帙,以上十本,二帙一包。

捡搜查嗣庭一应字迹、书札、诗文开列于后。一应新旧来往书札共一百三十三件。一伊致他人书札共一十七件。一切新旧家书一百四十一件。伊戚友书札共一百八十四件。一众人托带京书十四件。一诗文杂稿一百九件。一零星杂录时文一包。一细字小文章共六十五张。一纸绫字对共二十二件。一纸笺字对共十七件。一杂钞共十一本,一款扇十柄。

册后署雍正四年十月,钤有巡抚浙江等处地方提督军务关防。之诚按,《雍正朱批上谕》:雍正四年十月二十五日,浙抚李卫密奏,派刑部额外郎中朱伦瀚,赴海宁海汾桥,搜查情由,将一应字迹钞录书本封固送部。此即其清单。

这是另一类型的抄家清单,其目的不在于籍没财产,而在于从所抄获的资料书籍中再发现问题。可怜的是查嗣庭也真用功,有这么许多手抄本书籍,这么许多诗稿、文稿、书信。雍正自然可以从中找出数不清的"怨谤"之词了。对查嗣庭说来,真是笔头勤害死他了。以上是穷抄家,再看一个富抄家,据《清朝史料》记和珅查抄清单云:

钦赐花园一所,亭台二十座,新添十六座。正屋一所十三进,共七百三十间。东屋一所七进,共三百六十间。西屋一所七进,共三百五十间。徽式新屋一所七进,共六百二十间,私设档子房一所,共七百三十间。花园一所,亭台六十四座。田地八千顷。银号十处，本银六十万两。当铺十处，本银八十万两，号件未计。金库：赤金五万八千两。银库：元宝五万五千六百锞，京锞五百八十三万锞，苏锞三百一十五万锞，洋钱五万八千元。钱库：制钱一百五十万千文。（以上共计银五千四百余万两。）人参库：人参大小支数未计，共重六百斤零。玉器库：玉鼎十三座……（以上共作价银七百万两。）另又玉寿佛一尊，高三尺六寸。玉观音一尊，高三尺八寸。（均刻云贵总督献）玉马一匹，长四尺三寸，高二尺八寸。（以上三件均未作价）珠宝库：桂圆大东珠十粒，珍珠手串二百三十串……

这份清单太长，只引这些，其他用省略号省掉吧。因为珠宝库之外，还有银器库、古玩库、绸缎库、洋货库、皮张库、铜锡库、瓷器库、文房库、珍馐库以及住房内、上房内、夹墙内、地窖内各项金银物品，尚有家人六百零六名，妇女六百口。当时有"和珅跌倒，嘉庆吃饱"之谚语。因为和珅家中抄出的东西，有的比皇宫还多。如珍珠手串二百余串，较宫中多出数倍；有整块大宝石，宫中也从未见过。和珅被赐自裁，是嘉庆四年（一七九六年）的事，正好是在高鹗续写《红楼梦》的后几年。即高鹗所拟的《红楼梦》中的抄家单，是艺术的创造，简单说，是编出来的。和珅被抄家的清单，是发生在他续书之后的事件，是历史的真实，是事实。因此从这一真一假的抄家清单中，我们可以更深刻地认识历史，知道《红楼梦》所写，与当时的真实相比，是丝毫没有夸大，高鹗也是完全忠实于当时的历史情况写的。这就更体现了《红楼梦》的现实意义。虽然他写的抄家清单不知要比和珅的东西少多少倍，但还比较恰合身份，这份清单拟的还是比较成功的。

再有我摘录这份查抄和珅家的清单，除去和高鹗在第一百五回中所拟的清单作个对照，以资互相印证历史背景外，还有一个重要的原因，就是查抄的和珅住房，据传就是后来的恭王府，甚至有人传说这就是"大观园"。而这所房子中有些建筑就造成和珅的罪行。按《嘉庆实录》载嘉庆四年御史胡季堂疏发大学士和珅罪，恩赐自裁，将大罪二十传示中外，其第十三款云：

> 昨将和珅家产查抄，所盖楠木房屋，僭侈逾制，其多宝阁及隔段式样，皆仿照宁寿宫制度。其园寓点缀，竟与圆明园蓬岛瑶台无异，不知是何肺肠。

现在这所房子还在，而且要修缮后开放。但对照和珅抄家清单来看，实已大大改观。原来正屋十三进，现在正屋只四进，以嘉乐堂为主，进数只是原来的三分之一弱。原来西屋七进，现在也只有三进，不过"天香庭院"的正厅，仍是和珅罪行条款中所说的："其多宝阁及隔段式样，皆仿照宁寿宫制度。"这是和故宫宁寿宫乐寿堂的勾连搭式（既起两重脊，屋顶横断面成"M"形）进深、暖阁、落地罩，前面卷棚等等一样的。所以说，恭王府部分上可能还保留了一些和珅府邸的遗迹，但规模上大大地缩小了。杜少陵诗云："闻道长安似弈棋，百年王业不胜悲。王侯第宅皆新主，文武衣冠异昔时。……"这所府第，先是和珅的，和珅被抄之后，嘉庆给了他兄弟永璘。永璘，乾隆第十七子，嘉庆四年改封庆郡王，病重时晋封亲王，死后谥"僖"，史书上叫"庆僖亲王"，这所府邸就叫庆王府。死后其子绵慜袭郡王，奏称府中有："毗卢帽门口四座，太平缸五十四件，铜路灯三十六对。"奉上谕：

庆王府第本为和珅旧宅，凡此违制之物，皆和珅私置。嗣后王、贝勒、贝子当依《会典》，服物宁失之不及，不可僭逾，庶几永保令名。

根据历史情况分析，绵慜主动上奏府中的僭越之物，自然是事出有因的，再奉到这样的"上谕"，房屋建筑违制之处，自然要大改特改了。因而推测，和珅时代正院十三进的大府邸，改成正院四进，大概是在这种情况之下压缩的。另据记载：和珅查抄议罪后，分其第半为和孝公主府，和之子丰绅殷德尚十公主。而当时也正是《红楼梦》在北京风靡一时的时候。郝懿行《晒书堂笔录》说：

余以乾隆、嘉庆间入都，见人家案头必有一本《红楼梦》，今二十余年来。此本亦无矣。

《红楼梦》最初风行的时候，也正是和珅倒台的前后，直到绵慜奉旨的时候，所以和珅经营府邸绵慜改造府邸，都难免要受到《红楼梦》中大观园理想的园林艺术境界的影响。他们又有的是钱，有意模仿大观园的建筑设计来建造，自然是无所不能的了。所以，与其说恭王府是大观园，倒不如说恭王府是模仿大观园的某些境界建造的更为符合历史真实些。绵慜的子孙因事夺王爵，咸丰将这一府邸，给了他的弟弟奕䜣，奕䜣是道光第六个儿子。咸丰即位，封恭亲王，后来多年帮那拉氏垂帘听政，名画家溥心畲是他的孙子。

我在谈抄家清单的同时，结合和珅被查抄的清单。谈了一些对恭王府的看法，虽然扯得远了，但关系还是密切的，高鹗拟

《红楼梦》中的抄家清单的时间,正是《字贯》案查抄与和珅案查抄之间,《字贯》案在乾隆四十二年(一七七七年),程伟元、高鹗合刻《红楼梦》在乾隆五十六年(一七九一年),和珅案在嘉庆四年(一七九九年),如果把这二真一假的"抄家清单"排列起来看,不也是很有意思的比较,不也是生动地反映了当时的历史面貌吗?从这一点上说,《红楼梦》不但是一部文学书,也是一部极生动的历史书啊!

顾颉刚大名访古

清代乾嘉学术活跃,学人众多,但是大多是江南人,北方人较少。清初北方学人,颜习斋、李恕谷名气最大,世称颜李学派。乾隆时纪昀作为学人,名气很大,但未形成学派。主要是他博闻强记,官大,又主编《四库全书》,论学也秉承汉学体系。崔述略晚于纪昀,也是直隶人,但声望、治学条件都远不能与纪昀相比。虽然中过举、做过几年知县,但家境贫寒,基本上是个乡下私塾教师(他父亲也是私塾教师),几乎与世隔绝,研究学问的条件是很差的。他家在河北省南面大名府魏县漳河边上,这里是大平原,地势又低。在崔述生活的年代里,他家就因漳河决堤,祖居被淹,其后一贫如洗,几次搬家,近二百年后,顾颉刚先生去调查时,看到不少高大的牌楼,只顶部露在地面六七尺高,说明水淹后,地面已较淹前高了丈许,崔家祖居房舍,都埋在淤泥中了。崔述一生,虽然未大发迹,贫困到老,但其家世也是仕宦之族。

顾先生大名访古在一九三一年春天,正是中原大战之后,"九一八"事变之前,河北省南面一带,交通不便,土匪横行,又到处是驻军。调查人员乘火车先到河南彰德,又由彰德买汽车票,每人大洋四圆,去河北大名,早七时半出发,直到中午过后才到大名。在大名住了一夜,第二天分兵两路,顾先生一路去魏县双井、小清化等村访问崔氏遗物,雇的一辆破汽车更特殊,现在人是难以想象的。《日记》记道:

汽车较昨日所乘者更敝，四轮之硬皮带皆破裂，司机者二人取麻绳捆之，聊护其所实之软带。行半小时必停止一次，修理绳索，重打空气，作此种种，又恒耗半小时，予等久待不耐，辄前行三四里以俟车，魏县在大名西北四十余里，汽车半小时可达，今乃费时四倍……

　　用麻绳捆扎的车带照样能走，这就是六十多年前内地土路汽车的情况。到了崔述故里魏县城中呢？《日记》又记道："城中弥望皆田园，绿者麦亩，黄者油菜，白者梨花，灿然成行列……盖此城既湮，魏县并入大名，居民尽移城外，习久不返。"看文中所记：不由人想起姜白石《扬州慢》中"望春风十里，尽荠麦青青"的句子，陵谷变化，沧海桑田，大抵天灾、兵匪、人祸之后，不少旧日闾阎门第，人文繁盛之区，都变成麦田苗圃，只供史家访古凭吊、词人伤感咏叹了。

　　调查一行特地去参观了崔东壁在大水淹后迁居的礼贤台，是魏县城南半里的小土阜，据传是春秋时魏文侯所筑，原在漳河边，崔东壁居住时，尚水泽回环，渔歌继续。而在调查时，漳河已改道，在县城五十里之外了。

　　调查一行，去参观了崔氏墓地，有民国九年大名县知事张昭芹立的《清大儒罗源县知县崔东壁先生神道》碑，墓前又有门人陈履和嘉庆二十四年所书墓碑。碑中书："大名老儒崔东壁先生暨德配成孺人墓。"碑旁书："先生讳述，字武承，乾隆壬午科举人。福建罗源县知县，著书八十八卷。今先刻《考信录》三十六卷行世，余书次第授梓。孺人讳静兰，字纫秋，著有《绣余诗》一卷、《爨余诗》一卷，拟附刻于先生诗文集之后。"

　　崔述夫人成静兰是大名望族之女，是才女，与崔同庚，先崔两年而卒，夫妻恩爱五十载，但无子嗣。

调查一行听说小清化村崔鸿藻处有崔氏家谱，当时汽车坏了，徒步行八里到了该村，看见村北崔家门前周围种着椿树，门上黏着红纸，写着"博陵旧家"，一派农村古色，主人是农民，问崔东壁像，拿出三轴，画在洋布上，二红顶、一蓝顶。顾先生断定东壁任官，外不过知县，内不过主事，不应着红、蓝大顶高品官服。且画像过新，也不像七十七岁老者，且像上无题记，主人是朴实农民，也说不出所以然，看来不是百年以前古物。又看家谱，也十分简略，是抄本，有乾隆五十四年序。谱中所记，崔述没有子嗣，继承他的侄子崔伯龙也无子嗣，因而崔述一支早已没有后人了。

另外崔家的后人，据调查尚有在大名卖杏仁茶者，总之，大儒的后代，大多是没有文化的人，连个小知识分子也没有了。学人身后之寂寞大可知矣。

调查人员在小清化村访问农民崔鸿藻之后，天色已晚，不能走夜路回城，到另一村人家土炕上对付了一宿，第二天才赶回大名。《日记》云：

> 未明即起……早饭仍上街，饮小米粥，甘之。本拟至双庙集访书版……恐希白等疑念，因命返辕，十时，抵城。如此破车，以麻绳裹轮带，以煤油代汽油，竟载九人行百余里，未非危险，车夫之技巧可佩也。入教育局，希白等果已遣人骑脚踏车下乡来寻，谓此三张"穷票"定落土匪手矣……

所记希白是容庚先生，等了一夜，以为他们被绑了票呢。此行尚有吴文藻先生等位，如今各位都已成了古人，所记六十二年前往事,已是前辈学人风流,只容后人想象矣。在晚近著名史学家中,顾颉刚先生是做出巨大贡献的,由《古史辨》到标点本"廿四史",一条漫漫其修远兮的治学道路,是联系着中华民族悠久历史和现代科学求真求实观点相结合的道路,业绩俱在,小文是无力介绍的。略述其访问崔东壁故里旧事,聊纪景仰之心而已。

有关芥川龙之介

　　我常常思念一本夏丏尊先生翻译的芥川龙之介的散文随笔集，原文好，译笔也好，是我六十年代初在旧书店买到的，放在手边经常翻阅，印象特别深刻，"十年浩劫"中被抄家者捆载而去，后来再未见到过，也不知近年重版过没有？近日读《胡适的日记》手稿本，忽然又想起这本书来，想凭印象做一点介绍。这是从一则民国十九年八月十七日的日记引起的，原文记云：

　　　　《北新》（四卷十一号）有诗人生田春月的自杀一文。生田君与我有一饭之缘。读此文使我不欢，五月十九夜，他在濑户内海投海死。有寄伊藤武雄（也是我熟人）书，及寄他的夫人书。近年日本文人自杀者三人，有岛我不认得。余二人，芥川龙之介与生田皆与我有一面之缘。日本人爱美而轻死，故肯自杀。

　　引此日记，先简述三点，再细说正文。其一，读到报道熟识的异国诗人，而且是青年诗人自杀的文章，"使我不欢"，此乃人之常情，我遇此亦有同情同感，不必多说。其二，"日本人爱美而轻死，故肯自杀"。这个结论实在不敢相信。自杀同爱美联系在一起，而且说得那样肯定，全不管心理学、遗传学、社会学、犯罪学种种复杂因素，便下结论，真是遗憾。其三，由生田春月自杀而说到芥川龙之介，这就使我想起那本可爱的书，也就是我要介绍的书和人了。

先简介：芥川龙之介生于一八九二年，死于一九二七年七月二十四日黎明，比生田春月早死三年。生田是投海死的，芥川龙之介是喝毒药死的，自杀的方法也不一样。

芥川龙之介大正五年（一九一六）毕业于东京帝国大学英吉利文学系；在《新小说》上发表《芋粥》，在《中央公论》上发表《手巾》，以后在《大阪每日》上连载《地狱变》，接着两年之后在"春阳堂"出版《影灯笼》，第二年又在"新潮社"刊行《夜来四花》……一系列的作品问世，均不同凡响，引起日本和世界文坛注意，声誉鹊起，成为日本现代文学史上盟主式的人物；身后名望更隆，日本有十分隆重的芥川龙之介文学奖，年年颁发，是日本文坛很高的荣誉。一九九二年是他诞生一百周年祭，日本文坛举行过隆重纪念仪式、学术研讨会。

一九二一年三月，芥川龙之介以《大阪每日》新闻社海外视察员的身份来中国，先到上海，后到杭州、苏州、扬州、南京、芜湖、庐山、洞庭湖、汉口、洛阳、北京等地视察游历，访问过郑孝胥、章炳麟、李人杰、胡适等人。四月间，因肋膜炎还在上海住院治疗一月之久。出院后北上，六七月间在北京，七月底由天津取道回国。上列游历地方，有一个是洛阳，现在读者也许不理解，为什么不去河南其他地方，单去洛阳呢？这要说明一点，当时正是吴佩孚拥雄兵坐镇中原的时候，他作为日本三大新闻社之一的《大阪每日》新闻社海外视察员，自然要视察一番，吴佩孚可能也要接待一番的。那次他写的《上海游记》，已先在《大阪每日》连载了。后来加北方所记汇总为《支那游记》，一九二五年在改造社出版。

我记忆中，夏丏尊先生的译文是《上海游记》那部分，全部

224

《支那游记》，一定有记到洛阳、北京一带的文字，可惜我没有见过。读夏先生译文，记忆最深的是他见章炳麟、郑孝胥的文字。三月间去苏州见太炎先生，正是江南春寒最冷的时候，太炎先生房中是从不生火的，但狐皮袍子穿着特别轻暖。接见芥川龙之介时谈兴极浓，一点也不觉得冷。而日本客人衣履单薄，陪着这位长辈学人，长时间在高大阴冷的江南客房中谈话，实在吃勿消。其《游记》中原话极为生动，可惜只记得大意，记不清原话了。第二是去拜访郑孝胥。当时郑是商务印书馆的董事长，又有卖字收入，十分阔气，南洋路家中已是洋楼，边上又为其子郑垂另盖一座新楼，花园布置也十分精美。芥川龙之介对其住所作了详细的记载，字里行间，也有讽刺之意，意思记得，原话也不记得了。新刊《郑孝胥日记》辛酉三月十七也有"波多及日人芥川龙之介来访"的记录。记得夏译芥川《上海游记》中还记有他逛城隍庙，在湖心亭九曲桥边，看见一人向湖中小便，原话似有"悠悠然地小便着，对他来说，齐卢战争似乎全然是不在意的……"当时正是南京齐燮元和浙江卢永祥为争夺上海的管理权而发动战争的时候。

芥川见胡适的情况，在夏译原书毫无印象，而在胡适民国十年日记中却有详细记载。六月廿四日记道：

> 十时半，去看杜威先生……便道到扶桑馆访日本小说家芥川龙之介，他已出门了。芥川是一个新派小说家，他的短篇小说，周作人先生兄弟曾译过几篇。前几天，周豫才先生译的《罗生门》，也是他的。

杜威当时住北京饭店，扶桑馆是日本旅馆，在东单苏州胡同,所以说是"便道"。

廿五日记云:

> 今天上午,芥川龙之介先生来谈,他自言今年三十一岁,为日本今日最少年之文人之一。他的相貌颇似中国人,今天穿着中国衣服,更像中国人了。这个人似没有日本的坏习气,谈吐(用英文)也很有理解。

廿七日又记云:

> 八时到扶桑馆,芥川先生请我吃饭,同座的有惺农和三四个日本新闻界中人。这是我第一次用日本式吃日本饭,做了那些脱鞋盘膝席地而坐的仪式,倒也别致……

这则日记较长,先记芥川氏认为中国戏园有改良的必要;后记芥川要用口语译胡适的诗,而且说当时中国新诗未受法国新诗影响。芥川又说:觉得中国著作家享受的自由,比日本人得的自由大的多,他很羡慕。胡适说:"其实中国官吏并不是愿意给我们自由,只是他们一来不懂得我们说的什么,二来没有胆子与能力可以干涉我们。"这正是北洋军阀政府时代的文人自由,现知者已少矣。

一九二七年芥川龙之介三十五岁,写完《西方的人》,正写《续西方的人》,于七月二十四日黎明服毒自杀,枕边放着一本《圣经》。他给夫人小穴隆一、其毕业时论文导师菊池宽各留下一封遗书。《大阪每日》报道他因久病不愈,从容自杀。到明年他自杀整整七十周年了,日本文坛也许会有纪念文章刊出吧。

《中国文化》与胡适分数单

刘梦溪兄主编之《中国文化》大型刊物,已出版六年了,在大陆、台湾、香港三地同时发行,近年越办越好,不惟都是名家之作,而且活泼情趣之作越来越多。最近又寄来了总第十二期,有吴冠中读石涛语录,王元化谈京戏,刘述先关于新儒学,台北"中研院"史语所杜正胜关于傅斯年、顾颉刚的讲述等宏文,真是洋洋大观,美不胜收。但也有感慨者,即编者后记中列了去年一年去世的各方面学人名单,共二十六人之多,既有老成凋谢的,也有英年早逝的,说来都是中国文化的重大损失,言之殊可伤感。其中我注意到牟宗三先生于去年四月十二日故去,立刻想起若干天前刚刚看过的《胡适的日记》手稿本第十册所载《中古思想史》试卷名单,牟宗三先生的分数记录:

牟宗三　哲二 80

原似"75",后改"80","7"字描粗为"8","5"改"0"清晰可见。分数又有随笔批注小字:"颇能想过一番,但甚迂。"

这是一九三〇年八月二十八日所记:

看完"中古思想史"试卷,上年下学期,我讲此科,听者每日约四百人,册子上只有二百人,而要学分者只有七十五人。这七十五人中,凡九十分以上者皆有希望,可以成材。

八十五分者尚有几分希望。八十分为中人之资。七十分以
下皆绝无希望的。此虽只是一科的成绩，然大致可卜其人
的终身。

只是胡先生这个"中人之资"和"可卜其人的终身"的预言并不
那么准确，六十多年后回头一看，差距太大了。在《中国文化》编
后中，牟宗三先生的头衔是：

当代哲学大师，新儒家的代表人物……

这个"头衔"恐怕是胡先生当年批分数，顺笔写"但甚迂"时
想不到的吧。

自然除本人的资质和努力而外，还有更重要的是客观环境
和遭遇，胡先生只凭学生一次考试成绩就"可卜终生"，岂非太主
观武断乎？

七十五人中，九十分以上的倒不少，有八人之多。计九十分
六人，史二白维翰、哲二陈尹培、哲四余锡煴、哲四薛星奎（后批
"有点见解"）、文一赵燕孙（后批"文字好"）、文三姚新民（后批
"王充"二字，不知何意）；九十五分二人，哲三王维诚（后批一
"禅"字）、史一王玉林（后批"两货殖传甚好"）。被胡先生预言
这"皆有希望，可以成材"的八人，不知后来情况如何？现在还有
几位在世者？在暴风骤雨、惊涛险浪、六十多年的剧烈斗争拼搏
中，这八位的"希望"是什么？又成了什么样的"材"？自然各人
有各人的一段史、一本经……现在谁又知晓呢？读者中有知道
这些人故事的吗？

适之先生所讲的课是"中古思想史"，思想不同于史料，以史

料及前人所言,分析前人思想,或见仁见智,不尽相同。所谓"迁",或正与适之先生所见不同,所谓"有点见解",或与适之先生所见正同,因而就有高低之差了。不过先生分数单中最低六十分,没有不及格的。但有四个"0"分,为什么这四位得鸭蛋呢?后面小字注明"互抄",四人正好两个"互助组",四枚大鸭蛋了都有真实姓名,但我不写了,以免为本人或小辈们看见。不过也说明,即使在北大鼎盛时期,胡先生的学生,也照样有作弊的,也真难说了。

令我可喜的是,这个分数单中,居然有王孔武的名字记云:"王孔武,文二,75 分。"这是我初中一年级时的国文老师,先父汉英公看了我的作文本,问我他的名字,笑道:"很好,'孔武有力'么!"印象有如昨日,而一直以为先生是师大毕业,到现在才知是北大的。王孔武先生个子很小,并不像"孔武有力"的,"七七事变"后,再未见过面,也未听人说起过,真所谓乱世漂萍,不过已整整六十年,一晃过去了。

附注:

去年六月在北京听张中行先生面告,孔武先生是张老友人。可惜匆匆说过,未及细谈。

胡适与王小航

读《胡适的日记》手稿本民国十九年十月八日记云：

> 王小航(照)先生来访，未遇，留下稿子一束。此君是中国改革之前辈，今已七十余。

其后十月九日、十月十日均记有王小航，对之极为重视。今天不少人或已不知王小航这一人名，但在一百年前却是比较头脑清醒的改革派，颇有可述者，因介绍如下：

王小航，名照，字藜青，号水东，又号小航，河北省宁河县人。宁河清代属顺天府。光绪二十年甲午恩科二甲翰林，考官是高阳李鸿藻、江苏徐郙等人。这一科的状元就是鼎鼎大名的南通张謇。翰林院庶常考试，散馆补京官改礼部主事，候补四品京堂。光绪二十四年维新时期，光绪下诏书"变法维新"，王照在礼部任主事，给光绪上奏折；请光绪奉皇太后巡视中外，请设教育部，就翰林院为教部署等等。六部各司堂主事是六品，主事只是七品小京官，给皇帝上奏折要请礼部尚书、侍郎等大臣代递。当时礼部满尚书正蓝旗怀塔布、汉尚书广东番禺人许应骙，都是西太后那拉氏十分宠幸的人，怀塔布姓叶赫那拉氏，西太后本家，其妻经常进宫，甚得宠。二人思想守旧，不肯替王照递奏折。王照少年气盛，照现在说法，就是有闯劲，另具呈劾其堂官不肯代递，扬言如不代递，当往都察院请都御史代递。尚书怀塔布不得

230

已，答应代递。许应骙另递折子劾王照"咆哮署堂，藉端挟制"，并说"其折中请皇帝游历日本，系置皇帝于险地，故不敢代递"。这样王照的折子、许应骙的折子同时递给光绪，光绪当时正在锐意维新，广开言路之际，自然赏识王照，结果七月十六日、十九日两下上谕：一是："若如该尚书等所奏，辄以语多偏激，抑不上闻，即系狃于积习，致成壅蔽之一端，岂于前奉谕旨毫无体会耶？怀塔布等均着交部议处。"二是朱谕："怀塔布、许应骙等礼部六堂官革职。"王照"不畏强御，勇猛可嘉，着赏给三品顶戴，以四品京堂候补，用昭激劝"。

王照一下子以小小七品主事，一个奏折就获得三品顶戴、四品候补，这还不算，而且竟使礼部六堂官革职。自然成了风头人物。但是，好景不长，八月初六日。戊戌政变，王照逃到日本去了。王照和宝竹坡之子寿富是好朋友，寿富戊戌十月去日本考察学务，住在中国使馆，曾到高桥氏花园看望寄居的王照，但被日本保护政治避难人士的警察挡驾，没有见到。庚子时，侵略者八国联军入京，寿富与弟妹三人闭门自经，和王懿荣一样，是庚子时少数殉国者之一。王照逃亡日本数年后，曾于庚子时秘密回国，改姓赵，在天津、保定一带活动，光绪三十年三月被捕入刑部狱，五月即被赦免。后专心于写文章，鼓吹其教育主张。《胡适的日记》中，所说"稿子一束"，有一篇题作《续仇国论》，署名芦中穷士，下注："居沪之日，以此为号。"印至日记中，在文旁又用毛笔批注云：

> 此民国元年余居上海时作也。经戴天仇（按，即戴传贤）杂登其报，余自印此分寄北京李石曾、王国勤等数百张，历十九年，余已忘之矣。今于破篇底得一卷，急抽一张送示

梁漱溟。以见余之不赞助梁氏，非附和胡先生也。久已认定其理然也。民国空掷二十年，而政客依旧虚浮，反以佞口与胡先生为敌，可胜叹恨。

在文后又批云：

一木支大厦，深有厚望于胡先生。

其文不长，以八股思维形式写策论，今天已少见到，全文分段引在后面，以供作历史文献的赏阅。文云：

今夫爱身者，凝神调剂，不敢作夸大矜张之思，重自量也。

爱国何独不然？国为人之积，人有自力之能力，乃有结合之能力。吾国多数人知识不足谋生，非教育普及万不能救。而近年畏民智如蛇蝎之满政府，实为教育上一大障碍物，一旦去之，良为大快。所快者，后此救亡主义进行无碍之谓也。非共和政体一成，即足抵抗列强之谓也。

救亡主义，全以教育为主脑，然既非前此学部所持尊孔、尚武、保国粹之谓。亦非令人人明于共和政体，备有参政知识云尔也。所谓教育者，瞻瞩虽及高远，而致力专重卑迩。撮其要曰使人人有生活上必须之知识，定其旨曰生活主义融和乎道德主义，个人生活主义融和乎社会生活主义，一国生活主义不悖乎世界生活主义。循理守分，质直光明，得尺则尺，得寸则寸，教育之方针在此，而政治之主脑亦即在此。盖致力于此，非有地步不可，非有光阴不可。故财政

232

也、外交也、边防也、警务也、法律也,所以保持安宁之地步与光阴以济此教育主义者也。若农商也、工矿也、交通也、宗教也、兵学也,则与此教育主义表里源流息息相通者也。节目虽多,以专注之眼光分营之,认定主脑,以持权衡,轻重得宜,步步踏实,对内对外,顺理易施,无误用之营谋,无枉费之财力,纵有二三好用霸术之强邻,只可持以相当之交涉,已破之甑不能强完,未决之堤不能骤溃,迫教育大进,而实力自生。万无昧乎轻重,勉强效颦,较量海陆军备之理。昔李仪叟言:我于北洋糊一纸老虎。夫泽麋虎皮,志士所戒。自知非虎,能令人视为真虎哉?迫见其无济,始悔前之不度德,不量力,而形势大变,蓄艾已迟矣。吾观新大总统者,以练兵为主脑之政治家也,而一时政客又多意气扬扬,发为膨胀之言论,重心点既失其真,而势力又足以劫制舆论,差之毫厘,谬以千里。一往莫遏,势等悬流。已矣夫,吾何人斯,能置喙哉?抑使时贤政见所得结果能不似吾所逆料,是固吾之所深愿也。

这是王小航于民国元年针对以小站练兵起家的大总统袁世凯以及当时朝野黩武强兵思潮为主的倾向提出的看法,以及以教育为主脑的主张。而二十年过去了,军阀依旧黩武,政客依旧虚浮,强邻日寇侵略更加严重,老先生古城日暮、寂寞穷愁,胡适回京,便引以为同调,一吐心声了。文章起处有眉批云:"起处即胡先生责己而不责人之意。"中间眉批云:"得尺得寸,即胡先生一点一滴之谓。"结尾处眉批云:"教育大进、实力自主,即胡先生几十年中完全实现之谓。"当时正是胡适鼓吹教育救国的时候。胡十月九日记读文稿云:

翻看王小航先生所留文稿八篇,甚为感动。其《贤者之责》一文后,他自跋八字:

朋友、朋友,说真的吧!

读之精神为之一振。此是寄梁漱溟五书之一。

《胡适的日记》十月十日又记云:

往访王小航先生,德胜门大街马家大院一号水东草堂。家中贫状可怜,心为凄恻。此是三十多年前的革新家的末路。(他今年七十二岁。)

他说:"中国之大,竟寻不出几个明白的人,可叹可叹。"我以为此不足怪,此乃没有高等教育之自然结果。

这是六十六年前的会见,在冷落的德胜门胡同中,贫穷的家境,倔强的老头,激动的神态……均可想见。"烈士暮年,壮心未已",一百年前,本世纪初,志士仁人的神态可以想见之。过了三年,一九三三年,老人去世了,据《日记》记载推算,去世时应该是七十五岁。徐一士《一士谈荟》中有《谈王小航》文,是王去世后所写,所记甚详。文集名《小航文存》,生前所刊,有自序及胡适序。

上世纪末、本世纪初的志士仁人、改革者已经早成为历史人物,风流云散,现在知道的已经很少了。他留给后世的有什么呢?除去他那头脑清醒的改革精神而外,还有非常实际、非常普遍的东西流传演变到今天,那就是汉语拼音,过去叫注音字母,再早叫官话字母,这就是王照创造的。王照戊戌后逃到日本,于学日本话的同时,有感于日文平假名、片假名字母给汉字注音十分便利。又因他是顺天府宁河县人（清代顺天府辖区比现在北京市大，要管五州、十九县。宁河现在归天津管），从小说官话，虽稍有怯音，但较南方人标准，所以就研究音韵，用中国字偏旁为字母，创出官话合声字母。在其《官话合声字母原序》中说：

> 世界各国之文字，皆本国人人通晓，因其文言一致，拼音简便……而吾国则通晓文字之人，百中无一，专有文人一格，高高在上，十年或数十年，问其所学何事，曰学文章耳，此真世界中至可笑之一大事。

因而他创造官话合声字母：ㄅ、ㄆ、ㄇ、ㄈ、ㄉ、ㄊ……并写《官话字母凡例》，在凡例中说："用此字母专拼白话，语言必归一致。"而清代因循守旧，一直认为他的官话合声字母是非法的，可怕的。溥仪的父亲摄政王载沣在宣统年间当权时，还下过"饬各省严禁传习官话字母"的命令。可是载沣想不到他是"短命"的，不久便辛亥革命，民国成立，载沣的权也就完了。北京政府教育部民国二年成立"读音统一会"，注音字母方案，就是王照根据其官话合声字母提出方案，确定为三十九个，后增一韵母为四十个，王照被选为"读音统一会"副会长。正是鲁迅在教育部任金事的时候。鲁迅曾在文章中写过，当时参加开会的人还有劳乃宣、吴稚晖等，为了入声存废问题，王和吴争论剧烈，吴人一着急，裤带都掉下来了。王照制定的这套官话合声字母，后叫拼音字母，民国十九年后，又叫"注音符号"，解放后，又直接用拉丁字母来写，叫"汉语拼音字母"。但声母、韵母ㄅB、ㄆP、ㄇM、ㄈF等读音顺序和拼音方法，基本还是以王照创造的那一套"官话合声字母"为根本而略加改进的。对初级汉语、普通话教学，包括少数民族、广东、福建、苏沪吴语系等地小孩,都起到了极为重要的作用,现在走遍全国各地,小学生都会说普通话,外国人学汉语也仗它。回顾历史,不能不想想这位德胜门边马家大院陋巷中,"家中贫状可怜"的王小航老人。

王小航留下的《小航文存》,都像前面所引的那篇《续仇国论》一样,八九十年前那些爱国言论,今天不少都因形势的发展而成为陈言,失去其吸引力了。但有些历史掌故,今日读来,仍有趣味,那就是《方家园杂咏纪事》。方家园是胡同名,在北京东城南小街,现写作"芳嘉园"。是西太后那拉氏娘家的府第,现在好像残破的房子还在,北京市已列为文物保护单位。戊戌时王照受过光绪的传旨嘉奖,赏四品京堂后补。出逃日本,人目之为"帝党"。庚子潜回京津等地,知道当时的政坛秘事很多,尤其对光绪、西太后以及光绪皇后隆裕(西太后娘家侄女)之间的事传闻甚详。其《自叙》中说:

> 丁卯岁之仲夏,偶与清史馆总纂王晋卿先生谈及景皇、慈禧、隆裕事,先生因服官边省,多有未闻。谓余曰:盍纪之以文?余曰:从来史官皆以官书为据,今清史当亦然耳。余即纪之何裨?先生曰否,我固乐为采录也。再三丁宁,余归而分纪数篇……以《方家园二十咏》为纲,而分纪各事于其后,先生为定其名曰《方家园杂咏纪事》。……

丁卯是民国十六年,已经很晚了。因其既存清末掌故之秘,又评论见识十分尖锐中肯,在结尾中有几句道:"隆裕不过赵穿耳,史所应诛者盾也。……清末王公大臣,概皆麻木不仁,识见迂谬,一切用假面具以欺饰天下耳目,天理灭绝,虽不遇国民革命,亦无不亡之理。"这种见识,比自命遗老的一些人高明多了。此诗在当时十分著名,注解更可读,江瀚、伦明、杨云史等人都有题词,有家刊本传世。北京古籍出版社收在其一九八六年出版的《清宫词》中,感兴趣者可以找来阅读。我在此就不再征引作介绍了。

赵元任与汉语拼音

　　我在所著《文化古城旧事》一书中,说到三十年代中华书局请钱歌川编《基本英文读本》,曾请赵元任先生灌制了唱片。关于这点,远在澳洲堪培拉的柳存仁教授,给我寄来了勘误表,对此做了详细的补充说明,摘引如下:

　　　　此基本英语,指 basic English,限用八百五十字,以为如此可表达一切意思。赵元任灌唱片,系推行国语罗马字,一种比现用拼音复杂很多的拼音"pin-yin"的拼音系统。赵元任、林语堂、周启明诸公当年多有贡献。一九二八年大学院公布,一九三二年教育部通令国语罗马字与注音字母平行使用。二者非一事。basic English 系英美人发动,想简化英文,俾成为一种世界语,然殊不易行也。
　　　　国语罗马字之优点,是可以把四声统统在拼音上表示。如邓字之四声,现在用的拼音法须加标符号,国语罗马字则拼成:deng 登(阴平)、derng(无其字)、deeng 等(上声)、deng 邓(去声)。

　　我在书中把钱歌川编的英文课本和赵元任灌的唱片写在一起,未加区别说明,是错了。存仁教授给我订正,并加详细说明,纠正了我的错误,且说得十分详细,使我增加了不少知识。联想到现在的汉语拼音以及三十年代的注音字和赵元任灌制的国语罗马字唱片,这都是对我国语言文字的正音、标音工作,作出了巨大贡献的。我国历代的语言文字,因地域广阔、语音不同,文字虽统一,但是象形、表意字,而非拼音字,因而历来小孩识字,只是方言教读死记,无法正确统一拼音。历代音韵学标音,只是反切和同音字注音。直到上世纪末、本世纪初,才学习西方拼音文字,经专家研究,制定我国文字注音及以北京音为标准的国语注音字母,解放后又制订汉语拼音字母。即以注音字母声母、韵母读音为基础,以罗马字母表示之。这样的成果,是与前辈学人的研究分不开的。而赵元任先生,就是对汉字罗马字母拼音做过深入研究、奠定基石的一位重要学人。

现在知道赵元任的人不多了,但当年他却是世纪前期就成名的音韵学专家。他留学美国学有所成后,二十年代初,先在哈佛大学任教,同时兼任清华大学国学研究院导师,长期为美国语言学会会长,一九二五年回国到清华园任教。当时是清华国学研究院鼎盛时期,梁任公、王国维、陈寅恪、赵元任、吴宓等大师济济一堂。其时赵元任被誉为"中国语言之父",可见他对汉语语言学的影响了。一九二九年初,梁任公去世,清华国学研究院继王国维去世之后,又失去了重要的主持人,其后就停办了,而吴宓、赵元任、陈寅恪等几位仍在清华任教授。一九三〇年胡适由上海北归回北大任教,赵元任还在清华任教,胡在《日记》中多次写到他。

赵是语言学家,又是音乐家,最早的流行歌曲《教我如何不想她》,就是他创作的。中国历史最长的科学团体中国科学社社歌,就是胡适作词,赵元任谱曲。什么"我们唱天行有常,我们唱求知穷理,怕什么真理无穷,进一寸有一寸的欢喜",唱词也经赵元任修改过。赵元任还翻译过英国 H.H.Davies 的戏,名《软体动物》，三十年代时在协和礼堂演出，十分成功：是熊佛西导演，余上沅设计舞台，主要演员是顾曼侠、马静蕴等，赵元任自己也参加了演出。据赵自己写文说明，他翻译此剧用的是注音、注调的英文原本，翻译成中国话，也特别表现了语音、语调。赵氏在文章中特别说明道："我已经说原注音本的特色不在注音而在注调，在译文中我也不打算用国际音标，至于调的方面，翻译的时候有一样要注意的，就是英文用调表情的地方，中文不是用调，而往往是用副词或是助词来表示的……"因柳存仁教授的详细指教，我想起了赵译《软体动物》的文章，翻出来又读了一遍。不过这是十分专门的学问，只大概理解，至于如何读，则是一窍不通了。这个戏后来很出名，抗战胜利后还是每演必满的。可惜话剧迄今已冷落多年，知者极少了。

赵元任先生在三十年代中期即到美国做留学生监督，其后就长期旅居美国了。七十年代中后期，老先生在耄耋之年多次回国访问，我表哥做接待工作，在上海还接待过老先生。老先生活了九十多岁作古，也是长寿学人了。

唐德刚的打油诗

《胡适口述自传》《胡适杂忆》和最近出版的《李宗仁传》，使远在美国纽约哥伦比亚大学的唐德刚教授出了名。这也是改革开放以来的好事，对读书界的朋友们来说，看了这几本书后，于感兴趣之余，起码会想到些什么……

德刚教授是胡适的安徽小同乡，绩溪人。五十年代开始，这老小同乡都背井离乡来到美国，那可不像现在考上"托福"、到美国留学的小青年那样潇洒，他们是背着沉重的故国文史哲包袱漂泊到大洋彼岸的。当时真有些如梁山泊好汉说的"有家难奔，有国难投"。胡先生虽然是故地重游，但早已不是高唱"文学革命"、写《沁园春》"更不伤春，更不悲秋，以此誓诗……"的青年，也不是抗日烽火正炽、身为中国大使，见罗斯福总统时的"百岁光阴才过半"的中年，而是"美人迟暮"的花甲老人了。回思往事，当年好友天各一方，大有不堪回首之势。这时遇到会说绩溪话的同县小青年，又会说、又会写、又热情，哪能不一见如故，成了忘年交呢？

唐德刚教授当时在哥伦比亚大学历史系读学位，又在哥大图书馆当小职员，最早的"胡适口述历史"，便由唐来担任了。开始口述记录时，原是中、英两种语言夹杂。将汉语全部译为英语时，胡先生亲自参与，也颇费心血，遇到古典名著，还有争议。如梁启超《新民丛报》，唐顺口译为"The New People Miscellany"，而胡先生却说"新民"应译为"Innovative people"……这些在唐著

《胡适杂忆》中有详细记载，我就不多说了。

改革开放之后，唐德刚教授回国次数频繁，到各地大学讲学、开会。知名学者、中青年朋友，认识唐教授的太多了，而我和他认识的时间却很晚。自然他的著作《胡适杂忆》我早已读过了。他对胡先生既推崇、又批判，好多观点，深得我心，因此久已心仪，总想有机会认识一下……前年我的《清代八股文》出版了，我知道周策纵教授和他是好朋友，便在给策纵教授寄书时，多寄了一本，托代转交，过了两三个月，忽然收到他的信，信中说：

> 策纵兄转下大著《清代八股文》，一周未竟，读之不能中止也。正是言我辈所欲言，空谷足音，敬佩何似。说来话长，非三两张纸所可尽言，谨匆撰羌笺，并附上打油诗数首博一笑也，先行道谢……

话说得十分客气，但我感到也并非虚套子。信的后面说：八月中旬将来上海参加华东师大胡适讨论会……这样我有幸和他在上海见面，虽短短数日，但畅谈几次，十分尽兴，好像多年的老朋友一样了。古人常说：白头如新，倾盖如故。近若干年中，我常常有此感觉。有认识了几十年的熟人，经常遇到，只是"啊，好久没见，最近忙吗？"要不就是"啊，你也老了……"以后便无话可说了；而有的虽然只见过几次，却谈得很深，很痛快，像几十年的知交一样。这几次和他谈话，都说到中国传统文化，均感后继无人，大有绝响之势，共同感慨当年胡适之先生对此应负有一定责任。他还说到他认识的托洛斯基老年时的轶事，也不胜感慨，但说起来太长，在此就不多谈了。

他的小诗，很有意思，有新有旧，所谓"打油"，自是自谦之

词,这里不妨抄呈读者,共同欣赏。先看《还乡小诗》三节:

> 原来向北飞,愈飞愈远,飞到了南方。(飞越北极圈)
>
> 直线——原是弧线一部分。愈前进,愈转环,终点就是起点。(从东京飞大陆)
>
> 离开了故乡,漂流到最远的地方——那最遥远的地方,便是故乡!(返合肥故里)

诗有哲理,有感慨,有空间,有时间,充满的是天涯游子永恒的思念之情。还有一首词《忆王孙——农历除夕守岁》道:"神州西望感苍茫,真把他乡作故乡?除夕年年总断肠,最难当——守到天明觉夜长!"这就不同于上面小诗,而是直抒胸臆,道出无家之哀、思乡之苦了。

周策纵教授前几年写过几首回文诗,也曾寄给我,但一时找不到,德刚教授有一首和诗,言道:"回文小道费心裁,计国生民有去来。台港见山河一统,才长误曲显襟怀。"题为"遵策纵嘱题其《回文诗集》"。

回文诗可以顺读,也可倒读,不难见其巧思。倒读之:"怀襟显曲误长才,统一河山见港台。……"亦可见万里远人对祖国统一企盼之殷了。分别已快一年了,春雨连绵,夜窗寂寞,灯下补缀成篇,以系遥思吧!

钱玄同手札

　　我过去写过一篇《胡适之寿酒米粮库》的短文，后来编入《文化古城旧事》中，现该书已出版半年多，看到的人可能不少了。记不清在哪本别人的书或别人的文章中，说这件六十多年前的文坛旧事，只记载在魏建功氏所印"先师手札"中，是自己印的非卖品，流传极少。我怎么会有？会见到呢？说来也真巧，这本小册子，虽然流传少，十分珍贵，而我却真有，只是残破了些。秦火焚余，沧海遗珠，无意中被我用几毛钱买到，藏在寒斋的破书柜中，也十五六年矣。把扇页复印出来，供大家观赏：

　　　　先师吴兴钱玄同先生手札
　　　　弟子魏建功收藏

　　原书高二十一公分，宽六公分，薄薄一本，白绵纸影印，收了钱玄同先生二三十封信，连信封也影印了下来。只是大都是缩小了印的，有的把几张长条宣纸写的长文，分几排缩小印至一页上。如魏建功撰、钱玄同书的《胡适之寿酒米粮库》，那字比现在的新六号字还小，看起来十分吃力，只好用放大镜仔细观察了。

　　第一封信是谈魏著《古音系研究》序言的事：

　　　　廿四年三月十四日，玄同白。建功我兄：大著《古音系研究》印成已多日，而拙序迄未交卷，可胜惭悚……目眚未瘳，精神仍惫，伏案不及一小时，辄觉头重，心悸手颤，暂时不能用脑，现在只好请兄见谅……弟病愈必当补作此序，得于大著再版时补印入册，则幸甚矣。知堂老人序中云："志在必写，虽或建功力求勿写亦不可得也。"弟意正与此老同。书此致歉，敬颂撰安。玄同白。

这封信是写在两张印有"急就稿"字样的八行笺上的，用"隶古定"字体，写得整整齐齐，十分认真，所以印在第一篇，比原件缩小不多，看起来十分古雅可爱。什么叫"隶古定"呢，简单说，就是汉代竹简上所写的书体。汉初有老人伏生背诵《尚书》，用汉代竹简记录下来。后鲁地又在孔氏壁中发现蝌蚪文《尚书》，是孔子时代的书，便以所闻伏生之书考定文义，定其可知者为隶古，更以竹简写之。后来这种形体的字，以这种形体写的字，就称做"隶古定"，基本上和现在所发现的汉代竹简字体类似。钱、魏二位先生，都是古文字、古音韵专家，都善于写这种字体。且二人所写，实在说几乎一样，很难分雅俗的。鲁迅先生晚年对玄同先生不知为什么，成见较深，说钱字"俗媚入骨"。结果《北平笺谱》序言找魏写，魏既不能不写，又不便署真名，只能署"鲁迅序、天行山鬼书"，不像这本小册子署"弟子魏建功"了。其难言之隐，从署名中便清楚可见了。

书中所收信，最早是一九二五年的，最晚是一九三七年的，称呼大多是"天行兄"、"天兄"、"建功吾兄"，署名有"钱玄同"、"玄同"、"疑古"、"龟竞"、"饼斋"等。信的内容大多是讨论注音字母、古音韵，以及在北大教学、买书、寄稿费等事。不少信都印着信封，有魏的地址。计有北大、后门内景山东街瑞祥公寓、小取灯胡同七号、西山碧云寺西山天然疗养院、东皇城根双辇儿胡同二十二号、朝阳门大街八十三号等处，可见魏在十来年间，搬家多么频繁，这在当时是很普通的。有两个信封写双名："王碧书女士，魏建功先生。"王自然是"魏夫人"了。"廿八、廿九"日一封信开头说："天公：顷晤□□（二字画图示意），知某事已到十分光之程度，即月薪二百八十，从八月送起……惟办公时间……以为最好每天到所办公半天。"这大概是指北大研究所，工资是二百八十块现大洋。

所收信中，有两篇长稿。一是前述胡适之过寿的书件；一是顾颉刚先生父母过六十双寿的寿屏稿，共十二幅。送的人是"马裕藻、马衡、马廉、范文澜、蒋作宾、刘复、钱玄同、钱稻荪、徐炳昶、周作人、陈垣、沈兼士、吴肇祥、魏建功"。这些人现已无一存者，只不知这套寿屏在不在了？

这本小书，我始终不知道出版印刷经过，因为书前书后都没有出版页，也未有意调查过。近读黄裳先生的《春夜随笔》，在《天行山鬼》文中，忽然发现，十分高兴，摘行如下：

一九四七年夏，一天中午走过来薰阁书庄，看见案上有大本厚厚的册子，中间粘贴着钱玄同给魏建功的几十封信，其中还有明信片、贺年卡……非常有趣。钱玄同是最喜欢说笑话的，信里有许多好玩的故事。因为是随手所写，有的还很潦草，所以很少常见的他那种规规矩矩的气息。自然这中间论及古音韵的论学书札也不少。封面题签是"先师吴兴钱玄同先生手札，弟子魏建功收藏"。听书店伙计说，建功刚从台湾来沪，就借住在书店楼上，这本钱玄同的手札想托书店代为影印……这本手札两三个月后印出来了，是石印，原件的风采荡然无存。这就使我非常讨厌石印，直到今天还是如此。

读了《春夜随笔》这段文章,我才知道这本残破的书是一九四七年印刷的。黄裳先生见过原件,得瞻前辈笔札风采,是十分幸运的。我没有眼福,未见过原件。如能见到"风采荡然无存"的石印本,也是十分幸运,弥足可珍了。

林琴南文学艺术

　　一九八六年十一月，在上海金山宾馆举行"中国当代文学国际讨论会"。记者访问当代欧洲著名汉学家、瑞典学院院士、诺贝尔文学奖评委之一的马悦然教授。问他中国作家为什么还没有人得过诺贝尔文学奖金？马悦然教授侃侃而谈，说是"翻译不够传神"。而对中国本世纪初的翻译家林琴南却十分推崇。记者专访中说：

　　　　他对林琴南甚为推崇，说他译的狄更斯小说，在某种意义上甚至比原作还要好，甚至能够存其精神，去其冗杂。他告诉我，已故英国汉学大师亚瑟・韦利也有同感。

　　在八十年代，听到洋学者这样赞赏林琴南，这不由地使我有些惊讶，而更感到可贵的是：记者能如实报道，在报上刊载出来，这更是我们今天的大大的进步。
　　由于报纸上看到欧洲汉学家今天还对林琴南作出这样的评价，不禁又使我想起郭沫若评价林译《迦茵小传》的话：

　　　　译文简洁，每使原书，遽增无穷光芒。

　　这话的意思，同马悦然教授所论是一致的。似乎都是说，好的译文传神之处，胜过原作。

译文胜过原作,在逻辑上讲,似乎讲不通。但从艺术上讲,好的翻译等于再创造。胜过原作,也还是讲得通的。况且林琴南翻译小说,有个特殊的地方,就是他不懂外文。不论英文、法文,翻译时,都由留学外国、精通该国文字之合作者王子仁、邵长光、魏易三人(按,魏易是汤尔和表弟,在杭与林合作译书时,正在杭州养正书塾教英文),为之据原文口述,他随听随写。运笔如风吹泉涌,往往口述者尚未讲完,他已书写完毕,不加点窜,脱手成篇了。林琴南为什么能做到这呢? 如概括地回答,大概不外三点:一是才华,二是学问,三是功夫。

　　才华代代都有,处处也常遇到,但有才华的人不见得有学问。或幼而失学,或不好学,或所学内容不同,或无良师,或失之肤浅,凡此等等,有才华也等于无用。有才有学还要有文字功夫,也就是现在所说的那种极端过硬的功夫。林译小说都是用古文表现的,这里所说过硬功夫,也就是驾驭古文的能力。林琴南自幼聪慧,家贫苦读。除"五经"外,最喜《史记》,自十三至二十后,校阅《史记》,反复数十遍,文名噪甚。其古文先得力于《史》、《汉》,又标榜桐城,持韩、柳、欧、苏之说,而力摹归有光,有所谓"阳刚阴柔"之说,拟人状物,均能细腻委婉地表现感情,传神纸上。如《震川先生集》中之《先妣事略》、《项脊轩志》都是这种笔法。林琴南便是成功地把这种远祖太史公、近师归震川的古文笔法用来翻译欧洲小说,又因不懂外文,不为原作文字局限(懂外文有好处,却也易囿于原文字句;不懂外文,自然不好,但却易自由想象发挥),却凭艺术才华和古文功力把原作神情表现出来了,这是林译小说的微妙处。外国汉学家,不比一般只看译本的中国读者。他们精研外国文学,又读中国古文之林译本,互相对照,感到能"存其精神,去其冗杂",这是实事求是的评价,并非一味捧场。与他合作的邵长光、魏易等人，都是留学生，不只懂外文，中文自然也是很不差的，但却不能自己翻，只能给他口述。这自然是因为没林那样的学识功力和才华，虽然看得懂外文的意思，却不能如林那样把原作精神用优美的中文表现出来。因此可见，说翻译外国作品，首先也还要把中国书念通，把中国文章写通，只认识外国字是不行的，不然，当年上海滩各家洋行的"康白度"，都可以成为翻译家了。据闻有不认识外国字而专教翻译文学的专家，或认不了几个中国字而翻译外国书的翻译家，这些时代的宠儿，不知真假，当然又当别论了。因为现在，自然不会再有林琴南那样翻译家，而林译小说今天恐怕一般读者也都读不懂了。

瑞典汉学家今天又忽然提起他，并说他翻的狄更斯小说在某种意义上甚至比原作还更好，这真不能不使人感到惊讶！也不免想到在五四运动之后，林琴南自说他译的小说有"左马气"等等。这些话曾大受奚落。六十多年过去了，洋人又提起同样意思的老话，这就使人更感到奇怪。听说有人写文章，题目是"五四运动的再思索"。不少去古未远的往事，是否都值得再思索一下呢？痛定思痛，比好了疮忘了痛，应该是有益得多。为此，林琴南也还值得提一提，分析分析，这倒不是因为洋人说好，咱们也说好了。

林译小说据统计，有一百二十三种之多。不惟其数量之巨，更在其影响之大，这对当时开发民智，认识世界，使中国知识阶层改变尊王攘夷、唯我独尊、闭关自守的思想，起到了意想不到的作用。且其影响不只限于文学艺术界，又深入到各种类型的人中。在七八十年前林译小说的风靡一时，是后来任何翻译家都望尘莫及的。所谓"言之不文，行之不远"。其原因固在于当时知识阶层的需要,而更重要的原因,却在于他的那枝闪耀才华的、功力过人的"左马"译笔。著名的《域外小说集》就是在林译小说的影响下翻译的。初版在一商号中寄售,卖出的是很少的。过去知堂老人常常说起此事。以这样的人物当时亦自无法和林译小说争一日之长了。

林译小说的原稿,我见过不少,也收藏过不少。畏庐老人第五个儿子,人称"林五",有些不良嗜好,但为人还有些老辈礼数。与家父汉英公是好朋友,四五十年前常到家中来,送了不少张林译另页原稿给我家,都是购自坊间的小张红格小楷仿纸(不同于中间加空行的稿纸),密密麻麻地行草写在格中。有几张还有"林五"的跋,我一直珍藏着,如亲老辈仪范。在别人看来,则是一张破纸,或是反动证据,自然在史无前例的浩劫中,也早化为灰烬了。近读兼于丈《兼于阁诗话》,中引一封林致其师正谊书院山长谢放如先生的信,信中谈到翻译《黑奴吁天录》的事,十分珍贵,不避文抄公之嫌,且引于后:

闽中大疫,未闻官中有防卫救拯之事,倡行傩礼,似于实事求是之方,尚未尽善。时局破碎,士心亦日涣。吴越楚粤之士,至有倡为革命之论,闻之心痛。故每接浙士,痛苦与言尊王,彼面虽唯唯,必隐以鄙意为迂陋。顾国势颓弱,兵权利权,悉落敌手,将来大有波兰、印度之惧。近新翻一书,名曰《黑奴吁天录》,叙阿非利加当日受劫于白人之惨状。黑人惟不知尊君亲上,图合群卫国,故白人得以威劫,以术诱,陷之奴籍。纡翻此书凡十二万言,厘为四卷。叙至冤抑流离之苦,往往搁笔鼻酸,前数日已脱稿付刊,大致九月内必竣,成时必以一部奉呈。亦欲使吾乡英异之士读之,知所以自强，不致见劫于彼人，终身不能自拔也。纡江湖三载，襟上但有泪痕，望阙心酸，效忠无地，惟振刷精神，力翻可以警觉世上之书，以振吾国果毅之气。或有见用者，则于学堂中倡明圣学，以挽人心，他无所望矣。

林氏光绪二十六年到京师，这是庚子前在杭州所写。爱国忧民之心如见肺腑，而保守之态却又十分坚顽，于是可见其思想脉络了。

此信的具体写作年代，亦可据《花随人圣盦摭忆》所记考得之。该书记云：

世但知畏庐先生，以译《巴黎茶花女遗事》始得名，不知启导之者魏季渚先生（瀚）也。季渚先生瑰迹耆年，近人所无，时马江船政局工程处，与畏庐狎。一日季渚告以法国小说甚佳，欲使译之，畏庐谢不能，再三强，乃曰：须请我游石鼓山乃可。鼓山者，闽江滨海之大山，昔人所艰于一至者也。季渚慨诺，买舟导游，载王子仁先生并往，强使口授，而笔译之。译成，林署冷红生，子仁署王晓斋，以初问世，不敢用真姓名，书出而众哗悦，畏庐亦欣欣得趣，其后始更译《黑奴吁天录》矣。事在先光绪丙申、丁酉间。

光绪丙申、丁酉是光绪二十二、二十三年，即一八九六、一八九七年。林壬午举人，癸未、丙午两应春闱不第，朝考大挑以教谕用，分在杭州属县，一住十余年。中间自然也回过福州。以上记年月推算，则前信是在这一时期所写了。

说到林琴南，自然翻译小说最重要，但其成就远不止此，不

252

妨再说说其他。

齐白石《白石诗草》中有一首《题林畏庐书幅》诗曰:

如君才气可横行,百种千篇负盛名。
天与著书好身手,不知何苦向丹青。

诗中白石老人对畏庐是推崇备至的,事实也是这样,林琴南的确可以说是一位多才多艺的人,除翻译小说外,诗文书画,无一不佳,这里不妨先说说他的诗。历来很少有人说到林琴南的诗。那么他是不是不会作诗呢? 自然不是,陈衍《石遗诗话》说:

吾乡同辈之为诗者……林琴南孝廉纾,皆不专心致志于此事,然时有可观者。

又说:

少时诗亦多作,近体为吴梅村,古体为张船山、张亨甫,识苏戡(即后来作了大汉奸的郑孝胥)后,悉弃去,除题画外,不问津此道者,殆二十余年。

其书后又说:"畏庐近来诗境大进……是以文家、画家法作诗者。"可见林琴南不是作诗,而是以文理、画境写诗,不同于一般诗人的诗,再加他的文名、画名过大,不免便把他的诗才和诗名掩盖了。

狄平子在《平等阁诗话》中引了他不少律诗。其中《邯郸道中》云:

人间那得九还丹,往事黄粱足蹒跚。

行客仍然梦富贵,先生今日过邯郸。

雪光一白连荒裔,鸦点纷来赴暮寒。

闻道过江山色好,道中未计岁将阑。

"行客"一联多有感慨,"雪光"一联全是画意,所以陈石遗说他以文家、画家法作诗是不错的。《兼于阁诗话》引其少作《咏桃花》云:

梨园唱彻孔云亭,遗老尊前酒半醒。

粉黛湖山新乐府,干戈藩镇小朝庭。

河房仕女怜残照,旧院楼台锈故钉。

输与横波夫婿贵,扬州檀板演灯屏。

兼于丈评谓"颇近芳艳"。我则谓正是深于情之作,正因为深于情,所以能译出《迦茵小传》等那样感人的作品。赤子之心,诗人之心,艺术情思,三者不是有不绝如缕的联系吗?

这种诗,出之于畏庐老人之手,人们还是很容易理解的,不过有另外一种诗,如不注明,后人就很难知道是他的诗人。这里引一首少有人知的七言乐府《小脚妇诗》:

小脚妇,谁家女?裙底弓鞋三寸许。下轻上重怕风吹,一步艰难如万里。左靠嬷嬷右靠婢,偶然蹴之痛欲死。问君此脚缠何时?奈何负痛无了期。妇言侬不知,五岁六岁才胜衣,阿娘做履命缠之。指儿尖,腰儿曲,号天叫地娘不闻。宵宵痛楚五更哭。床头呼阿娘,女儿疾病娘痛伤,女儿

254

颠跌娘惊惶。儿今脚痛入骨髓，儿自凄凉娘弗忙。阿娘转笑慰娇女，即娘少时亦如汝。但求脚小出人前，娘破工夫为汝缠。岂知缠得脚儿小，筋骨不舒食量少。无数芳年泣落花，一弓小墓闻啼乌。

敌骑来，敌骑来，土贼乘势吹风埃，逃兵败勇哄成堆。挨家劫，挨家杀，一乡逃亡十七八。东邻健妇赤双足，抱儿夜入南山谷。釜在背，米在囊，蓝布包头男子装，贼来不见身幸藏。西家盈盈人如玉，脚小难行抱头哭。哭声未歇贼已临，百般奇辱堪寒心。不辱死，辱也死，寸步难行如至此，牵连反累丈夫子。眼前事，实堪嗟，偏言步步生莲花。鸳鸯履，芙蓉绦，仙样亭亭受一刀，些些道理说不晓，争爱女儿缠足小，待到贼来百事了。

此诗共三大篇，因篇幅关系，只引首尾二段，不但完全是通俗的白话乐府诗，而且"逃兵败勇哄成堆"，也反映了清末江南福建一带，散兵游勇型的土匪之多。

再如《渴睡汉》云：

渴睡汉，何时醒，王道不外衷人情。九经叙自有柔远，加之礼貌庸何损。纵是国仇仇在心，上下一力敦根本。奈何大老官，一谈外国先冲冠？西人投刺接见晚，儒臣风度求深稳。西人报礼加谩词，又有大量能容之。所得不偿失，易明之理暗如漆。我闻西人外交礼数多，一涉国事争分毫。华人只争身分大，铸铁为墙界中外。挑衅无非在自高，自高不计公家害。我笑富郑公，区区争献纳。若果赵家能自强，汴梁岂受金人踏。须知勾践能复仇，骄吴始取吴王头。奉告理学人，不必区夷夏。苟利吾国家，何妨礼貌姑为下。西人谋国事事精，兵制尤堪为法程。国中我自尊王道，参之西法应更好。我徒守旧彼日新，胁我多端意莫伸。群公各有匡时志，不委人为委天意。人为一尽天意来，王师奋迅如风雷。西人虽暴胡为哉？西人虽暴胡为哉？

如只知道保守顽固，在五四时期给蔡元培校长写信反对白话文的林琴南，而不知其他，那对"参之西法应更好"、"我徒守旧彼日新，胁我多端意莫伸"等诗句，就不相信是他写的了。不过也还有个前题，就是"国中我自尊王道"，因此，他一开始也还是个维新派、改良派。但他在历史上作为一个忧国忧民的主张向西方学习的先行者，大大不同于愚昧仇洋笃信请梨山老母下界抵抗洋枪洋炮的群氓们，这一点还是应该明确指出的。

林的《闽中乐府诗》共数十篇，除前引者外，尚有《村先生(讥蒙养失也)》、《百忍堂(全骨肉也)》、《破兰衫(叹腐也)》等篇，是一组各篇有独立中心的组诗。最早印本是在福州刊印的。高梦旦氏《书后》云：

甲午之后我师败日本，国人纷纷言变法、言救国。时表兄魏季子先生，主马江船政局工程处，余馆其家，为课诸子。仲兄子益先生、王子仁先生欧游东归，任职船局。过从甚密，伯兄啸桐先生、林畏庐先生亦时就游宴，往往亘数日夜，或买舟作鼓山方广游，每议论中外事，慨叹不能自已。畏庐先生以为转移风气，莫如蒙养，因就议论所得发为诗歌，俄顷即就，季子先生为出资印行，名曰《闽中新乐府》。……

从高氏书后中,可见这些乐府诗的写作时代、历史背景和写作动机。可见当时的林氏并不是一个"老顽固",还是一位很有见地的爱国先进青年呢。

林诗最有价值的是这组乐府诗,但限于篇幅,不能多引。其次是题画诗,因他是画家,所以题画诗独多,其中不乏有意境者。如:

> 暮色苍然满竹围,晚潮刚没钓鱼矶。
> 江楼棋罢刺船返,不道林鸦先我归。

> 水寺烟深锁画檐,钟鱼不响雨廉纤。
> 野僧飞锡疑无路,只向云中识塔尖。

这样的小诗,是明净如画的。当然,也有寄托感慨的。如:

> 十四年中过御河,杨花阵阵水微波。
> 秋来满眼伤摇落,愁比涵元殿里多。

这样的小诗,便完全是摇曳多姿的遗老口吻了。这便说到他老年所编的诗集《畏庐诗存》,收了不少首去易县梁格庄给光绪守陵的诗,如《癸丑上巳后三日谒崇陵作》、《丙辰清明四谒崇陵礼成志哀》、《十月廿一日先皇帝忌辰纾斋于梁格庄清爱室,五更具衣冠同梁鼎芬、毓廉至陵下》等等,看了十分使人不快。还说什么"聊藉清明伸一恸,幸凭灵爽鉴孤臣"等等,感到更是故作姿态,他在清代庚子前不过是个举人大挑教谕,还在知县下面,论品位不过是个"正八品"。其时辛亥革命不久,清代官吏这种

257

"正八品"的全国有多少万人，大多都做了民国的官吏，对清室哪里配得上称"臣"呢？同梁鼎芬这些人在一起，开口"先皇"，闭口"孤臣"，不免使人感到是故意标榜，反而玷污了学人的清望了。庚子后，闽侯人陈璧任顺天府府尹，办五城学堂（即后来海王村的师范大学附属中学），招林来京任教习，这就更非官吏，更谈不到什么"孤臣"了。

其思想落伍过程，从《畏庐诗草》的序言中或可略窥一二。序云：

> 余恒谓诗人多恃人而不自恃，不得宰相之宠，则发己牢骚，莫用伧父之钱，则憾人鄙啬，迹其用心，直以诗为市耳。乃绝意不为诗，三十以后，李畲曾、佛客兄弟立友社，集同人咏史。社稿以周辛仲为冠。然皆含悲凉激楚之音，余私以为不祥。已而辛仲卒，畲曾兄弟远宦，社事遂寝。余亦客京师，不为诗近三十年。辛亥春，罗掞东集同人为诗社，社集必选名胜之地，每集必请余作画，众系以诗。于是复稍稍为之。是岁九月，革命军起，皇室让政，闻闻见见，均弗适于余心，因触事成诗。十年来，每下愈况，不知所穷，盖非亡国不止。而余诗之悲凉激楚，乃甚于三十之时，然幸无希宠宰相，责难伧父之作。惟所恋恋者，故君耳。集中诗多谒陵之作，讥者以余效颦顾怪，近于好名，呜呼，何不谅余心之甚也。顾怪谒陵之后，遂不许第二人为之，顾怪不足道。譬如欲学孔孟者，亦将以好名斥之邪？天下果畏人言，而不敢循纲常之辙，是忘己也。故为自遂己志，自为己诗，不存必传之心，不求助传之序。至于分唐界宋，必谓余发源于何家，瓣香于某氏，均一笑置之。此集畏庐之诗也，爱者听其留，

恶者任其毁,必如康乾之间,寄托渔洋、归愚两先生门下,助其声光,余不屑也。壬戌十月闽县林纾识于宣南烟云楼。

　　此序非常率真,前讥世俗"以诗为市",后不标榜门户、不求"助传之序",态度均有可取者。惟"故君"之论,又引顾炎武谒十三陵事,似非发自内心,而亦不伦。正如鲁迅所说:"为遗老而遗老了。"序中所说"三十年"不为诗,这也正是各家谈林氏之文,很少谈到诗的原因。

　　在诗序中提到"每集必请余作画",即在辛亥之际,林琴南在译书、教书之外,更重要的是以画名重京师了。民国元年壬子,鲁迅初到北京,就买了林的画。民元《鲁迅日记》十一月九日记云:"并托清秘阁买林琴南画册一叶,付银四元四角。约半月后取。"同月十四日又云:"午后清秘阁持林琴南画来,亦不甚佳。"所说"画册",是册页的一页,大小顶多一尺不到的一幅小画,如以此计算,当时林画,如三尺中堂,就要卖到十三四块银元。当时金价不过五六十元一两(第一次世界大战后,黄金价格最低,到过"十八换",即十八两白银买一两黄金),这样其润格是相当高了。说到鲁迅先生买林琴南的画,不禁想起:旧时我家也收藏过畏庐老人的一幅画,是用扇面裱成的镜心。这幅画画面很疏朗,边上两三点山,中间几株杂树,掩映着一所竹篱茅舍,上面有一段跋语,而无题画诗,已很别致了。更特殊的是"跋语",是一段谈画理的跋,跋中讲了用墨的道理,接着说:"今我舍墨用赭。"这是这幅画的特征,也是畏庐老人的创造、试验。其特点是山的皴染全部用深浅赭石,点以花青,因此山色看上去全是红土的,感到十分嵯岈枯劲。这个扇面也是在清秘阁按笔单订画的,价钱大约是八块银元。可能这都是老人随手画来,并非着意经营之作,亦非一时兴会之作,说穿了,只是为了卖钱的画,即使是再有名的画家,这种作品,也不会张张精彩的。所以鲁迅先生说"亦不甚佳",说"不甚佳",也还是部分肯定,也还有其独特风格的,这比那些冒充画家的骗子好多了。

关于畏庐老人的画,在《福建通志》中陈衍(石遗)替他写的"传"里写道:

> 卖文译书外,肆力作画,自珂罗版书画盛行,虽家乏收藏,不难见古名人真迹。……纾因得饱临四王、墨井、南田,上及宋元诸大家杰作,骎骎檀能品,沽者麇至,帧直数十饼金。

可见他的画是正统途径。评者谓其"画近四王一派,笔墨松秀,时能作惠崇小景,而青山绿水,杨柳江村,又有宋燕文贵、赵令穰之意境"(见《兼于阁诗话》)。樊樊山老人题他的《南湖旧隐图》道:

> 光绪而还画手难,惟君刻意拟荆关。
> 琴南画著琴天句,知是闽山是楚山。

樊又号"琴天阁主",所以有第三句。第二句说"刻意拟荆、关",指的是荆浩和关仝,所谓"秋山寒林",淡远小景,这也正是畏庐老人画的特征。我所见到的林琴南画,大多是小幅。据《畏庐诗存》中题目,也有大幅,题云:

> 比月来写大屏巨幛四十余轴。出入山樵、梅花道人间,

微有所得,倦枕成梦,均在苍岩翠壁之下,或长溪烟霭中。
松篁互影,不知所穷。仿佛泰山、石鼓、西溪、方广诸胜,戏
作烟云楼卧游诗四首。

原画多大不知道,但看其诗题豪情,亦可想见构思之艰辛,
经营之意境,正可见严谨的创作情感和过程,绝不是前面说的那
种随意点染的小幅了。

林琴南乡试时中举的主考即座主就是《孽海花》中写的那位
"八旗名士"宝竹坡侍郎(名廷)。宝是陈宝琛的好友,在光绪初
是清流健将,后因由福建主考回京途中,娶江山船妓,回京自劾
罢官,所谓"微臣好色本犬性,只爱美人不爱官",就是他的名句。
罢官后,住西山,诗酒放浪,潦倒以死。陈宝琛也是清流健将,因
会办南洋军务,与曾国荃不和,恰逢丁忧回籍,就居乡三十年,未
做官。西太后那拉氏死后,才被召到京,为礼部侍郎,辛亥放山
西巡抚。未赴任,就革命了。辛亥后,陈进宫教宣统,人称陈太
傅。住灵境胡同八宝坑,与林的另一位知遇,即招林来京做五城
学堂总教习,由顺天府尹升邮传部尚书的陈璧(字玉苍)住宅仅
一墙之隔,都是福建闽侯近同乡,所以他们过从极密。这样因陈
太傅的关系,林进宫认识了宣统,把他所著的《左传撷华》送给宣
统看,又给宣统画了两个扇面,仍照清代的格式,在画面左下脚
恭楷写"臣某某人恭绘"。经陈宝琛在旁吹嘘,宣统亲笔写了
"烟云供养"四字"赐"给他。实际这不是他的目的,更重要的是
因之他大量地观看了故宫的藏画,于是"君狂喜,以为三公不与
易"(陈宝琛寿文中语)。这些名画的观摩,对于他晚年画境提
高,是极有影响的,可惜他变化还不够多,且时风渐慕石涛、八
大、扬州八怪,因而陈师曾至谓林画出于木刻画本,虽属文人相

轻，实在也正说中了林画的弱点。辛亥年林六十岁，因武昌起义，消息传到北京，京中权贵惊恐，南人纷纷出都。林亦携家避居天津英租界西开。和议初成，回到北京，有《入都至故宅》诗。在"忆从辛丑来……所赖京尹贤"句下注云："陈玉苍尚书方为京尹，为余购家具，储米炭，盛意可感，至今耿耿然。"所说"故居"等等，都在琉璃厂。初来任海王村后五城学堂总教习，五城学堂的校址在海王村后面，那时还没有后来的和平门，虽然学堂离琉璃厂近在咫尺，而要到城里去却很不方便，不是进宣武门，就是走西河沿往东进前门。所以他家始终没有在城里住过，一直是住在琉璃厂附近，在前青厂住过一个时期，但住得最久的是永光寺东街，他的"畏庐"，就在那里。畏庐有一首改订绘事润格绝句：

> 亲旧孤寒待哺多，山人无计奈他何。
> 不增画润分何润，坐视饥寒做甚么？

这是增加润格，也即卖画涨钱。

当时，即清末到民国十二年去世，其间他在琉璃厂各大南纸店如清秘阁等处挂笔单卖画，每尺十元，其他扇面、册页亦准此。所谓润格，是卖画价格表，由知名人士出面鉴名公布。由南纸店代为经营，一般南纸店收加一至加三费用。如前面鲁迅所购林琴南册页，价四元四角，即画家得四元，南纸店收四角，作为类似手续费，或可叫经营费。（这比近来各寄售书画的地方，只给画家百分之三十或四十，合理多了。）同时替商务印书馆翻译小说，按千字计算，另有版税；又在京师大学堂任教授，有薪水；另外每月要替人作寿文，作墓志，也要成千论百地收笔润，所以他那时经济收入是颇为丰盛的。况且那时物价便宜，他收入之多，现在一般人很难想象。

在他的书房中，同时摆着两张大案子，一张是画案，一张是书桌，老先生七十来岁时，身体还很好，每天在画案上作完画，便到书桌上译书，在书桌译完书，又到画案上作画，所谓"饮食外，不停晷也"。（有的资料说：三张书桌，还有一张编大学堂讲义的。）一天忙个不停，每月有上千块现大洋的进项，当时他的同乡诗人陈石遗，戏把他的书房叫做"造币厂"，虽然是开玩笑，却也是实情，因"动辄得钱也"。

他作画习惯是站着画，所以画案是定制的，特别高。他译书是别人口述，他笔录。他不论作画、译书，都可以对客挥毫。一边用笔写，一边应酬客人，而且不会有什么错。只是，如果有人请他写寿文、墓志铭，他便要一个人安静地去写了。翻译小说、作画卖画，虽然收入很丰，但他并不以此为事业，不以翻译家、画家自居，而是以古文家自居的。他把教书讲授古文、写古文看得更为重要。他由庚子后任五城学堂总教习，其后即到京师大学堂任教，一直到改为北京大学，前后近二十年，均在大学教书。一直是以古文家和捍卫古文传统者自居的。《畏庐续集》中《送大学文科毕业诸学士序》云：

> 自余至大学八年，曾见师范生第一次毕业……分科立，余遂移主文科讲席。……呜呼，古文之散久矣，大老之自信而不惑者，立格树表，俾学者望表赴格而求合其度，往往病拘挛而瘵于盛年；其尚恢复者，则又矜多务博；舍意境，废义法，而去古乃愈远。夫所贵撷经籍之腴，乃所以佽吾文，非专恃多书，即谓之入古，炫俗眼而噤读者之口也。而今之狂

谬巨子，趣怪走奇，填砌传记，如缩板搊土，务取其杳而黟者，以为能，其宜乎讲意境、守义法者之益不见直也。欧风既东渐，然尚不为吾文之累，敝在俗士以古文为朽败，后生争袭其说，遂轻蔑左、马、韩、欧之作，谓之陈秽，文始辗转日趣于敝，遂使中华数千年文字光气，一旦黯然而熠，斯则事之至可悲者也。今同学诸君，皆彬彬能文者……苟天心厌乱，终有清平之日，则诸君立延古文之一线，使不至于颠坠，未始非吾华之幸也。

这篇文章，远在五四运动十余年前，其捍卫古文传统之态度，十分明朗。所说大老自信不惑、"立格树表"等等，并非指后来的白话文，那还是指八股余孽呢。他提出"讲意境、守义法"，以左、马、韩、欧为标准，是一个有主张纲领、有创作行动、有坚定信念的捍卫古文者。清末他一位同乡名家自日本回国，去看望他，他问道："吾学当以何为最？"对方说："公之小说必传，且大有前景。"他听了很不高兴，说道："我萃一生精力于古文辞，当继归、方而与吴挚父、张廉卿争上下，小说惟多得钱助食用耳，乌足道？"说得非常坚定而坦率，亦可想见其自信与精神寄托也。他谈到自己的著述时，也不谈翻译小说及诗、画等等，而拳拳于古文之得失。如《桐城吴先生点勘史记读本序》云：

余生平所嗜书曰《左氏传》、《史记》、《汉书》、韩愈氏之文。余有《左传评勘》本，在《左孟庄骚菁华录》中，韩愈氏之文，则有《韩柳文研究法》（实际应是两种书）行世矣。独《史记》一书……

后面是评论《史记》各家点勘本的大段文章，见地不乏创新之处，可见其志之全向，全在古文辞了。他对柳文研究，也十分精到，近年出版的长沙章孤桐的《柳文指要》一书，引用其《柳文研究法》的地方很多。五四时期，他在《论古文白话之相消长》一文中，甚至于说过这样的话：

> 实则此种教法（按，指教授白话文）万无能成之理，吾辈已老，不能为正其非，悠悠百年，自有能辩之者，请诸君拭目俟之。

这是他在古文、白话之白刃战中，彻底失败后说的聊以解嘲的话。当时熟读"四书""五经"，全部继承了中国传统文化，又反戈一击，提倡白话文，作为新文学运动主将的老先生们，是打了大胜仗，而且是彻底的胜仗，迄今为止，白话文已经占领了所有的阵地，再不怕古文的复辟了。因为当年交战双方的老先生们，迄今差不多都已成了古人了。自从抗日战争之后，迄今五十年间，即使穷乡僻壤之处，也再无人以古文辞教育儿童，学校里的语文课，每学期给学生一个"大拼盘"，虽有几篇文言诗文，读后影响也不大，自不会造成抗争力量。不过如从另外一方面想：五千年文明的中国，十亿人口的中国，在学术界中今天和未来，如果真是古文家绝了种，那中国传统文化的确也就断了，这似乎也是不以人的意志为转移的。是好事呢？是坏事呢？也是值得深思的了。

林去世已六十二年了，逝世于一九二四年，享寿七十三岁。给他看病的医生是萧龙友，死后挽以联云：

举世重清名,读君文在前,识君面已桑沧后;

一朝起废疾,愿我方有法,恨我身无造化权。

措词十分得体,对其死极为惋惜。

他早期在福州家乡,有"狂生"之目,中举之后未成进士。和他同时中举的诗人陈衍(石遗)以及后来做了大汉奸的郑孝胥,却点了翰林。

林在京师大学堂教"伦理学",又做文科的负责人和教授,由严又陵做校长一直到蔡元培做校长,前后大约服务于教界约二十年,直到新文学运动开始,才愤而离开北大。

"全心异"的故事,以及《致蔡鹤卿先生的公开信》,这是举世皆知的了。在新旧文学的大论争中,老先生做了维护旧文学的主将,为世所诟病,以"老顽固"斥之,前面都已说到,这里不必再多说了。今天在学术界面向世界国际学术交流频繁的时代里,外国汉学家忽然又提到林译小说能使狄更斯的作品"存其精神,去其冗杂",这不能不说是新闻,不知与会的名人听后作何感想,而我看了这样的新闻,却是颇有感慨的。不知今天或近期,是否还有这样的译作,这样的人? 或者只有期待遥远的未来了,那谁又能等得上呢? 平心而论,即在当时,林琴南对学术、教育、文学、艺术等方面的贡献,也还是应该充分肯定的。他讲古文,讲《史》、《汉》、《庄子》,讲韩、柳文,其《柳文研究法》一书,直到现在,还是研究柳宗元的人所尊重的。五城学堂、京师大学堂两校,二十年,列入门墙,执弟子礼者,上千人,过去还有人编过一个"林氏弟子表"。在文学史上,大量翻译外国小说、沟通中西文化的,林琴南是第一人;不懂外文,而又做翻译家,翻了这么多小说的,他是古今第一人;以古文翻译小说,获得最大成功,而又影响最大的,他也是第一人。现在人爱说"新生事物","从无到有",他不也曾经是历史上从无到有的新生事物吗?

最后再提一句:林氏也很有点不畏强权的"清高气",但又是一个甘心以遗老殉满清的人。然而,实际在清代他也没有做过官,而且在"吃冷猪肉"之后也不想做官。光绪末年,他的同乡礼部侍郎郭曾炘保荐他参加"经济特科"考试,考中了好做官,他不肯参加。袁世凯"洪宪"称帝,也想利用他,要聘作"高等顾问",他不肯;又任他为"硕学通儒",他又坚决拒绝。但他接受宣统"赐"字,去梁各庄谒光绪陵,去世后又让在墓碑上写"清处士……之墓"。在某些地方,很像王国维了。

一九八六年十一月改稿于水流云在轩秋窗下

"小处不可随便"与"雅"

　　北京有句俗话,叫"话糙理不糙",就是话虽然粗糙,甚至说是粗野,但道理却是很细致的,或者说是很真实的,即贵贱贤愚、古今中外都一样,即如大小便……便很难有雅俗之分。甚至放屁——说的雅一点,叫"出虚恭",也是如此,这纵使耶稣和孔夫子活转来,也不能否认这点,说我说的不对。我怎么会突然想到这一问题呢? 这是有远因,也有近因;有近时所见,也有记忆库存……凑在一起,不免就有些感慨,最近又闲翻《随园诗话》,看到一则趣谈,不免就想写这篇短文了。先引原文共赏之:

　　　　人无酒德而贪杯勺,最为可憎。有某太守在随园看海
　　棠,醉后竟弛下衣,溲于庭中,余次日寄诗戏之云:
　　　　香是当年夷射姑,不教虎子挈花奴。
　　　　但惊赢者此阳也,谁令军中有布乎?
　　　　头秃公然帻似屋,心长空有腹如瓠。
　　　　平生雅抱时苗癖,日缚衣冠射酒徒。

　　这种像《金瓶梅》中"落腮胡……"似的诗,自然不是好诗,不过今天读者如不注解,恐怕是看不明白的,因为各句都用了典,藏了字,就构成了讽刺,如"谁令军中有布乎",历史上军中布告公文叫"露布",就是藏一"露"字,讽刺失礼者怎么能随便露出下体呢?

268

我住在上海东北隅一幢高层五楼,厅中有窗面西南,阳台下面即绿化地、人行便道、马路,对面也是一幢高层,也有一大片绿化地带,前几年,刚搬来时,车辆不多,十分安静,早晚上下班高峰车热闹过后,上下午几乎没有什么汽车开过,即所谓上海市的"安静小区"。近来形势发展,这里也大变样了,一是后面马路直通内环线,十分便捷,因而昼夜车辆大增,虽然在丁字路口竖着三块"不准鸣号"的禁牌,却是点缀品,没有一个司机管它,昼夜汽车喇叭声不断……二是变成了驾驶员教练场地,上午下午百八十辆教练车围着新村附近这几条马路转,也似乎只教开车,不教认"标志",对着大圆圈中一个喇叭、一根斜杠的标志,照例是猛按喇叭……而更令人感到遗憾的是,教练车停下来一休息,那些小青年,未来的准司机们,便也纷纷跳下车,马路两旁绿化地带以及街树旁,便都成为他们方便方便的公厕了——其实再往前二三十米,就有公共厕所,但他们都不去,而专在这里方便。我常常看书或写东西累了,便到阳台上看看街景,透透气,却常常望见悠悠然在解手的小青年,甚至还有在树丛中解大手的……"君当恕醉人",《随园诗话》所记,还是喝醉酒的人,形同疯痴,尚可原谅,这些欢蹦乱跳的人,不醉不痴,却这样"方便",除怪其不文明、素质差等等而外,还能说什么呢。阳台上看街景,一片新绿,来往车辆,便道上行人很少,十分干净……这本来是很潇洒、很雅的事,而一看到这些随便在绿化地带,解开裤子就方便的小青年们,真是再也潇洒不起来,雅不起来了。鲁迅先生当年想到"雅"的困难,忽然气起来便写信去讨稿费……我雅不起来,却毫无办法,只好叹口气回到房中又闷头爬格子了。

　　忽然又想到一则笑话,约六十年前,在南京,于右任老先生书名极大,求字的应接不暇,老先生自然也乐此不疲,但也有情绪不好的时候，一天又有一位求字者，正是逢彼之怒，提笔写了"不可随处小便"，求字者拿回来一看，先是啼笑皆非……忽然便计上心头，找裱褙师傅把六个字剪下来，重新排列，便裱成"小处不可随便"一句格言立轴挂起来了。"不可随处小便"，纵然是于右任写的，而且也是实实在在的话，便不能挂在客厅中，纵使挂在那些随便在绿化地带小便的小青年房中，恐怕也不会同意。而一剪成"小处不可随便"，便成了新式格言，可以堂皇地挂在客厅里，便"雅"了。这幅字如保存到现在，落在书画商手里，公开拍卖，还可以哄个大价钱，不过这是闲话，且不必多说。关键是同样的字，调整一两个，便完全不同了，这也是汉语的妙处，而一个又包孕着另一个，"小处"都不随便，难道还会"随处小便"吗？

　　吴稚晖当年说过，"万事不如拉野屎"，这真是自由自在，潇洒之极，但在荒野则可以，在马路上绿化地带就不可以，遗憾的是今天，小处随随便便的人似乎太多了。"小处不可随便"的人，似乎又太少了。例子到处可见，不必再多举，只是想到"雅"，那个能把"不可随处小便"六个字剪开来裱成"小处不可随便"的人，倒真是雅人深致，在这点上，比掉书袋子写诗的袁随园似乎还可爱些。

酒与文人

想想实在好笑:我不会喝酒,半杯啤酒也喝不完,脸就红了。真是与酒无缘。却应了天津酒文化大典之约,给他们写什么酒的历史典章制度,酒的礼仪、饮宴等等文章,资料虽多,文章也并不难写,但始终感到抱歉,迄今为止,仍然不能深深体会饮酒的乐趣。这岂不辜负了酒,辜负了这样的好题目,也对不起读者。但这又是没有办法的事,真是遗憾万分。

已故谢刚主师,是晚明史籍专家,很有明人情调,也没有酒量,比我强不了多少,大概喝两小杯绍兴酒脸就红了,但却很爱喝酒的情调,似乎很懂喝酒稍微有点醉意的意境是很美妙的,所以给朋友写字总爱在署名后面加上"被酒"或"微醺"两个字。而我则很难体会。只是一点:即欢喜随便陪两三知己,有四五样小菜,边吃、边喝、边谈,即陪他们一边喝酒,一边聊天,是很有情趣的。但要有一个原则,即对方有量,爱喝,但又不是"酒糊涂"。如"酒糊涂",那就苦了,三杯下肚,舌头发短,语无伦次,而且酒气熏人,还有吸烟的朋友,又是酒、又是烟,不但气味受不了,而且还要听他说胡话,最后也许呕吐,躺下就睡觉……这时你要陪他,那你可就麻烦了,真是一塌糊涂,狼狈不堪,叫你啼笑皆非……我有过不只一次这样的经验,常常还是我付钱,真是花钱找罪受,自讨苦吃……但这些朋友,也都是好人,而一沾酒,就控制不住,成了"酒糊涂"了。不过有酒量,那情况就不同了,越喝越起劲,谈笑风生,兴高采烈,《滕王阁序》中所说"逸兴遄飞",

大概就是这种境界，那是很不错的。如果一位老人，便会谈出许多人生经历，世事沧桑；如果是位学者，便会谈出许多精辟的见解，平时难得听到的知识；如果……总之，酒后吐真言，在开怀畅饮之际，也是倾吐肺腑之时。我虽不会喝酒，但此时此刻，也深深感到酒所给予人的乐趣了。大约十五年前，和谢刚主师、王西野兄在福州路杏花楼便饭，吃白斩鸡，喝加饭酒，当时正写完《鲁迅与琉璃厂》文稿，饭间就谈起三十年代中期鲁迅先生赞赏谢老研究南明史料的事，谢老喝了点酒，感慨地道："那回在天津小组批判会上，人家指着我鼻子骂：你也配谈鲁迅，鲁迅先生会赞赏你……什么难听的话都骂上了，我哪——闷声不响，咱们不能吭声，一吭声……那咱们今天还能坐在这里吃白斩鸡吗？"

谢老已经去世十多年了，但我还常常想起老人喝酒、谈心时的神态，真是一位纯真质朴的老学人啊，现在喝酒的人还不少，但这样无量而爱酒意的老学人恐怕少见了。

近十几年中，常来往的一些师友中，酒量大的是叶圣陶丈、谭其骧教授，但我和他们二位往来频繁时，圣陶丈年事过高，已不大多喝酒，谭公也因病不能多喝酒了，现已都成古人了。现在熟人中，以酒闻名的，首推苏渊雷丈，还有顾起潜丈。苏老年事虽高，但身体好，一天能喝三次四次酒，早上一起来就要喝，称作"卯饮"，在家如此，外出如此。苏老在东北挨整时，让他一个在野外看田，一人住在窝棚里，怀揣一瓶高粱酒，一包萝卜干之类的菜，窝头或馒头一两个，带一条狗，荒寒的北地田野中，靠酒度过漫长的秋夜……今天，和老夫子一道出去，酒喝的越多，诗来的越快，字写的越狂，真是拂拂飘逸着酒气……当年酒仙刘伶曾写过著名的《酒德颂》，苏老也写过一篇《新酒德颂》，曾经发表在《新民晚报·夜光杯》上。另外上海图书馆名誉馆长顾老，也爱喝酒,也有酒量,但顾老是学问家,而非诗人,不像苏老那样酒后狂放,我每看苏老喷着酒气狂草写诗,就想起《饮中八仙歌》"李白斗酒诗百篇"的句子,写得极为传神,喝多了酒,有量的人,越来越兴奋,越兴奋思维就越敏捷,神来之笔,会自然奔放出来,李白的诗,张旭的草书,得力于酒,用现在话说,是有科学依据的。但另一种学问家,理智极强的人,酒虽然喝得很多,却十分冷静,顾老就是这样的酒人,量很大,饮酒时却话并不多,从无狂态。熟人及爱喝酒的朋友中,红学家冯其庸教授也是如此。

不过熟人中,同我一样不会喝酒的人也不少,如著名古建筑专家陈从周教授,虽然原籍绍兴,从小在杭州长大,与"花雕"同籍贯,却也不会喝酒,和他坐过不知多少次席,从未见他喝过酒,一般只"意思意思"。历史上会喝酒的文人太多了,而不会喝酒的文人却很少,不会喝酒却谈酒的自然更少。南宋诗人范成大《桂海虞衡志》"酒志"说:"余性不能酒,士友之饮少者,莫余若;而能知酒者,亦莫余若也……"虽有可能,但多少有点吹牛之嫌,不吃桃子,又如何能真懂桃子的好坏呢?

思旧谈雅

　　给"雅园"写稿,忽然想起"雅"字。什么是雅?如何才能做到雅?想想很难解释清楚,或者说与生活习惯、文化层次、先天素质、经济条件……诸多方面有关吧,却也不尽然。在此忽然想起几十年前一件小事:

　　约四十年前,我初到上海那几年,在一个专科学校教书,当时东西便宜,收入也还可以,每月稍微有点闲钱,常常课余时间,去逛城隍庙,买点小玩艺。我很喜欢竹刻扇股,小时家中有一些,都是老人们的,有时去公园坐茶座,老人互相交换欣赏掌中的扇子,总要先看看扇股,再看扇面书画,耳濡目染,我无形中受到些熏陶,懂得一点好坏,或者说是雅俗,再高一点,可以说成是书卷气或匠气。当时北平刻竹名家很多,如吴南愚、张志鱼等,但价钱都很贵。在城隍庙逛,一天在扇子铺看别人买竹刻扇股,我凑上去一看,刻工都很拙劣,不值一看,刚要走,忽见里面一把似乎是沙地留青,刀法远看不差,我便要过来拿起看看,果然很好,一面是沙地留青(就是把竹子表皮部分剔掉,留下青皮作画的线条)的柳枝、鸣蝉,一面是半扇圆窗,半身仕女。画面线条、布局、刀工都不错,虽不顶好,但够水平,即不俗,拿得出手,可以当作雅玩,而只卖一元五角。我便买了回来。当时老辈还不少,同事中有位做过伪中央大学历史系主任的老先生,出身旧家,诗书画金石全在行,办公室看到我买的这把扇股,大为赏识,称赞不已,说我买到俏货,有两个刚大学毕业的青年,看着十分羡慕。过了两天,也到城隍庙花几块钱买了刻竹扇股,拿到办公室给那位老先生看,老先生笑了,说这算什么,这是最笨匠人刻的玩艺……这位青年十分扫兴,一气之下,背着人把那扇股子折断扔了……

因为说到"雅",我忽然想起这个近四十年前的故事,说明要做到"雅",原是比较难的。旧时代人常说:"三代穿衣,五代吃饭,十辈子才能挂画。"

因为讲吃、讲穿、讲求书画金石等高雅艺术,不单纯是钱,而更重要的是传统文化的长期熏陶、慧心领悟。这位大学毕业生素无修养,一下子想懂刻竹扇股子,也想冒充风雅,这又如何可能呢?而且"雅"、"俗"的概念是建筑在中国传统文化艺术上的,西方文明自然也有雅,如何中西结合,这就要看是否真懂:真能理解。新加坡长期受英国文化影响,又因为华人最多,长期保留中华传统文化,现在提倡优雅社会,优雅文化,但由于传统文化接受程度不同,表现也不一样。一位朋友自印信纸,用福建名画家陈子奋白描花卉作底子,用一般洋纸印,来信都横写,虽不同于旧式宣纸水印笺纸,但一看是中国味的,十分高雅。另一位用重磅米色洋纸印信笺,印上自己两三方鲜红的图章,而位置全不对,看上去不中不西,莫名其妙,只感到刺眼可笑。这二位都在新加坡,都很有钱,但一个却会雅,一位却想雅而不会雅,十分遗憾。而且一位想雅不会雅的,却也是名牌大学毕业、有学位的人士。可见单纯钱,买不来"雅";单纯的西方文化,即使有博士头衔,没有一些中国传统文化修养,也讲求不了中国式或者说东方式的雅。这就要求要讲属于中国传统文化的雅的人,也就必须先具备一点传统文化的水平,也就是欣赏水准,才能谈雅。

"琴棋书画诗酒花,当年件件不少他。如今七件都改变,柴米油盐酱醋茶。"这是因经济条件下降,再风雅不起,只能顾眼前生活柴米油盐俗事了。可见雅多是偏重于精神方面的，"衣食足而知礼义"，要有弹琴下棋、观画看花、饮酒赋诗的闲情逸致，也还得要先吃饱肚子。不过纵然吃饱肚子，口袋里又有钱，能一气喝十瓶"XO"，烂醉如泥或发酒疯，也还是一个酗酒的酒鬼，成不了斗酒诗百篇的雅士。看来要想雅，既要有点经济力量，即先能温饱，然后再有点文化，有点才情，性之所近，讲求一些雅事。当然雅是与精神、艺术的境界连在一起的。艺事无边，艺境无穷，如弄不来，就不要强求，如我，活了几十年，就不懂音乐，中国琴、外国琴，对我也都是对牛弹琴，如我房中摆张琴，也来个冒充风雅，不但不雅，反而更俗了。这就不管如何雅，首先还要保持一个"真"字。此所以"真、善、美"，真字总是在第一位，一离开真，那还谈什么雅呢？再"雅"那也只是虚伪的世俗的应酬了。

　　记得禅宗一位高僧说过："以世眼观之，是雅皆俗；以法眼观之，是俗皆雅。"所以大观园中吃烤肉时湘云姑娘驳斥黛玉说道："你知道什么？是真名士自风流，你们都是假清高，最可厌的。我们这会子腥膻大吃大嚼，回来却是锦心绣口。"这真是大俗大雅，合二为一了。说了半天，什么是"雅"？还未说清楚，真是万分抱歉！

绮园古藤

　　去海盐玩了两天,稍微呼吸了几口海边、山间、湖畔、小城市的新鲜空气,感觉浑身舒畅,久困大都市尘嚣的人,如果有条件,隔些天就应该下乡一趟,换换空气才好。海盐是个小城市,自然没有上海名气大,但它却是历史悠久的人文荟萃之邦,清初是大诗人查慎行的故乡,近代则出了著名出版家、学者张元济先生。海盐紧靠东海边,去上海、杭州的公路就是沿着海边走的。山则是海边的秦山,新建的秦山核电站和广东大亚湾核电站,是我国迄今仅有的两座新建核电站,又是新时代的象征,湖则是南、北湖,站在湖中堤上一望,恍似未经妆点的杭州西湖……海盐就是这样一个风景优美的江南小城,西北连接平湖、嘉善,历史上有"金平湖、银嘉善、铁海盐"之说,说明在物产、经济上稍逊于以上二县一筹了。

　　我是第五次到海盐来了,念念不忘的是绮园的古藤。记得九年前为拍《红楼》电视,第一次和王扶林导演由杭州驱车来海盐绮园采景,也是这个季节,一进园门,转过假山,就有一种特殊的感觉,只觉得一些古树,虽然古老高大,但也并无参天之势,而荫却特别浓,仰头几乎看不见天,所见几乎全是一派浓绿,小小的一个园子,却有进入热带原始森林的感觉,完全不同于苏州拙政园、狮子林等处的直感。开始只是一种感觉,还未找出原因,后来在池畔假山边转来转去,在一株香樟树边,忽然发现树上的叶子有大有小,才感到奇怪,仔细一观察,才发现原来是一根藤萝从上面垂下来绕在树上,树叶子、藤萝叶子、藤条、树枝交织在一起,所以荫特别浓。再一观察,其他几株树也是这样。感到十分有趣,便顺藤找根,由于指粗的藤一下找到手臂粗的藤,再找,在假山太湖石畔,忽然看到两根碗口粗的藤垂下来,顺着找下去,忽见近地面小卵石走道边,一个大结紧贴地面,有三四个杈,可是没有根,原来是一个大分杈处上,虽然那个结处直径已比大碗粗,而且三四股扭在一起,却还是老枝条,而非根。只是粗大苗壮,起码也有几百年树龄了⋯⋯根在哪里呢?更觉有趣,继续找,终于在假山背阴处找到了根,几根老藤盘结在一起,一个人几乎抱不过来,粗壮的藤条沿周围高大的树木向假山前面蔓延出去,或垂或伸,以各株老树枝为架,几乎布满了整个园子,所以绿荫特别浓,真到了照人欲滴的浓度,我看了之后,真有些呆住了。

我从小见过的藤萝不少,三四十年代时,住在北京苏园,就有不少架藤萝,春日淡紫色的花一串串,夏天的荫凉,秋天下垂的像大豆荚一样的藤萝荚,都不知引起过我青年时多少梦幻,北京著名的古藤,清初大诗人朱彝尊曾经吟唱过的槐树前街古藤我没有见过,但吏部古藤在过去公安街警察局二门外,却见过不少次。漂泊到江南,苏州拙政园文徵明手植藤,更不知看过多少回,有几年,每年看花时,总要去苏州花下看看,其他见到过的古老藤花也还不少⋯⋯但我所见到过的藤萝,不管多么古老,而没有一株能和这株相比的;再有所见过的,都是用粗大的木头架起来的,而没有一株是和众多高大老树盘结在一起的⋯⋯我童年时读启蒙读物,记牢两句话:"藤萝绕树生,树倒藤萝死。"印象中只认为种藤萝必须架起来,不能让它自由缠绕在生长着的树上,不然,它会把树缠绕死的。北京中山公园在已枯死老柏树边,都种了藤萝,老树枯枝就当了藤萝架了……在思想中,从来就没有想过藤萝会绕在活树上,共存共荣,因而见了绮园的古藤,牵藤引蔓,绕在园中假山两边各株活树上,浓荫绿意布满全园,就大为吃惊,有些呆住了——现在想来也好笑,这真是书生的井蛙之见,试想云、贵、川、广,以及南洋老挝、泰国等地原始森林的千年古藤,哪一株不是绕在树上生长,谁又给它们去搭架呢?其实深入一想,便会明白,并不是什么高深学问,但人却往往囿于最初的成见,从此似乎也得到不少启发,深感个人思维未免太浅了。

绮园的历史并不长,只建于同治九年,公历一八七○年,迄今也不过一百二十多年。而这株古藤的树龄,最少在六七百年以上。苏州文徵明手植藤,恐怕还没有它一半大,也已四五百年树龄,何况这株荫覆近数千平方米的古藤,自然比较老多了。园史介绍,是在明代废园的基础上建的,明代废园,主人何家,文献失考,而这株古藤,应在明代之前。海盐宋、元之际,均为东南海防要地,附近鹰窠顶(山名)就有宋代建隆初建造、元至正名僧隐居的云岫庵,因而这株古藤极可能是南宋时或元初所种,七八百年中,未遭破坏,迄今仍生长葱茂,见乔木而思故国,重来盘桓,距拍《红楼梦》,匆匆又已八九年,真不胜感慨系之了。

"七夕"书感

今年夏天特别热。自六月下旬高温天气出现后,一直持续五十多天,这在上海是少有的。老朋友中有人说,一九三四年也是这样,那还是六十年前的事,那我就不知道了。因为那时我不但不在上海,也还没有到北京(当时叫北平),还在北国山乡,做拖鼻涕的农村孩子呢!而眼睛一眨,已经一大把年纪,垂垂老矣,说明时间过得真快。试看今年虽然热的时间长,但热劲也已过去,又到了金风送爽、银汉双星的"七夕"了。

去年"七夕"是在台北"中央研究院"过的,住在院内客房中,晚间看电视,播放"情人节"的晚会节目。原来他们把这古老的节日定为情人节了,还说有多少对夫妻因配偶在大陆,此夕不能团聚,十分遗憾云云。我看了也略有所感,当时写了一首诗道:

> 长安故事开元梦,七夕家家儿女情。
>
> 此日遗风夸盛节,双星海誓更山盟。

诗稿尚在抽屉中,而匆匆已一年矣。岂不太快乎?"七夕"是老话了,唐陈鸿《长恨歌传》中说:

> 玉妃茫然立,若有所思,徐而言曰:昔天宝十载,侍辇避
> 暑于骊山宫。秋七月,牵牛织女相见之夕,秦人风俗,是夜

张锦绣、陈饮食、树瓜华,焚香于庭,号为乞巧。宫掖间尤尚之。时夜殆半,休侍卫于东西厢,独侍上。上凭肩而立,因仰天感牛女事,密相誓心,愿世世为夫妇。言毕,执手各呜咽,此独君王知之耳。因自悲曰:"自此一念,又不得居此,复堕下界,且结后缘……"

这就是白居易诗"七月七日长生殿,夜半无人私语时。在天愿为比翼鸟,在地愿为连理枝"的根据。《长恨歌》自是千古绝唱,但只就这几句诗看,我感到远没有陈鸿传奇中的散文感人,想象承平,缅怀旧事,真情回荡,潸然泪下……目前有此同样经历和感情的人仍很多,读了我想会有同感。但旧事也只能是梦境而已,此找第一句"长女故事开元梦"之真情实感也。

北京旧时风俗,亦最重"乞巧"及中元节。所谓"鬼节",就是要祭扫坟茔,供奉祖宗。但是更重要的是各种游戏,清末名著富察敦崇《燕京岁时记》记"七月"项下有"丢针"、"鹊填桥"、"荷叶灯"、"蒿子灯"、"莲花灯"、"法船"、"盂兰会"、"放河灯"等项。这些游戏,至"七七事变"前,都还十分普遍,人人心情爽朗地随便参与。我想象童年时欢乐,就常常和这些具体的风俗游戏联系在一起的。如"荷叶灯"、"莲花灯",一张连梗的荷叶,中间插支小蜡烛,点了里院、外院满处跑;北海放河灯,盂兰会烧法船,和小同学一齐去看,在人堆里挤来挤去……这些旧时欢乐,我曾不只一次地写入诗文中。为什么这样津津乐道呢? 因为它突然为日寇侵华战争的炮火所粉碎了,破灭了,永远消失了……

我和郑孝胥的侄孙郑风胡是初中一年级同座位同学,但对郑氏所知甚少。最近一个多月通读了他的五大册日记,自一八八二年至一九三八年近代史、近半世纪生活史事浩浩荡荡，奔流眼底。其中读了最使我不快、甚至厌恶的是他所记"七七事变"后，一九三七年深秋回北京的那几天的日记，在日寇烧杀掳掠、哀鸿遍野同时，他却像高祖还乡、衣锦荣归一样，真不知是何心肝？先到屯绢胡同他弟弟老宅，又到西直门大街他新买的房子，一时群魔乱舞、宾客盈门，都有名有姓，不必多说……

而与此同时，却另外有一些老人痛苦沉吟。词人夏枝巢老人（名仁虎，字蔚如，台湾女作家林海音公公）这个时期写了著名的《旧京秋词》。前面小序中说："偶仿竹枝之歌，聊当梦华之录。"虽只二十首小诗，却是以孟元老在北宋亡后写《东京梦华录》的心情写的。其中写"中元节北海烧法船"道：

> 青雀黄龙样逼真，轰天一炬总成尘。
> 当时苦劝公无渡，如此风波愁杀人。

"公无渡河，公竟渡河；渡河公死，可奈公何？"用这一典故来吟唱出沦陷之初无可奈何的痛苦心情。当时我正读完初一，在暑假中，所住是大院，大小同伴很多，各种痛苦心情，真是笔难尽述，对于枝巢老人的《秋词》所写美丽风俗画及所表现的痛苦感情，是完全可以理解的。这正像老舍先生《四世同堂》中所写祁老人带孙子买兔儿爷一样，从美丽风俗画中正深切地表现了人物及作者的悲哀。

但这完全不同于郑孝胥回北京及其盈门宾客的心态。知堂老人沦陷时也有"七夕"诗云：

> 乌鹊呼号绕树飞，天河暗淡小星稀。

不须更读枝巢记，如此秋光已可悲。

一水盈盈不得渡，耕牛立瘦布机停。
剧怜下界痴儿女，笃笃香花拜二星。

　　这是民国三十年七夕写的。其时太平洋战争尚未爆发，沦陷区人民正在最彷徨无主的苦难岁月，老人无可奈何，凄凉痛苦之情，溢于言表。又岂可与"满洲国务总理"海藏楼主人同日而语。所以一样的汉奸官吏，在本质上，在思想感情上是大有差别、大相径庭的。《孟子》中"五十步与百步之比"，从事物本质上讲，也还是只说到表现现象。不过这都是历史上的事了；而不幸的是，像我这样年纪的人，也都赶上，而且经历过了。我真羡慕今天的年轻人，没有经历过沦陷。没有经历过战争，也没有经历过"文化大革命"，敲锣打鼓地抄家……那些提心吊胆的"七夕"，而只知道爱情、情人……真希望"七夕"永远成为和平、幸福、恩恩爱爱的情人节吧！

"元配夫人"的韧性

读毕敏先生《访达夫弄一号》文,忽然想到一个问题,就是传统道德与中国妇女的韧性精神,这是很有意思的。自然也联系到另一个问题,就是中国传统思维与中国名人的女性观问题。前者集中起来是从一而终、忍辱教子……后者则是名士风流、革命伴侣……反正各种各样的词语多得很,要议论起来也有说不完的话。不过这些是是非非、男人女人,一万年前就有,一万年后可能还有的男女纠纷,至此说不清,也不想多说。而且不谈男士,只说女士,而且不论是非,只说点见闻和感慨。

从哪里说起呢,就从《访达夫弄一号》的文中所介绍达夫先生元配夫人孙荃女士说起:订婚到完婚,也有三年恋爱过程,生有一子二女,当知道丈夫移情别恋后,态度很镇定,知道感情不能勉强,但不离婚,保持元配夫人名义,也承担元配夫人责任仍守郁家祖屋,教育子女读完高等教育,恪守郁家祖训,不是一般女士。直到一九七八年才去世,很不容易。

我看了文中的介绍,也深为感动,也感到孙荃女士是有寄托的,不只是郁家祖训,元配夫人的名义,而且有子女绕膝,有祖宅安身,田园可守,这就构成一个比较温暖的家,其安定似乎比西湖边上的风雨茅庐好多了。这样我还同时想到另外几位文化名人的元配夫人。比如鲁迅先生的元配夫人,达夫先生府中同学大诗人徐志摩先生的元配夫人,还有达夫先生留日好友郭沫若先生元配夫人……如作学术研究,这都是研究中国传统妇女思想心态的最好的例子、最好的人选。

鲁迅先生元配夫人一直随鲁老太太住在北京宫门口"老虎尾巴"院中，几十年，直到去世。过去很少有人提起过，去冬上海新创刊的《书城》杂志，有人写长文作了详细的介绍，知者可能不多，在此我做个义务宣传员，有兴趣的可找来一看。这位老太太，比起达夫先生夫人，就差着一筹，因为没有子女，感情更少寄托，心态想来自更寂寞。《书城》文章写的很详实，很可看出其韧性，在此就不多赘了。

徐志摩先生元配夫人，不少书中也有记载，也不必多说。在此只想说说郭老的元配夫人，自然知道也很少，只是六七年前，在乐山沙湾参观郭老故居、纪念馆时，知道一些情况，对老夫人的韧性精神，深为感慨。

我和郭老并不认识，只有一面之缘，那是五十年代初，在北京饭店欢迎智利诗人聂鲁达，我在燃料部行政司做小秘书，请柬下到办公厅，我正拿文稿请主任画行，主任笑着说：这事你去吧，别人都不懂"文"，没兴趣……这样我就代表部去北京饭店欢迎智利诗人了。会议是郭老主持，藏青华达呢中山装笔挺，头发油光可鉴，皮鞋又黑又亮——郭老最讲究仪表，用现在流行话说，真是又潇洒又帅。从我们等待欢迎的人身旁走过，一一含笑点头示意，伴洋诗人缓步上了主席台，然后致词——其后不久，我即南调江南做教书匠，日近长安远，再无机会和郭老见面了。但是我在上海和郭老的好友李剑华、胡绣枫二老伉俪做了好朋友，平时常谈起郭老佚事，这样就知之甚详了。至于他们的深厚友谊，在郭老名著《洪波曲》中有详细记载，这里不必多赘——不过多少年我从未想过；我会到郭老故乡故居参观，而且在其结婚时的洞房内留连想象……

一九八七年夏,我有幸到峨眉山军区疗养院疗养,一天,去乐山看大佛,峨眉山、乐山、沙湾镇是一个三角位置,去乐山时未走沙湾,回程时,司机同志说带我到沙湾看看,当时我才知这是郭老故乡,而且近在咫尺。从乐山到沙沟方向西偏,只二十分钟车程,公路很好,说笑之间到了。这就是沙湾镇有名的"郭沫若故居"——当年著名的郭宅、郭鼎堂先生公馆。在郭老自传中,写得极为亲切生动的地方。现在还收拾得十分完好。但要详细介绍,本文无法容纳,只说"洞房"。

这间房在第二道厅的左侧,中间是厅,右侧是郭老父母居室,左侧即郭老洞房,元配夫人半个多世纪中,一直住在这间房中。略似正方形,四面板壁油成黑色,砖砌的地方抹灰粉或白色。进门迎面是大橱,过来二屉柜,上面茶叶罐、帽筒、烛台,中放瓷弥陀佛,上挂尺余元配夫人半身像,已褪色,后墙是架子大床,上挂夏布帐子,白床单竹席,中间红色两头蓝色的老式枕头,印花蓝色染布被面,十分整洁,横折放在里床……据说都是元配夫人旧物,她由结婚到去世,就住在这间房中。享寿很长、去世在郭老之后,纪念馆成立,郭老少年时遗物,包括小学时代作文本,都是由她老人家保存着的,这位元配夫人的韧性那么可钦,作用又多么重要……

一九三九年郭老曾回乡住过八九个月,是否住在此房中,就不知道了。

京剧谈"趣"

看宋人张邦基《墨庄漫录》中一条记载：

> 今人家闺房遇春秋社日，不作组紃，谓之忌作。故周美
> 成《秋蕊香》词："乳鸭池塘水暖，风紧柳花迎面，午妆粉指
> 印窗眼，曲理长眉翠浅。　闻知社日停针线，探新燕，宝
> 钗落枕梦春远，帘影参差满院。"予见张籍《吴楚词》云："庭
> 前春鸟啄林声，红夹罗襦缝未成。今朝社日停针线，起向朱
> 樱树下行。"方知唐时已有此忌，循习至今也。

这是一段很美丽的记载，说的是我国旧日闺中女红，俗语说
"作针线活儿"，遇到逢年过节，春秋社日，要停止工作、休息娱
乐，六十来年前我小时在山乡，母亲、姐姐等人在春节过年正月
里也不做针线活，叫做"忌针线"，可见这古老风俗由唐代不但延
续到宋代，而且延续到本世纪前期了。我看着这段记载，忽然想
起了前不久在电视上两次看到的一出京戏《凤还巢》，这个联想
是很有趣的，且听我细细道来。

《凤还巢》这出京戏，是一出很好、十分有情趣的戏，现在青
年朋友不大看京戏，可能不知道，我虽然也不懂戏，写文章极少
谈戏，但多少大了两岁，而且从小生长在北京，耳濡目染，总多少
也知道一点，所以情节还知道个大概，不妨先介绍一下。

这出戏是六十来年前，齐如山先生为梅博士编的，是梅派正

宗戏,说是一位老员外有两位小姐,大小姐很丑,二小姐漂亮贤慧,均待字闺中。一天员外过寿,先后来了两个祝寿的客人:一个是十分英俊年轻的故人之子,远道而来;一个是有钱有势的皇亲朱千岁,带着寿礼,气派十足地来拜寿,但相貌难看。员外和客人考虑二位千金的婚事,把漂亮的小女儿许配与故人之子为妻,并留他住在后花园中读书准备考功名。晚间丑陋的小姐去找漂亮的妹妹,要一同到后花园中去找那位年轻貌美的郎君玩耍。漂亮的妹妹严守闺训,年轻害羞,不肯去。丑陋的小姐却很勇敢,自己独自前往,到花园中去敲青年的房门,要进去看望,青年先是不纳,后来开门一看,见是一位丑陋姑娘,并不知其是冒名的,大吃一惊,忙又把门关紧,又不敢禀告主人,不到天明,便不告而别,一去无音信了。

朱千岁也知道员外美丽的女儿,托媒人来提亲,员外把丑女儿嫁给了他,不久发生战争,大家逃到南方,员外又担任官职,主持会考,故人之子得中状元,又重新提起婚事,新状元无法推脱,只好完婚,但在洞房十分不愉快,新娘头巾遮着脸,他还以为是那位夜间敲门找他的丑陋姑娘,后来在员外催促之下,挑起头巾一看,原来是位美丽绝伦的姑娘,自然转怒为喜,全身软化了。员外又过寿,千岁和丑姑娘夫妻也逃难来了,全家大团圆结束。

齐如山先生编此戏,梅大王唱红《凤还巢》不久,正遇张大帅退出北京,奉军回到东北,人们说:"凤"字谐"奉"字的音,"还巢"是回到奉天去了。这是应了《凤还巢》了。

姊、妹二人分别由丑旦和闺门旦扮演,演时对照鲜明,十分有趣,凡梅派弟子均以《凤还巢》为看家戏,都下功夫,经常演出,我虽不懂戏,也很爱看。但是我怎么会把它和宋词写闺中忌针线联系在一起呢?就是想到古代的闺门教育和现在的小姑娘家庭教育问题。那位丑小姐夜里找妹妹一同去看小青年，是天真的表现，美丽小姐不肯去，是害羞不敢，恪守闺训。丑小姐自己去，是很勇敢，按现在标准，新潮女性，天真勇敢，敢爱敢闯，很有时代精神，是理想爱侣，而戏中却对一个赞赏一个丑化嘲弄，与时代新潮相去何远，小青年又如何感兴趣接受？

再有忌针线的事，过去闺门教育，讲求刺绣裁剪缝纫，所谓"女红"，所谓"妻贤看儿衣"，讲求德言容工，讲究心灵手巧，既有实用意义，又有美育教育、生活艺术。林黛玉还要绣个香袋儿、扇套儿送给心爱的宝玉呢？即使白头老奶奶也常回忆她闺中做姑娘时的美丽岁月，绣荷包，绣花鞋，绣枕头等精美而艰辛的劳动，由少女内心到生活情趣，都是极为美好的，会留下终身的回忆。而现在教育小姑娘却很少注意到这点，弄得不少年轻貌美的小姐，十个手指像连在一起一样，生活上什么也不会做。既没有美的技艺，也没有美的情趣。家中有个外孙女，就是这样。对比一下古人词中的美丽闺中生活风俗画，以及《凤还巢》中的员外小姐，真是差距太大了。想想也实在有趣……能否注意到此点，在教育上设法调剂一下呢？

国学琐谈

说起国学的事,我忽然想起近日给《书城》杂志写的介绍枝巢老人及其著述一文,结尾的几句话道:

> 多少年来,由于政治、文化、教育等种种原因,报刊书籍所讨论介绍的,总是抽象的多,具体的少;西方的多,传统的少;新学多,旧学少;通俗的多,典雅的少……时至今日,各处报刊摊上,更是拳打脚踢、奸淫掳掠……真不知是些什么? 读者中如有考虑未来文化、头脑清新之士,鉴往事而思来者,了解一点枝巢老人的事,引起一点遐想,或能稍起纠偏的作用吧!(因原稿寄出,据记忆重写,文字或小有出入,但意思是一点不错的。)

夏枝巢老人,现在知道的人可能很少了。我为什么要介绍他呢? 第一因为他是台湾著名女作家林海音女士丈夫的父亲,俗话叫"公公",《书城》上读了林海音的文章,忽然想起老人,便想写文作个介绍。不过这还只是起因,第二个才是真正的原因,即枝巢老人是"戊戌"时代接受"清流思想"的词人,随着潮流,进入民国,老年退隐,执教于各大学,讲授诗、词、曲等课程,经过沦陷八年、解放战争三年,直到解放后六十年代初才去世。虽无国学大师头衔,但的确属于"国学"范畴的学人,现在这样的词人似乎没有了。老人的名著是《旧京琐记》,过去只有刻本,八十年代北京和台北均有排印本出版过。知堂老人于沦陷期间有《七夕》诗云:"不须更读枝巢记,如此秋光已可悲。"说的就是此书,可见其感人之深。"七七事变"那年秋天,老人又有《旧京秋词》之作,哀艳伤感,讽刺嘲弄,今日读之,仍历历如在目前。但要有点"国学"水平,才能领略其芬芳,接受其感染。而这点水平从哪里来呢? 多看看,水平自然提高了,爱好的人自然也多了。如具体的诗文、旧学的人物、传统的知识、典雅的风尚,今天许多新闻媒体都不介绍,一味的炒股票、卡拉"OK"、明星大腿、名人隐私……读者想看传统的、高雅的……也看不到,那还能怪读者吗? 一个多月前,我看一份评高级职称的"古汉语"卷子,里面说"杜甫是宋朝人",我看了真是啼笑皆非,感慨系之。这能怪答卷人吗? 我想不能;只能怪我们的文史教育、文化环境,只能怪我们对传统文化太不重视了。

现在有人提"国学",我想这是及时的、必要的……虽然作用和效果如何,不得而知,想想困难也会很大,但那没有关系,稍微多几个注意这一问题的人也好嘛! 正像我介绍枝巢老人一样,多几个知道枝巢老人的人,多几个读枝巢老人诗文的,多几个知道现在已再难找到这样词人的人……从消除负数,增加正值上说,不也多一点积累吗? 有什么不好呢? 况且这比专讲大道理、抽象而乏力的道理多的多。"不怕不识货,只怕货比货",像枝巢老人《旧京秋词》那样的作品,虽只短短二十首绝句,加注解也不过三千来字,但却是永恒的……如说"国学"不是抽象的,而是具体的,这也是浩如烟海的国学内容的沧海一粟吧。

"国学"是本世纪前期提出来的。是针对西学东渐、戊戌变法、辛亥革命、五四运动,西方文明、西方科学大举进入我国,教育、学术、文化等全部面向现代化,那号称五千年古国的文化,那么些经史子集诸般学问,怎么办呢? 谁来研究,如何延续呢? 当时旧学出身、科甲出身的老先生还很多,众多新学者,也都从旧学出身,感到这是一个问题,纷纷大声疾呼:有的叫"国故",即中国故有的掌故与学术;有的叫"国粹",即中国传统文化的精粹;有的叫"中学",即针对西学而言;但是都不够妥帖,后来想还是叫"国学"的好,即本国的学问。这样"国学"二字就叫开了。教育方面,唐文治先生在无锡办起了"无锡国学专门学校",国学大师章太炎先生在苏州锦帆弄办起了"章氏国学讲习会"。书籍方面胡适先生开出了《一个最低限度的国学书目》,商务印书馆出版了平装的《国学基本丛书简编》,虽说简编,收书也不下百余种……此乃荦荦大者。在三十年代前期,即"七七事变"之前,优秀青年,好学之士,虽绝大多数都趋向西学,所谓"学会数理化,走遍天下也不怕",大多都去学理、医、工、商、经济,但也有极少数钻进国故堆,去钻研国学,一时也蔚然成风,造成小小的影响——可是"渔阳鼙鼓动地来,惊破霓裳羽衣曲",日本侵略者一声炮响,玉石俱焚,全民抗战,"救生之不暇,希暇治礼义哉?"这点国学的声音,自然也就消失了。钱宾四先生《师友杂忆》第八节中说:

> 彼同时一辈学人,各不敢上攀先秦诸子,而群慕晚汉三君,竟欲著书成一家之言……或可酝酿出一番新风气来,为此下开一新局面,而惜乎抗战军兴,已迫不及待矣。良可慨也。

钱先生应该说也是国学大师型的人物。可是生不逢辰,遭逢抗战,解放后到香港办学,讲求汉学,最后又到了台湾。现在汉学在国际上造成了一点小小影响。但这又与"国学"不同,虽然其内涵有不少共同之处,但不能划等号。在国内,要回顾一下五千年文明史,这"五千年"不是口号,不是空洞无物的宣传,不只是那些说不清楚有多少内涵的出土文物……后代子孙,应该继承一些传统的知识、学问、道德、仪范……这应该是"国学"的范畴。如果只认识两个简体字,只会说两句粗野的"国骂",纵然血液里还流着几千年先人血液的遗传基因,那什么炎黄子孙,五千年文明史不就等于零了吗? 因此,提倡一点"国学",制造一点空气,引起大家的注意,还是十分必要的。这又不同于外国人研究中国的"汉学",以及什么"新儒学"等等。

当然,今天说"国学",是指今天的活人学习、讨论一些传统的学问。这不同于三十年代,也不同于解放初期,就是用现在改革开放的头脑,以现代科学观点,实事求是地学习些具体的、有益的……增长知识、涵养性情、丰富自我、提高素质、迎接时代……小时在乡间,有句很恶的骂人的话,说道:"三辈不读书,真牲口!"极左思潮的人说:这是污蔑劳动人民的话。而乡间不读书、大字不识的土豪劣绅有的是,所以并不单指劳动人民。而从另一方面来说,是有其积极意义的。就是在漫长的封建时代,"读书"是被人特别重视的,这些书自然是所谓的"国学"包括的书了,压缩在最小范围,即所谓"四书"、"五经",最起码也要有"《三》、《百》、《千》"。

时至现代,即本世纪以来,讲求学问,聪明才智的第一流人才,自然是以自然科学为主,中国人自多优秀者,因而老年、中年、小青年,在诸多学科领域中,得诺贝尔奖、奥林匹克国际金牌者大有人在。但谈到"国学",那老一代的如任鸿隽、李四光……中一代如杨振宁、李政道……和现在的年轻一代,那就不可同日而言了。任、李诸老，旧学贯通，诗文当行，又是自然科学专家，真可以说是学贯中西；杨、李诸公，旧学知识实在，仍不愧为中国当代学人；而年轻一代，则文史知识贫乏，如在国外，也只是华裔学人，而非中国学者了。因其所知，均是外国的，只不过中国血统而已。记得解放之初，四九年冬刚刚参加学习，一个女学习组长，好像是上海哪个大学经济系毕业的，自夸是马列专家，小组会上说，"学习学习再学习，这是列宁说的，多么重要"云云。我当时才二十五岁，少年气盛，不知利害，便说："这有什么稀奇，《论语》一开头就说：'学而时习之，不亦说乎？'这是咱们中国人的传统美德，两千多年前就说过了。"她说："那有本质的不同……"我想，一个"学习"有什么不同，咱们中国人应该有自己的东西，"学而时习之，不亦说乎？"说的多好啊！这又分什么本质，为此，争论了好久……还好，当时还没有为此挨整。现在忽然又想，翻译者一定也是读熟"学而时习之"的。不然，俄文原话为什么正好翻译成"学习……"呢？

讲求"国学"，就是要让中国人多一点自己的东西，保存一点自己的东西，"万恶的封建社会"，并概括不了五千年历史，混乱的二十世纪就要过完了，二十一世纪即将开始，中国人还要生存下去，发展下去，古老的国家、古老的历史，新生的人民，没有一点自己的东西行吗？回顾一下历史，研讨一点国学，是必要的、及时的、有益的。

自然，这中间困难很多，如高的学术水平问题，低的文化水平问题，既无三十年代时期的国学大师章太炎，也少当时读"四书"、"五经"出身的较多的群众，现在在这方面说来，恐怕也是"一穷二白"了，是好呢，还是坏？似乎都难说，也好也坏，总之现实如此，这关系的面很广：思想认识问题、客观需要问题、基础教育问题、群众爱好问题、世界潮流问题……可探讨的很多,也的确有话可说,但篇幅所限,这些只好从略了。不过也不要紧,只要感到讲求一点"国学"有必要,那就不妨提倡起来,总是好的。"风俗之变希自乎?在乎一二人之提倡耳!"有力者一提倡,自然有人响应了。高水平的学术研究固好,低水平的普及知识自然更必要,但总要踏踏实实,要具体,不要抽象;要下实际功夫,不要冗长空话……"国学"的范围太广了,哲学、经学、史学、选学……是"学";小的具体的一句格言也是"学"。"己所不欲,勿施于人",记牢一句古人的话又能力行之,不也是"国学"的效果吗?至于诗词歌赋、文学艺术,片言只语,均可以玩味终生,那就说也说不完了。

不学无术,宏文高论,不会写也不敢写,只能在"国学"二字,略书旧事与杂感吧。

大观园二题

塔

自从《红楼梦》问世以来,"大观园"就使人想入非非,就开始争夺大观园的所有权。大诗人袁子才首先声明:大观园就是他的随园。直到三十多年前,人们又盛传北京恭王府花园是大观园,于是《文汇报》上刊出了洋洋大观的长文:《京华何处大观园》,传为"红苑"佳话,迄今仍有强大的吸引力。

近年情况大大改变了,至上海青浦淀山湖畔和北京宣武区南菜园,先后盖起来两座大观园,过去只存在于《红楼梦》书中的名园,现在总算有了实景。而且很快名满中外,吸引来广大的游客。"大观园"三字像一个强力磁场,纵然票价很贵,而其新建的风景点,又远远无法与皇家苑囿、江南名园来相比,但因"红"的吸力大,照样引来无数游客。

去年春天,我有一次陪一位海外归来的朋友逛上海青浦大观园,门外的水塔刚刚修好不久,在出园门的时候,那位朋友忽然注意到这座秀丽的衬托着晴空"幕布"的塔,便认真地问我道:

"大观园中有塔吗?"

我一时不知如何回答,便用庄周答复惠施的办法回答他,半开玩笑地说道:

"大观园中为什么不能有塔呢?"

事后就过去了。对此问题也未再多想。一周前,在《新民晚报》上读到我的朋友陈从周教授的文章,对此塔大加赞赏,忽然使我有所感悟——啊,原来如此!

从周兄是古建筑园林艺术专家,在修建青浦大观园的过程中,曾经多次请教他,一起开会,一起看图纸,而对修建门口这座古塔型的水塔,也曾请教过他,他最早是反对的:"大观园哪里有塔呢?"可能他也是这样想的吧!上海大观园离市区太远,他也不能经常去,关于大观园塔的问题,在他思想上也早淡漠了。最近赵朴初老先生来沪,他陪赵老去寻访古寺遗址,顺便游览了青浦大观园。

青浦大观园外面有浩渺的淀山湖,他们坐船游了湖。在游园和游湖的过程中,从园中看,从湖上看,均发现了此塔之美,他一再赞赏此塔"选景"之妙,有似西子湖畔的保俶塔了。

他的这篇短文,从"园林造景"上赞美了淀山湖畔大观园"塔影之美",这就使我模仿庄子答惠施那句话有了下文:

"大观园中为什么不能有塔呢?只要它美!"

"大观园"在哪里,在《红楼梦》里,是曹雪芹艺术的创造,它的迷人,有景、有人、有生活、有情趣,是水乳交融,浑然一体的。

不过,老实说,像这样的"大观园",在扰扰红尘的人世中,是无处去找的。纵然大观园是个历史上真实的园子,时至今日,也是"此地空余黄鹤楼",徒供后人凭吊而已;何况它是一个文学艺术创造的"镜花水月"呢?

因而可以说,人们对于大观园是无法百分之一百地"落实政策"的。

谁也没有真正见过大观园,现在根据《红楼梦》的文学描述,为了满足人们的憧憬和想象,设计建造几座"大观园",供人们游览观赏,自是十分有意义的事。但这些大观园,必须看到:既是曹雪芹笔下的大观园,又不能完全是曹雪芹笔下的大观园,时间、地点、人事……种种都不同,真的尚不能完全一样,何况假的乎?

不过有两个原则:一是造园,二是造大观园。明代园林艺术家计成所著《园冶》一书,开宗明义第一章,就提到"得势"二字,就是说要根据不同的地理形势造园,如果现在领会这二字,还要考虑到"时代的形势",上海大观园把水塔建在大观园门外的左前方,也即淀山湖大观园风景区的中心点上,这个设计大大地成功了。又何必斤斤计较于大观园有塔无塔,何况它是在大观园门外呢?忽然想到:北京南菜园大观园远远望见的那个印刷厂的水塔,庞然大物,压迫着整个园子,如果花点钱,改建为古塔型,不是也可以"借景"吗?

模　型

"天津大观园",写下这几个字,也许有人说我摆噱头,天津哪里有大观园呢?

我说"天津大观园",并不是说天津真有一座大观园,而是说天津有一位名叫许家立的青年,他利用业余时间,按比例制作了一些大观园模型。说"一些",就是几组,比如怡红院、栊翠庵等等,还都是一部分、一部分,未拼接在一起。他是用业余时间,自己花钱买材料制作的。从个人讲,既要花费时间,又要花费钞票,而他乐此不疲,几年时间,虽未把"大观园"全部盖成,也已盖成一大半了。这是他生活的寄托,生活的情趣,和个人文化素养的表现,家立同志以他的大观园模型代表了他自己。

去年六月他和他的模型参加在新加坡世界贸易中心举行的"中国《红楼梦》文化艺术展"，引起了狮城观众的赞许，赢得了不少声誉，是十分可喜的。有一天，清华老校友女建筑师林珊偕同其外子来参观展览，与我边走边聊，来到大观园模型旁边。其外子是名建筑师，刚从台北飞回狮城，以内行的眼光来观赏这一组模型，在赞赏之余，不无惋惜地说道："为什么不组合起来，展出大观园的全貌呢？"接着便说起在台北"故宫博物院"看到的另一个大观园模型。据说那个面积很小，但是全貌，想来制作也很精巧了，可惜未能同时在新加坡展出。不然，一大一小，两个大观园模型，各具匠心，供大家欣赏，该多么好呢？

　　大观园模型，据我所知，目前已经有不少个了。早在七十多年前，女画家杨令茀就精心制作过大观园模型。杨令茀是无锡杨寿楠的妹妹，林琴南的女弟子。无锡杨家是世家，杨寿楠长北洋政府财政部、盐务署几进几出，既为显宦，又是词人。其妹杨令茀当时是著名才女，学画于畏庐老人，有出蓝之誉。她制作的这个大观园模型，得到林琴南及当时不少名家的诗文赞赏，后来好像赠送给某位美国人了。前几年，杨令茀女士以九十余高龄，病逝美国，遗嘱将其收藏名贵书画，捐赠祖国。至于她制作的大观园模型，则很少人提起了。

　　此后，二十五六年前，清华大学建筑系又制造了一个大观园模型，有不及一寸高的小人三四百人，曾运到日本京都等地展览，赢得声誉，回国不久，"文革"动乱即开始，这个模型放在仓库中，一放就是二十年，直到五六年前，才拿出来修复后，公开展出。这个模型作的很精美，只是布局水面大了些。现在北京大观园基本上就是照这个模型修改后兴建的。

　　近年南方也有人花了不少精力，制作了两个大观园模型，都在上海展出过,也十分精美。稍感遗憾的,就是好像不完全是按照比例制作的。似乎只能说是工艺品,而非模型了。

对《红楼梦》感兴趣的人很多,大观园模型,如果谁有兴趣,尽可以多造几个,大大小小,也可来个比赛。我感到不过要注意几点:一是根据《红楼梦》内容,按各人不同的理解和想象,发挥艺术情思,尽可以先画出不同的平面图来,再按图制造。二是不管大小,一定要按比例设计制作,这才是模型,才有具体而微的真实感。三是花木、季节置景要一致,不能在同一座"大观园"中,这部分是夏景,那部分是冬景,如何统一,要处理好。四是花木造型、人物造型要仔细选材制造,使之逼真,这比盖"小房子"难得多,但没有这些,也不能成为大观园。如能有个十台、八台大观园模型,集中在一起展出,选出最好的"大观园模型",不也是一件很有意义、很能吸引人的"红楼"壮举吗?

民俗秋窗答问①

一、元旦、春节

甲：时间过得很快，又要过年了，人叫新年，又叫元旦。大家都这样叫，这元旦二字又怎么解释呢？

乙："元旦"照字面解释，就是一年第一天的早晨，第一天不说"一旦"而说"元旦"，因为"元"字是第一的另一种说法，因为《易经》开头乾卦第一句："乾，元亨利贞。""元"字，本是天或大的意思，"元亨利贞"，在意思上是大、通、宜、正而坚固的意思，后世便用"元"代表最大的第一，所以国家领导人叫"元首"，☉解释旦，一年第一天的早晨叫元旦。旦就是地平线上红日初升。北魏拓跋氏改用汉姓，便用"元"，是唐诗人元稹、金诗人元好问的祖先。

甲：这样一说：这个元旦的叫法，还真够复杂的。我们叫元旦是从什么时候开始的呢？而且我们现在用阳历，也就是公历，外国一般只叫新年，似乎没有元旦的说法。

乙：这个问题很有趣，先说第一部分。

中国古代用阴历，也就是我们过去说的夏历。一年第一天最古叫上日、元日、朔旦、朔日、元正、正日、正朝等

---

① 《民俗秋窗答问》原为中央电视台《夕阳红》栏目开播《天南海北话民俗》的讲说稿。甲为中央电视台记者，乙为作者。

等。也叫"三元",即"岁之元、时之元、月之元",后世才有元旦的叫法,简单说,也就是"元日正旦"之意。说俗话就是一年第一天的一大早起。

古代用阴历,所以历史上古人所说的元日也好,元旦也好,指的都是阴历正月初一。现在我们用公历。一月一日大家也按过去习惯叫"元旦",也就是指新年了。但是公历,也就是阳历在西方古代新年并不一定是一月一日……

甲:这倒有趣了,新年不是一月一日,那该是哪天呢?

乙:研究历法的著名史学家,已故北京师范大学校长陈援庵先生(名垣)有次写信给胡适先生讨论这一问题,胡回信说:有以三月廿五日为岁首者,谓是耶稣受孕日,有以三月一日作为岁首的,有以三月十八日为岁首的,有以十二月廿五日圣诞节为岁首的,有以耶稣复活节为岁首的,英国过去一直以圣诞节为岁首,至一七五二年始用一月一日为岁首,法国一六八三年才用一月一日为岁首。

甲:这样五花八门的新年元旦真是闻所未闻,可是为什么这样呢?

乙:这就是咱们过去说的公历自一五八二年才经罗马教皇修订,成为比较科学的现代历法。在此以前西方用恺撒古罗马历,计算不准确,所以岁首的规定较乱。

甲:这样说来,倒是我们古代阴历较为标准了,"三十晚上没月亮,死规程",几千年都没有变。辛亥革命后改用公历,民间还用阴历,到了二十年代末,规定民间也用公历。解放后,大家也都习惯用公历计算年、月、日,但是民间还很重视阴历年,所以政府规定阴历年为春节,放假三天,而公历元旦,只放假一日。

乙:这就叫顺从民意,尊重历史传统,民间风俗嘛。真正过年,还得要等春节了。

二、正月大节

甲：古代人说："春，王正月。"这正月的节还真不少。你看正月初一是大年，这年节一过就好几天。初五俗名"破五"，还是节，正月十五叫"灯节"，其他什么初九叫"燕九节"，是北京特有的、逛白云观的最热闹的日子，还听人说：初七也是节，古代叫"人日"，反正这一个月里三天两头有讲究，记得小时候过节，那真热闹，现在老了，看着年轻人热闹，孩子们跑出跑进，感到真是过年了，有时孩子们问起，为什么这样，可我也说不清，你能给咱们聊聊吗？

乙：自然可以，不过我先问你，阳历叫一月，阴历为什么叫正月呢？

甲：这个——习惯上叫正月嘛……

乙：实际叫正月来源很古，《春秋》隐公元年："春，王正月"，读作平声"征"，注疏："正月，实是一月，人君即位，欲其常居道，故月称正也。"

把阴历一月习惯称作"正月"，这长期同封建社会中希望皇上行正道办好事是分不开的。把年初一看作是一年中最重要的节日是同我国从古农业立国、以农业为主的经济生活分不开的。阳历元旦，节令还早，还是冰天雪地的隆冬，阴历元旦、春节，已经要到"东风解冻"、"草木萌动"（见《礼记·月令》）的时候，热热闹闹地过完春节、灯节，到正月下旬，南北各地，都要准备春耕、春播，即使北方寒冷的地方，也要收拾农具，准备农活了。

甲:听你这样一解释,这"正月"的叫法,是从孔夫子时代就有了。这到现在还这么叫。正月里的大小节令虽多,我感到主要是两个高潮,一个是过年,正月初一,不过要从腊月三十说起,甚至要从腊八、腊月二十三说起,俗话叫"忙年"嘛,卖年货的、买年货的、粮食、猪羊肉、鸡鸭鱼、干鲜果品、新衣服新鞋帽……过大年穿新衣戴新帽、南方吃年夜饭、北方初一吃饺子,一直到初五接财神才算完。第二个高潮就是灯节,由十三试灯到十六或十八落灯,也要热闹好几天……想想小时候过年、过灯节真高兴……

甲:前面说的人日、燕九节等你能说详细吗?

乙:人日、燕九二节是这样:初一鸡、二狗、三豕、四羊、五牛、六马、七人、八谷。初九,杭州玉皇大帝生日,北京燕九,元代邱长春得道日。这就是正月初七、初九二节。

三、烟火、花灯

甲:正月里自古以来,孩子们最感兴趣的是放爆竹、放焰火、闹花灯了。直到今天,南北各地仍然一样,我的意见,大都市闹市居民稠密的地方,放爆竹还是不相宜,危险大,影响别人,你的意见如何呢?

乙:我也同意,在大都市中,应该禁止放爆竹,至于乡间、农村中,放爆竹焰火,也要注意安全。不过说到它的历史那是很久远,而且这种风俗分布也相当广泛。

甲:那么爆竹、焰花是从什么时代开始产生的呢?

乙:古代的爆竹,真是烧竹子乒乓乱响,而自宋代硫磺火药出现之后,就出现了现在的爆竹了,宋施宿《嘉泰会稽志》记载:

"除夕爆竹相闻,亦或以硫磺作爆药,声尤震惊,谓之爆仗。"

  爆竹是听响声的,焰火则是看火星、火光的,最普通的俗称太平花。也是用火药,不过爆竹制法是用草纸、麻筋把火药裹紧,两头封紧,点燃使之爆炸。而太平花一头封的不紧,点燃的火药星从一头喷出。而"起花"是小花倒绑在麻杆上,点燃火星向下倒喷出,就把"起花"送入半空了。这同现在火箭升空是一个道理。

甲:焰火的种类就多了,我们小时候玩的有花筒、火炮、黄烟、地耗子、滴滴金、起花、炮打灯、什样锦,名堂多得很。

乙:明人对燕京烟火,有详细记载。如沈榜《宛署杂记》。焰火花炮是我国特产,南北各地都有,著名产地如湖南浏阳,每年有大宗出口。清代末年日本焰火进口到中国,先在宫廷里放,后来民间也有了。现在节日放的大型焰火,也都是西式的了。

甲:你说花灯的历史呢?咱们过去不是说过"只许州官放火,不许百姓点灯"的故事吗?那是宋代的事,是否在此以前就放花灯呢?

乙:火药是中国四大发明之一,宋代出现,所以说硫磺火药造的烟花爆竹始于宋代,至于说正月十五闹花灯,那历史就更早。有的书记载说汉代就于正月望日明令烧灯表佛。但记载不确切。《西京杂记》虽记汉代有"金吾不禁"的说法,但只记正月十五日及前后各一日,允许大家夜行欢乐,并未记张灯事。而到了唐代,正月十五闹花灯的事记载就多了。唐郑处海《明皇杂录》记载说:

  上在东都,遇正月望夜,移仗上阳宫,大陈灯影,设

灯燎……时有方都匠毛顺巧思,结创灯彩为灯楼二十
间,高一百五十尺,悬珠玉金银,微风一至,锵然成韵。
其灯为龙凤虎豹之状。

可以说是大兴于唐,大盛于宋,元、明、清直延续到现在了。

甲:你说的不错,看《水浒传》写宋江等梁山好汉到东京去看花
灯,看鳌山,可以想象当时宋代汴京正月十五闹花灯的盛
况了。

四、八仙传说

甲:人们常说"八仙过海,各显神通",这句话你知道不知道?

乙:当然知道啦,这是常说的一句谚语。你问这个是什么意思?
是不是让我说说八仙的传说?

甲:对啦,正是这个意思。八仙我也知道一些,小时候看年画,长
大了看京戏,近年还看过电视,什么吕洞宾、张果老、韩湘子
等等,还有一位女的何仙姑,个个神通广大,你说这是真的假
的? 历史上真有这些人么? 八仙的故事是从什么时候开始
的,你能不能聊聊,作个简单而全面的介绍。

乙:"八仙"是元代开始的,后来固定成员有:

铁拐李　　汉钟离　　蓝采和　　张果老
何仙姑　　吕洞宾　　韩湘子　　曹国舅

我这样介绍你看简单不简单、全面不全面。

甲:你这又太简单了。还得稍微详细一点,既把总的介绍一下,
再把各人分别介绍一下……不过我听了你这初步介绍,我又
想起一个问题,我听我祖母小时候和我说过。你知道铁拐李

的腿为什么拐的?

乙:这我可说不清楚,你说说看。

甲:我祖母说:铁拐李爱喝酒,又没有钱买酒,一天酒瘾上来,实在难过,便想去作贼,夜间跳墙到一家人家,可是这家人家只有一老一小,十分穷苦,家中没有值钱的东西,便把人家的饭锅偷了,临走时,听老人说梦话:孙儿,明天务必弄点米来,烧锅饭,我饿了两天啦。铁拐李跳墙出来,看看天要亮了。越想越不忍,心想天亮了这家弄来米没饭锅怎么烧饭呢?便急忙把偷来的锅送了回去,但是放下锅又逃走时,天已亮了,他连忙跳墙,跳得太急,把腿摔拐了。这次一念之差的善行,感动了玉皇大帝,铁拐李就成仙了。同时又命令诸神,天亮时,再稍黑一会儿,以便一些动了善心的贼能及时把东西还给人家,不再摔坏腿,这就是所说的"黎明前的黑暗"。

乙:听你这么一说,铁拐李的故事还真有趣。不过这是民间传说,在书上可找不到什么记载。铁拐李的记载元代虽见于八仙名单中,但具体名次排列,最早是明代汤显祖的《邯郸梦》,和吴元泰的小说《东游记上洞八仙传》,而且铁拐李排第一名,成为八仙的头头。据清代史学家赵翼《陔余丛考》考证,与《宋史》中李八百比较,说明八仙中"铁拐李史传并无其人",可见是民间传说创造出来的人物。

　　唐代杜甫有《饮中八仙歌》,说的是酒友李白、贺知章、张旭等八人,和后来的八仙无关。元代马致远《吕洞宾三醉岳阳楼》和岳伯川《吕洞宾度铁拐李岳》等杂剧,才有了后来所说的"八洞神仙"的名字,但名次排列和人名也都不一样,直到明代才确定了他们的地位和名次。这自然和道教的发展有关系。

介绍八仙其他人，留待下次了。

五、八仙名人

甲：你说"八洞神仙"中谁的名气最大？

乙：那自然是吕洞宾了，你不是听人常说嘛。"狗咬吕洞宾，不识好人心。"这句谚语南北各地都在说，可见其大了。

甲：说的不错，八仙中吕洞宾名气最大，元人杂剧中不少演八仙故事的，都以吕洞宾题名，小说中也有，"吕洞宾三戏白牡丹"，吕洞宾还有段风流故事呢！其他吕洞宾的传说也很多，元朝道教有王重阳教，一时盛行，便以钟离为"正阳"、洞宾为纯阳，所以世间称吕洞宾又叫吕纯阳。据各书记载：

吕名喦，又名岩，字洞宾，号纯阳子，唐京兆人。唐会昌时，两举进士不第，年六十四，游江湖，遇钟离权，受延命三术，初居终南山，又至鹤岭，传秘诀，得道，明天遁剑法，遍游江、淮、湘、潭、岳、鄂、两浙间，人莫能识。又号回道人。世又称吕祖，各地有吕祖庙。元时封"纯阳演政警化尊佑帝君"。八仙之一。所以自元朝大出名。

甲：张果老的名气也不小，八仙别人都步行，只有他骑着一头小毛驴，我过去还看见过他倒骑毛驴的一首小诗："世上多少人，谁似这老汉。不是倒骑驴，凡事回头看。"

乙：这首诗写他也写得很有意思。关于张果老，《太平广记》书中有详细记载："张果老，隐于恒州条山，往来汾晋，云有秘术，耆老云：童时见之。自言数百岁矣。太宗征之，不起，则天召之出山，佯死于妒女庙，后于恒州山中人又见之，乘一白驴，休则重叠之，厚如纸，置巾箱中，乘时以水噀之，还成驴矣。

玄宗时,焚香肩舆请入宫中,玄宗问先生得道人,何齿发衰甚,因于御前去发击齿,玄宗甚惊,后又召之,青鬓皓齿,如壮年,玄宗欲以好道之玉真公主嫁之,不应。一时名动公卿间,自谓尧时人。"

甲:人们说八仙中韩湘子是韩愈的侄子,是真的吗?

乙:关于韩湘子,唐人段成式《酉阳杂俎》中就有记载:说韩愈远房侄子年轻时不肯好好读书,韩愈责备他,他说有异术,能令牡丹很快开花,冬季牡丹花发,且每朵有一联诗,即韩诗《左迁蓝关示侄湘》者:

> 一封朝奏九重天,夕贬潮阳路八千。
>
> 欲为圣朝除弊事,肯将衰朽惜残年。
>
> 云横秦岭家何在,雪拥蓝关马不前。
>
> 知汝远来应有意,好收吾骨瘴江边。

但据清代赵翼考证,韩湘子虽实有其人,但也无成仙记载。其他曹国舅、蓝采和、何仙姑等人,记载也传说不一,不能确切说明。

甲:看来神仙的事,总是民间传说,添油加酱,在风俗中流传日久,只是有趣而已,不必当真了。

六、食的等级

甲:你是红学专家,《红楼梦》故事十分熟悉,有一回写大观园厨房吵架的事,写的十分生动,我就爱看《红楼梦》这种情节,真是写小姑娘吵架,唇枪舌剑,你来我往,写的真是生动,其中说到前面大厨房里,贾母每天吃菜,把天下好吃的珍馐美味,都写在水牌上。每天轮换着吃,你看这《红楼梦》里的生活多豪华,吃饭要分多少等级。现在人是很难想象的,你能聊聊吃饭的等级吗?

乙:你太客气,我可不敢当红学专家这一雅号。不过你对《红楼梦》的欣赏水平是高,第六十一回写司棋的小丫头莲花儿和柳家的在大观园厨房中吵架的情节是真好,有些简直是神来之笔。至于说写"预备老太太的饭,把天下所有的蔬菜用水牌写了,天天转着吃"等等,那的确是食的等级。自然这是最高级。至于姑娘们"四五十人,一日两只鸡、两只鸭子、十来斤肉、一吊钱的菜"等等,这大概是三级水平。因为中间还隔着贾政、王夫人等老爷太太们呢。至于大丫头、小丫头、粗使佣人,那伙食等级可能就更低了。这样看,《红楼梦》中食的等级,起码有五六级了。

甲:你这样一分析,这等级还真不少。当年老解放区,伙食标准,只有大灶、中灶、小灶三级,《红楼梦》中比这要多得多了。

乙:要不怎么叫封建社会呢? 封建社会,就是等级森严,吃饭是最重要的,先要分出等级来。皇上宫里厨房叫御膳房,开饭叫传膳,那由皇上、皇后、嫔妃、大小太监、宫女,一级级下来,不知要分多少等级。皇帝"传膳"、食前方丈,到小太监、打杂太监,可能吃不饱,明代宫里太监最多到十来万人,小太监吃不饱,经常有被饿死的。

甲:管皇上伙食的有专门机构吗?

乙:有呀,清代有内务府,专管宫廷内务。宫内生活则由太监总管,食饭有膳房。伙食标准都有等级。如:

　　皇太后宫每日猪一口、羊一只、鸡鸭各一只、新粳米二升直到黄老米、高丽江米、粳米粉……茄子、黄瓜、白蜡、黄蜡等等都有定量。皇后、贵妃、贵人、常在及皇子、福晋等递减。最末一等是家下女子每日是猪肉半斤、老米七合五勺、黑盐三两、鲜菜十两。以上是据金梁《清宫史略》摘录，最后家下女子定量很特殊，每日三两黑盐，不知如何吃法。宫中宴会座位席面等级更多，这里就不多说了。

甲：你说宴会席面的等级，不但皇宫里讲究，过去乡下请人也分等级，最普通是一个大全盘、拌豆芽菜、线粉，上面铺满咸肉。四个炒菜、一个火锅，是冬天普通席。四个热炒，四大碗，叫四四席。四个冷盘、四个热炒小碗、四个大菜加甜饭、干点，叫"三滴水"。六冷、六炒、六大菜，叫"六六顺"。八冷、八炒、八大菜加点心，再加一品锅，那就是"八八大席"；再加烧烤，就是满汉全席了。

七、袍子和褂

甲：你说冬天穿什么衣服最舒服？

乙：你的意思我领会不透，冬天什么衣服最舒服，羊毛衫、羽绒服、棉袄、棉裤、皮夹克、呢大衣，保暖就可以，最舒服，我还是领会不透。

甲：我可以告诉你，冬天最舒服的衣服是丝棉袍子，又轻又暖，两条腿也挡住了，比什么皮大衣都舒服。不然，新棉花布袍子也好，我在上海住了已近四十年，一到冬天，坐在桌前写东西，看书，两条腿一冷，就想起穿棉袍时该有多舒服，细想想袍子在穿着上，上身扣好，胸前包严，又很宽松，前襟、后襟很长，挡住两条腿，口袋在底襟上，左手还可作插袋，外面还可套罩衫,北京叫蓝布大褂,真是又宽松、又服帖、又舒服、又适用。真是人类最理想、最科学的服装,是中国服饰文化几千年的结晶,可惜现在只是戏台上的服装,在生活中没有了,想做一件也不知到哪里去做,真是可惜。

乙:听你这样一说,我也深有同感,我过去也穿过棉袍,的确很舒服,现在几十年不穿,都忘了,经你这么一说,具体的袍子我又想起来了。细想想,的确是很科学、很实用的衣服,不过现在不时兴了。再说穿袍子过去大多是知识分子或买卖人,农村劳动人民穿的就少……

甲:你说的不时兴倒是真的,至于说农村劳动人民不穿倒不见得。旧时河北乡下老乡都穿棉袍子,叫做大棉袄,大多是黑布做的。腰里再系一条搭包,即五六尺布,展开来可包东西,拧在一起可当腰带。挑担子或下田干活时,把大襟斜掠起,一角掖在腰带上,前襟掖起不妨碍干活,而后襟垂着可以挡风,你说多实用。

乙:听你这么一说,过去乡下农民也穿袍子了。那这袍子是什么时候兴起的呢?

甲:说起袍子,那真是自古有之的了。《礼记·玉藻》:"缊为袍。"郑玄注:"缊谓今纩及旧絮也。"纩是好丝棉,絮是旧丝棉,简单说,就是在周代,距今两三千年前,中国就知道穿丝棉袍子,所以《论语》里有"衣敝缊袍"的话。实际"袍"只包而已。中国很聪明,把身体包起来,照常活动自如。古代的袍子一直演变到三四十年代,甚至五十年代的袍子,那是最合身的了。

乙:我们年轻时穿过的袍子是怎么变过来的呢?

甲:我们的袍子是从清代袍、褂变来的。清代官服,里面穿袍子,外套一件对襟长及膝盖以下的褂子,骑马穿短褂,只及腰,谓之短褂。民国时,规定蓝袍子、黑马褂是乙种礼服。甲种礼服是西式燕尾服。袍子式样,世纪初,又瘦又窄,二十年代,肥而短。三十年代之后,肥瘦长短适度,人们穿了二十多年,后来不时兴了。人们改穿中式小棉袄了。而且是对襟的,没有人再穿带大襟的衣服了。

八、过年吃饺子

甲:你原籍山西,我原籍山东,咱们门对门,你久住上海,我年轻时在温州长大,又都是半个南方人。对于南北风俗都经历过一些。可是这过年吃饺子,为什么只是北方人有此习惯,而南方人没有这个习惯呢?

乙:你这个问题很有意思,南北各地都过旧历年,都过春节。大节下的家家户户都要吃好吃的,但北方各省包括东北三省,都讲究吃饺子。而南方主要长江流域,最重要的是大年夜这顿年夜饭。再有初一早上吃圆子,即汤圆。有的地方如浙江湖州等地要包粽子,封建时代取口彩,"年年高中"。这种习惯是长期形成的。明刘若愚《明宫史》"饮食好尚"条记正月初一说:"正月初一日五更起吃水点心,即扁食也。""扁食"就是饺子,现在北京还有这么叫的,这说明明代宫中过年也吃饺子。

甲:"扁食"这一叫法,河北省不少地方这样叫,我们山东也有这样叫的。再有老北京还有管饺子叫煮饽饽的。

乙:不单北京人这样叫,河北离京近的县都这样叫,清代宝坻人李光庭《乡言解颐》"新年十事"中就说:

除夕包水饺,谓之煮饽饽,亦犹上元元宵、端阳角黍、中秋月饼之类也。乡谣云:夏令去,秋季过,年节又要奉婆婆,快包煮饽饽,皮儿薄,馅儿多,婆婆吃了笑呵呵,媳妇费张罗。皮儿薄,馅儿多,婆婆吃了笑呵呵,媳妇费张罗。

甲:这首民歌倒很有意思,可以说是过年包饺子的一首诗歌名作,把北方农村和睦家庭的婆媳关系都表现出来了。包饺子讲究皮薄、馅好,北京人过年爱吃猪肉白菜、羊肉胡萝卜,有人吃净肉馅,其实净肉的并不好吃,总是有点菜才好吃。口味鲜可以吃韭黄猪肉馅,这在过去也是过年的应时货。也有人家吃素的,说是正月初一吃一天素,等于吃一年素——你看,吃斋念佛还要打折扣、还要取巧——不知弥陀佛知道不知道。

乙:你真是会说笑话。其实过年油腻太多,吃素馅饺子也很好,况且过去北京有的人家素馅比荤馅还考究:要用干菠菜、香菇或用口蘑、玉兰片、香豆腐干、金钩米,都要剁成细馅,再加小磨香油(南方叫麻油)、精盐一拌,包的素馅饺子,那比一般肉馅的好吃多了。所以,吃东西不在荤素,只在材料和做的好吃不好吃。

甲:照你说的素馅饺子,自然好吃了,恐怕比荤馅的代价要贵的多。不过你还没说为什么北方过年吃饺子而南方吃圆子的道理呢?

乙:这个恐怕只能从物产及生活条件上来说,北方农村旧时平日多吃杂粮,又是产麦区,吃面粉也只是面条、馒头、烙饼等,菜很简单,所以过年吃饺子,就是改善生活了。南方鱼米之乡,

生活平日饮食较北方条件好,讲究菜,所以过年重在年夜饭,
初一吃圆子,只是点心,并不是饭,考究多了。

九、火　锅

甲:冬天家里来个客人,弄菜不方便,弄个火锅吃吃最好。

乙:你说起火锅,在过去北京馆子里、甚至猪肉铺里,一到冬天,
都准备好锅子,什锦锅子、三鲜锅子、白肉锅子……你要买,
铺子里会派小伙计送来。锅子、一罐白汤、木炭,到你家当时
生火,扇子扇几下,木炭火星子啪啪乱响,不一会,热腾腾地
就给你端到饭桌上来啦,又便宜,又方便……

甲:这你说的是过去北京,南方过去也有火锅吗?

乙:江南叫暖锅,冬天也很受欢迎。清代顾禄《清嘉录》"暖锅"
条记载:

> 年筵祀先、分岁筵中,皆用冰盆,或八、或十二、或十
> 六,中央置以铜锡之锅,杂投食物于中,炉而烹之,谓之
> 暖锅。

顾是苏州人,所说是苏州情况。其他如四川成都、重庆
等地,也很讲究吃火锅。

甲:你说的成都、重庆火锅我都吃过,我知道,过去我总以为火锅
是寒冷的地方冬天吃的东西,不想我到了成都、重庆,夏天也
有人吃火锅,又辣又热,汗流浃背,真是不见不知道,见了吓
一跳,吃了受不了……

乙:有什么受不了,人家成都、重庆人不是照样吃吗?

甲:可是咱们外地人受不了那个辣。

乙:我觉得,火锅还是冬天吃相宜。尤其吃涮羊肉,那更是冬天好。冬天羊肉肥,又不膻气,手切肉片,又薄又嫩,涮了吃,味道最鲜。自然还要调料好。现在南北各地,很时兴吃涮羊肉,但都是冻过的肉片,就没有鲜的好吃了。

甲:现在馆子里吃火锅,不但涮羊肉,什么鱼片、虾、鸡片、蔬菜等都能涮着吃,这样吃的人很高兴,而开馆子的倒省了掌灶师傅的工钱,这也是海外时兴起来的,在香港、新加坡有不少这种自助火锅,而且是新式火锅。

乙:过去火锅北方山西大同铜匠打造的紫铜火锅最好,紫铜面子挂锡镶里胎,涮锅子中间炉膛大,可多装木炭、火烘。一般锅子炉膛小,因为过去装火锅荤菜大多是熟料,如白肉、肚片、燻鱼、肉丸子、火腿、海参等。

甲:现在你说的这种紫铜火锅不多了。不少馆子换了外国式火锅。

乙:不过也有人不赞成吃火锅。如清代袁枚《随园食单》内"火候须知"条就写道:"火锅对客喧腾,已属可厌,以已熟之味复煮之,火候亦失。"这里是从烹饪原理说火锅,另外清代还有"一品锅",锅中一鸭、一肘,外加海参、皱蛋、玉兰片,像个铜面盆,下点酒灯发热,是接官用的。也是火锅的一种,《老残游记》写到过,现在很少见了。

十、春饼、春盘

甲:过年后正月里有一样东西,不知你爱吃不爱吃?

乙:你说什么东西呀?

甲：我说的是很薄的饼，烙的很薄、很软，热的时候，稍微一拍，一揭为二，然后卷菜吃。菜是用肉丝、蛋皮丝、绿豆芽掐菜、香豆腐干丝、水粉丝、菠菜或是韭黄，炒在一起。考究的可以加海参丝、肚丝、香菇丝、玉兰片丝或冬笋丝、火腿丝，这样就更好，热呼呼、香喷喷炒一大盘端上来，用饼卷着吃，很好吃。

乙：啊，你说的是春饼呀，这个我自然爱吃了。我小时候年年过了年正月初八，俗名"八仙"，我母亲给做了吃，可惜到了上海四十年，再没有吃过一次春饼，家里没有人做，那饼就烙不好，那"丝"——应该叫春盘，也炒不来，看上去，这个丝、那个丝，可混和在一起炒，各种丝吃火的火候不同，要炒好还真不容易呢。不过你刚才说的，还有极重要的东西漏掉了……

甲：漏掉什么了？

乙：你漏掉吃春饼、春盘时的生菜了，要切点生萝卜丝、或生萝卜条吃一吃，谓之"咬春"，当然也可切点生黄瓜丝、生菜丝。但习惯吃萝卜。这种习惯，过去历史上南北都有。

甲：你说这种风俗习惯有什么讲究吗？

乙：有呀，不妨先引一点文献，明刘若愚《明宫史》中说：

> 立春之时，无贵贱皆嚼萝卜，名曰咬春，互相请宴，吃春饼和菜，以绵塞耳，取其聪也……初七日人日，吃春饼和菜。

清苏州顾禄《清嘉录》也有"春饼"条，说是立春日啖春饼，谓之咬春。并引《四时宝镜》说："立春日，春饼生菜，号春盘。"记春饼这一段中还引用了一首吟春饼、春盘的五言联句，其中有几句道：

匀平霜雪白,熨贴火炉红。

薄本裁圆月,柔还卷细筒。

纷藏丝缕缕,馋嚼味融融……

从诗中可以看出,从明清以来,春饼就是很薄很软的,而春盘就是炒细丝,所谓"丝缕缕",这也都是很古老的风俗了。既好吃,又有生活情趣,不过要家里有人会做,才好吃、才好玩,所以青年男女也要学点家庭烧菜的手艺,才能使美好的风俗延续下来,你的家庭生活才有情趣,不然生活中的事,一样都不会做,只会吃,那还有什么意思呢?

甲:我听你刚才说什么"人日吃春饼和菜"等等,我不明白,你能不能再解释一下。

乙:正月里吃春饼、春盘、吃生菜萝卜咬春,古代一般是立春或是人日,就是正月初七日,古书记载:正月初一鸡日、初二犬日、初三豕日、初四羊日、初五牛日、初六马日、七日人日、八日谷日。"其日晴,所主之物育,阴则灾。"宗懔《荆楚岁时记》曾记载:"正月七日为人日,以七种菜为羹。"后日用各种丝炒成和菜春盘,大概就是这七种菜的遗制。至于一般人家,只要好吃,有空做,正月哪天吃也可以。日期也不太注意了。

十一、裙　子

甲:男人穿袍子、女人穿裙子,这本来是我国很文明的传统服饰,现在男人不穿袍子了,而姑娘们的裙子还是争奇斗艳、五彩缤纷,你能不能把裙子的演变给咱聊聊。

乙:你说起裙子,这可早了,古代衣服,上叫衣,下叫裳,裳即裙,它比裤子还早呢。五代马缟《中华古今注》说：

> 古制衣裳相连，至周文王令女人服裙……始皇元
> 年，官人令服五色花罗裙，至今礼席有短裙、衬裙焉。

所说不但有裙，而且有短裙、衬裙的名称。可见在二千多年前，裙的内涵已经十分丰富，把遮体、防寒、舒适和美观等因素都结合在一起了。

甲：在秦始皇时代五色花罗裙已经很漂亮了。

乙：漂亮还多得很呢？如隋代五色夹缬花罗裙、单丝罗花笼裙，还有细裥裙（就是现在百折裙）等等，在用料上、式样上、长短上、刺绣上、贴花上，无一不日新月异，十分讲究。据《唐书·五行志》记载：

> 安乐公主使南方合百鸟毛织二裙，正视为一色，旁视为一色，日中为一色，影中为一色，而百鸟之状皆见……工费巨万。公主初出降，益州献单丝碧罗笼裙，缕金为花鸟，细如丝发，大如粟米……

从记载看，我们知道唐代的裙子多么精美，百鸟毛织的裙子，比起《红楼梦》中写的"雀金呢"就更精美了。

甲：我记得小时候随母亲去亲戚家参加婚礼吃喜酒，新娘子拜天地穿的都是红裙子，十分漂亮鲜艳。

乙：穿红裙子，从唐代开始，就十分流行了。

李白诗："移舟木兰棹，行酒石榴裙。"人说"拜倒石榴裙下"，石榴裙就是大红裙子。另外：

杜甫诗:"野花留宝靥,蔓草见红裙。"

韩愈诗:"不解文字饮,惟能醉红裙。"

　　说的都是红裙子。后世红色代表喜色,喜气洋洋,所以新娘子拜天地都要穿大红裙子了。现在结婚披白纱,这是西方习俗,在咱们中国传统上,白色是凶服,是供孝时穿的。

甲:在妇女穿裙子这一点上,西方和东方倒是一样的。现在讲求时装,电视上经常有时装表演,不管什么怪样子,长到拖到地上要人拉,短到只盖到大腿根上,颜色也是千奇百怪、甚至左边长,右面短,或是右面摆花、左面打折……说也说不完,但说来说去也都是女的穿裙子,从来时装会上没有见过男的穿裙子。

乙:时装会上男的不穿裙子,而生活中有些时候,有些地方男的也要穿裙子,最普通如烧菜师傅要带围裙,难道不是裙子吗?在江浙一带,过去劳动人民冬春天冷时下田,要穿"作裙",用蓝布作的,裙腰很高,双层,裙腰下面连多折蓝布裙,下摆能宽大,便于操作,是很实用的。再有外国英伦三岛苏格兰人,男人都穿花格裙,直到现在还未改变。不过男人穿裙子不如女人普遍罢了。

十二、古今眼镜

甲:你说曹雪芹写的《红楼梦》好不好?

乙:当然好了,那还用问……

甲:但是也有写错的地方,写到贾母看戏用眼镜就错了……

乙:怎么会错呢?

甲:你看五十三回原文:

　　　　贾母歪在榻上,和众人说笑一回,又取眼镜向戏台
　　上照一回……

　　你看这不奇怪吗?

乙:你说有什么奇的?

甲:你想想看,贾母年纪大了,戴的是老花镜,看近不看远。咱们
　　都是戴老花镜的,看书时用,看远处便摘下眼镜,这又不是望
　　远镜——要不然贾母就是近视眼……

乙:你说的有道理,曹雪芹在这里写眼镜不大符合情理,大概那
　　个时候眼镜还不十分普遍吧。眼镜是洋货,什么时候传入中
　　国的呢?

甲:说起眼镜,在中国悠久的历史中,不算长,它是舶来品,或是
　　丝绸之路来的。据名家考证,明代才传入中国,张靖之《方州
　　杂录》说:

　　　　向在京师,于指挥胡𱵤家,见其父宗伯公所得宣庙
　　赐物。如钱大者二,形色绝似云母石,而质甚薄。以金
　　相轮廓而纽之,合则为一,歧则为二,如市中等子匣。老
　　人目昏,不辨细书,张此物加于双目,字明大加倍。近又
　　于孙景章参政处,见一具,试之复然,景章曰:以良马易
　　于西域贾胡,其名曰"僾逮"。

　　另外,嘉靖时人郎瑛也有记载说:"少尝闻贵人有眼镜,
　　老年人可用观书。"可见明代眼镜还十分难得,而且都是老花
　　眼镜,平光、近视都没。又说"合则为一,歧则为二,如市中等
　　子匣"。就是老式眼镜,中间梁可以折合,两片合在一起,放

在一个有槽的匣子中。因为称金银的戥子秤,是放在一个有槽木匣中,眼镜也是如此。但是眼镜到了《红楼梦》时代就不稀奇了。赵翼《陔余丛考》卷三十三"眼镜"条说:

> 此物在前明极为贵重,或颁至内府,或购之贾胡,非有力者不能得,今则遍天下矣。盖本来自外洋,皆玻璃所制。后广东人仿其式,以水晶制成,乃更出其上也。

赵翼和《红楼梦》是同时代,当时眼镜已普遍,已有广东制造的水晶眼镜,不过也还是老花眼镜。

乙:你说了一篇详细眼镜史,很不简单。

甲:实际在《红楼梦》时代,眼镜仍然很贵重,据《养吉斋丛录》记载:

> 康熙时赐礼部侍郎孙岳水晶眼镜。庶吉士蒋文肃在内廷,奏臣毋曹年老眼昏,皇上也赏了一副,以为殊荣。乾隆时大考翰林,以眼镜命题,韵限他字。乾隆有御制诗,诗中记乾隆八十多岁,披阅文字还不戴眼镜。当时公文字都大,不伤目力。现在幼稚园小孩都有戴眼镜的了。

乙:你说的不错,现在小学生就有不少戴眼镜的,中学更多,戴近视眼镜的到处都是,戴老花眼镜的反而少了。人说原因一是书报字太小,二是看电视,三是电子游戏机,不知对不对,这要有关部门注意了。

十三、历史名楼

甲：你久住上海，几十年前，上海的高楼最多，国际饭店二十四层，三十年代曾经是远东第一高楼。这些年可完全变样了，北京、上海以及全国其他大城市，都在盖高楼，三十层、四十层，越盖越高，那高楼数也数不清了。可是这些高楼里面，哪一个最出名呢？你说说看。好像还想不出。你说为什么这么些高楼，没有一个像历史上黄鹤楼那么出名呢？

乙：你这个问题提的可真好，但是要回答还真难。如果一定要回答，那么我想大概是因为历史和文化的关系吧。所谓"一经品题，则身价十倍"。黄鹤楼出名，还不是因为当年崔颢那首《黄鹤楼》的诗吗？由于那首千古绝唱的诗，李白都极为佩绝，再加江山形胜，所以一千多年以来，形成黄鹤楼悠久的历史，几度重建，永远是神州第一名楼，独领风骚。将来纵然能再盖几百层的高楼，在名气上也不会胜过它。这就是历史文化的巨大生命力。

甲：这首名诗你还能背得出吗？能不能吟唱一番。

乙："昔人已乘黄鹤去，此地空余黄鹤楼。黄鹤一去不复返，白云千载空悠悠。晴川历历汉阳树，芳草萋萋鹦鹉洲。日暮乡关何处是，烟波江上使人愁。"

甲：黄鹤楼自唐以后，极负盛名，又叫南楼。历代文人墨客吟唱不知有多少，修长江大桥时，拆去旧楼，近年又盖了新楼，每年游客不知有多少。看来历史文化名楼比新盖的高楼还有吸引力。你说除去黄鹤楼而外，还有哪些历史名楼呢？

乙：那可就多了，如洞庭湖畔岳阳的岳阳楼，昆明滇池边的大观楼,成都的望江楼,镇江的北固楼、多景楼……还有是楼而不叫楼、叫阁的大名鼎鼎的滕王阁,这些名楼,无一不是因历史文人的名文而著名,范仲淹的《岳阳楼记》,"先天下之忧而忧,后天下之乐而乐",这话说的多好。可惜后世的官,还是"先天下之忧而乐"的多,"只许州官放火,不许百姓点灯",只要他能乐就得了,哪管百姓死活呢?

甲:你刚才说的我也有同感,还有一点,明明是楼,为什么叫阁呢?

乙:简单说,阁就是楼,是同义词。据古字书《玉篇》解释,楼也。见《淮南子·主术》:

> 高台层榭,接屋连阁。

不过日常习惯上多叫孤立危耸的高楼为阁,"滕王阁"不叫"滕王楼",可能也是这个原因。王勃《滕王阁序》中的诗说:"滕王高阁临江渚……"也突出了高字。另外国家藏书处也叫阁,如汉代天禄阁、石渠阁。

甲:这么些名楼,你去过几处呀?

乙:说来真惭愧,我只是卧游,看书,看图画,看照片,好多历史名楼都没有去过。只有镇江多景楼、北固亭(也叫北固楼)我去过。辛弃疾名句:"何处望神州,满眼风光北固楼,千古兴亡多少事,悠悠,不尽长江滚滚流。"这样风光我领略过。

十四、藏书楼

甲:你说"历史名楼"的时候,说阁和楼是同义词,楼都可以叫成

324

阁,又说汉代藏书的地方叫天禄阁、石渠阁;我忽然想起清代编《四库全书》,收藏《四库全书》的地方也叫什么阁、什么阁,这大概也是继承汉代的传统吧。

乙:对呀,清宫文渊阁、圆明园文源阁、热河文津阁、盛京文溯阁、扬州大观文汇阁、京口金山寺文宗阁、西湖畔文澜阁,谓之江南三阁。大多是两层楼,扬州文汇阁三层。现在文渊书在台湾,已印行。文津书在北图、文溯在沈阳、文澜阁在杭州。文宗、文汇均为太平天国战争烧毁,文源阁为英法侵略者所烧。以上就是七部《四库全书》的简史。

甲:国家的藏书楼叫阁,那私人藏书的怎么也叫阁呢?我年轻时在浙江温州住过,听人说起宁波范家藏书楼天一阁名气很大,你能给咱们聊聊吗?

乙:宁波范氏天一阁藏书楼的名气自然大了,那还是明代嘉靖年间盖的呢。离开现在四百五六十年了。这是流传到现在我国最古老的藏书楼。最早的主人名范钦,字安卿,嘉靖进士,做到兵部侍郎,一生好书,告老还乡之后,就在家盖了个藏书楼,起名天一阁。他家后人范光文,顺治进士,范懋柱,乾隆诸生,都还保存,增加天一阁书。修《四库全书》,天一阁送了不少书到北京,乾隆赐天一阁《图书集成》万卷,这样天一阁更出名了。天一阁现在仍然在宁波,是很重要的名胜。

甲:藏书楼都是江南的多,江南明清以来,文化发达,这也是自然的情况。北方就十分稀少了。只有我们山东聊城,也有著名的海源阁,当年也是著名的藏书楼,可惜北洋军阀时破坏的十分厉害。

乙:海源阁是北方有的私家藏书楼,看电视最近又重修了,十分漂亮。最早为杨以增所创,杨道光进士,字益之,官做到河道总督,一辈子只爱收求古本书,子绍和、孙保彝,都能继承。所藏宋、元版、钞本等都是海内孤本,军阀混战时,毁坏很多。当年社会安定时,和江南常熟瞿家铁琴铜剑楼齐名,人称"南瞿北杨"。

甲:听说商务印书馆过去也有藏书楼,藏了不少好书,抗战时被日寇飞机全炸毁了。

乙:对,你说的不错,可是有一点小错误。因为日本帝国主义侵略我国的历史太长了,自甲午以来,前后持续了半个多世纪,炸毁商务印书馆藏书楼涵芬楼是"一·二八"淞沪战役,是一九三二年一月廿八日的事,日寇侵略上海,向闸北区扔炸弹,涵芬楼连楼带书都烧光了。这是商务印书馆最大的损失。

甲:想想真是可惜,内战、外祸不知毁坏了多少珍贵的图书文物,现在江南除宁波天一阁外还有私家藏书楼吗?

乙:有呀,南浔小莲庄刘氏嘉业堂,是本世纪前期著名的藏书家,现在还在,还有不少人去参观呢。

十五、拜　年

甲:你给人拜年去了吗?大概别人给你拜年的不少。

乙:过节嘛,总免不了,极熟的老先生家,去拜访了一下,礼貌关系嘛!况且也真想去看看几位老人,其他就寄了一些贺年片,还有在年初一打了几个电话——现在不是时兴电话拜年吗?来的人不少,都是年轻朋友多,还有亲戚家孩子们,现在也都大了……

甲:听你一说,府上过年还真够热闹的。

乙:热闹是热闹,自然也够忙和、也够累的。你说这拜年的风俗也很古老了吧？

甲：可不是吗，《嘉泰会稽志》就记载：

> 元旦男女夙兴、家主设酒果以奠，男女序拜，竣乃盛
> 服，诣亲属拜、设酒食相款……凡五日乃毕。

"嘉泰"是宋宁宗年号(一二○一)。那时候拜年已成风俗，再往前推，起码又有几百年，因而这拜年的礼节，总也是一两千年的古礼了。我国家庭，儿孙在平日还讲究晨昏定省，早晚向祖父母、父母请安问好的礼数，何况一年的第一天早上，这礼节自然更要隆重了，所以拜年的礼节是应该的，家人长辈、平辈、亲戚朋友老师之间，都应该拜个年……

乙：你说的一点也不错，记得小时候在乡下，大年初一祭祖、祭神之后，先要给祖父母、父母、伯伯、叔叔、伯母、婶娘等长辈拜年，然后出去给本村的同宗本家长辈拜年，初二给亲戚老师家拜年，或者到外村跑十几里、几十里路给外祖父母、舅舅、舅母、姑父、姑母等近亲拜年。总之，一到过年，街上来来往往都是穿新衣服拜年的人，小孩子这时蹦蹦跳跳最高兴，因为过年拜年，不但有吃不完的零食，而且还能拿到压岁钱……

甲：你说小时候拜年的事，年纪大的人听了也很高兴，而且拜年的风俗，不只历史久远，且遍及南北各地，风俗大抵相同。清代顾禄《清嘉录》记当时苏州风俗也是如此。说是：

> 元旦，男女以次拜家长毕，主者率卑幼，出谒邻族亲
> 友，或止遣子弟代贺，谓之拜年。至有终岁不相接者，此
> 时互相往拜于门……有遣仆投单红刺至戚友家者，多不

亲往,答拜者亦如之。谓之飞帖。

乙:说起"飞帖",你还记得说名片时你说的明清北京过年沿门送
　　大红拜帖的事吗?

甲:记得呀……

　　前不久看宋代周密《癸辛杂识》:

　　　　沈公子遣仆送刺,至吴四丈家,取视之,类皆亲故。
　　　　因醉仆以酒。阴以己帖易之,其仆不知,至各家遍投之,
　　　　而主人之帖竟不达。

乙:这可真是不大不小的移花接木恶作剧,这仆人一定是文盲,
　　看来文盲是要误大事了。这也算是"飞帖"拜年的警告吧。
　　现在可没有这种事了。

十六、说"文"解"字"

甲:你说谈民俗,离不开历史,因为民俗不是一朝一夕形成的;谈
　　民俗,也离不开文化,而文化发达不发达,同文字的流传、表
　　现能力,也有密切关系。你说咱们中国文化的源远流长,创
　　造了悠久的历史文化,也和咱们特有的方块字有密切关系。
　　咱们的文字,据说从甲骨文开始,到现在也有四五千年以上
　　的历史,这同民俗是分不开的,你能不能给咱们聊聊。

乙:这个问题很好,但是也很大,而且好多都是高深的专门学问,
　　我实在也才疏学浅谈不了,让我聊,也只能聊聊极普通的,就
　　从文和字说起吧,就也可以叫"说文解字"了。

甲：听你说"文"和"字"，现在人们都说"文字"，是一个词，你把它分开来，怎么可以呢？

乙：这你就只知其一，不知其二了。汉代许慎《说文解字》一书，是我国最古老的字典，也是把远以迄秦汉之际，文字的变化加以整理、归纳，予以科学的分类的一部书。所谓文与字的区别，据《说文》解释："独体为文，合体为字。""观乎天文，观乎人文，而文生焉。天文者，自然而成，有形可象者也。人文者，人之所为，有事可指者也。故文统象形、指事二体。""文"的概念是单独的，有形可象。如"⊙"日"𝄞"月。有的无形可象，只是一种抽象的简单概念。如"⊥"上"丁"下。所谓"视而可识，察而见意"，就是表示表示意思，使人领会就可以了。

甲：你说什么象形、指事，是不是咱们古代文字都是象形、指事。

乙：实际古代文字和现代文字，其差别只是形体上的，其分类旧律是一样的，按照《说文解字》说明：象形、指事是独体，是文。会意、转注、形声、假借，四种是合独体的文为字，所以叫合体为字。会意是会合人意，如人言为信，止戈为武。转注是同义相受、考老，考就是老，老就是考。常说的寿考，也就是寿老。假借是一字两用，令、长是也。形声字最多，江河是也。

甲：咱们常用的字里面，形声字最多，对吗？

乙：不错，形声字最多：江河，左形右声；鸠鸽，右形左声；草藻，上形下声；婆娑，是下形上声；圃国是外形内声（简体字国，如玉代表玉玺主权，那就变成会意字了）。还有内形外声的，这种字极少。但字历代越孳乳越多，有原象形字的，后被假借，岁久为易于区分，又出现形声字，如我名字的云字，古文原作"𩇢"，是象形独体的文。但被假借为说话的"云"，便又出现

"雲"字,成为上形下声的形声字。

甲:听你说文解字,细说起来很有意思。但说其演变是极复杂
的,有些是很难简单说清的。

乙:对,的确如此,宋王安石著《字说》解释"波乃水之皮"。有人
反问他:"然则滑乃水之骨乎?"他无言以对了。细想滑冰,水
一结冰,不就有"骨头"了吗? 可惜王安石没有想到。

十七、薛涛笺

甲:我国长期封建社会,重男轻女,男女受教育的机会不平等。
只有极少数的女诗人留传下名字,过去听你讲过女词人李清
照,今天你能不能再介绍一位。

乙:可以,你知道不知道,成都有个望江楼吗? 那里曾经出过一
位女诗人你知道吗?

甲:成都我去过,望江楼也去游览过,望江楼女诗人——你说的
是薛涛吧?

乙:对了,就是薛涛。不过在中国历史上传世的女诗人中,她的
名气不及李清照大,成就也比李清照差得多。

甲:你说的不错,我虽然知道薛涛的名字,可是对她的生平不大
知道,对薛诗知道的更少,你这里能不能多介绍一些。

乙:我先简单说一下她的身世:

薛涛,字洪度,长安人。大约生于中唐时大历五年(七
七〇),随父宦游成都,因而寄寓。少时知音律,能吟诗。少
女时,扫眉涂粉,为士族所知。贞元元年,韦皋镇蜀,召令侍
酒赋诗,因入乐籍——唐代乐籍就是官妓,随后出入幕府,十
分得宠。贞元五年,因得罪被韦皋罚赴松州,不久获释。还

成都,脱乐籍,退隐西郊浣花溪,种琵琶花满门。韦皋任蜀度廿一年,治绩甚著,门下多名士,涛与诸名士唱和,声誉日隆。其后镇蜀者,亦多与其有来往。大约六十三岁时去世,当时镇蜀名臣段文昌为其写墓志。

甲:她都和唐代哪些诗人有来往呢?

乙:薛涛生年,正是杜甫卒年。她生第三年,白居易、刘禹锡生,十岁时,元稹即元微之生,她三十四岁时,晚唐大诗人杜牧生。和她唱和的名诗人有元稹、白居易、牛僧孺、裴度、张籍、杜牧、刘禹锡、张祜等。都是中唐大诗人。王建《寄蜀中薛涛校书》:

> 万里桥边女校书,琵琶花里闭门居。
> 扫眉才子知多少,管领春风总不如。

据《柳亭诗话》记:琵琶花是四川一种花,后人不知,误改为"枇杷门巷",实大误。元稹《寄赠薛涛》、白居易《与薛涛》不引。

甲:薛涛传世的诗多吗?

乙:薛涛诗传世不多,北图善本室有明刻《薛涛诗》一卷、《春望词》四首之一:

> 花开不同赏,花落不同悲。
> 欲问相思处,花开花落时。

可见唐音自然明达之风格。《筹边楼诗》:"平临云鸟八窗秋,壮压西南四十州。诸将莫贪羌族马,最高层处见边头。"纪晓岚赏识。著名的还有《十离诗》，咱们就不能多引了。

甲：我听说薛除去诗名而外，她还能造笺纸。

乙：对，这就是有名的薛涛笺。是一种粉红色小张诗笺，十分出名。元末人著《笺纸谱》有特别介绍，自薛涛之后，成都造笺，一直出名，所谓"十样蛮笺出益州"，直到现在，四川手工笺纸也很出名。

十八、年　画

甲：　"千秋万岁名，不如少年乐"，年纪大了，最大的乐事之一，就是回忆回忆小时候的事，不知道你是否有此感觉。

乙：你说的我有同感，常常触景生情，忽然想起小时候一些事的乐趣。前几天人家送我一份挂历，上面印着好多画，我忽然想起过去的年画来，感到十分好玩。你知道我怎么知道《济公传》故事的，就是从年画上看的。那会儿刚刚十来岁，认识两个字，还不会看小说，过年在年画摊上，买了四条《济公传》年画，一条四格，四条十六格，画的都是《济公传》故事，我贴在墙上，按次序一格格地看，过完了正月，我就把《济公传》看完了，你说好玩不好玩。

甲：说起年画来，旧时农村中腊月末各集上，南方叫"场"，都有卖年画的，北京各庙会上卖的也不少。江南苏州玄妙观、成都青羊宫据传当年卖年画的也不少。大体是分这么几类，独幅吉祥画的，如《招财进宝》、《吉庆有鱼》，前者画个大胖娃娃抱个大元宝，后者画胖娃娃抱条大鲤鱼。独幅戏文的，如武戏《蚂蜡庙》、《西湖借伞》、《水漫金山》、《三娘教子》等，独幅动物故事的,如《老鼠娶亲》、《五猪救母》等。长条分格的故事画,最常见的是《二十四孝》、《三国演义》、《封神榜》……你说的那《济公传》年画,六十年前,大多都已是彩色石印的了。画也好看多了。那时候过年逛画摊、买年画,也是一个大节目。

乙:年画大概也是古已有之的吧。

甲:年画也有几百年历史,清代道光时河北宝坻人李光庭《乡言解颐》中"新年十事"中就有年画一条说道:"扫舍之后,便贴年画,稚子之戏耳。然如《孝顺图》、《庄稼忙》,令小儿看之,为了解说,未尝非养正之一端也。"后面还附有一诗:

> 依旧葫芦样,春从画里归。
> 手无寒具碍,心与卧游违。
> 赚得儿童喜,能生蓬荜辉。
> 耕桑图最好,仿佛一家肥。

风俗记载和诗都可以看出年画在当时乡间过年时的重要性,所记也真是北方农村人家一幅新年行乐图。

乙:照你这样一介绍,年画主要是销售给农村了。那时年画是不是和我们小时候见到的一样呢?

甲:这也倒不尽然,过去北京买年画的也不少。不过清代末年以前,新的印刷术还未传入我国,没有我们小时候所见石印的,大多是木版彩色套印的。大红大绿,在北方最出名的是天津杨柳青的年画,大张精美的《西湖十景》之木板年画,也有现在大张报纸那么大。八月间我去香港,还在朋友家观赏了他收藏的杨柳青年画,是不可多得的藏品。

乙：南方哪里的年画最出名？

甲：南方苏州桃花坞的最出名，印年画的作坊也印灶王、财神、门神等彩像。清顾禄《清嘉录》引《吴县志》记载说："彩画五色……远方客多贩去，今其市在北寺、桃花坞一带。"九年前我还看过苏州博物馆收藏的乾隆时年画《天官赐福图》。

十九、"红楼"之谜

甲：《红楼梦》与民俗大有关系，你看过去唱戏，唱大鼓书，都有《红楼》内容，"林妹妹"、"林黛玉"几乎成为一切体质弱、多愁善感的姑娘们的代称，"刘姥姥游大观园"，也已成为一切见世面、大开眼界或处处露怯的代名词。由清代到现在，什么"红楼宴"、"红楼酒"、"红楼点心"，真不知有多少，你是研究《红楼梦》的，你说说为什么这会变成民俗的一部分，影响那么广泛……它怎会让人入迷呢？

乙：你说的真有意思，《红楼梦》在中国历史上并不长，最早"甲戌本"，出现于一七五四年，到现在满打满算也不过二百四十年。而它一出现就风靡一时，到十九世纪初，京中就已经是"人家案头，必有一本《红楼梦》"（见经学家郝懿行《晒书堂笔录》）了。当时《都门竹枝词》也说："开口不谈《红楼梦》，此公缺典定糊涂。"不谈《红楼梦》，要被人看作是糊涂，你看这可笑不可笑。

甲：你说当时《红楼梦》为什么这么迷人，二百多年为什么有这么些"红迷"。

乙：你这问题，看似简单，实际上很难回答，因为太复杂了。如果简单地回答，《红楼梦》太好了，太迷人了，所以有那么些"红迷"。这话便等于不回。如果详细来说，各个红迷有各个红迷的原因，又说不胜说。如果大体归归类，有迷于文采的，看他文笔如何优美；有迷于故事的，看他故事如何悲欢盛衰，哀感顽艳；有迷于书中某人的，我爱林妹妹，我爱宝哥哥；有迷于历史背景的，书中故事的背景、写书人家世的背景……最后还是一句话，《红楼梦》写得太好了，而问题又太多了，使人入迷的地方也太多了……

甲：听你这么一说，是够复杂的，我也看过几遍《红楼梦》，也感到有趣味的地方太多了。就说黛玉、宝钗两位姑娘吧，遇到黛玉使小心眼的时候，就觉得宝钗好；可是遇到宝钗藏奸的时候，又觉得黛玉好，究竟黛玉好呢，还是宝钗好呢？我琢磨了多少年了，也说不准；但一翻开《红楼梦》，就爱琢磨。鲁迅先生说："焦大不会爱上林妹妹。"其实这话也太武断，连我都觉得林姑娘很可爱。鲁迅先生又不是焦大，怎么能知道焦大心里不能暗暗爱着林妹妹呢？所以这些都算是"红迷"之"谜"吧。不过我说的这些，还只是一般读者的想法，至于专门学术上的问题，恐怕那就更多了。

乙：对了，《红楼梦》在学术上那有趣的问题就更多了，从大的方面说：有人认为《红楼梦》故事隐射清代政治，具体人具体事都实有所指，进一步又说是反清复明，宝玉是玉玺，爱脂胭是爱朱色。这是索隐派。有人考证，《红楼梦》作者曹雪芹的家世、高鹗续书等等，但曹家祖上的资料多，而本人的资料太少，研究难以突破。这是考证派。还有从其他方面研究的，研究之谜也是说不完的。其浓厚趣味也在于此吧。

二十、郑板桥

甲：有人送我一张拓片，是郑板桥写的字，写了"难得糊涂"四个字，你说这是他写的吗？他为什么写这个呢？

乙：这是郑板桥写的，不过翻刻了多少次了，现在到处在卖"难得糊涂"四个字，有时朋友们找我写字，也让写这四个字。但是我对这四个字可不敢苟同，我总觉得世界上糊涂的人太多，如果再号召大家都糊涂，那岂不真是一塌糊涂了吗？自然这道理一时也难说清，不过郑板桥这人是扬州八怪之一，自然说出话来就有点特殊影响了。

甲：扬州八怪人太多，你能不能先把郑板桥介绍介绍呢？

乙：郑板桥名燮，字克柔，号板桥，江苏兴化人。先世居苏州，生于清康熙三十二年癸酉，公历一六九三年，距今正好三百年前。我们介绍他正好是对他诞生三百周年作个纪念吧。他的生日是十月二十五日子时，是今年公历十二月八日，你看多么巧。

甲：正好我们今天介绍他，真是够巧的。

乙：他幼年在私塾读书，二十三岁时，进学作了秀才后在他故乡作私塾教师，三十三岁游北京，臧否人物，四十岁中举、四十四岁成进士。《板桥自叙》：

板桥康熙秀才、雍正壬子举人、乾隆丙辰进士。

五十岁为范县知县，后调维县，六十一岁因得大吏罢官。六十九岁客扬州，罢官后仍住扬州，几度参加虹桥修禊，乾隆三十年(一七六五)乙酉七十三岁逝世。

甲：听人说郑板桥诗、书、画三绝，这话对不对，他的成就究竟是什么最大？

乙：郑板桥生活在康、雍、乾时代，和《红楼梦》同时代，所谓盛世，能在艺术苑圃获得大成就，真不容易。据我看：板桥画第一、诗词第二、书法第三。同时他又是一个好地方官。

甲：你能不能再说的详细一点。

乙：他的画没有师承，是源于他高超的艺术才华、思想境界和踏实的实际生活，题画说：

> 余家有茅屋二间，南面种竹……秋冬之际，取围屏骨子，断去两头，横安以为窗棂，用匀薄洁白之纸糊之，风和日暖，冻蝇触窗纸上，冬冬作小鼓声。于时一片竹影零乱，岂非天然图画乎？凡吾画竹，无所师承，多得于纸窗粉壁日光月影中耳。

用现在的话，他的画得力于写生，直接从造化入手。因天分高，所以更活，更潇洒，他自己又说"文与可画竹，胸有成竹。郑板桥画竹，胸无成竹。其实只是一个道理"。画论有独到见解。诗有人情味、田园味，坦率、达观，《田家四苦乐歌》写得多好，把苏北的农家生活写的极深刻，现在仍有同感。字有些怪，写《瘗鹤铭》兼黄山谷，再加隶书笔法。题画最多，可以看为郑板桥的画论，对画兰竹有指导意义。

二十一、文人名号

甲：你记得咱们聊过名讳的问题吗，其中说到过中国人起名字的问题，现在有一个比较麻烦的事，就是同姓同名太多了，什么王伟呀、张红呀、李军呀……各地公安局户口卡片上一查，就是几百、几千，如果全国加在一起，那可能同名、同姓就有多少万了。同姓名的人太多，那就容易失去名字的作用，这不能不说是一个问题。你能不能把姓名有关的问题聊一聊呢？

乙：对，听你一说，我也有同感，而且不少人也思考过这一问题，前两年开会，有位史学界老专家还建议起四个字或三个字的姓名。即将父姓、母姓、本人名字连在一起，作为这个人的名字。不过这个问题太大太复杂了。咱们几分钟时间说不完，也说不清……

甲：那你今天先聊聊中国古代文人的姓名、表号、别号、斋名等等吧。

乙：这也很有意思，风俗是多方面的，既受自然条件的影响，也受文化层次的影响，古今一样，就说人的名字吧，古代一般乡间，生下小儿，先起个小名，什么阿毛、阿贵、小虎、小秃，稍微大两岁，一般便按族谱排行或兄弟排行，起个学名，也叫官名。有点文化的家庭，随着学名，还要起个字。尊称表字。如喜欢舞文弄墨，吟诗作画，慢慢还要起个号。有的人大了自己还要改名字，有的人平时不用名字，用字，叫作以字行。有的还要给自己的书房起个斋名，一个不够，两个、三个。即使没有书斋，只一间斗室，也要起个斋名，再有作艺的还要起个艺名，写文章投稿的，还要起个笔名，一个不行，两个、三

个……甚至几十个，上百个。说起来，真是太复杂了。再有
郡望、谥号、私谥。

甲：你能不能举个例子说明一下。

乙：提名道姓的事，举别人不好，弄不好，会引起误会，就拿我自
己举例吧，邓姓，一出生，据说父亲就代我起好名字，排行是
云字，大姐叫云罗、二姐叫云镜，我叫云骧，腾骧的骧，中国人
爱给男孩子起"马"字偏旁的名字，所谓"此吾家千里驹也"。
但没有起小名，家人即随口叫我"XIANG 子"，这也是北方农
村、城市常见的小名，讨个口彩，吉祥么，同骆驼祥子便同名
了。学名从小到今没有改过，现在户口、身份证、档案上还是
邓云骧，没有正式起过字。从十六七岁开始发表小文章，时
断时续，几十年不知用过多少笔名，自五十年代直到八十年
代出书，便用邓云乡，把笔画多的"骧"改为"乡下"的"乡"，
音同字异，这样就叫开了。原来只住家属宿舍六平米小屋，
天天爬阁楼，但也起了个斋名：水流云在之室。去年出了本
论文集，就叫《水流云在杂稿》，其他书，如即将出版的《增补
燕京乡土记》，书后也总写上完稿于"水流云在新屋南窗
下"。这样本名、小名、现用名、各种号及笔名、室名就都有
了。这就是中国文人的积习，也是一种风俗表现吧。

甲：你拿你自己举例，说明中国文人起各种名字的习惯，你的室名
高雅：杜甫诗"水流心不竞，云在意俱迟"。水流云在像你的为
人一样，其实我也一样，我演戏名字，和我原来名字也不一样。

二十二、诗词异同

甲：你是专家，诗词你都懂，咱们天南海北话民俗也介绍过女词

人李清照、女诗人薛涛。人常说,咱们中国是诗国,自两三千年前《诗经》之后,各代都有著名诗人出现,著名诗篇流传,可以说是对民俗有深远的影响,但是又是诗、又是词,这中间究竟有什么区别呢? 你今天是否能谈谈,自然是简单地谈谈了。

乙:你说的这个问题很有意思,你称我专家,我实在不敢当,的确也不是,只能说爱好这些,一知半解一点皮毛,比起前辈老先生们,那真是连小学生也不如。但是我也愿谈谈这个问题。我先问你,你看过《儒林外史》吗?

甲:看过呀,但是《儒林外史》和诗词同异有什么关系呢?

乙:你看《儒林外史》写杜少卿一回,有人送诗给他看,有两句道:"桃花为甚红如许,柳絮忽然青可怜。"问他好不好,他笑着说,第一句如果加一个"问"字,变成了"问桃花为甚红如许",就为《贺新凉》中一句很好的词了。这个例子很生动地说明了诗和词的差别,也可领会其同异。

甲:《儒林外史》这个例子很有趣,但具体地说,如何领会呢? 你能不能进一步解释一下?

乙:可以分三个层次说明一下。一是从广义的诗的概念来说。诗也好、词也好,从形式上说,它都是合押韵或者能合乐,适合于抒发感情的能吟唱的语言,也就是人们欢乐歌唱或长吁短叹的自发的语言,从内容上讲,它则是极偏重于感情的东西,所谓"诗言志,歌永言",由最古的《诗经》历代诗、词,直到今天的白话诗、歌词都是一致的。

甲:那我国过去为什么还要分诗和词呢?

乙:这是第二个问题:从历史上、形式上分,诗出现的早,自《三百篇》而后,汉魏五七言古诗、唐代五七言律诗绝句,这是诗。

词出现的较晚,据本世纪初敦煌发现的唐代卷子,曲子词很多,说明在盛唐时普遍,是给曲子配的歌词,有固定曲谱、句子长短不一,但按谱填词,曲子平仄字数都有一定要求,最早都只是乐工的配词,较为通俗。直到唐末,文人词才大兴,更盛于宋,名家辈出,所以人说唐诗宋词。因其在诗之后出现,先学写诗,后学写词,所以叫"诗余",又因句子有长短,所以叫"长短句"。因一般都讲声律,所以写词叫"按谱填词",又能唱,所以有时也叫"乐府词"。

甲:以上第二点你说的是形式上的不同,第三呢?

乙:第三又回到感情意境表现语言情调上,举例为证:"花近高楼伤客心,万方多难此登临。""感时花溅泪,恨别鸟惊心。""流水落花春去也,天上人间。""花落水流红,闲愁万种。""无可奈何花落去,似曾相识燕归来,小园香径独徘徊。同样落花名句,从不断咏诵中会体会出韵味的不同。"

二十三、柴米油盐酱醋茶

甲:你会喝酒吗?你是爱喝酒呢还是爱喝茶?

乙:我不会喝酒,但很羡慕会喝酒的人,他们比我多一种人生乐趣,没有事喝二两,由微醺进入陶然与世两相忘的境界,这我始终体会不到。至于茶,那我是天天要喝的,一天泡几遍。

甲:这是很可惜的,你知道我为什么问你这个问题,因为我想起一句话:"柴米油盐酱醋茶",我常想,为什么不说"柴米油盐酱醋酒",而说"酱醋茶",听你一说我明白了,这一定是和你一样不爱喝酒、只爱喝茶的人说的。

乙:你说的有可能,但也不尽然。这句话原是一首绝句的最后一

句,见于袁枚的《随园诗话》:

> 书画琴棋诗酒花,当年件件不离他。
> 而今七事都更变,柴米油盐酱醋茶。

　　本来这句话是一句俗语,被这首诗这样一引用,流传的就更广了。这里"花"、"茶"二字是六麻韵,而他字在五歌韵,严格地说这首诗是出韵的了。

甲:他就为了诗押韵,把酒取消了,对爱酒的人来说太不公平,一定会提出反对意见。不过咱们中国人习惯,客人来了,总是先倒杯茶。没有说先倒杯酒的。

乙:对了,尤其南方人,客人来了,总是说"请吃茶",上海人还说"茶叶茶"、"糖茶",糖水叫糖茶,这是北方人无法理解的。

甲:不过现在人说来,这七个字,第一个字大多改变了,烧煤气不用柴,即使烧煤球、煤饼、北方叫蜂窝煤的人家柴也不是主要的了。现在烧柴锅的毕竟少了,不过这七个字仍能代表居家过日子的主要开销部分,也是代表日常生活开销负担吧。

乙:清人宝坻李光庭在七十多岁近八十时,为《开门七事》写过不少首诗,诗太多,这里不多引用。写了好多乡间谚语,却十分有趣。

甲:请你说说看。

乙:打了一冬柴,煮锅腊八粥。

　　有柴一灶,有米一锅。

　　热灶一把,也要冷灶一把。

　　吃得筵席打得柴,柴米夫妻梁伯鸾。

　　穷灶门,富水缸。

生米做出熟饭。讨米下不得锅。

不当家不知柴米贵。

沉了一船芝麻,水面上撇油花。

油葫芦不惹醋葫芦。

打煞卖盐的,苦了作酱的。

吃菜总嫌淡,喝茶嫌不酽①。

叫他抱抱柴,他漓漓拉拉来;叫他烧烧火,他两眼瞪着我。

省了一把盐,酸了一缸酱。

白日挨门子吃茶,夜晚点灯儿絮麻。

甲:你说的这些柴米油盐酱醋茶的谚语,实在有意思,不但有人情味,而且有哲理。

二十四、瑞雪丰年

甲:咱们国家南北地方很大,距离万里,气候差异很大,尤其在冬天,北国冰天雪地,江南清冷难熬,到了海南岛则连冰、雪都没有见到过……记得作学生的时候,有一个从海南来的同学,冬天初上冻,一天他早上上学,手心捧着一点冰凌跑到教室里向大伙说:"看看,冰啊——"大家不由地笑了,谁还没有见过冰?我不由地想起"夏虫不可以语冰"的古话,生长在热带的人,一辈子也见不到冰雪……这位热带来的同学,生平第一次见到冰,自然高兴了,可惜他不知道北方看惯冰雪的人的反应,北方同学没有到过热带,也不了解南国同学对于

---

① 酽:yàn,液汁浓。

冰雪的稀奇——这就叫隔阂。

乙：对，你说的一点也不错，自然条件影响到风俗民情，这中间就产生了隔阂，我有一次在新加坡，一位朋友笑着和我说：新加坡样样都有，就是没有冬天，不会下雪。现在科学发达，交通便利，经济条件好，一到圣诞节，不少新加坡人到东北哈尔滨看冰灯、看雪景……

甲：北方雪不稀奇，不过俗话常说，瑞雪兆丰年，这话应验吗？

乙：这话有道理，特别是指长江流域一带，就是快过春节时下的雪，特别好，前人诗句说"纷纷瑞雪下山川"，说的就是"瑞雪"，具体说：是腊月里下的腊雪。清顾禄《清嘉录》"腊雪"条说："腊月雪谓之腊雪，亦曰瑞雪，杀蝗虫子，主来岁丰稔。谚云：腊天一寸雪，蝗虫入地深一尺。"又以腊中得雪三次，宜麦。谚云：若要麦，见三白。又云："腊雪是个被，春雪是个鬼。"又引《九县志》说："十二月喜雪，杀蝗虫了，主来年丰。"有所谓"一寸雪、入泥一尺；一尺雪，入泥一丈"的说法。当然，这和东北不同，东北年年要下多少场大雪，而且地冻三尺，北京一带地冻也在一尺左右，江南则是只下雪，不地冻的。只有腊雪之后，西北风一起，温度降到零下六七八九度，这样地表面也结冰，便可将毒虫卵、蛹冻死，对于来春消灭病虫害大有好处，所以叫瑞雪，因为对明年农田有利，可以保证丰收。

甲：你说的很有道理，在北几省能种宿麦的地方，也很欢迎腊雪，河北、山东农村，如在腊月得一场好雪，也有等于给麦田盖一层棉被的说法，因为可保护地表温度，不怕明春春旱。

乙：北几省也有同类谚语，而且很古老。汉代《齐民要术》中说"雪者，五谷之精，使稼耐旱"，唐代《朝野佥载》也载当时谚语说:"正月见三白,田公笑赫赫。"河北乡下也有"要宜麦,见三白"的说法。所谓"三白",就是下三回雪。

甲:下三回雪,东北一带,大概年年会下。华北华中,恐怕就不能保证。

乙:我在上海四十年,江南每年一二场雪,总有,三场雪,很少见,但只要春节前后,有一场大雪,也就是瑞雪兆丰年了。

二十五、韩柳文章

甲:小时候读书上国文课,常听老师说什么唐、宋八大家,也记住几位古代大文人,什么韩愈、苏东坡……年代久远了,也记不全了。不过有些问题到现在也不明白,为什么叫"唐、宋八大家",是什么时候确定的,是唐、宋时就有的呢?还是后来这样叫的,你能不能给咱们聊聊?

乙:你说"唐宋八大家",并不是唐宋时就有的叫法,这是明朝才有的,明代嘉靖时(一五二二至一五六六),茅坤辑唐韩愈、柳宗元及宋欧阳修、苏洵、苏轼、苏辙、王安石、曾巩等八家文为《唐宋八大家文钞》,这样世人才开始知道这一叫法。实际唐、宋合称,人并不平均,八人中唐代只有二人,宋代倒有六人。唐代只是宋代的三分之一了。

甲:那为什么呢?为什么不在唐代众多作家中多选两家呢?

乙:不能这样用平均主义对待"唐宋八大家",这里先要明确三个问题。一是韩愈、柳宗元在唐代大历、贞元间(七六六至八〇四)所提倡的古文运动,意义重大,但当时已到唐朝中、晚期混乱之际,一时未造成大影响,也未出现另外大作家。二是在宋代景祐(一〇三四)时,政治安定,文化发达,经欧阳修等人一提倡,唐代古文运动的影响在此时发挥了作用,对宋代文化影响极大。三是一时大家辈出,三苏、王安石、曾巩同时涌现,形成了宋代文化、古文文风的高潮……

甲:这么说,最根本的"唐宋八大家"的来源,还在于韩愈、柳宗元了。

乙:对,一点不错。唐代初、盛时期,还继承的是汉魏、六朝以来的骈体文风,讲对仗、辞藻华丽,影响内容。韩愈在大历、贞元间,提倡学习孟子、荀子、司马迁、扬雄等人的文章,所谓要学习"三代、两汉之书",这样就掀起了古文运动,造成很大影响。新、旧《唐书》都为韩愈立了传,《旧唐书》传说:"韩愈、字退之,昌黎人……愈所为文,务反近体,抒意立言,自成一家新语,后学之士,取为师法,当时作者甚众,无以过之,故世称韩文焉。"韩愈文章最著名的是《原道》、《进学解》、《师说》等,晚年因上《谏迎佛骨表》,被贬官到潮州,对东南文化普及,影响很大。现在还有不少古迹。韩愈除文而外,诗的成就也很大。著名七言古诗《山石》,开头四句:

> 山石荦确行径微,黄昏到寺蝙蝠飞。
> 升堂坐阶新雨足,芭蕉叶大栀子肥。
> ……

以散文笔调写诗,像一幅图画展现在读者前。

甲:那柳宗元呢?

乙:柳宗元和韩愈同时,也是写古文的,最著名的是写游记,有名的是《永州八记》,另外《捕蛇者说》,也是关心民间疾苦的名文。《旧唐书》传中说他:

柳宗元，字子厚，河东人……尤精西汉诗骚；下笔构
思，与古为侔……著述之盛，名动于时，时号柳州云。

他与韩愈并称，世人号"韩柳"。除文之外，诗也十分
著名。

二十六、欧阳修和三苏

甲：上次你谈过唐宋八大家中唐代的二位韩愈和柳宗元，宋代的
　　各家，你能再聊聊吗？
乙：历史上人才涌现，细想起来也很怪，有时很长时期没有，有时
　　几年中涌现出很多。唐宋八大家也是这样，所谓唐、宋，并不
　　是整个唐、宋两代，而只是唐、宋两朝中两个时代，只短短的
　　二三十年，顶多也不过四五十年。像宋代出了一位欧阳修，
　　又赏识了三苏、王安石、曾巩，一下就开展了北宋的文坛盛
　　况，直到今天，还产生着很大的影响。《宋史·欧阳修传》：

欧阳修，字永叔，庐陵人……得唐韩愈遗稿于废纸
篓中，读而心慕焉……遂以文章名冠天下……奖引后
进，如恐不及。赏识之下，率为闻人。曾巩，王安石，苏
洵，洵子轼、辙，布衣屏处，未为人知，修即游其声誉，谓
必显于世。

这就是说唐宋八大家中，有六名是宋代的，而其中五名，
则是由欧阳修一个人奖掖成名的。而这五个人中，又有三个
人是一家子，父亲带着两个儿子同时成名，这在现在人想象

起来,也是很难理解的。

甲:你说的这一家子,大概就是苏东坡他们一家子了。

乙:对呀,一点不错。《宋史·苏洵传》说:"苏洵,字明允,眉州
眉山人,年二十七,始发愤为学,岁余举进士……闭户益读
书,逐通六经、百家之说……至和、嘉祐间,与其二子轼、辙,
皆至京师。翰林学士欧阳修上其所著书二十二篇,既出,士
大夫争传之。时学者,竟效苏氏为文章。"另外王偁《东都事
略》也记载欧阳修认为苏洵文章可比汉代贾谊、刘向,父子名
动京师,因其父子俱知名,称他为老苏。名文是《辨奸论》。

甲:称他为老苏,他儿子就是大苏和小苏了。

乙:对,人也有这么叫的。大儿苏轼名气成就最大。名轼,字子
瞻,嘉祐二年(一〇五七)试礼部。欧阳修主考,大为赏识,对
别人说,我当避此人一出一头地。除博通经史外,盛赞《庄
子》,说"吾昔有见,口未能言,今见是书,得吾心矣"。自己
说作文如行云流水,初无定质,但行于所当行,止于所不可不
止,虽嬉笑怒骂,皆可书而诵之。可代表他对作文的主张。
他的名文前、后《赤壁赋》,最能代表他的思想感情,他被贬黄
州,住东坡,自号"东坡居士"。所以后人称他叫苏东坡。

甲:听说苏诗、苏词、苏字都出名。

乙:对,苏东坡诗、词、字、画,无一不精,无一不是大家,无一不传
世,真是千古一人。

甲:他弟弟呢?

乙:苏辙,字由,十九岁和苏轼同时成进士。《宋史·苏辙传》
说他:

性沉静简洁,为文汪洋淡泊,似其为人,不愿人知

348

之,其高处殆与兄轼相近。

苏轼去世,墓志铭是苏辙写的,是一篇古文。苏轼曾对辙说:"吾视今世学者,独子可与我上下耳。"兄弟相知如此。

二十七、从席地到沙发

甲:人们家里坐的东西,几十年来也有了不少变化,一般家庭,几十年前,桌子旁放两个方凳,就可招待客了;十几年前,人们多买两个叠折椅,代替方凳,现在则家家户户一般都有沙发了。这是近几十年的变化。从历史上看,人们家中的座位变化,你能给大家聊聊吗?

乙:这倒是一个有趣的问题,不但说明近几十年的变化,也可了解我国几千年座位的变化,简单说:古代人,即在汉魏以前的人,也都还是席地而坐。就是在地上铺上席子、垫子等,人就坐在上面,最方便盘腿坐,但古有穿裙子的妇女,盘腿不方便,就屈腿坐,如日本人的坐法……

甲:席地而坐,我们都有此经验,过去集体下乡,大家常打地铺,就坐在铺上看书、讨论、聊天,不也是席地而坐吗?现在考究家庭都铺了地毯,晚间看电视,孩子们爱坐在地毯上看,也是席地而坐,席地而坐自有席地而坐的乐趣。

乙:古代席地而坐,但不席地而卧。床是很早就出现的。有了床,又可睡觉,又可坐人,现在家里客人多了,不是还常坐在床沿上吗?《史记·郦食其传》:

郦生入谒沛公,公方踞床使两女子洗足。

《汉书·朱买臣传》：

> 买臣见张汤,坐床上弗为礼。

《说文》中有"牀"字,解释为坐卧曰床。安身之坐者。由秦汉之前直到魏晋南北朝,主要是以床为坐卧工具,有不少以床为内容的故事,如"纣为玉床","楚献象床"等豪华的床,以及晋代王导、郗鉴,因为王羲之"东床袒腹而卧",选作东床快婿的故事。

甲:这么说古代的床,功用比现在更多,除睡眠而外,也代替了现在一切凳子、椅子的作用了。

乙:对了,最早只有床,大约在晋代之后,才有了凳子,据宋吴曾《能改斋漫录》引《世说新语》句:"……张玄之、顾敷是中外孙,年并七岁,在床边戏。于时闻语,神情如不相属,瞑在镫下。"吴曾据《广韵》说,此"鞍镫"之"镫",可借用作"凳"字,《广韵》别出"櫈"字,注云"几凳",其义亦通。现在橙子,只作水果解释。古义可假借相通。

甲:书上常说"胡床"、"交椅"又是什么,何时开始的呢?

乙:所谓"胡床",又叫"交床",又名"交椅",就是后来各种靠背椅、太师椅的前身。宋欧阳修《六一诗话》:

> 今之交床,本自外国来,始名胡床。

宋张端义《贵耳集》:

> 今之校椅,古之胡床也。自来只有栲栳样,宰执侍

350

从皆用之……

原只单背,后加两边扶手,号太师样,即后来太师椅了。一切旧式椅子,都很硬,要椅垫之。包括皇帝宝座,比较起来,总不如沙发舒服了。

二十八、十二属相

甲:今年是癸酉年,生下小孩属鸡。明年是甲戌年,生下小孩属狗。按照旧时习惯,除夕夜生小孩,前半夜就属鸡,一交子时,降生的小孩就属狗了。你说这多奇怪。上次谈天干地支叫,说到属相,你说改天再聊,今天你能聊聊吗?

乙:说起属相问题,的确是一个直到今天仍流传十分广泛的风俗,足以代表中华民族的民俗特征,今年美国第一次印了中文鸡年邮票,可见其影响已是世界性的了。但又是一个历史悠久而传说甚多,无确切年代可考的古老风俗。最早见于王充《论衡》卷三《物势篇》中,因"夫妇合气,子则自生也"及"情欲动而合,合而生子矣"说五行相生之理、相贼之害。后面说:

寅木也,其禽虎也;戌土也,其禽犬也。丑未亦土也,丑禽牛,未禽羊也,木胜土,故犬与牛、羊皆为虎所服也,亥水也,其禽豕也,巳火也,其禽蛇也,子亦水也,其禽水也。午亦火也,其禽马也。水胜火,故豕食蛇,火为水所害,故马食鼠屎而腹胀……午马也、子鼠也、酉鸡也、卯兔也、水胜火,鼠何不逐马,金胜木,鸡何不啄兔,

351

亥豕也、未羊也,丑牛也,土胜水,牛羊何不杀豕。巳蛇也,申猴也,火胜金,蛇何不食狝猴。狝猴者,畏鼠也,啮狝猴者,犬也,鼠水,狝猴金也,水不胜金,狝猴何故畏鼠也。戌土也、申猴也,土不胜金,猴何故畏犬,东方木也,其星苍龙也,西方金也,其星白虎也。南方火也,其星朱鸟也,北方水也,其星玄武也……

这段话很长,可以明确三点:

第一,从王充文中举例论五行相生相克说之自相矛盾,十二生属风俗当时已很普通。

第二,看来十二生属说与秦汉以来方士所论五行相生相克说是有密切关系的。

第三,十二生属说最少有二千年左右历史。

甲:后来有人讨论过这一问题吗?

乙:有呀,比如清代著名史学家赵翼在其《陔余丛考》卷三十四中,就有一大篇详细的考证。引《旸谷漫录》中说:"十二相属,前辈未有明其取义者。"一般也是对其历史及为何以鼠、牛等配十二地支说准确。

甲:那他总得要考证一番呀!

乙:自然也说了一些,如说十二属各有亏欠,鼠无胆、鸡无肾、马无角、牛无齿、兔无唇等。又说子寅辰午申戌俱阳,故以相属奇数配之,鼠虎龙猴狗俱五指,马则单蹄。丑卯巳未酉亥俱阴,取相属偶数为配,牛羊鸡猪俱四爪、兔两爪、蛇两舌也。所引多是明人著作,说到五行关系。但虽引用王充《论衡》,却说起于后汉,值得商榷。

甲:十二属相是只中国有呢? 还是外国也有呢?

乙：十二属相在亚洲影响也很广,除中华及海外华人外,其他如日本、越南、朝鲜。在历史上,又有说起于北方少数民族的。总之直到今天,已是十分普遍的华族风俗了。

二十九、老人节

甲：现在国家把重阳节定为老人节,也很有意思:重阳前后,是收获的季节,老人们可以回顾平生,总结总结自己;重阳南北各地,都是秋高气爽的日子,老年人可以出去逛逛,活动活动身体……

乙：白居易晚年隐居河南洛阳香山,与众老人重阳出游,人称香山九老。

甲：重阳节登高为什么?

乙：汝南桓景随费长房游学,长房谓之曰:"九月九日汝南当有大灾厄,急令家人缝囊盛茱萸系臂上,登山饮菊花酒,此祸可消。"景如言,举家登山,夕还,见鸡犬羊,一时暴死。长房闻之曰:"此可代也。今世人九日登高饮酒,妇人带茱萸囊,盖始于此。"(见《续齐谐记》)

　　唐诗,"遍插茱萸少一人"。

甲：那茱萸是什么呢?

乙：茱萸,植物,药草,又叫越椒,有吴茱萸、食茱萸、山茱萸。

　　古诗:"辟恶茱萸囊,延年菊花酒。"

　　山茱萸,落叶乔木,春先花后叶,花后结实,长形,味甘酸,又叫蜀酸枣,见《本草》。食茱萸,芸香科,味辛,《礼记》就有记载,可食,如花椒,吴地产最好,又称吴茱萸。重阳佩此,赶秋虫、寒气,野外登高时卫生措施。

甲：一说重阳,人们就联想到菊花,菊花很好养,我也好此,夏天采了菊花头,插到泥地上,自然就生长了。用点肥料就更好。我喜欢菊花,年年我都种一些,由重阳开始,一直可以开到十月、十一月上冻。至于菊花酒,我可没有弄过。

乙:《西京杂记》:

> 菊花舒时,并采茎叶、杂黍米酿之,至来年九月九日始熟,就饮也,故谓之菊花酒。

《荆楚岁时记》:

> 九月九日,佩茱萸、食蓬耳、饮菊花酒,令人长寿。

老人均希望健康长寿,九月九日从古就和长寿有关。因而重阳作为老人节是顺理成章的了。

甲:重阳节同天文气象有关吗? 又从什么时候开始的呢? 可为什叫重阳呢?

乙:重阳不在二十四节气里面,一些节气大多也与气候农事有关,又有不少神话故事,二月二、三月三、五月五、七月七、九月九,都是节,在此不细说。

魏文帝(曹丕)与钟繇书云:

> 岁往月来,忽复九月九日,九为阳数,而日月并应。故曰重阳。

看来重阳节最晚在三国以前,或者说在汉代就有了,两千年历史不算夸大吧。

三十、红叶与爱情

甲：九、十月之间，南北各地，秋游登高，又要看红叶了。你在北京多年，一定看过多次香山、西山的红叶吧。

乙：北京香山、西山看红叶是有名的，我看过不少次，每次去都感到又美丽、又壮观，满山遍野，像喝醉酒一样……《西厢记》："朝来谁染霜林醉，总是离人泪。"这是莺莺小姐的感受，我可不是这样，每次游西山看红叶，总感到十分舒畅，痛快，尽兴……

甲：唐朝许浑《秋日赴阙题潼关驿楼》诗：

> 红叶晚萧萧，长亭酒一瓢。
> 残云归太华，疏雨过中条。
> ……
> 帝乡明日到，犹自梦渔樵。

一样的长亭送别，情绪就不一样。

乙：西山、香山的红叶，大部分是栌子树叶子，少数是枫叶，南方大部分是枫叶、乌桕树、槭树……有名的唐诗：

> 远上寒山石径斜，白云深处有人家。
> 停车坐爱枫林晚，霜叶红于二月花。

这是湖南长沙岳麓山，看的是枫叶红叶。到现在也是著名看红叶的风景胜地。那里还有爱晚亭。

甲：南京栖霞山也是看红叶的胜地，你过去在南京住过，一定也去游览过吧。

乙:去过,不过年代久了记不清了。

甲:你有机会,可以再去看看,不过红叶期限比北京晚些,大约晚两周吧,到时满山一片火红,真是艳丽极了。那比春花映山红好看多了。看了实景才知古人吟诗用字之准确。"霜叶红于二月花"中的"红于"就是红过,比二月花还红。有人乱改成"红似",那就大错了。

乙:红叶不但是深秋游山的美景,而且与爱情还有关呢。你知道"红叶题诗"的故事吧?

甲:请你说说。

乙:红叶题诗是美丽的故事,有三则:

　　唐德宗时,奉恩院王才人养女凤儿,尝以红叶题诗,置御沟上流出,为进士贾全卢所得,金吾奏其事,帝授全卢金吾卫兵曹,以凤儿妻之。(《侍儿小名录》)

　　唐玄宗时,舍人韩渥偶临御沟,得一红叶,上题绝句一首,乃藏于笥,及帝出宫人,许适人,其归韩渥者,适为题叶之人。睹红叶曰:"其时偶题,不意郎君得之。"(《云溪友议》)

　　唐僖宗时,宫人韩氏,以红叶题诗,自御沟中流出,为于祐所得,祐亦题一诗,值沟上流,韩氏亦得而藏之。后帝放宫女三千人,祐适娶韩,既成礼,各于笥中取红叶相示,复开宴曰,余二人可谢媒人。韩氏又题一绝曰:

　　　　一联佳句随流水,十载幽思满素怀。

　　　　今日却成鸾凤友,方知红叶是良媒。

　　　　　　　　　　　　《太平广记》

甲：看来唐代诗人、宫女、甚至皇帝都是很浪漫的。红叶联系上爱情，真可以名垂千古了。

三十一、女词人李清照

甲：说到重阳节，看菊花，从古至今，不知有多少诗人、词人，写过多少诗词。我一说菊花，就想起女词人的名句：

> 东篱把盏黄昏后，有暗香盈袖。莫道不销魂，帘卷西风，人比黄花瘦。
>
> 《醉花阴》

乙：你说的词，我也很熟，这是我们山东女词人李清照的名句，这真是菊花词的绝唱，我年轻时候就爱读这首词，现在我也能背，只是对这位女词人知道得太少，你能不能多介绍一些。

甲：你没有看过李清照的电影吗？

乙：看过呀，不过那只是演一个大概……况且，古今人文化差距太大，现代姑娘又如何能表现出古代才华出众的女词人李清照的气质呢？还是多读读她的作品，多了解点她的事迹吧。

甲：说起李清照，那真是历史上独一的才女、女词家。十七岁就才华洋溢，名满东京，十八岁结婚，美满婚姻，三十岁前夫妇隐居青州，十年之后，先是丈夫赵明诚到建康做官，不久，金兵南侵，北宋沦亡，青州被蹂躏。清照只身携书籍经运河南来。到了建康与明诚团聚，不久明诚因病去世。金兵侵略江南，清照辗转逃到浙江。饱受战乱之苦。南宋建都杭州，清照已垂垂老矣，晚年侨寓金华兰溪，写下不少著名词篇……

她平生有几个不平常,可说我国历史上女词人的第一位。

乙:有哪些不平常呢?

甲:才华出身不平常,父亲是太学教习,著名学者,母亲出身名门,外祖母是当时著名才女,状元宰相家,十七岁即写长诗显示才华。

　　婚姻美满不平常。丈夫赵明诚,金石学家,公公是相国,婚后共同研究学问,爱好同,志趣同,成就也不寻常。

　　坎坷遭遇不寻常,金兵南侵,国亡家破,中年丧偶,悲痛不堪,又经改嫁,所遇匪人,晚年流离,孤苦而终……

乙:听你一说,李清照生平真是不寻常了,听说她丈夫诗词才华比不上她,是这样吗?

甲:对呀,前面读的菊花词,就是年轻时写的,她丈夫不服气,苦心写了三十首,混在一起给一些懂词的朋友看,那位朋友反复吟诵了多遍,最后还只说这几句最好,他丈夫也极佩服她的才华。可惜她的集子失传了,作品传世不多。

乙:李清照哪些词最出名呢?

甲:《声声慢》最出名,开头连用七组叠句,千古传诵,只是此词写在赵明诚刚去世时,内容太悲伤,词句太凄婉……

乙:对,那真可以说是一字一泪呀!

甲:我很爱读她晚年一首《永遇乐》中几句:

　　　　中州盛日,闺门多暇,记得偏重三五。铺翠冠儿,捻金雪柳,簇带争济楚。如今憔悴,风鬟雾鬓,怕见夜间出去。不如向、帘儿底下,听人笑语。

乙:真好,你看她虽然老了,还多么热爱生活,多么乐观……

三十二、二十四节气歌

甲：重阳一过，不久就是冬天了，立冬、小雪……咱们国家一年到头节气还真不少。

乙：对嘛，二十四节气嘛，自古以农立国，农村种地，直到今天，仍然讲究，不误农时嘛。

甲：我们这二十四节气都和农事有关，而且还常常说些顺口溜歌谣，什么"小满前后，安瓜种豆"，还有什么"处暑不出头，割了喂老牛"等等，要到南北各地，乡间老农民口中，各种关于节气的歌谣还多，可惜咱们都市里的人，农村知识太贫乏了……

乙：对啦，这就是孔夫子说的"吾不如老农"了，看来，两千年了，这种现象没有改变多少。不过说到二十四节气，有一首歌，你还记得吗？

甲：记得呀：

> 春雨惊春清谷天，夏满芒夏暑相连。
> 秋处露秋寒霜降，冬雪雪冬小大寒。

　　按，七言绝句"仄仄平平平仄仄"的起句，合平仄，又押韵，所以特别好记，可惜现在教育不注意教语言音韵知识，连编歌的人全不懂合辙押韵，歌词别别扭扭，还不如外国歌顺口哪。

乙：歌词咱们不管它，只说这"二十四节气歌"，你能说全吗？

甲：大概不成问题：立春、雨水、惊蛰、春分、清明、谷雨、立夏、小满、芒种、夏至、小暑、大暑、立秋、处暑、白露、秋分、寒露、霜降、立冬、小雪、大雪、冬至、小寒、大寒。你看，我说的没有错吧。只是我有一些不明白，为什么分的这么均匀，又是什么时候分的、谁分的呢？

乙：这是天文学家分的！

周天，就是地球绕太阳一周，是个圆，分为三百六十度。圆分四等分，就是四季。季分六节，共二十四节。

具体分法。以春分，即太阳自南回归线北移二分之一的地方，昼夜时间等分，为零度。以后每十五度为一节气，至来年惊蛰为三百四五度，再向前十五度，至三百六十度又是零度春分日，第二周开始。

二十四节气在公历上是固定日程的。又因周天度数有余数，公历计日取强数，三百六十五天为一年将二月定为二十八天，闰年二月二十九天。所以节气日期固定在两天上，如春分，是每年三月二十一或二十二。阴历计日按月亮运行规律，取周天弱数，即闰月。节气日期不固定。在我国周秦以前就有，是很古老的。

甲：听你一说，这二十四节气里面有很大学问，只可惜太专门了。

乙：这是我们先民很古老的对天文学的科学认识，与农业耕种收获有重要关系，是我国古文明珍贵的组成部分，也是传统风俗的重要组成部分。这是天文专家的学问，细说自然很复杂，我们一般人也难弄懂。我们知道的也只是一些常识罢了。不过那首歌很有意思，也好记，只要记熟，就把二十四节依次记清了。

三十三、天干地支

甲：上次你说过《红楼梦》中避讳的事，说时辰钟敲了三下，是寅时。这种用子、丑、寅、卯计时的方法,在民间很普遍,直到现在,乡间老人们还常说,这种古老的习惯起自何时呢?

乙:你说这个起源可早啦,天干、地支,过去还写作幹、枝,相传是天皇氏所创,黄帝时始以干支相配作甲子、乙丑、甲戌、乙亥等。《史记》记载商代、殷代的年号不少都用了这些字,河南安阳出土的甲骨,大多也都有了干支记载,你说这古老不古老!

甲:干支你还记得全吗?

乙:还可以,不过我想你也应该知道。你也可先说一下嘛。

甲:我说说看:

　　十天干:甲、乙、丙、丁、戊、己、庚、辛、壬、癸

　　十二地支:子、丑、寅、卯、辰、巳、午、未、申、酉、戌、亥

　　你看对不对? 不过天干、地支怎么解释,如何配,我就不大理解。

乙:古书说:"十干,天也,十二支,地也,干支配天地之用也。"

　　天干地支每个字本身,从古代起,就是一种符号,排次序记数的符号,比如考试甲等、乙等,那就是一等、二等,要考到丁等,那就不及格了。

　　干支两个字排在一起,如甲子、乙丑等,也是记数,十与十二,按次序排列,如数学中的排列、组合,第一轮排到癸酉,第二轮排到癸未……六轮之后,整六十,这样又回到甲子,所以叫"六十花甲子"。即这样排列次序,每六十年循环一次。

甲:对,十二地支再配上十二属相,子鼠、丑牛、寅虎、卯兔、辰龙、巳蛇、午马、未羊、申猴、酉鸡、戌狗、亥猪,人们计算年龄也很方便。

乙:东汉以前,干支只用来纪日,建武后,始用来纪年月日时,即

所谓"四柱八字",如甲子年、乙丑月、癸亥日、辰戌时等。史书纪年月日多用干支与朝代纪年并用,干支更为方便,不会错。当时用皇帝年号纪元,如老皇帝春天死,小皇帝新立,便两个年号;再如清兵进关,北京有顺治年号,江南又有南明福王年号,这样便一年混淆成两年,用干支排列,便永远不会错了。

甲:道家把干支排列的计算方法,用在天文、地理、生理等各个方面,更为广泛。

乙:干支字也要注意写法,有时只差一点,不要弄错,如己巳,己不封口,巳全封口,还有已,半封口;戊戌,戊中间空的,戌多小横。历史大事常用干支记载,如戊戌政变、庚子赔款、辛亥革命等等。

至于属相,说来也很复杂,留待以后再说。

三十四、筷子由来

甲:东西方文化我想作一个极简单比较:

西方注重认真机械思维,所以遇事程序细致,一丝不苟;东方善于灵感形象思维,所以遇事敏捷灵巧,四两破千钧。

乙:何以为证呢?

甲:就说吃饭,高级西餐,左边右边、三把叉子、三把刀,对面还有三个勺子……像小儿买东西,右手拿醋瓶,左手拿油瓶,还是左手拿醋瓶,右手拿油瓶,你说多麻烦、多机械。

而吃中餐,只是一双筷子,一个调羹,多简单,多方便。

两相对照,不就明白了吗?

乙:你从筷子上说明道理,也很有意思。咱们先民怎么会用筷子呢？细想起来，也还要有一个解释。

甲：古代筷子叫箸，《史记·十二诸侯年表》："纣为象箸，而箕子唏"哀而不泣也。见《玉篇》梁顾野王著，三十卷，释《说文》部首类字。颜师古注《急就章》："箸一名梜，所以夹食也。"所以筷子古名是箸，又名梜。

乙：你说的箸我知道，我年轻时在浙江温州住过，我懂一点温州话，温州人一直到现在还叫箸，不叫筷子。

甲：对，你说温州人叫箸一点不差，南方还有不少地方都叫箸。至于说的梜字，现在不知道什么地方人这样叫。不过这个名称也很古老。《礼记·曲礼》中说："羹之有菜者用梜。"注解说："梜，犹箸也。今人或谓箸为梜提。"

乙：现在不知哪些地方方言还有这样叫法。《菽园杂记》：

　　　吴俗，行舟讳言住，箸与住同意，故谓箸为筷儿。

　　"筷儿"是杭州话，又是南宋时的北方官话，同北京的儿化韵两样。《菽园杂记》是明代陆容著的，书已很晚，解释筷子的来源说法，未必可靠。而且南北各地叫筷子的最多，并非因为行船，其源流一定很远、很古老，可能是因为就餐时饥饿难耐，连呼"快、快……"这样就叫成筷子了。

甲：受中国文化影响的外国，都用筷子，如日本、朝鲜、韩国、越南等，过去西洋人不大用筷子，可是近些年不同了，美国、欧洲各国，都有成千家中国餐馆，中国菜推广了中国风俗，西洋人会用筷子的越来越多，已经相当普遍了。

乙：可是在本世纪初情况却完全两样。闻一多先生记他留学时住在一位美国老太太家中，在老太太家吃饭，老太太天天总爱问他，你们中国人吃饭是用两根棍吗？他总是很有礼貌地回答，是用两根棍。但心里想，这老太太怎么这么烦。一天吃意大利通心粉，老太太又问，难道你们吃面条，也用两根棍吗？闻先生到这时才恍然大悟，原来老太太一直以为中国人用筷子吃饭，是一只手拿一根……

甲：你看，这隔阂有多大，现在，就大不同了，中国广泛接受世界文化，中国固有风俗文化也广泛为全世界接受，这中间筷子起到重要作用了。

三十五、面条史话

甲：《三国演义》中写刘备在东吴说："北人乘马，南人乘船。"孙权听了不服气，立即跳上马，捶了一鞭，放了一个辔头，似乎替南人出了一口气，这也算是一次小小的南北之争吧。由此我就另想到一点，就是"南人吃米，北人吃面"。自然这也不能绝对化，不然碰上一个烈性人，打起赌来，那就不妙了。不知我说意见你感到如何？

乙：这个我同意，但这也只是传统的一种现象，受自然条件影响形成的。我国吃面的历史也很早，晋人束皙有篇《饼赋》写的很好。其中有几句道：

　　　　玄冬猛寒，清晨之余，涕冻鼻中，霜凝口外，充虚解战，汤饼为最。

甲：我说的是吃面，你读的那古人的赋，我听着说的是饼。面和饼是两回事吗？

乙：不错，你听得很对。不过有两点你要注意：

一是广义的面和狭义的面。广义的是面食，面制食品、馒头、烙饼、包子、饺子，自然也包括面条。二是狭义面，即专指面条。古代的饼即指一切面食。蒸食如馒头可叫蒸饼，还有炊饼、胡饼，而面条则叫汤饼。小儿过生日吃面，叫"汤饼会"。汤饼就是汤面。

《唐书》玄宗王皇后传："陛下独不念阿忠脱紫半臂易斗面，为生日汤饼耶？"

《倦游杂识》："今人呼煮面为汤饼，唐人呼馒头为笼饼，岂非水瀹而食者皆可呼汤饼，笼蒸而食者皆可呼笼饼。"

甲：现在明白了，汤饼就是汤面，饼赋也可叫面赋。那几句写的可真好，好像冰天雪地吃热汤面那么舒服。

乙：束皙《饼赋》还说："重罗之面，尘飞雪白。"过罗两次的面叫作"重罗面"，做好面会先要好面粉，看来我国好面粉，早在晋朝就很普通了。你能介绍点现在的名面吗？

甲：北京：炸酱面、打卤面、热汤面、芝麻酱面

山西：刀削面　　　　　　杭州奎元馆虾爆鳝面

上海：阳春面　　　　　　苏州观振兴过桥面

福建：伊府面　　　　　　北京白魁羊肉一窝丝面

　　　　　　　　　　　北京致美斋龙须面

其他什么牛肉面、肉丝面、排骨面、鳝鱼面、葱油面、炒面、汤面、拌面，那真是数也数不清。听说山西中南路人最爱吃面条，能做出七十多种不同的面，你祖籍山西，是不是，你说说……

乙：不错，是这样，山西人是能做出各种面食，不过汤或者浇头比较单调，花样虽然不同，味都差不多，还有待更新、改进。

甲：热面说完，还有冷面。夏天吃凉面，北京叫过水面……

乙：你说冷面，那历史也很古老。杜甫著名的诗《槐叶冷淘》，写的就是冷面，诗句极为漂亮，可惜现在不能读了。

甲：一个面，从晋代、唐代，直到现在，随便一说就是一千三四百年，可见我们的历史悠久。

三十六、各地口味

甲：你听过这么一句关于各地口味的话吗？南甜、北咸、东辣、西酸。

乙：听是听过，但这也不尽然，这是早年北京的说法，南甜指江南人，包括福建、广东等地，北咸河北、内蒙，东辣山东，西酸山西。

甲：我想这话说的也不尽然，还不能概括全国的口味，而且方向太广泛了、太笼统了。

乙：你说的不错，比方南吧，这范围就太大，江南一带口味，苏州、无锡一带就爱吃甜的，无锡人口味更甜，再往南，福建不少地方也爱吃甜的，而浙江人，却要吃咸的，宁波沿海人过去整年吃咸鱼、里鲞、黄鱼鲞，那都同咸菜一样，绍兴人口味也咸……所以要叫无锡人说，那是北甜、南咸了。

甲：我原籍山西，小时候在北京，人们都取笑我，说山西老西儿爱喝醋。山西出好醋，吃菜喜欢放点醋，是常见的。但是喝醋的人我没有见过，书上我读到过，似乎历史上真有喝醋的人。据说陕北不少地方吃酸饭，这可能是地域特征、身体上生理需要。

乙：我原籍山东，年轻时又在浙江温州生活。说东辣指山东，也不尽然,最爱吃辣的,莫过于四川,年轻时亲眼见女同学,漂漂亮亮的娇小姐,用辣椒粉、辣椒糊拌饭吃,饭都红了,我看的都辣的冒汗,而她们却吃的悠闲自在,谈笑风生,我真佩服她们。

甲:你说的那还单纯是辣,还有麻呢? 四川口味的麻更厉害,大量用花椒、胡椒粉……四川馆子有味"连锅汤",就全靠又麻又烫取胜。有一次我在成都一家食品商场里,老远就闻到一种特别香的味道,我顺着味道走过去一看,原来是人们排队买刚出锅的"灯影牛肉",你看这名称多好听,便也排队买了一包,还是热的,打开一看,油浸浸、香喷喷,还沾了不少芝麻,我连忙吃了一块,唉呀,可受不了,又麻又辣,嘴都木了……

乙:人都爱香的,可没有人爱吃苦的、臭的……

甲:这也不可一概而论。湖南人吃炒苦瓜,不就是有点苦味吗? 至于臭的,那就更多了,北京人爱吃王致和的臭豆腐,江浙、上海人也爱吃臭豆腐,比北京臭味小,油炸了吃、蒸了吃,都很好吃。有一年我出国在新加坡,朋友开车带我到牛车水买榴莲吃,车一转进牛车水小马路,就有一股臭味扑鼻而来,到了卖榴莲的小摊前,那臭味就更厉害了,我连忙上车关车门让朋友开走了。据说是很香很好吃,可我受不了那个味。我才深深体会古人说的话,"羊羔虽美,众口难调"。不但各地口味不同,各人也口味不同,自然也可以改变,由不爱到爱。

乙:沈三白《浮生六记》就记着他不吃臭腐乳、臭乳瓜,他太太芸娘却爱吃,硬逼他尝一尝,最后他也爱吃了。

甲:一个好厨师,在于调和各种口味,所谓百味杂陈,使之出新味,这是很不容易的,古人以之比喻治理国家,说主宰国事的

丞相,也要有和羹手的本领,才能料理好政务。比喻也很
形象。

三十七、九九消寒图

甲:冬至一过就数九,九九八十一天,漫长的冬天,南北各地都够
冷的。北方还有取暖的设备,热炕头,或是炉子,围炉取暖,
再进一些暖气,又暖又没有烟,就更舒服。而长江流域,江南
各地,直到现在,还解决不了过冬取暖问题,冬天一遇寒流,冻
的实在难受。而且春寒更厉害,叫作"冬冷不算冷,春冷冻死
鸭"。我在上海住了四十年,直到今天,年年还为过冬发愁……
乙:不错,我在南方也住过,的确如此。
甲:漫长的冬天,又冷又难受,过去人们就想起各种消寒的办法,
尤其是书房里或小学里读书的小学生更爱画张"九九消寒
图"……
乙:你说:"九九消寒图",我小时候也和同学们一起画过。一张
白纸,先画九个大形正方形方格,每个方格用截断了的小竹
管,点红颜色印三排红圈,每排三个,整整齐齐,三排九个,九
大格正好九九八十一个圈圈。上面横着写上"九九消寒图"
五个字,每天用墨笔涂一个圈,天天涂,天天数,天天盼……
盼着快点涂完,春天早点到来。
甲:其实这也是儿童心理,天真可爱处,实际八十一天就是八十
一天,快不起来,也慢不下去……今天你还盼日子过的快吗?
该只盼慢点了,但它还是一天一天飞快地过去。
乙:我还记得"九九消寒图"有副对联哪,你还记得吗?
甲:对,不但有对联,还有首歌呢。歌是说涂圈圈时的规矩,叫作

"上画阴,下画晴,左风右雨雪当中"。就是说涂的时候不是把圈圈全部涂黑,而是只涂一半,位置不同,区别气候变化,作一个更科学的气象记录,你看多巧妙。至于那副对联,我也念给你听听。词是:

点尽图中墨黑黑;
方知门外草青青。

"九九消寒图"点完,门外草长花开,春天就来了。

乙:当然,这还是最简单的"九九消寒图",还有画一枝梅花的,折枝素梅,五瓣、三瓣、四瓣花朵一簇簇组成,用白描手法,画好花瓣,每天用胭脂点·瓣,全部点染好,图成了,春天也来了。见于刘同人《帝京景物略》。明刘若愚《酌中志》记明代宫中司礼监印的消寒图是"诗图",每诗四句,如"一九初寒才是冬"到"日月星辰不住忙",可惜不全,不知其实际内容了。也还有用诗句文字的,如:

庭前垂柳珍重待春风

字用细线双勾画出,每天涂黑一笔,不过这还是最普通的,你可以自己用九笔的字编成一句九个字的词句,小时候,一位老师以此题考同学,同学们忙着查字典找九笔的字,有一位同学凑了一句:

盼春信,待看某俏柳染。

大受老师嘉奖,老师夸他认识"某"是梅花的梅字的古体写法。

甲:可以看出古代风俗多么富有生活情趣,文化艺术气氛多么浓郁,但愿我们的文化能够延续下去。今天就说到这里吧。

三十八、阳历、阴历、皇历

甲:冬至一过,就是元旦了。

乙:对,冬至后十天阳历年。再过一个来月,就是春节,阴历年。

甲:日子一天天过,阳历年,阴历年,我也过了不少年了,只记得一首歌:"阳历便,拳上好分辨,高处大来低处小,三百六十五天当一年。"至于阳历年、阴历年、阳历、阴历究竟有哪些区别,以及历史等等,我也弄不清。

乙:阳历,以地球绕太阳一周,365.24219日为一年。

埃及历法,西洋最古历法,十二月、每月三十日,余五日置于岁末,不置闰月,余数无法处理,越积越多,岁差太大,易于混乱。

另外又有墨西哥历法。

现行公历,创始于公元四十六年,罗马朱理亚恺撒氏。三百六十五日为一年,每年余数四分之一日,平年三百六十五日,四年一闰,闰年三百六十六日。原定二月二十九日,闰年三十日,是为朱历。原定单三十一日,双月三十日。

后其侄奥古斯都恺撒称帝,生于八月,八月为纪念日。认为八月小月不吉利,将二月一日移入八月,故现在八月三十一日,为大月,二月平年二十八日,闰年二十九日。九月以后,大小易位,看阳历,尚不够精确,春分移至三月十一日。

公元十六世纪,罗马教皇格列高里氏,以公元纪年为标准,四年为闰,百年非闰,四百又闰,四百年闰九十七日。每年为三百六十五日五时四十九分四十二秒。历三千年,始有一日之差,为格历。

甲:阴历怎么回事呢?

乙:阴历:《汉书·律历志》:

一月之日为二十九日八十一分日之四十三,先籍半日名曰阳历,不籍,名曰阴历。阳历先朔月生,阴历朔后月乃生。

此阳历、阴历,说朔与月生先后之关系,非现在所说阴、阳历。

以太阳绕地球一周 29.530588 日为一月。

中国历法:为夏后氏颁夏时,为中国正朔之唯一标准,也称夏历。孔子说"行夏之时"即指此。

平年十二月,大月三十、小月二十九日,全年三百五十四日,或三百五十五日,与太阳绕地球同旧年(365.24219)相较,平均每年约差十日二十一时。以闰月补足,三年一闰,五年再闰,十九年七闰,闰年十三个月,全年三百八十四日,朔为始,晦为终,望为月中。苏东坡《赤壁赋》,七月既望。即十五以后,上弦十五前,下弦十五后。

甲:为什么又叫"皇历"呢?

乙:封建皇帝时代,专门计算天文、气象、历法的机关,叫钦天监。每年十月颁发来年历书,因系皇家机关颁发,所以叫"皇历";因系黄封面,所以又叫"黄历",上记当年年、月、日、干支、大、

小月、各节气日期,以农立国,农业生产,十分重要,所以家家
要买本皇历。是过去最重要的读物,比现在大美人日历文化
层次要高多了。

世纪文化反思

古与今

　　江山有代谢,往来成古今。古与今的矛盾,是永恒的话题。这争论,在五十年代中叶,的确热闹了一阵子,报刊杂志,大会小组,文教界都热烈地批判"厚古薄今",批判"发思古之幽情",连杜甫说过的"不薄今人爱古人",也要扎它一下了。后来提出了"古为今用"的口号,今是现在,古是过去。前人种树,后人乘凉,历史的一切,包括自然界的形成和人类的文明创造,最古老的地球和一切创造的物质文明和精神文明,都是为活人服务的,为当代人服务的,因此从古至今,各个时代都是古为今用的。但是光阴又很快,真是"逝者如斯夫",俯仰之间,今天又将成为历史,明天又将成为今天。当年批判厚古薄今的时代,今天回顾,不是也已成为虽然形同昨日,却也十分遥远的古代了吗?

　　今与古,是连续的,又是对立的,后之视今,亦如今之视昔,一代人由幼到老,又是一个历史过程。人无百年寿,常怀千载忧。其生命虽然是有限的,而思绪却是漫长的,想象是无穷的,回忆是甜蜜的。青少年回忆童年,壮年回忆少时豪情,至于老年,那回忆的就更多了,"白头宫女在,闲坐说玄宗"、"忆年十五心尚孩,健如黄犊走复来。庭前八月梨枣熟,一日上树能千回"。这都是本人一生的回忆,对于晚生后辈来说,也许是古,对于本人来说，似乎还都是历历如在眼前的今。基于这样的思旧感情，对于他出生以前的种种人事物，自然也更有强烈的憧憬，这就自觉不自觉地发思古之幽情了。读过两本书的人，便自然而然地进入了古人的天地，何况中国历史又那么长，古代人物又那么多，留下来的著述、书籍，真是浩瀚如海，与活人的著作，在量上几乎不成比例。因而看书的朋友，除声光电化、现代科技，越是今人的越先进而外，看中文史书，还是看古人的著作的较多，自然这是四十多年前的情况。这种心态和习惯也是人情之常，中国旧知识分子的老习惯。但据说这不利于思想改造，因而被批判为"厚古薄今"了。当时还是解放初期，各项运动才刚开始，有人还提什么"不薄今人爱古人"的话，后来提出"洋为中用、古为今用"的原则，似乎定了调子。实际洋能为洋用，也能为中用，在同一个时代，即使落实到具体的人和事，也还说得通。而古呢？过去各个时期的古，都曾为各个时代的古用过，而今天的"古"再不可能为"古"所用，如果有用，也只能为今所用；如果不能用或不用，那自然也就算了。况且世人一般还是趋名趋利的多，"古"不能卖钱，没有经济效益，既不能抓权，又不能谋利，那谁还去"古"？还不过只剩几个少数的书呆子了。不过这是早期知识分子改造的话题，古呀，今呀，还有人说说……冰冻三尺，非一日之寒，运动一个接一个地搞，到了"横扫一切牛鬼蛇神"的时代，那一切的"古"，都与封、资、修划等号，全在横扫之列，那就是彻底的"今是而昨非"，只有今，没有古，也不必争论。金人三缄其口，噤若寒蝉。五十年代前期，浙江龙泉县拆掉古塔修马路，还有人议论纷纷；等到北京拆城墙造马路，也就再没有人敢吭一声了。"古"彻底被扔进历史的垃圾堆，又踏上一只脚了。只是对某些人来说，"他们人还在，心不死"，还要深挖狠批，因为"古"是与

"封、资、修"连在一起,是与"反动"连在一起的。年轻朋友可能想象不到。看《俞平伯日记选》,其中记"文革"前夕去河北霸县一带"四清",同去的社科院文研所研究古典文学的老先生,希望挖得深一些,表现好一些,在乡下通宵不寐地写检查、检讨,这些情景现在年轻朋友也很难想象了。

时光是最无情的,当时的事今天看来也已都是"古"话了,不少老先生,也都已成为古人了,历史的发展,又是现在的今天。"古"与"今"的话题是否完了呢?没有完,完了,就没有人类的历史了。虽然,长时间以来,漫长的岁月,对于"古",各种摧残、破坏,有形的、无形的,已造成不知多少不可弥补的损失,不过这是举世皆知,无可奈何的古话,不必重提,也不多说。只是今天如何说"古"道"今"呢?首先看经济效益,是不是能赚钱?冉看轰动效应!

说来也真奇怪,三代铜器、甲骨文,都不是最古的了,"恐龙蛋"居然行市走俏。报纸上、电视上经常可以看到盗卖"恐龙蛋"被抓住的新闻,那些盗卖者,辗转几道手,都要赚上万的钱,而且那些出恐龙蛋化石的地方真奇怪,一出就是一大片。人们一张口,中国有五千年文明史;如果从"恐龙蛋"算,那恐怕要长得多,不过这算不算文明史呢?又大成问题……但是可以卖钱。再有《红楼梦》,曹雪芹也大出风头,找到曹雪芹像,找到曹雪芹墓碑,也可以起一点轰动效应,让新闻记者炒一炒。假作真时真亦假,真作假时假亦真……这真正是古为今用了。

不过毕竟是改革开放的时代,回到家来,看看唐诗宋词,写写打油诗,甚至也谈谈老八股,再不用怕别人扣你的"厚古薄今"的帽子了。这就是心情舒畅的"今"了。盼到多么不易呢?号称五千年文明,现在和未来的人,不知点儿古,对得起这个称号吗?

学与思

　　说到学与思,我想大概从远古就开始了,因为人类是有思想的动物,学与思或者叫思与学保证了人类不断积累知识、经验,不断进入文明社会,越来越文明,直到今天,直到未来……

　　这二者的结合,想来也是从古就议论开的,因为直到今天我还牢记着小时候读过的《论语》上的话:

　　　　学而不思则罔,思而不学而殆。

　　"罔"通"惘",惘惘然,迷迷糊糊。"殆"通"怠",越想越懒,变成思想懒汉。必须学后就思,才能不迷惘,有所发现,有所理解。思后再学,才能不懒惰,不断获得新知。自然,对这圣经贤传,只是表面理解,随便说说,如遇高深的专家,这学与思的辩证关系,也许能讲说几十卷专书。不过这是思想家、哲学家的事,且不去高攀,只做些一般的理解而已。

　　小时候读的书,现在回想,却有的也还不十分明了。一九四九年冬天,解放初期,参加工作单位的小组学习,小组长是一位上海某大学毕业的女士,戴一副金丝眼镜,十分积极,虽不是老区来的,但以马列专家自居,一张嘴就是"列宁如何说:学习,学习,再学习"。我听着有些不服气,心想在《论语》中,第一句就是"学而时习之,不亦说乎?"学习是从古以来就提倡的,怎么是列宁说的呢? 列宁是俄国人,说的是俄语,翻成中文,翻的人译为"学习"两字,这还不是《论语》的原话吗? 有什么希奇的? 我当时只二十五岁,年少气盛,对革命道理什么也不懂,还提出来与她争。她说:"这不一样,有本质的不同……"什么本质不同,我也不再多问,时间到了,小组散会,各回各家。自此以后,即开始了漫长的学习生活,思想改造时期。

五六十年代以来,人们日常的口头禅:学习是艰苦的,学习必须抓紧。这里说的学习,自然是专指政治学习,而不是其他的各种功课的学习。在学校里,一说今天"学习",便知是政治学习,开小组会,所谓雷打不动。开始时,我心里感到很奇怪,学生在学校里,天天过的不就是学习生活吗?怎么只有开小组会才叫"学习",其他功课都不叫学习?后来又出现了"白专"的说法,就是把努力学习各种功课的学生叫"白专",而且也不叫"学习",叫"啃书本"、"钻业务",不关心政治学习,走白专道路。开小组会学政治,必须要争取发言,积极发言,暴露思想,思想交锋……又说思想改造是艰苦的、痛苦的,是脱胎换骨的改造……我听了这些话,记得很牢。现在人们不常说了,但我还常常想起。那似乎是发挥了很大作用,但似乎又什么作用也没有发挥。"胎"既无法脱,"骨"也无法换……学而又思,思而又学,迄今我似乎也难以说清。

说似乎发挥了很大作用,我想起一件旧事。解放初期,大概是一九五一年罢,我从革命大学学完回到部里,给一位处长做秘书,面对面办公,他是"七七"前南京一有名中学的高二学生,延安抗大毕业。一次学习时不知因何说起托洛斯基,他义愤填膺,大声发言,愤怒得不得了。我对之一无所知,心里想:这是苏联革命时的事,他也不认识"托某",怎么这么气愤呢?看他又不像装出来的,想是真情实感,"托某"一定罪大恶极了……但又想,这与他何干呢……散会也就算了。一晃四十多年,说此话的早已去世。今年春天,遇到自美归国开会的唐德刚教授,畅谈半日,说起他在哥伦比亚大学读书时的旧事。他第二外语读的是俄语,成立俄语学会,经常请托洛斯基讲演。他送托出校门,为他叫街车,后来成了朋友……原来是一流亡的俄罗斯老头,经过这么长的时间,我才真正地认识了一个认识"托某"的人……不过我也不去想他,对于毫不相干的人,如何能动感情呢?这或者是艰苦学习、思想改造的效果吧!

说似乎什么作用也没有发挥有什么根据呢?就是"文革"中的所见、所闻、所受、所感。一位相当高的领导,"三反、五反"时,在部里领导运动,据说水平很高。我将八麻袋单据,集中近二十人,昼夜打算盘,将经手人排队,一周多时间由我做了一张总表,送给他审阅,作为做总结报告时的根据……"文革"中,他被揪到我工作的那个学校,关到前面竹房子里。我偷偷去看他。他又是我表兄的老战友、好朋友,见面后拿劳动牌香烟给我吸,说"没有好牌子,没有办法……"那时他"三反、五反"时在部里作总结报告的理论水平全没有了。和我真是以平等的身份面对面地说话了。我自然没有脱胎换骨过。他当年不知多少次动员台下的人加强学习,加强脱胎换骨的思想改造……见面时似乎也是一个没有脱胎换骨的人了。

人常说:活到老,学到老。又说:人无百年寿,常怀千载忧。"文革"时,还常听人说:这些人,人还在,心不死,做梦也想恢复他们失去的天堂……一个世纪快要过完了,有点年纪的人,回头一看,真是感慨万千。学习学习,该学的好多都未学到,思想思想,该思该想的却似乎尚未想透。闲着无事,不免想到许多问题,有回忆,也有遐想,过去的为什么呢?未来的又当如何呢?忽然想起曹禺的一个戏名:《正在想》!

新与旧

　　"新"与"旧"也是一个永恒的话题。长江后浪推前浪,一代新人换旧人,是客观规律,谁也无法改变。但后浪前浪之间,仍有着某种联系,而又后推前、前推更前,也是无穷的矛盾。西谚说:"太阳底下无新鲜事。"似乎世界上全是陈旧的。而三十年前,"破四旧、立四新",恨不得一夜之间,全部更新。旧的怎么办呢? 就是"破",破者,破坏也。于是家家户户扔旧货,烧旧书,烧旧画……提心吊胆,惊惶失措,烟熏火燎,敲锣打鼓,自烧的、别人烧的、抄家的、捆载而去的……上个月还有年轻朋友问我:是不是真的? 我想说也说不清,不说也罢。但,我这个"新"与"旧"的题目,说的什么呢? 如说关系,同这"破四旧、立四新",多少也能扯上点关系,就是冰冻三尺,非一日之寒。说实在的,这里面有重大的政治因素在内,但新旧思想、新旧文化的矛盾,是主要的影响所在,自然的发展和人为的因素都有关系,回顾一下也是十分有趣的。因此我这个"新"与"旧",也只是谈谈几十年来文化发展的点滴。

　　上世纪末、本世纪开始,还是清代,当时就有所谓维新派,自然也就有所谓对立面守旧派,新、旧之对立俨然。不过有两个特点,就是不管维新派,或守旧派,其文化教养还都是旧式的,当时还没有后来的新派洋学生;再有就是还有皇权,或者叫太后权,因为皇上光绪没有权。而维新派又围着这个没有权的皇上做文章,矛盾激化,到了"戊戌","六君子"送命,康、梁出走,新、旧第一个回合,以维新失败而告终。但新、旧并不是截然分开的,新中可能有旧,旧中又可能有新,而表现方式却又不同。庚子之后,那拉氏行新政,实际也还是旧的。维新派康南海,流离异域十六年,游遍四洲,经三十一国,行六十万里,著《大同书》,立孔教会,建保皇党。"维新"又变成"思旧"。

辛亥革命,民国成立,五族共和,在政体上是十分重要的标志,从此中国再没有表面上的皇上了。这在老百姓心目中大不一样。虽然穷乡僻壤的老百姓还有念念不忘老佛爷的"太平岁月"的,而各处想当都督、督军的人太多了,谁也摆不平谁。这样既多新贵,又有遗老,在文化上,不管新贵,不管遗老,不管是外洋归来的,还是未出国门一步的,都还是传统文化的继承者,一句话:"旧!"鲁迅有一篇文章中说过:"辛亥革命只革掉一条辫子……"从文化上说,似乎也只革掉一条辫子,还没多么"新"。但在人心目中,民国的民权、民治,毕竟不同于皇帝治。大部分人都懂了,再想当皇上是行不通了。袁世凯想当洪宪皇上失败了,张勋复辟,溥仪想在北京故宫恢复其统治,也失败了。这也是"旧文化"中的"新观念"的胜利了。不只此也,还有那些新政体、新法律,以及真正学到西方声光电化、科学文明的科学家呢。这不也都是"新"吗?但这新,也还是中学为体,西学为用的。早期的自然科学、工程技术名人,不要说詹天佑等早期熟读的是"四书"、"五经"。考试保送出国,即后期的丁文江、翁文灏、任鸿隽等专家,也无一不是有深厚旧学基础、诗文成章的学人。

五四运动之后,新文化运动席卷全国,波及海外,一下形成壁垒森严阵营。胡适之、鲁迅、刘半农、周作人等老辈都是新文化运动前驱,而旧的也不甘示弱,畏庐老人冲锋在北,唐文治等位坚守在南,"老虎总长"章士钊等位手握大印,目无余子。新的得到的是青年小伙子,"后生可畏,安知来者之不如今者"?新旧对垒,旧的仍然占有广大领地,新的还只是摇旗呐喊。乡下老百姓,有点文化程度的,还多是旧领地的"臣民",对"新"的目为"洋",格格不入,请教师教子弟,还是以《大学》《中庸》老书为主,历史知识是《三字经》、"小纲鉴"起步。乡下人不知道外面情况,其实"新"不等于"洋","旧"不等于"土"。严几道、辜鸿铭,包括留学英国、学小逻辑的章士钊,都是旧学大将,又都是"洋务"专家(用一个清末的现成词,表示都是留学外国、深通夷情也)。而新派人中,未出国门一步,不懂夷文,不通夷情者亦大有人在。

三十年代前期,上海有租界地,新文艺家利用特殊政治环境,可以你一派、我一派,各领风骚,互相无可奈何。现在讲新文学史的人,好像都不注意这一特殊环境。当时天津《大公报》《国闻周刊》有旧诗词专栏《采风录》,印有两大本,前有作者名单,第一名是郑孝胥,共二百五十五人,包括章士钊、王国维、张元济、章炳麟这些国学大师在内,这是当时文坛、旧文化的点将录,足以与"新"对垒,可惜时代男女青年都是喜新厌旧的,这是人心所向。

解放后,文坛、学校、报纸、杂志,都是"新"的一统天下,新、新、新……新到把旧的都扔进历史的垃圾堆。但也有例外,正当"新到顶峰"时,九十高龄的章士钊老先生出版了他用文言写的巨著《柳文指要》,这是十几亿中国人中绝无仅有的。"旧"又突发奇光……这是"回光返照"呢,还是"余焰正积"? 还难下结论。

理与文

看电视,北京大学几位教授呼吁重视人文学科人才的培养,语重心长,很使我这个沾一点北大边的海上游子感动和感慨。但是回头一想,说来这也是老话了。"学会数理化,走遍天下都不怕。"这话在世纪初,似乎已经风行一时了,何况现在呢?只是世纪初或世纪前期的中国科学家,都是读了大量中国古书,学通了中国诗文,才去学洋文、学科的。如最早送到美国去的詹天佑那批人,后来的丁文江、任鸿隽、李四光、翁文灏,再稍后萨本栋、萨本铁、顾毓琇等人。最早清末一批回来的还要考洋进士呢。这些人后来都是著名的科学家,为中国科学事业都作出过巨大的贡献。他们虽不是人文学家,但其人文学科的基础,本国文史哲的学识和诗文能力,现在不少专学文史的恐怕也比不上。当然,这责任不是个人的,而是教育制度的,是时代潮流的。

重理轻文,从上世纪末、本世纪说来,可以说是自古皆然,于今为甚了。胡适之先生《讲演集》中谈到北京大学当年招生的情况时说:要找中文成绩最好的,会写文章的,要到理学院中去找,其他各大学也大体如是,理学院、医学院、工学院是各科成绩最好的。文学院的考生,有些受家庭影响,中文、英文成绩都有一定基础。法学院报名的人最多,成绩一般不如理、工学院,中、英文成绩也不如文学院。他说他自民国初年到北大,前后主持招生考试有二十次之多,大体情况都是一样。这是民初及二三十年代的情况。大概青年人读书上大学,首先考虑的是个人的出路问题,客观的需要问题,所学的是否非要到大学中才能学会、才能深造等问题,还有家长的期望问题,这些都是主要的,个人兴趣和爱好是次要的,有时甚至不明朗。一些智慧较高、各门功课都好的,自然都首先考"走遍天下都不怕"的理工科了。而人在理、工科,仍不能忘情于文、史。著名的如前北大图书馆馆长毛子水先生,当年以一篇从文字学、音韵学角度解释《诗经》某篇的文章,引起胡适之先生注意,一打听,知是数学系的学生,甚为惊诧:数学系学生竟能写出这样的文章,北大真是藏龙卧虎之地。因而他晚年在台湾讲演,还感慨说,要找国文好的学生,要到理学院去找了。

不少著名人文学科学人的第二代、第三代都改学理、工科了。钱三强先生读完孔德中学要考大学时,钱玄同老先生对他说:你将来学什么我不包办,但一个人要有科学的头脑,对一切事物要进行分析而后做决定。他对玄同老先生说:"爸爸,我要学工。"为什么呢? 他未加思考地回答说:"要使中国强盛,必须发展工业。"后来钱氏先入北京大学理工学院预科,后来在吴有训、萨本栋二位物理大师的影响下,于一九三二年考进清华大学物理系。其时正是清华鼎盛时期,物理系名教授叶企孙、熊庆来、吴有训、萨本栋、周培源、赵忠尧、任之恭济济一堂。名师出高徒,钱后来留学法国,到了居里夫人门下。这样,国学专家钱玄同老先生的哲嗣成了举世闻名的中国原子物理专家,被称为中国的"原子弹之父"。似此情况,远不止钱三强先生一人。另一原子物理专家邓稼先氏,又是清华文学院名教授邓以蛰先生哲嗣。著名物理学家钱伟长教授,不又是国学大师钱宾四先生的侄子吗? 图书版本目录专家顾起潜先生哲嗣顾诵芬先生,又是当前我国航空工程、飞机制造专家……所以本世纪以来,一流人才大多都是学理工的,智慧超群的学子学人文学科的似乎太少太少了。

"学会数理化,走遍天下都不怕",是顺口溜俗语。"工业救国"、"科学救国"、"高科技救国"等等是口号。直到"大学还是要办的",当然是指"理工科大学",这样上世纪末、本世纪以来的重理轻文思潮发展到极致了。现象是这样的,至于道理呢?

却很难说的清,说起来也似乎太复杂。我无此水平,分析这一庞大、复杂、高深的普遍现象。不过有几点原因或与出现此一现象有关。一是背着五千年文明史的古老中国,十九世纪末二十世纪以来,敌不过西方科学文明,必须掌握声光电化,必须有飞机、大炮、原子弹,不然就落后,落后是要挨打的。于是聪明才智之士,都去学理工、学科学,好找职业,工资也高。二三十年代直到解放后,学文史哲的,大学毕业只能教书,当职员、记者,要想出本书,戴上作家的桂冠,评个高级职称,谈何容易。学理、学工,你不会我会,机器离开我不能转,大楼没有图纸盖不起来,也可少说错话,少受批判……改革开放,一切又以经济效益为指标,人文学科最高的哲学家、史学家……这个家、那个家,弄到钱就是"家",弄不到钱就干瞪眼。不少高水平的学术刊物,还要靠政治上的有力支持、经济上的丰盛赞助……不然,"人文"又如何生存下去?

邓广铭先生的《胡适在北京大学》一文曾说:胡在一九四七年任北大校长时,就想请钱学森、郭永怀、钱三强和夫人何泽慧、袁家骝和夫人吴健雄、胡宁、张文裕、吴大猷等位国际物理大师到北大来,把北大作为原子物理中心……具有哲学思维的学人,是深深理解自然科学的重要意义的。而专学自然科学的学人是否也能理解人文学科的重要呢? 似乎还是一个问题。

文与白

胡适之先生是白话大师,自题日记为《胡适的日记》,这个"的"字是不能少的,认为这是联接词,合乎文法,是标准的白话文。但翻开日记一看,到处都是这样的句子。如:

> 此意蒙先生赞同,并蒙见示拟电,然先生交令发电之
> 人,连连不发此电……而我与先生相隔咫尺,毫无闻知……

　　类似这种句子,触目皆是,只能说是浅近的文言,完全的大白话,又如何能办得到呢?适之先生晚年在某次演讲时,还夸耀白话文多么好,只读白话文照样能写好文章等等。我读远流出版社《胡适作品集》的讲演册,读到这些地方,不禁哑然失笑。先生到老还未说到自己小时读"四书"、"五经"打下扎实基础的重要作用(书目见《胡适自传》中《九年的家乡教育》章),如不是这些书烂熟胸中,融汇贯通,能有后来写《中国哲学史大纲》,得大洋彼岸哥伦比亚大学学位的胡博士吗?我小时候在北京,有些老先生对适之先生提倡白话文,鼓励青年人读白话、写白话,还大为反感。有的老教授在堂上公开说笑话:"胡适,提倡白话文,他起名字为什么不叫个'往哪儿去'……"又有的老先生说:"胡适让别人的孩子学白话文,而他让自己孩子在家读'四书'、'五经'……"直到"七七事变"前,不少家庭中还议论纷纷。后来,日寇来了,北京沦陷了,抗战怒火,亡国哀愁,正是救死之不暇,奚暇治礼义哉?文、白之争,也很少人提起了。

　　在本世纪前期,中年人、青年人还都是上世纪末、本世纪初受的基础文化教育,还都是学文言出身,习惯写文言、用文言的。日常公私文书,都是文言行文。各大学中,除去一些新文艺爱好者外,大部分文、史教授,学术名著,都还是文言行文。如著名的钱宾四先生的《中国近三百年学术史》,初版是一九三七年商务印书馆出版的,我手边的是一九八四年十月中华书局印的。其时宾四先生正在壮年,过了半个世纪,老先生写《八十忆双亲》用的仍然是文言。邓之诚先生的历史巨著《中华二千年史》,一九

五四年五月写的序中详细论述了用文言的道理。章士钊老先生在七十年代出版了他的《柳文指要》，也完全用文言行文。这是当年创办《甲寅杂志》、坚决反对白话文的老虎总长，虽然曾写白话诗说"总算是老章投了降"，实际孤桐老人只对适之先生给一个风趣的面子，"投降"谈何容易，看九十多岁出版的《柳文指要》便知道了。不过老辈学人中，也有不少先写文言，后也改写白话的。如梁任公，看《胡适的日记》，一九二九年一月二十日梁任公去世时记道："他对我虽有时露一点争胜意——如民八之论白话文……"梁任公记回到巴黎时说："民国八年双十节之次日，我们从意大利经过瑞士，回到巴黎附近白鲁威的寓庐，回想自六月六日以来，足足四个多月，坐了几千里的铁路，游了二十几个名城……"这完全是白话文了。当时国学大师章太炎、王国维等位，就从不写这种白话文。

中国从先秦到五四时期，形成了一种文体，就是我们常说的文言文。前后两千多年时间，大量的古书文献，都是用这种文体书写的，它使我国历史能贯通古今。读到"学而时习之，不亦说乎?"即使是历代文化程度不高的人，也完全能看懂听懂。广东人、福建人，说话完全不懂，可是一读"学而时习之"，完全懂了。过去几千年没有现代的电话、广播、电视等媒介，中国人能联系南北，沟通古今，全靠这种文言。孔子说过"言之不文，行之不远"的话，而文言文是讲求"文字艺术"的语言，故从时间上、空间上都能及远。直到今天，人们一般还能理解。适之先生当年说它是"半死的文字"，今天看来，未免言重了。他老先生虽然几十万字文言烂熟胸中，却没有认识到它的生命力，也真有点怪。

我是二十年代末、三十年代受基础文化教育的，小时候读了一些古书，背得很熟，因此入中学前已能看文言小说如《三国演义》之类的书,也能写"光阴似箭,日月如梭,转瞬秋又至矣"及"人生在世,莫贵乎勤……"等文言作文了。但也会写"一件小事"、"难忘的事"、"我的母亲"等白话文。老师出文言题就写文言文,出白话题就写白话文,两手全要抓,全要过得硬。读古文,什么"少焉,月出乎东山之上,徘徊于牛斗之间……"什么"醉翁之意不在酒,在乎山水之间也……"看《聊斋》,那狐狸和鬼变成的美女,那样可爱,那样通人情,一看就是大半夜。因而胡适之先生说文言是"半死的文字",不要说在今天,即在五六十年前,压根也没有相信过。但是后来在高中时为了骗稿费,到处投稿,也只能写白话文了。全部之乎者也的文言稿,像民国初年《礼拜六》、《小说月报》那样的文言小说,在三四十年代,已经没有地方刊登了。但写白话文,看文言书,这也是并行不悖的。其实看懂文言并不难,多看看,多读读(要读出声来,这点极为重要),自然懂了。我不赞成文言翻白话,这是最无聊、最愚弄人的办法。文、白之间,并无鸿沟,只要你去看、去读。如不看,不读,就想懂,是困难的。如果基础文化教育未培养你看文言文的能力,则必须自修提高。

读与讲

我读过十七八年书,其中书房念书五六年,课堂听讲十一二年,长大了又吃这碗最没有出息的饭——教国文、语文。这"没有出息"不是我说的,二百多年前的郑板桥已经说过:"教书从来是下流,傍人门户过春秋……"

六十年前,我在当时的北平上中学。教我的国文老师大讳王孔武,当时北平学生不习惯叫老师,都叫先生。他同时是师大男附中的老师,当时是全国最好的学校。他授课用的是师大附中自编的教材。第一次上课,起立坐下,先生就开口了,翻开书的第几页,白居易的诗"慈乌失其母,哑哑吐哀音……"拿着一本书,一边念一边就讲起来了。他个子不高,穿着灰纺绸大褂,在同学座位间走来走去。我是乡下孩子,个子又小,也不敢问,低头看着书,老早走神了。心想:一本书,为什么不从第一课读起,突然翻到中间一课,讲起来?为什么一句话,读起来都懂,先生还不住嘴地讲?……感到这课真无聊,真没劲。其实这课本买来后,我在家已经看了两三遍了,这首诗差不多已经背过来了,老师还讲个不休……初二印象最深的是鲁迅的回故乡的小说,闰土、海边、野猪、瓦垄上的草……我在家不知看了多少遍,老师还一句一句地讲,我听着真是味同嚼蜡,心中烦透了,可是嘴里又不敢说……

为什么我不习惯、不爱听讲呢?有个原因,就是和乡下习惯不一样。当时乡下小学,课本是不读的,只有算术课本要讲,要演题,其他课本都自己看。考试老师提示看哪些课,大体说说有什么内容,自己阅读复习。国语课本的白话文,乡下孩子一看都明白,用不着老师讲,学生各人读各人自己的书。我读"四书",《论语》《孟子》都是从第一句读,老师领读两三遍,就自己去读。每天上午背一遍生书,下午背一遍温习的熟书。上午还有一炷香写字的时间,每三天做一次文,两炷香做完交卷,不完老师撤卷,早完早出去玩。隔几天加读一篇《古文释义》的古文,先生指定抄一篇读一篇,有时老师抄,有时自抄。《唐诗合解》,先读五律,后读七律,要求不严。每隔一天下午讲算术,由加减学到四则难题,分数、百分、利率、开方都是一位老师教。他由太原国民师范毕业,写的一笔好小楷,现在如果健在,大约近九十岁了。在乡间读书时,没有星期天,乡下庙会时,放假看几天戏,过年有个把月假。晚间从不做功课,乡下人睡眠早,一般八点钟就睡了。乡间老法读书的最大好处是学生自己读书多,老师很少讲。而作文老师讲题目应该如何做,谁写得好,为什么好,具体能教学生如何学习作文。

后来我教书了,不能用乡下的办法教,只能用城里学校的教法教。解放后,有很长时期规定有许多条例,还要写教案等等,按着各种格式讲许多啰啰唆唆的废话,还要留下许多作业。学生十几年书读下来,不要说读过的文章一篇也背不出,连许许多多的题目也一股脑儿忘光了。我记得教书时,不知有多少次,自己也感到废话太多太无聊,真不想再讲,直欲大喝一声:同学们,自己读读吧,自己看看吧! 可是不敢,只好废话说下去。“四人帮”倒台后,一九八二年,教一班大学语文,较自由,还有两位助教小姐随堂听讲,我和同学们约定:书上有的,我都不讲,我讲课本上没有的,两节课,讲一节半,半节自己小声读,然后课外自己诵读背诵。同学们很欢迎,在高校统测中,成绩是最好的。

本国传统教育,有一套适应本国传统语言文字、各种学术的方法。就是强调读、背诵、记忆,强调在熟读的基础上理解,强调记忆在先、理解在后,强调在记忆的基础上理解、逐步加深。什么“书读百遍,其义自见”,什么“书到妙来无过熟”,什么“家家饭熟书还熟”,什么“博闻强记”,什么“三冬文史足用”……对于掌握中国语言文字,莫不以强调“读”和“记忆”入手。而新式教育,就缺少这一点过硬的功夫。

中与外

中与外也是个老话题了。几千年闭关锁国的华夏,在十九世纪后期，突然被外国人打开大门，扰乱了宁静生活，掠夺了山河财富，老百姓的排外情绪是很自然的。只看当政者如何认识、因势利导，如何教育诱导百姓认识世界，如何效法外国富强国家。日本情况类似，明治维新成功了，现在并不输与碧眼黄发儿；中国却一再失去良机，走了弯弯曲曲的路，对中、外问题似乎一直存在过不少难点。读何刚德《春明梦录》，记他出任苏州知府引见时，西太后最后对他叹息说：

> 中国自海禁大开，交涉时常棘手。庚子之役，予误听人言，弄成今日局面，后悔无及。但当时大家竞言排外，闹出乱来。今则一味媚外，又未免太过了。时事艰难极矣，全赖大小臣工苦心对付，无过不及，才能挽此危局，江苏地方事，也不是好办的，予看汝在外多年，事理亦很明白。好好去做便是。

那拉氏说的似乎也还是老实话，一会儿排外，一会儿媚外，不过这不是朝廷和知识阶层的态度。而在广大的农村老百姓中间，对"洋鬼子"一直是仇视的，就这个叫法已经代表了人们普遍的心态。六十多年前北方山村小孩经常唱："打洋鼓，吹洋号，散了裹脚入洋教，只说入教成神呀！谁想挨洋鞭子受疼呀！"用下流恶毒的语言，嘲笑入耶稣教、天主教的人家。对西洋人则唱："洋鬼子，鸡毛烂掸子，眼里流点灰水子……"其实对外国人却一无所知。七十年前军阀张宗昌招了一批白俄军队，打到我们乡间，乡下人说："洋鬼子腿长，但不会弯，只要把他打倒，就爬不起来了……"我小孩听了觉得十分好玩，后来长大看书，见清末类似此的笑话不知有多少。谭延闿《燕京旧闻》手迹册记庚子前一

年去见徐荫轩(桐)道:

> 坐定询数语,即大骂洋鬼子,又曰:世上安得有许多鬼子,全是汉奸造的,今日某国,明又某一国,不过这几个鬼子,翻来覆去,如变戏法。余忍笑不敢置对,出于车中,狂笑不已,明年遂有庚子之乱。

徐当时是体仁阁大学士、翰林院掌院,这样重要的大臣,对外所知这样可笑,而又真希望中国强大。庚子义和团事起,他已八十二岁,高兴地说:"中国当自此强了!"但是没有多久,侵略者八国联军进京,他上吊而死。他儿子徐承煜是那拉氏处决袁昶、许景澄的监刑官,后来也被那拉氏降旨正法,做了替罪羊。杀袁昶等,是那拉氏"误听人言"排外,杀徐承煜又是"媚外",排外、媚外,都是不懂"中"也不懂"外"。

我童年在乡间时,已是第一次世界大战之后若干年,"九一八事变"前后,在沿海大城市,外国人已不稀奇,乡间却极少。邻县有一天主教神父,瑞典人。外国人倒真有吃苦献身精神,在山区一呆十几年,说一口当地土话,成天穿个黑袍子走来走去地传教。乡下人对外国的知识同庚子时差不多,排外、仇外的心理是一致的。抗战八年,解放战争二年,直到全国解放:"反动派,已打倒,帝国主义夹着尾巴逃跑了……"歌声响彻云霄,真是人心大快!但是世界发展太快了,闭关锁国的时代已经过去了。中国人只会说"落后是要挨打的",却不知道闭关锁国,不与世界同步发展,不广泛吸收外国一切好的东西,不和外国人平起平坐以平衡的心态相处,不以世界心态认识世界、了解世界……又如何能不落后呢? 只是叫喊是没有用的,而隔离、隔绝又是办不到的。纵然办到了,吃亏的还是自己。五十年代初,各中学都不教英文,许多教英文的都改行教俄文,或改行教语文,一改就是几十年,弄到后来,俄文也不会,英文也不会……到十几年前,考职称,不少人都吃足了苦头。小时候没有打下基础,老大不小了,再补课,学外国文、外国话,哪里那么容易呢?这样又如何能够知外、懂外!

只懂中不行,只懂外也不行,要中、外都懂,而且要真懂,才能应付今天的世界,不然,连个要求高一些的涉外的账也算不来。去冬遇到一位比我大好多岁的西南联大的经济系老学长,退休好多年了,一见面说忙得很,好多大厂请他去做英文资产负债表。他说好多一两万人的大厂、大企业,找一个会写英文账、能说英语的会计师都没有,所以仍要请他。也许有人问,在中国的土地上,中国人自己开的厂,为什么要计英文账呢?这不是殖民地经济吗?可是如果进入国际,外国人都这么办,那有什么办法呢"这只是一个例子而已。广大的科学领域,高深技术,尖端科学,以及其他诸多部门,都离不开向外国学习。中国要的是学贯中西、精通中外的人才。在长时期中,耽误了不少岁月,近若干年中,改革开放,沿海领先,内地跟上,学"外"已渐成风,懂外语、外文的人自然会大量增加,将来恐怕欠缺的又是"中"了。杜宣先生写文章,赞赏当年英国人把"HONGKONG&SHANGHAI BANK"翻译成中国化的名字"汇丰银行",美国人把"CHASE BANK"翻译成中国化的"大通银行",做到这点,要有点中文水平才行。翻译前辈严复讲究"信、达、雅",这就要求中要好,外也要好,颠倒也可以,总之都要好。不然,"中"与"外"是结合不起来的。

土与洋

看电视节目,见有新闻报道说,北京街头好多铺子起的都是洋名,不,或者可以说是似洋而非洋的名字。因为是本无译文,只照译音的洋文字随便找几个,什么"阿特巴"呀、"佳尔特"呀、"茜茜莎莎"呀,不管什么,只要有点迎合顾客想象外洋、羡慕好奇的心理,就好做生意了。一家不大的铺子的一位年轻女售货员说得好:"带点洋味嘛……"带点洋味就好做生意,好做生意就好赚钱,至于那带点"洋"味——实际是土洋结合的"土"味是什么意思,谁还去管。这位可爱的姑娘说出了老百姓的大实话。

我谈到"新"和"旧"时,就曾说过,"新"并不等于"洋","旧"也不并不等于"土"。满街穿洋服的朋友,又有几个会说洋话、识得洋文,彼此彼此,就是洋装虽然穿在身,心——或者说"身"、"声",依旧是中国身、中国声。起个不知所云的洋味店名好做生意、好赚钱;穿身洋装,带点洋味,也就好气派、好交际、好做生意、好赚钱——弄不好,还好骗钱。——如果是穿件破棉袄的老土,进几十层楼的饭店,门口不会让你进去。十四年前我穿一旧棉袄乘上海宾馆的电梯,就被拒之门外,亏得前台一位当班经理才把我送上去。如果我一身洋,皮鞋雪亮,自然不会受阻。穿洋装、吃洋菜、起洋味店名……心态其实是一样的。只不过起洋味店名的虽深通顾客心理,却不像高级公司、饭店,有洋老板或精通洋文的买办,可以起洋文名,再译成中文,或译音,或译意。这些小老板,不是买办出身,或未受高级教育,不通洋文,只能起个带洋味的土名。这就是土办法,照样也能赚钱,而且有的可以赚大钱。连当作家这也是窍门,不是有个起女人味洋名、写小说风行一时的人吗？何况做生意？自然也能发"洋味"土店名的大财了。

不过认真一点，翻译个洋名是大有讲究的。比如名牌"Goldlion"，既未意译为"金狮"，又未全部译为"戈勒德利来"，或"哥勒德丽乃"，而前半意译为"金"，后面音译为"利来"。这样利在多金，成了名牌，财源滚滚而来了。上海历史上曾有一百多年租界地，"洋"的基础是深厚的。过去淮海路有一家很大、很著名的西餐馆，每天名厨挂牌推出名菜。店名"复兴"，看上去完全是中国店名，而实际是从"Renaissance"（文艺复兴）一词意译过来的。南京东路近中央商场处有家咖啡店，英文名"Mars"，意思是"战神"，不好叫"战神"咖啡馆，中文名音译为"马尔斯"，洋气十足。五十年代常进去吃冰奶油，账台上还坐着一位金发碧眼的女郎（或已是半老徐娘了），后来不知哪去了。记得三十年代末，电影画报上登着美琪电影院英文原名，征求中文译名的广告。英文原名忘了，写信去问周劭先生，他来信告诉我，是"majestic"，第一部放映的好莱坞片子是《美月琪花》。这个英文字原义是庄严、壮丽的意思，应征者又谐音、又译义，译为"美琪"二字，一直用到今天，知其掌故者亦很少了。而过去好的翻译，就要求中、外文都好，能将音义都译出来，这是比较难的。最著名的是严复老先生译"logic"一词为"逻辑"，逻是巡逻、周边的意思，"辑"是聚敛、集聚的意思，论证所有思想原理及方法。亦称"论理学"。但"逻辑"一词，又谐音，又突出意义，现在普遍都说"逻辑学"，什么形式逻辑、辩证逻辑，说论理学，一般人反而不知是什么了。上海早期洋名词译音的很多。如"sofa"，译作"沙发"，一直用到现在，如说"安乐椅"，人们反而不知道了。如"salon"（法文），译作"沙龙"，现在也很普遍。而"Telephone"现在都叫电话,没有人叫"德律风"了。记得初中时念物理书,好多专用名词的后面,都注着英文原名,如"安培",括号内(Ampere),欧姆(Ohm)、加仑(Gallon)、米突(Meter)。化学书、生物书上也如此,公式都是用字母来代表符号的,很便于外文程度差的学生学习记忆,为进一步接触外国科学知识,进一步读外文科学书自然而然地打一点基础。咱们中国过去缺乏自然科学基础,全部学外国的,各种专用名词不能全译成中国字,只好学外国字,这样比较便利,是没办法的事。解放后印课本,这种办法取消了。说是这样印"有辱国体",其实这是片面的,未考虑初学科学知识的小学生的方便。况且这些洋名称、洋字都是世界公用的,这和"国体"毫无关系。有的留学外洋的前辈专家,激于爱国热情,提出这是"有辱国体",实际没有想想幼年学习外文,后来学贯中西的过程。这也影响到后来"不学 ABC,照样干革命"的错误口号盛行,影响到今天懂"洋"的人太少了,而以"土"为"洋",创造"土洋味"的人又太多了。真是感到遗憾!

横与竖

中国字从古以来就是直写的,中轴垂直线连着上下,中间垂直,讲究一行笔直,讲究上下行款,日文字母的片假名、平假名,五十音图,是采用中国汉字楷书、偏旁、草书偏旁编写的,因此也是习惯直行书写。汉字连在平假名、片假名上下,一笔写下来,十分方便,行款很直,也很好看。如草书平假名俳句,写的笔势飞动,更能成为艺术品。如果横写便不成字,无法连笔,无法辨认了。

西洋文字,英、法、德、俄等等,以及阿拉伯文、西班牙文,都是横写的。文字形体是左右连的,平行线在下面取齐。西学东渐,向西方学习科学,先要学西方文字,最普通的是英文,这就学习横写文字。上世纪末、本世纪初习惯称"蟹行文字",现在没有这种叫法了。除去学了外国蟹行文字还不算,西方科学知识仍不能普及,这就需要把外国的科学书籍翻译成中国文字。数学、物理、化学、生物以及广泛的西方各种门类科学著作,声光电化等等,都要翻译成中文本。这就出现了矛盾,中国文字、传统书籍照例是直行书写、直行排印的,而西方科学的运算、公式,都是横写、横排的。如何统一起来呢?这样中国就出现了横排书,即最早的数理化教科书、各科门类的科学专著,都是横排本,小孩上小学、中学,学英文、学算术都是横写,读国文、读历史、写作文,都是直写。不但直写,而且规定用毛笔。直到解放后,五十年代初还是如此。一直到中学、大学,都是如此。习惯读直行书,直行写字,也能看横行书,横向写字。大学写科学论文,程度高的,直接用英文写,连中国字也不用了。这样既保存了传统文化习惯,又接受普及了西方科学知识。

保存这点直行书写、排印的传统文化习惯是很重要的。这好像用筷子吃饭一样,也是表现民族文化特征的地方。这是传统习惯如此,文字形体特征如此,并非就是落后。日本人到现在一般写字、印书,也都是直行。报纸、杂志也都是直行排版。日本人常用标准稿纸,每页四百字,都是直行书写,以页数来计算稿费。只有科技书籍、刊物,全都横写、横排。自然,现在电脑普遍,是否能打出直行汉字,我就不知道了。

中国汉字横着写,是模仿西方模式的。三十年代摩登男女青年写情书,用绯色洋信纸,绿色或紫色墨水横着写小字,中间再加两个英文字"My Dear"或"I love you",以表示欧化。有些新文艺家,也出版横着排版的新诗、小说,甚至李后主词(我过去就有一本三十年代出版的横排李后主词)。用现在的话说,这在当时也是很新潮的,但是并不普遍。社会上不论私人写信、公家公文、报纸印报、书局出书,除去科技的必须横写、横排而外,一般还都是按照传统习惯,直行书写、直行印书。直到解放后,五十年代前期。

我不知怎么从小学,到中学、大学,不管什么语文、历史等,都和数学、外语一样一律横写,所有书刊,除特殊古籍而外,一律横排,这是为什么? 或者是基于政治上的需要,或者由于经济上的考虑……总之从小受教育,就是横着写中国字,习惯看横着排印的书,天长日久,习惯形成,在文字书写、印刷上与西方接轨了,在传统汉文书写习惯上也把一点民族本色丢光了,对于直行排印的书也看不惯了。据闻中华书局总编辑傅璇琮先生说:一本古典通俗小说,如果直行排版,销路就很差;如果横行排印,就能多销许多书。可见普通读者的习惯,已经惯于看"蟹行"中国字了。而各图书馆藏书以及境外的直行中国字印的书,谁又去看呢? 昨天接友人函,说每周要到北大去三天,参加《四库全书存目丛书》的编审工作,不知是影印还是排印,如是影印,恐怕还都是直行,将来给谁看呢? 看的人必然极少极少。就一个横写汉字,横印书,就在客观上起到某种割断中国文化历史的作用。也许表面上看不到,而实质上是客观存在的。因为文化体现在每个人身上。

我从小是习惯直行写字的,"文革"前,一般写稿、写信,也都是直写,报纸杂志将直行写的稿子横排,编辑和排字工人都无意见。八十年代初期,《红楼识小录》出版时,我的稿子都是直行、繁体字,编辑说印刷厂工人不排直行繁体文稿,花钱找人重抄成横写的发排，这时我才如梦方醒，原来几年中文化界变化这么大了。我自八十年代中，已慢慢习惯横行写稿了，现在只剩下写信，除特殊必要者外，一般还是直行，拿过纸，用很滑的圆珠笔一挥而就，十分潇洒。不用毛笔，用毛笔就要用毛边纸、宣纸写了。可怜得很，只剩一点点传统的书写习惯了。不过我总认为：中国人，从小就应该学会既能横写，也能竖写；既习惯看横排的书，也可惯看竖行的书。这点民族特色总应该保持下去，才不会隔断古今文化脉络。

简与繁

中华书局出版了我的一本《文化古城旧事》，书中专记三十年代号称"文化古城"时期的北平的教育文化情况，我感到这个时期是我国传统文化与西方科学文化、旧教育手段与新教育方式结合的最好的时期，印了四千册，很快卖光了。不少朋友来信向我买书，我也无能为力。不过这只是话头引子，本文不多说这方面的事，而是由读者来信说另外的事。近接编辑转来一读者校正此书错别字的信，十分可感。一感谢也，二感慨也。信中提到繁、简混用处很多。如书中"胡庆余堂"，数处都印成"胡庆馀堂"，这个"馀"字，"彳"字一半已简化，但还不是"余"字。读者十分认真，指出繁简混用的错误，应该感谢。但简体字与繁体字在今天也常常易于混淆，增加许多伤脑筋的问题。比如"胡庆馀堂"吧，它原是"馀"字，而非"余"字，这是历史上的专名词，是否应该按照今天的简体字写呢？是否应与历史资料上的写法统一呢？不然，岂不变成两个堂名了吗？如"适"字，记得在简体字表上，就注明"南宫适"的"适"，应读"kuo"，而不读"shì"，那么宋

398

代"洪适"呢？"叶適"呢？是否也写成"叶适"？又如何读呢？过去繁体字，有一个字几种写法。如"庵"，可写作"厂"、"菴"、"盦"等字形，而有的人起名字用"厂"字，如近人易大厂、于非厂等，都用"厂"字。而现在简体字"厂"是工厂的厂，"厂"则是"庵"字，是否易大厂、于非厂，也应排成易大庵、于非庵呢？这又是由简向繁了。真是叫人难办。

简体字本身也有不少混乱现象，如姓萧的"萧"，草字头，下面肃字。而简体字先把姓萧的萧，简化为肖像的"肖"字，本是去声字，要读成平声的姓，且旧时有"不肖子孙"的成语，却让姓萧的人用这个字作姓，几乎有点开玩笑了。而甘肃的"肃"已简化，与草字头合并的"萧"字现已很普遍，那姓此姓的，究竟应该写"萧"呢？还是"肖"呢？我几十年天天写字，到现也不明白应该怎么写，是否是简体字本身的混乱呢？

简体字有所谓"草书楷化"的简法，其实这本身就有点不通。不知楷书的结构是点画，草书的结构是"使转"，即不断画圆圈。唐人孙过庭《书谱》上说的清楚："草乖使转，不能成字。真亏点画，犹可记文。"如见、贝等字，草书见、贝，都是一笔写出，中间画个圆圈，笔势再反下来；改为简体字，中间成了一竖，加边上两竖，变成三竖在很窄的长方形中并列，既不好看，又很难写，而且见、贝中间两小横，排列整齐，很好看，笔画又不多，根本没有必要简化。真不知是谁的怪主意，规定出这么难看的字形。纵然不管"六书"从美学的角度看，也是美丑不分的呀！

还有用符号代替偏旁，不是画"×"，就是写"又"字，一个"又"，可替"登"字，如邓字；可替"堇"字，如艰字，难字；可替"奚"字，如鸡字。但溪字，又不能写成"汉"字，因为这个"又"是代替"莫"字。欢字的"又"，又代替"雚"，因而灌溉的灌字，就无法再简了。这也无道理可讲。只是过去一些形声字,在简体字中,十分混乱,无所遵循而已。自然国家的命令是应该服从的。

简体字中,同音假借造成的混乱也不少。如西太后、后来,那面包房里卖面包(近四十年前老舍先生就提过这个例子)等。近十几年来,改革开放,与海外来往频繁,不少内地简体字出版物到了外面,电脑译为繁体;或不少上学时没有学过繁体字、不认识繁体字的人,乱用繁体字,以为时髦;或到了国外,把原本是两个字的同音字,都用一个繁体来代替。各种笑话,不一而足,种种混乱,令人看了啼笑皆非。而有些读者,便以错为对,其影响就不只是一个字了。去年《新民晚报》出美国版,是繁体字印的,美国朋友来信说,范仲淹、范成大的范字,都印成竹字头、下面左"車"右"巴",是旧时师范、模范的"范"字。郁达夫的"郁"字,则印成那个忧郁的"郁"的繁体字。除非直接排这一字的繁体,不然我用语言说不清楚,什么"樊"字头,秃宝盖、一个"畕"字,旁加三撇等,也只能同达夫先生一样,忧"郁"半天了。至于故里的里,加衣字旁,汽车的"汽"字里,再加个"米"字,弄的不成字,那就更经常遇到,不足为奇。总之,这也是混乱吧。

我迄今也很难理解简体字对中国文化的发展,起到了什么重要的作用。或只是为了政治原因,和繁体字可以划清界限,或是为了表现创造精神,作现代仓颉等等原因,都不去管它。只是它已靠国家命令,施行了三十来年了,这是现实。当然在过去不改革开放的时代,关上国门,不要古也不要外,那再简也只好服从命令听指挥。而现在改革开放已十五六年,形势真是大好了。做生意要和外界接触,文化交流要和外界接触,又要提倡中国本位精神,出版《四库全书存目丛书》、《四库全书续编》,走在马路上,大商场为了做生意,不但用繁体字招牌,还有英文招牌。只靠行政命令解决,一定用简体字,恐怕行不通了。想起了袁晓园教授的话:"识繁写简。"中小学生恐怕必须要多认识一些繁体字了,不然恐怕很难适应改革开放的形势,也无法继承文化遗产。自然简体字也亟待修订一下。可繁、简的混乱情况恐怕还要继续一个长时间呢。

线与精

"线"和"精"之间,按照习惯说法,中间还隔着一个"平",而"线"是中国传统书籍装订方法,"精"和"平"则都是西洋装订方法。写到这里,忽然想起鲁迅翁一段话,他在《且介亭杂文》的《病后杂谈》中道:

> 光是胡思乱想也不是事,不如看点不劳精神的书,要不然,也不成其为"养病"。像这样的时候,我赞成中国纸的线装书,这也就是有点儿"雅"起来的证据,洋装书便于插架,便于保存,现在不但有洋装二十五六史,连《四部备要》也硬领而皮靴了……但看洋装书要年富力强,正襟危坐,有严肃的态度。假如你躺着看,那就好像两只手捧着一块大砖头,不多工夫,就两臂酸麻,只好叹一口气,将它放下……

好友陈从周教授曾说:江南园林、绍兴老酒、昆曲,这三者是中国传统文化的精髓。实际这似乎没有说到最根本上,中国传统文化的根本,首先是在于它的载体线装书。没有线装书、无处看线装书、不会看线装书,那就差不多失去中国传统文化的根本了,只是园林、老酒和昆曲,没有两本线装书点缀其间,岂非酒糊涂逛花园戏耍梅香乎？

鲁迅写此文时，即三十年代前期，上海满街都是洋装《二十五史》或平装《情书一束》，而在北国山镇中，却还极少看到洋装精、平装本书籍。镇上没有书铺，高等小学及各书房私塾，除一些课本邮局寄来外，买书都是靠隔一两个月来一趟的卖文书的贩子，或庙会上摆的书摊子。卖的由小本四本一套的《粉妆楼》等小说到一部两函二三十本的《纲鉴易知录》、《三国演义》、《白话四书》以及《古文释义》、《唐诗全解》等，无一不是线装书。这时木版书已经没有了，铅印的也极少，几乎清一色是石印的。大多是上海锦章书局、会文堂出版的，扫叶山房的也看不到。所用纸都是有光纸，楷体印刷，本文大字，注解双行小字。所有乡间老师、学生除算术外，读的看的几乎都是这种书。我自然也不例外，不但学会读这种书，而且还学会了装订线装书的技术。

小孩子读书，如不重新装订，几天就弄坏了，变成散页，无法读了，所以必须先装订。调上极薄的浆糊，加点矾，摊平一张麻纸，刷上，再铺一张纸，晾干，裱成双层书皮书，两折成书衣，原书去掉旧线，两面衬好折好裁好的麻纸书衣，用重物如砚台、铜墨盒等压住，就原孔用锥子刺好四只孔，用纸捻先穿上，使孔不移动，然后量线较书长三倍，穿在针上，便可订书了。先从下方第二孔穿起，绕一圈订住，然后往上方两孔穿去，一正一反，订好上方书角，再穿回来，订好下方书角，线正好用完，打个结，书便订好了。我八九岁读的《论语》、《孟子》，就是在老师王成邦先生手把手地教导下自己装订，读完背熟的。原书一直保存到"文革"时，才被抄家者掠夺而去。其他小时的书不必多说了，真是一言难尽。

对爱读书的人，读书是一种最大的精神享受，而这种享受，只能在读线装时才能得到最充分的感觉。先说读时姿势吧，可以走着读、坐着读、斜靠在沙发上读、躺在床上读、坐在椅上、翘起二郎腿读……散步时读，看两页，书一卷，背抄着手，边走边沉思，想起来，再看看。躺在沙发上、斜在藤椅上，户内、户外，一卷书、一杯茶，眯着眼看着，倦了，书一扔，迷糊着了，这真是神仙的感受，这才有"手倦抛书午梦长，此中与世暂相忘"的境界。大本的精装书就办不到，厚厚的平装书也很困难，即使精通外文，看密密的洋文，躺着、坐着，也很难有怡然、悠然的享受……何况线装书都是大字的，不要说新六号、五号铅字大小的字少有，一般字比老五号还要大，如果是写刻本，好版本，只看看那舒朗的白纸黑字，也是难得的文化艺术享受……

但是时代毕竟变了。三十年代中期，中华、商务还分别编印《四部备要》《四部丛刊》两部大书，统一开本线装，当时还有些人力、财力，包括出版者与购买者两方。其后日寇一侵略，战火摧毁中国文化，敌人烧、自己烧，一直烧到解放后、"文革"，一烧烧了半个多世纪……现在再无财力、人力出版线装书，一般不知线装书为何物了。向西方看齐，与世界接轨，人皆西装，书必洋装了。"洋装"这一名词对书来说，现很少人提了。只说"精装"、"平装"，这二者当中，在一般随便翻翻看的书中，我是喜欢大字、平装、直行排版的书，而且装订不要过厚，最好三百页左右，如中华书局的"廿四史"《清史稿》、台湾远流出版社的《柏杨资治通鉴》等书，看起来还是很舒服的，稍有"手倦抛书"的潇洒自由之感。

今秋手中稍有余钱，又买到几种秦火焚余的线装书：《眉园日课》、《弗堂类稿》、《石遗诗话》等，随便翻翻，也足以享受读书之乐，不尽低回往昔之感了。想想未来，如果都变成电脑读物，一天到晚瞪着大眼睛盯牢显示屏,那还有什么乐趣可言呢? 真是不可思议!

毛与钢

读《知堂集外文》,"买毛笔"一则中写道:

> 我不喜欢用钢笔,近来连自来水笔也丢掉了,结果是一年到头只用毛笔,而毛笔实在太不经用。纸反正是一样的需要,用毛笔时什么纸都可写得,也是一种便利。墨则不很耗费,有了十块八块同光以前的旧墨,就可以用上十年八年,所以问题只在笔上而已……毛笔的缺点还是在别一点上,即是好使用的期间太短。一支笔写上几天,这才顺手好写,可是没有几时便又变了,笔锋渐硬渐粗,在格纸上写有点儿别扭……

这段文字很有趣,不过是我这种小时候用惯毛笔的人才能体会。这就使我想起一个今昔书写工具、习惯的变迁问题,简言之是"毛与钢"(这里"钢"是一个代词,也包括铅、石、圆珠等笔)。

中国人过去用毛笔。不要说知堂老人这样活到现在一百多岁的人从小是用毛笔的,就像我这样二十年代末才开始读书的人,从小也是用毛笔。三十年代初我还在山乡小镇上,并非十分贫苦闭塞的地方,一般小学生也从未见过铅笔,更不用说钢笔、自来水笔。低年级石板、石笔是用的。老师讲算术,黑板、粉笔是用的。其他则全用毛笔。商店写账、开清单,私人写信、学生作文，全是毛笔直行写，算术题用毛笔写在麻纸本子上，自然是横写。镇上没有卖机制纸的，如新闻纸、道林纸等，也无卖宣纸、毛边纸的，但有卖粉帘、彩色有光纸的。粉帘是给人糊窗户用的，彩色纸是卖给画匠替丧家糊纸人、纸马、冥衣、纸札，或正月元宵糊彩灯用的。镇上高小及各书房学生学习用纸，都是县城纸坊自制的大小白麻纸、红格纸。麻纸很古老，唐朝就有了，任命官吏用以写通告、任命状，当场读，谓之"宣麻"。麻纸是用烂麻绳做的——水浸透，上碾子碾碎，再浸成纸浆，以帘子浮出成纸，十分坚韧，吸水性强，只能用毛笔书写。乡间读书四五年，每天写小楷四行（二百字），大楷半页（十八字），从不间断。作文更是用毛笔小楷。中学、大学，平时不大写大、小楷，但作文仍是用毛笔。参加工作，教书改作文，当职员写公文，解放后在部里写公文，也都是用毛笔。比我大二三十岁，甚至四五十岁的老先生，写英文都照样用毛笔。六十年代初，在上海淮海路一邮局遇到丰子恺先生寄信，大宣纸信封，半截中文、半截英文，都是用毛笔写的。

我用铅笔、钢笔写字，是到北京上了中学之后，用 HB 施德楼牌德国制铅笔做数学作业，后用变色铅笔。先用蘸水钢笔、三格本学写英文，后用自来水笔。铅笔盒中，铅笔、橡皮、修脚刀（削铅笔用）、圆规、三角板，一应俱全。自来水笔别在制服口袋上，每两周做一次作文，要带铜墨盒、毛笔，中学六年如一日，长期养成毛笔、钢笔都能熟练使用的习惯。不过我很爱写毛笔字。小学、初中时被老师、父亲逼着写大、小楷，当作业完成，高中时就自觉以写毛笔字为消遣了。上大学还经常写白折子练小楷，写《草诀歌》，练草书。但自高中开始给报刊写稿，有时用毛笔、中国纸；有时用钢笔，写洋稿纸，并不一律，速度也差不多。六十年代前期,慢慢到了无话敢说,无文可写的地步,我就练字。楷书写《李靖碑》(颜鲁公晚年的作品,颜字里最显示气魄的),八分写《衡方碑》,草书写《书谱》,行书写《圣教序》、《兰亭集序》等等。

现在,有朋友让我写字我用毛笔,平时写稿写信用钢笔,近几年用一种派克牌圆珠笔,十分滑润,写起来不费劲。只是笔很贵,而且写不了多久就要换新的。

书写工具毛笔,也是中华传统文化的精髓,虽已为钢笔等硬笔所代替,但学习书法艺术的小孩现在很多,不少笔姿很好,因而毛笔字还能流传下去。这是值得庆幸的。只是宣传媒体常把一些粗俗不堪的字刊登出来,影响很坏。而且笔造得越来越坏,十支八支新笔中找不出一支有锋能写字的,真无法可想了。

衣与食

衣、食、住、行,是人生四大要素,首先是"衣",排在第一位,似乎比食还重要。现在人们还这样说,而且说到扶贫时,也常说温饱二字,把"温"放在前面。俗话说到可怜状况时,也常说"身上无衣,肚内无食"……为什么不把"食"放在前面呢? 或者可以说"人之异于禽兽者,几奚"? 这是"几奚"之一吧。穿上衣服,是人,脱掉衣服,便只是动物了,所以衣是第一位的。再有古语说得好:"衣食足而后知礼义。"如果说到人类文化,衣食住行应该说又是第一位的。因此回顾我们本世纪文化的变化,衣食住行不但应包容在内,而且是很重要的,也是有趣味的。

我出生在二十年代中前,有记忆时已是二十年代后期了,当时住在太原,是山西的省会,虽不比京、沪、苏、杭繁华绮丽,但日常父亲、母亲及来往客人，衣着也是十分入时的。当时女的都时兴穿圆大襟很短很短的短袄，单、夹、棉、皮，式样是一样的。棉的、夹的都沿缎边、织花边，皮的做出风，就是沿一条毛向外的皮边，单的沿窄边，或滚一条边。下身裙子或大肥长裤，袖口、裤腿口都大，是喇叭形的，料子讲究华丝葛、铁机缎等。男人大多着长袍，秋冬外加坎肩、马褂，袍子已不大时兴穿缎子，而是什么线哔叽、毛哔叽了，不过都很肥大、很短。客人中很少穿西装的，少数有穿学生装的，不过有一个最大特点，男女裤子，全是满裆裤，放平像个"人"字，上面还有裤腰，束时把裤腰一折，叠在肚皮上，用裤腰带系紧。夏天还可，冬天厚棉裤，再一折一系，就腰大一围了。现在大都市的青年男女是无法想象的。见倒演《秋菊打官司》，大概穿的就是这种棉裤，所以秋菊女士成天腆着一个大肚皮……

　　两年之后，回到故乡山镇，又一个新天地。街上人都是布衣，大多还是土布，蓝靛染蓝，冬天大羊皮白茬皮袄，夏天白土布背心、大草帽。乡镇大人夏天不穿短裤，过河时把裤腿卷起，但男小孩八九岁还可光屁股满街跑——自然也是穷，为了省衣服。女人穿点花洋布，母亲、大姐她们太原带回来的那些华丽的衣裳也穿得少了。在乡下住了五六年，全家来到北京。"共怜时世俭梳妆"，"时世妆"自古就是变化最快的，何况欧风东渐的二十世纪，乡下住了没有几年，太原省城的漂亮衣裳全变了。到北京时，摩登妇女都是一年四季光着两条腿穿旗袍了。新式旗袍的寿命不短，由三十年代直到五十年代末，先是高领头钉四五个钮绊，长长长……又是低领头，钉个子母钮，短短短；又是高领套裁，长长长……大开裰，像两个门帘子吊在前后身。直到前年在台北听老唱，那些白头歌女还穿这种旗袍唱"就是吃石头子儿你也尿炕……"亲眼看了这些旗袍的长长短短变化。至于我初生时、出生前、世纪初的衣服样子，也不陌生。小时伏天帮母亲晒箱子里的衣服，那些瘦瘦的一枝花的缎袍子，袖口瘦得像一条笔管，穿衣时攥紧拳头仰不出去，一定把手指并拢才可伸袖口。

小时在北京，由衣着上一看即可分出小学生或小徒弟，政学两界的先生或干力气活的，小学生学生服、童子军服即平时便服长短裤，都是西式开口裤子，小徒弟、私塾小孩则还是中式衣裤。政学两界、律师、医生、新闻记者，中装都是袍子，蓝布大褂，一年四季差不多。穿西装的极少。而卖力气的都是中式衣裤，拉包月车的哥们，开汽车的司机，钱也不少挣，但都是短衫裤。拉包月、送煤、挑水，冬天穿套裤，大黑布棉袍子，腰里系腰带，把大襟撩起掩在腰带上，干活利落。女的更容易区别，穿旗袍的再穷也是太太、小姐、教员、护士，及少数银行、机关职员，而老妈子、卖鸡蛋的以及广大劳动人民的妻子，也都是中国老式衣裤，常常还要戴个围裙和套裙，一看衣着打扮就知道。自然也有看走眼的时候。沦陷时期一次与一位远房表兄去洗澡，洗完躺着聊天，看对面座位伙计正侍候一顾客脱衣服，冬天，獭皮领子大衣、呢帽、狐皮袍子……十分阔气。表兄问我：你看他是干什么的？我说："大概是大买卖的东家或掌柜的吧！"因为当时学界教员、教授们已穿不起好衣服，破皮毛袍子都丁零当啷的了。他笑笑轻声说："他是西城的贼头！"原来他前几天刚替他的阔朋友向他领过东西。当时也只有贼头穿得阔气了。

解放后北京一般没有人敢穿长袍子了，挨斗的地主都是穿长袍戴瓜皮帽的。春、秋、夏还好办，短袄裤好了。冬天没有长衣服多冷哪，怎么办，把挺好的皮袍子花钱配卡其布面子改成短大衣。直到"文革"做牛鬼时，一齐劳动的一位同事，冬天还穿一件旧卡其短大衣,一次脱下放在一边。收工时我穿旧大棉袄时,无意翻起他大衣的里子。一看,原来是青狐嗉的,是狐狸颈下的长软毛。讲究穿皮货时,这是狐狸皮中最好的、最贵的。也不得不藏在破卡其布下面,给牛鬼挡风寒了。

北京街头穿长衣服的没有了。一些老先生穷得靠卖旧货破烂过日子,旧货又不值钱,自然没有钱做呢制服、新中山装,只穿旧衣服对付。五十年代前期,常常在街上遇到旧日老师。一次在长安街电车站,遇到伪师大校长黎子鹤(世衡)先生,穿一套旧横罗裤褂,还是老货,一边摇扇子,一边向边上朋友介绍我:"这是我的老学生……"又一次在灯市口汽车站,遇到版本目录专家赵斐云(万里)先生,穿一身旧白府绸短衫裤,洗得已变了色,挂着一把洋伞。我刚喊赵先生,正好车来,先生回头摇摇手和我打个招呼,匆匆上车去了……旧时不穿长衫不会上街的老先生们,经过改造思想,都穿着短衫裤满街跑了。

上海改装晚于北京,一九五三年深秋初到上海,西装长袍,还满街都是,一是有钱,二是讲究。三年之后,在淮海路一服装店里,亲眼见一漂亮女士,做灰士林布裤子,还要试样,宽一分窄一分,都斤斤计较。裁缝蹲下站起为她左量右量,我忍不住笑了起来。几十年中,上海衣着一直比北京入时,不过发展到涤卡中山装,已经是新婚礼服了……改革开放,又讲起时装来。一讲时装,便是洋装,中国老衣裳没有了。走在各大都市繁华的街道上,身穿潇洒牛仔裤的男女小青年,分不清谁是大学生、谁是打工仔了。看电视,偏僻山区田野里,也可看到西装笔挺的老乡……忽然想起,当年身穿中式袄裤、头上包着羊肚子毛巾的陈永贵,大老远飞到墨西哥给洋鬼子看,这也是绝无仅有的历史往事,青年朋友们可能已不知道了,但愿中国人真能与世界接轨,人人成为文明世界的人,而不只在西装表面上。

说完衣,再说吃,想起老话:世上无如吃饭难。又有几千年的古话:"国以民为本,民以食为天。"中国人从古就饿怕了。回顾百年历史,首先想到的是挨饿,而不是美酒佳肴。我少年青年时期,是在北京度过的,首先从北京说起。北京不算南京政府那个短暂的时期,前后做了上千年首都,在各个历史时期,都聚集了皇帝、后妃、太监、宫女、大小臣工及众多为他们服务的各行各业百姓,还有军队,天天张开嘴要吃饭,不能少吃一顿,一年到头,的确要消耗不少粮食的。但是北京及其周围说来可怜,并不是一个出粮食的地方,西北两面出城走不了多远就是山,一连上千里,东、南两面,土质也不肥厚,且地势低洼,夏秋之际,一下雨就涝,就被水淹了。靠北京四周的粮食养城里那一大群老老少少,恐怕两三个月也不够。而且多是老玉米、小米,稻、麦是很少的。平常时间,自元代以来,就靠运粮河运漕粮进京,最多时四百来万担,少时也有三百万担。由张家湾到北京城,不知大小有多少仓房储存漕粮,年年发不完,陈米很多,变成红色,谓之"老米",发给官吏,煮饭烧粥,特别好吃。承平岁月,北京城圈内的人,离不开老米。所以留下"吃老米饭"的谚语。而一遇战争,漕粮不来,北京人就苦了。仲芳氏《庚子记事》记一九〇〇年八月情况云:

> 刻下白米每石银十两,粗麦白面每斤银五分,买米只卖十斤,买面只卖二斤,尚须鸡鸣而起,太阳一出即停售矣……

从其所记略见庚子时北京粮食紧张的情况。不过我到北京时,已在此后三十四五年矣。老米已成珍品,要卖一元一斤,当药吃了。一般大米洋面还是便宜的,在"七七"战前,没有见过谁家吃窝窝头、小米饭的。街上劳动人民最差的伙食,是斤饼斤面,即称分量卖的大饼铛烙的饼,切开来称分量卖,面也是切面或押面称分量卖。饼卷大葱蘸酱吃,那要真正山东人,挑水的,掏粪的,而一般劳动者,如瓦木匠、拉洋车、拉排子车的……则多是十二两炒饼或烩饼,面呢就是十二两炸酱面、打卤面,吃馒头倒少,因为是发面的,不解饥。如现烙十二两家常饼,来个木须酸辣汤,先喝五两再吃饼,那就是买卖好的时候下小馆了。上初中的学生,家里给一毛钱吃中饭,三十六枚小盘半斤素炒饼,吃得很饱。还剩十枚(五大枚),放学时小摊上可买旧邮票玩。当时两大枚一个芝麻酱大烧饼,五大枚一碗馄饨。而最贵的谭家菜鱼翅席,一人一碗,四十元。大馆子里十二元就可吃一桌鸭翅席了。

只是好景不长,"七七事变"之后,北京就一天天进入饥饿状态了。白米白面吃不起了,日常饭食,都以杂粮为主了,棒子面、小米面、小米……记得梁实秋先生的女儿在《中国烹饪》上写过一篇谈吃的文章,说到"丝糕",现在人可能不知是什么东西,实际就是小米面加发酵粉蒸的,是沦陷时北京普通家庭的家常主食,如再有一碗白菜叶子片儿汤,热呼呼地就点水圪垯丝(芥菜头盐腌),那真是一般人家的美味佳肴了。抗战胜利,农村各地都在打内战,哪里有那么许多粮食运到北京来呢?北京城里,公教人员家中人口多的,仍是以粗粮为主,甚至有不少吃了上顿、没有下顿……饥饿、饥饿,这样才掀起了"反饥饿、反内战、反迫害"的学生运动。

解放后,开始也还困难,到了一九五二、一九五三年之后,就好多了。这年冬天,我已调到华东区,上海报到、苏州工作,鱼米之乡,吃得又好又便宜了。九元五角一月伙食费,晚饭三只沙锅,鱼头、白蹄、腐乳肉、鳝丝……换样儿吃。直到一九五七年,连着五六年,连享解放后生活安定,衣食不愁之福,已忘记饥饿是什么味了……不想饥饿的梦尚未做完,一阵"吃饭不要钱"、"亩产十万斤"的呓语之后,便是所谓的"三年自然灾害"开始了。其饥饿的情况,现在四十岁以上的人,记忆犹新,一闭眼就会回忆起来。"文革"后期,北京某厂组织老工人忆苦思甜报告会,一老实工人上台说了半天,最后说道:"……哎呀,要说那个挨饿的苦呀,说三天也说不完,那个挨饿的苦最苦也苦不过一九六一年,那会儿呀,真饿,饿得两眼发黑,要饭也没有地方要去……"台上工宣队一看不对,连忙把他止住,请他下台了。还算好,成分好,又是"文革"后期,没有把他怎么样。一紧百紧,粮食极为紧张,其他任何吃的东西,都没有了。街上一年四季只有卖冰棍的。有一次我在西藏南路一家小店,发现卖辣酱,不知什么地方弄来的,不凭票,价钱不贵,便买了一斤,寄给当时在阳泉矿局的弟弟。他四个孩子,又有岳母,人口多,吃食极为困难。收到后,来信说,太好吃,孩子们都抢着吃。我后来又寄了四斤去……现在见面,还说起那年辣酱的滋味。饥饿的记忆,细写,可以写厚厚的一本书,但这毕竟是历史了……中国人奋斗了近百年,改革开放,才获得小康的局面。"世上无如吃饭难",看来吃饭的确不是一件容易的事。

住与行

回顾百年的住与行,再想想未来的住与行,也是十分有意思的。先说住,近年的变化就不小。而回顾本世纪前期,那除去极少数沿海有租界地的城市外,在广大农村和各城市,包括北京,还都是纯中国式的住所。我写过一本书,叫《北京四合院》,直到今天,海外不少朋友,还十分憧憬"北京四合院"那种舒展、幽雅、恬静的居住环境。一九〇六即光绪卅二年孙宝瑄《忘山庐日记》记北京房屋道:

> 出西直门,至万寿山路,约十八九里之遥,皆平坦如砥,在马车中,看西山峰峦起伏,林原如画,此为上海所未有者。余于上海,独爱其道路。居则必京师之屋,以其爽垲绝于他处也。始谓二者不可兼得,今则果兼之矣,岂不快哉。

孙宝瑄是杭州人,久在上海住,又在北京做官,三处居住条件比较,当时自然是北京最好。四合院院子大,房间习惯用大白纸(一种刷了白粉的纸)裱糊,有时还有暗花,连顶棚也糊得一平如砥,观感同现在墙纸贴出来的一样,清洁明亮,冬暖夏凉。而杭州老房子都是板壁,没有顶棚,一抬头看见黑乎的房顶,冬天冻得要死,夏天全是蚊子,即使大房子的院子也很小。至于世纪初的上海,租界中大多已是半中西的石库门房子,院子不足方丈,各家前楼对着后楼,住花园洋房的是极少数。因而在过去的上海、苏杭,居住条件是无法和北京相比的。北京即使一个小小的三间口四合院,也比上海一幢大石库宽绰,不要说杭州四面透风的房子了。这三个地方旧时我都住过,是深有体会的。不过都是纯中国式房子,至于西式房屋,自当别论。

六十多年前,在北京,常听大人们说笑话:娶日本老婆、吃中国饭、住西洋房子。当时娶日本老婆的很多,同学中不少人母亲都是日本人,同院邻居也有日本太太,吃中国饭更是很普通,让我更憧憬的是住西洋房子。其实这种说法,来源也很早了。连一八三

九年林则徐到澳门视察,《日记》中还特别记到当时澳门洋堂道:

> 夷人好治宅,重楼叠屋,多至三层,绣闼绿窗,望如
> 金碧。

当时内地还没有洋楼。所以林公特记"夷人好治宅",惊讶其三层楼,望如金碧。到本世纪初孙宝瑄时代,上海开埠已六七十年,看吴友如画报所画,上海各租界也都是洋楼林立了。

我幼年有记忆时在太原,先住海子边,门外有片空地,里面另有院子的独院,后搬到天地坛一所高台阶四合院中。山西四合院没有北京格局好,是长条的。六岁那年冬天,回到故乡山镇祖宅,北街中间路西的高台阶大门,西为正,大门口有上马石,挂着祖父中举人的"文魁"匾,还有一个竖额,挂在匾上,写"都阃府"三字。"都"是华盛,"阃"是门限,并非官名,看来有些吓人。这都是光绪中叶修的,所以当时还很新。进大门影壁转过去笔直四进院子,后面偏还有两个院子,而南面还有许多院落空着没人住……我在这样的大院子里奔跑了五六年,度过了我的大部分童年。虽然陶渊明诗说:"众鸟欣有托,吾亦爱吾庐。"我应该感觉这是当年最好的住宅,但并不是这样的。就在我们山镇上,还有好多所比我家还好的宅子。南街的"进士第"王姓宅子,堡子巷的王姓带堡墙的宅子……都是蓝汪汪青砖大院子,几进连在一起,格局上、幽深上都比我家的院子整齐。到相隔四十多里的山里亲戚家,在半山上一座大宅子,前门面东,要走近二百级台阶才到山下大路,三间大门,雕砖大影壁,六栋大四合如"非"字排在引路两旁,还是乾隆年间盖的,宅后是沟中清泉,满山松树……不知比现存的祁县乔家大院好多少,只是六十多年前的

旧梦,兵燹浩劫之后,剩不下多少了。

三十年代中叶,我到了北京,住进苏园。虽然当时满街都是胡同,胡同中都是四合院,但我家住的却是有西式庭院风格的平房。当时北京街上纯西式的洋楼极少,只有东交民巷是外国味的。学校中有新建校舍的,是西式的;利用旧房子的,则都是中式的。著名的师大二附小,在东铁匠胡同,全是几所四合院连在一起,关上大红门,不挂牌子,同两旁的宅子分不清。灯市口著名的育英中学,盐务学校旧址,也全是中式平房……解放后,宿舍楼是从一九五三年后开始建造的。紧紧慢慢,建建停停,一直到现在,新的尚未盖,老早新建的破敝洋楼又该拆了……明清以来的四合院呢,还是一个老人难。府右街沿马路西由北往南走,对面是国务院大墙大门,警卫森严,新汽车不停进进出出,这边的旧四合院外墙也青灰刷得十分整洁。而往大门洞一望,黑乎乎的破藤椅破桌子、炉子、烟囱管子堆满了,院中情况可想而见(这是一九九二年六月十八日傍晚所见,后来如何,不知道)。北京四合院在院中盖小房,弄的处处不成院子,是八十年代以后的事。开始是地震棚,后来都盖成小房,一般没有院子了……但西山还是老样子。前年十月中旬乘车由定福庄去中央电视台,车走三环路,过永定门往前开不久,往北一拐,呀,豁然开朗,天气又好,一脉西山,像透明的一样辉映蓝天,在车窗左侧伴我同行,情不自禁,在车中就吟了一首小诗:

> 三环开大路,顾盼总怡情。
> 山远如眉秀,天高似水清。
> 燕去浮绿树,月令起秋声。
> 风景新图画,五朝旧帝京。

在上海住了几十年，这样的风景是做梦也看不到的。

说起住，上海大概是全国最困难的。当年我住六点三平米阁楼，在上海还是不差的，三楼、地板、朝南、有抽水马桶、水磨石浴缸……我亲眼见的那种长年不见太阳，房顶只是铺块油毡、压两块砖头，连放马桶的地方也没有的棚户区，不知有多少。三代同堂，同居一室，饭桌旁就是床，床边就是马桶的人家就更多了……说上海人精明、小气等等，在这种环境成长起来的人能大气得起来吗？所以上海的安居工程，房屋问题仍是大问题。三十年代，二十四层的国际饭店是远东第一高楼，这是上海人夸耀了半个世纪的，住的是没有门窗的"滚地龙"（旧时最简陋的棚户专名），走在大马路，望到的是国际饭店，这是上海人旧时的骄傲……现在住在如林高楼里，楼上不停地装修，天天叮叮当当，敲得你火冒三丈，像是把钉子钉在你大脑里，这是上海人今天的苦恼之一……二呢？三呢？大概挤车上班也可算上了。

"鸡犬之声相闻，民至老死不相往来。"这真是天真的梦呓，虽是道家祖师爷的话，也不足为训。"读万卷书，行万里路"，这才是向前看、有生命力的想法。自然做得到做不到那是另一回事。古人尚且如此，何况二十世纪。所以行是重要的，而世纪初和世纪尾的差异太大了。回顾一下，不但惊人，也很有趣。现在"京九铁路"已修通了，虽然与世界水平比，如日本的"新干线"，在设备和速度上，还差着很大距离，而比起本世纪初，那今天的发展已是不可同日而语的了。现在的人还能想象火车只白天开行，晚间要住店的事吗？知堂老人《乙巳北行日记》记着：

> 十七日在汉口大智门车站上火车，八时开车……是日下午六点到驻马店。宿连元栈。

416

十八日上午六点开车,下午三点到黄河,即渡河,至八点始到达对岸河北,火车已开,宿三元栈。

十九日,晴。下午四点上火车,七点开行,九点到新乡县,属卫辉府,寓源和栈。

二十日,阴,上午十点半开车,下午五点二十分到顺德府,寓聚丰栈。

廿一日,晴,上午八点开车,下午八点到北京,寓西河沿全安栈。

乙巳是一九〇五年(光绪三十一年),日记是引自《知堂回想录》一书,《知堂日记》尚未出版,特作声明,以免误会。火车可说的太多了,如写篇专稿,也极为有趣,但在此文中,因篇比例,只引此小资料,供大家想象,不多说了。

现在交通工具中,火车还是主要的,除此之外,还有水路轮船,陆路长途汽车,空中飞机。其中轮船最早普遍,海轮沿海各地、江轮沿江各地,世纪前期,比解放后还多。如上海到天津,二三十年代是十分方便的,几乎每天都有,解放后,天津、上海,从来没有通过客轮。不过我从来不想坐船。因为晕船,从吴淞口到长兴岛三十分钟,我都要吐,何况万里海涛呢?据说江轮是很舒服的,我也没有尝试过,迄今也不想坐。水运的木船迄今仍很普遍,做"牛鬼"时,在川沙海边,下着大雪,我与另一"牛鬼"背着纤绳,抱着纤板拉纤,忽然想起俄国的大幅油画《伏尔加河上的纤夫》,那据说是沙皇时代。想着想着,雪花已飘满我的大厚旧棉袄了……今天回忆,我还感到无限清冷,是难得的境界,终生难忘……长途汽车,我很小时坐过,也吐得一塌糊涂。沦陷时坐的长途汽车都是日寇侵略军的卡车。近年据知有很好的长途汽车,近十五六年中发展得更快,不过我没有坐过。

近六十年来,居住的地方,不是北京,就是上海,虽然也断不了忍饥受气,但在全中国十二亿人当中,没有受到各个小地方"土皇上"的"黑办法"压榨,也是很不容易了。更可庆幸的是,住所一直离机关极近,上班步行三分钟可到,多年幸未受到市内挤车的困扰,也是十分幸运的。本世纪以来,市内交通工具,人力车包括洋车、三轮车,也包括自己骑的自行车,畜力车包括轿车、马车,机动车包括小汽车、摩托车、公共汽车、有轨电车、无轨电车、地下铁道车。我想到的是这些,不知有遗漏没有。今年四五月间在香港,有一次又坐到有轨电车,乘客还不少,我感到很好玩。在上海、北京、天津已绝迹了多年的有轨电车,在香港却还有,倒有亲切之感。北京电车是二十年代初才有的,比上海、天津都晚,老舍小说《黑白李》中曾有过生动描写。北京公共汽车还要晚,大量出现是在解放后,小汽车分自用、出租,一直是阔人的象征。在世纪初,小汽车还不多时,阔人乘西式马车。说相声的说绕口令,有一则道:"车口有四辆四轮大马车,你爱拉哪两辆,就拉哪两辆……"这是世纪初的作品。这不是中国式的骡拉轿车。梅兰芳世纪初十几岁时坐着上戏园子那种骡拉轿车,到三十年代初中期,北京已经没有了。在山西乡下,以及大同那样的小城市中,还讲究坐这种车,现在山西祁县拍过《大红灯笼》电影的乔家大院还保存着一辆。世纪初神气一时的大马车,到三十年代,阔人大多不坐了,自然现在没有了。演电影的导演们,也无处去找几十辆漂亮的马车了。同样,近年各种电影中,一用到洋车,几乎没有一辆像样的,车既破破烂烂,拉的人也不会拉,真是遗憾。洋车是北京叫法,书上叫人力车。天津叫"胶皮",上海叫"黄包车",是世纪初到解放后全国大小城市中主要的市内交通工具。赖以为生的,只一个北京,在二三十年代最多时,有十万人。同一个人力车,上海的样子和北京、天津的造型迥不相同。京津式讲究白铜活,车灯、铆钉、小栏杆、支架等都是白铜打造,雕花精美,车箱车把黑漆,少数用黄漆,都擦得雪亮。车垫子靠背又洗得雪白,冬天棉围子,夏天遮阳篷子,前身挡布,雨天油布罩子,全套装备。手勤的、要强的车夫,如"骆驼祥子"那样的,到处都有,车不管是自己的、别人的,那真叫漂亮。上海式的黄包车,车箱、车把,都是弧形的。车垫子、靠背是黑皮的,左右车灯是圆形如老式小汽车灯,不是六面或八面玲珑的白铜灯。一九五三年我在苏州,还看到名评弹艺人坐这种黄包车赶场子。三轮车是四十年代初出现的,近年各大小城市零星还有,只是都已残破不堪,有的自己重新油漆蓝的、绿的,像旧时跑旱船的一样,招摇过市,骗骗"老外"了。寿命最长的市内交通工具,还数自行车,世纪初二三十年代的,和现在的几乎没有什么差别,而且越来越多,看来还要延续到下一个世纪。

一世纪一百年,二十世纪很快就要过去了,回顾一下是十分有趣的。与眼前比,许多已不可思议了。想象下世纪,住与行又如何发展呢? 如说"骑旱",这个词语,可能现在绝大多数已经不懂了,但在我小时候,还是十分普通的词语。就是旅行时不乘火车、汽车等交通工具,而只是老式的大车、软轿、轮车,以及骑马、骑骡子、骑小毛驴,甚至一根鞭杆挑一个小铺盖卷,靠两只脚走路……这样的旅途,都叫"骑旱"。二十五年前,北京、上海等地,机关干部去"拉练",就是要这样走路练习,一天最快百里,便是急行军,好是好,一步一个脚印。但是时代究竟不同了,只靠开步走的土办法,似乎永远解决不了中国"行"的问题。虽然晚了些,但是毕竟改革开放,"行"已进入"飞行"时代了。